*The Bees*

# 蜂の物語

ラリーン・ポール　川野靖子訳

早川書房

# 蜂の物語

THE BEES
by
Laline Paull

Translated by
Yasuko Kawano
First published 2021 in Japan by
Hayakawa Publishing, Inc.
This book is published in Japan by
arrangement with
Madame Forager Ltd.
c/o Peters, Fraser & Dunlop Group Ltd.
through The English Agency (Japan) Ltd.

エイドリアンへ

蜜蜂の生態は魔法の井戸のようなもの――
くめばくむほど水で満たされる

――カール・フォン・フリッシュ

# プロローグ

古い果樹園には柵が張られていた。片側は広大な耕作地で、麦と大豆の畑が単調なつぎはぎ細工のように丘陵のうっそうとした森林線まで続き、反対側は軽工業開発地域が街に向かって延びている。

雨水したたる木々のあいだに小道の跡が残っていた。中年にさしかかった男が丈の高いイラクサとギシギシの葉を蹴って道幅を広げ、紺のビジネススーツをぴしっと着た少し若い女があとに続いた。ときおり足を止め、携帯電話で写真を撮っている。

「気を悪くなさらないでいただきたいのですが、買い手を当たったところ、すでに引き合いがたくさん来ています。工業用地として、ここは申しぶんのないロケーションです」

男は耳を貸さず、木々のあいだをじっと見ている。

「ああ、あそこだ――一瞬、なくなったかと思った」

古びた木製の養蜂箱がひとつ、木々にまぎれるように置かれていた。女があとずさった。

「これ以上、近づくのはやめておきます。昆虫はちょっと苦手で」

「父もそうだ。だが蜜蜂のことは〝わが娘たち〟と呼ぶ」男は低く垂れこめた灰色の空を見あげた。

「また雨か。夏はどこへ行った？」

女が携帯から顔をあげた。

「まったくです！　青空がどんなものか忘れてしまいました。こんな天気に学校が休みだと、子どもたちはさぞ退屈でしょうね」

「気づいてもいないだろう。どうせネットしか見ていない」

男は養蜂箱に歩み寄り、顔を近づけた。

数匹の蜜蜂が底の小さな穴から出てきて細い木板を進み、ぶーんと翅《はね》をうならせた。

男はしばらくその様子を見ていたが、やがて女のほうへ戻ってきた。

「すまんが、いまはそのときではないようだ」

「あら！」女は携帯をしまいこみ、「お気持ちが――変わったと？」

男は首を横に振った。

「いや。いずれは売るつもりだが……」そう言って咳払いし、「いまではない。そんな気がする」

「わかりました」女は遠慮がちに続けた。「だいたいいつごろになるかはわかりませんよね……」

「数カ月後かもしれないし、明日かもしれん」

女は礼儀をわきまえ、しばらく沈黙を守った。

「お気持ちがすっかり固まったときでかまいません。売り手市場ですから」

そう言って小道を戻りはじめた。

男はひとり養蜂箱のそばに立っていた。そしてふと片手を――鼓動を感じ取ろうとするかのように――巣箱に押し当てた。それから踵《きびす》を返し、女のあとを追った。

背後で、蜜蜂たちが明るくなりはじめた空へ舞いあがった。

# 1

部屋はせまく、空気は熱く、よどんでいた。壁にぶつかりながら必死に体をねじったせいで、全身の関節が焼けつくようだ。頭は胸に押しつけられ、肢《あし》はひきつったが、暴れたおかげで一方の壁が弱くなり、力いっぱい蹴り出すと何かがひび割れ、こわれた。そのまま力まかせに押しつづけ、引き破り、嚙んでいるうちにぎざぎざの穴が開き、その先に新鮮な空気を感じた。

穴から這い出たとたん、見知らぬ世界の床に落ちた。頭のなかで雑音が響き、とどろくような振動が床を揺らし、千ものにおいにめまいがした。最初は息をするのもやっとだった。やがて振動と雑音は収まり、においも空気のなかに消えた。知識が脳に満ちるにつれてこわばった体がほぐれ、気持ちが落ち着いてきた。

ここは〈到着の間《ま》〉で、あたしは働き蜂。

族名は植物《フローラ》で、番号は七一七《なないちなな》。

フローラはなんの迷いもなく、自分の巣房《すぼう》を片づけるという、生まれて最初の仕事に取りかかった。羽化するときに暴れたせいで前の壁が丸ごとこわれていた。始末のよい隣房を見習って、これた壁の脇に残骸を積みあげるうちに感覚が鮮明になり、〈到着の間〉の広さと、場所によって空気中の振動が違うのに気づいた。

同じような巣房が遠くまでえんえんと続いていた。どれも静かだが、まだなかの住人は眠っているかのように共鳴している。ただ、フローラのすぐまわりは激しくこわれ、抜け殻になった部屋が多く、新しい蜂が生まれ落ちるたびにさらなる壁割りと落下が繰り返されていた。やがて隣人たちの異なるにおいも嗅ぎ分けられるようになった。甘いにおい、ぴりっとするにおい、そのどれもがここちいい。

そのとき、床に乱れた激しい振動が走り、一匹の若い雌蜂が必死の形相で巣房のあいだの廊下を駆けてきた。

「止まれ！」

廊下の両端から厳しい声が響き、つんとする強烈なにおいがあたりに立ちのぼった。すべての蜜蜂が動きを止めるなか、さっきの若い雌蜂だけがつまずき、フローラが積んだゴミの山に倒れこんで残骸のなかを這い進み、隅にうずくまって小さな手をかかげた。

黒い一団が廊下の奥から近づいてきた。苦みのあるにおいで顔を隠し、見分けのつかない一団はフローラを押しのけ、泣き叫ぶ若い蜂を引きずり出した。黒集団の棘のついた籠手《こて》を見たとたん、フローラの脳内にひきつるような恐怖が走り、知識が流れこんだ。この一団は警察だ。

「おまえは検査から逃げた」

警官の一匹が若蜂の翅を引っぱり、別の警官にまだ濡れている四枚の膜をよく見せた。一枚の膜の縁がしなびていた。

「どうかご勘弁を」若蜂が叫んだ。「わたしは飛びません、ほかのどんな仕事でもやりますから――」

「奇形は悪。奇形は許されない」

答えるまもなく、二匹の警察蜂が若蜂の頭をぼきっと音がするまで押しさげた。若蜂は二匹のあいだでだらりとなり、警察蜂は若蜂の死体を廊下に落とした。

「おまえ」

警察蜂に特有のやすりのような声がフローラに呼びかけた。フローラにはどの蜂が話したのかわからず、警察蜂の肢の裏についている黒い突起を見つめた。

「動かないで」警察蜂は籠手から黒くて長いコンパス型計測器――カリパス――をするりと取り出し、フローラの背丈を測った。「大きすぎる。規格外」

「そこまででけっこう」やさしい声とかぐわしいにおいがして、警察蜂はフローラを放し、長身で身ぎれいな美しい蜂にお辞儀した。

「シスター・サルビア。この蜂はひどく醜い」

「しかも異様に大きく――」

「そのようね。ありがとう、巡査どの、どうぞさがって」

警察が去るのを待ってシスター・サルビアが笑いかけた。

「彼女らを恐れるのはいいことよ。おまえの族を読むあいだ、しばらくじっとして――」

「あたしはフローラ七一七」

シスター・サルビアが触角をあげた。

「話す衛生蜂。なんてめずらしい……」

フローラはシスターの大きな黒い目と茶金色の顔を見つめた。

「あたしは殺されるの？」

「巫女《みこ》に質問してはなりません」シスター・サルビアが二本の手でフローラの両頬をなでた。「口を開けて」それからなかをのぞきこみ、「もしかしたら」フローラの口に頭を近づけ、金色の蜂蜜を一滴あたえた。

効果はすばやく、めざましく、たちまちフローラの頭は冴えわたり、体には力が満ち、フローラはシスター・サルビアが黙ってついてきてほしいと思っていること、そしてシスター・サルビアに頼まれた仕事はなんでもやらなければならないことを瞬時に理解した。

並んで廊下を歩くうちに、フローラはどの蜂も視線を避け、せっせと働いているのに気づいた。さっきの若蜂の死体は背を丸めて側溝を歩く浅黒い蜂の口にくわえられ、すでにずっと先のほうに運ばれていた。似たような蜂が何匹もいて、みな廊下の端を歩いている。汚れた蜜蠟《みつろう》の塊を運ぶ者。こわれた巣房をこする者。顔をあげる者は一匹もいない。

「おまえの族姉妹《ぞくしまい》よ」シスター・サルビアがフローラの視線に気づいた。「誰も口がきけないわ。じきにおまえも〈衛生〉の一員として、この巣のために大事な役割を果たしてもらいます。でも、まずは秘密の実験よ」そう言ってほほえんだ。「ついてきて」

フローラは喜んでしたがった。蜂蜜の味が忘れられず、殺された若蜂の記憶はすべて消えていた。

## 2

　巫女は〈到着の間〉の薄暗い廊下をすばやく歩いた。そのすぐあとをついていきながら、フローラの脳は違う族の蜂が羽化室を破って出てくるときの音とにおいをすべて記憶した。さっきよりも多くの浅黒い衛生蜂が汚れた蜜蠟の塊を抱え、側溝を動いていた。そのきつい、はっきりしたにおいを嗅ぎ、ほかの族が接触を避ける様子を見て、フローラはシスター・サルビアとその残り香にさらに近づいた。

　巫女が立ちどまって触角をあげた。いつのまにか〈到着の間〉の端に来ていた。えんえんと並ぶ羽化室がとぎれ、大きな六角形の出入口が少し小さな部屋に通じている。部屋のなかから拍手が聞こえ、ぞくぞくするような新しいにおいがただよってきた。フローラはシスター・サルビアを見あげた。

「なんて悪いタイミング」巫女が言った。「とはいえ、敬意は払わなければなりません」

　なかに入ると、巫女はフローラを壁の横で待たせて大集団の前へ出た。フローラが見ている前で、閉じた羽化室の正面を取りかこむ蜜蜂の群れから、ふたたび割れんばかりの拍手が起こった。

フローラは美しい部屋をしげしげと見まわした。あきらかに特別な蜂のための〈到着の間〉らしく、二列に並ぶ中央房の周囲はゆったりと空間がとられ、列はそれぞれ複雑な模様が彫りこまれた六個の大きな個室からできていた。シスター・サルビアは個室のひとつの前に居並ぶ歓迎委員のあいだに立った。多くの蜂が花粉菓子の皿と花蜜水が入った水差しを持っている。フローラはおいしそうなにおいに激しい空腹と渇きを覚えた。

豪華な個室の壁の奥から、誰かがなかで飛びはねているような、くぐもった悪態と、ぶつかる音が聞こえた。蜜蠟が割れる音がして、集まった姉妹たちの拍手はさらに大きくなり、興奮でそれぞれの族のにおいが強まった。フローラは別のにおいの分子を嗅ぎ取り、すぐにフェロモン信号を理解した。〝雄が――雄がやってくる！〟

「殿方に敬愛を！」

彫りこみのある蜜蠟のかけらがこぼれ落ちたとたん、あちこちで雌蜂が叫び、羽化したばかりの雄蜂の、冠毛のついた大きな頭が穴から出てくるや歓喜の悲鳴があがった。

「殿方に敬愛を！」

姉妹たちはまたもや歓声をあげて雄蜂に駆け寄り、蜜蠟を引っぱったり自分たちの体で階段を作ったりして出てくるのに手を貸した。

「なんと高く」雄蜂が雌蜂階段のてっぺんに降り立った。「なんと疲れることよ」

そう言って雄のにおいをしゅっとまき散らすと、さらなるため息と拍手が起こった。

「ようこそ、うるわしき殿方」シスター・サルビアが深々とお辞儀し、ほかの姉妹がみな同じように優雅にお辞儀するのをフローラはうっとりと見とれ、自分も真似してみた。「われわれの巣においでいただき光栄です」シスター・サルビアが体を起こして言った。

「どうもご親切に」

生まれたばかりの彼の笑みは魅力的で、姉妹たちはみな熱い視線でほほえみ返した。生まれたての雄蜂はしわくちゃながらも優雅で、首毛を整えるのに余念がなかった。ようやく自分好みの形に整えて仰々しくお辞儀をすると、姉妹たちの熱い喝采に応えるべく六本肢を二本ずつ伸ばしたり、冠毛をふくらませたり、いきなり胸のエンジンをふかしたりと、いろんな角度で肉体を見せびらかした。雄蜂たちは歓喜の声をあげてたがいを翅であおぎ合い、何匹かが急いで雄蜂に花粉菓子と水を差し出した。

雄蜂が飲み食いするのを見ていると、フローラの口も渇き、空腹はいよいよ強くなった。

「貪欲は罪よ、七一七」シスター・サルビアがふたたび戻ってきていた。「気をつけて」

シスター・サルビアが歩きだし、フローラはもういちど雄蜂を見るまもなく、知らぬまに巫女によって結びつけられた〈におい紐〉で触角をぐいと引っぱられ、走ってあとを追った。

あとをついてゆくうちに房の振動はますます間断なく、ますます強くなった。まるで足の下に生き物がいて、あちこちにエネルギーを送り出しているかのようだ。うなるような感覚が六本肢から伝わって情報の波となり、体を通って脳に流れこんだ。フローラはその感覚に圧倒され、広いロビーのまんなかで立ちどまった。足もとには六角形の床タイルでできた巨大なモザイク模様が広がり、ロビーから廊下まで続いている。二匹のまわりを蜂の流れがえんえんと行きかい、あたりには蜂たちが発散するにおいが厚く立ちこめていた。

シスター・サルビアが戻ってきた。

「あら！　一瞬ですべての床信号を感じたようね。動かないで」

シスター・サルビアが自分の触角でフローラの触角に軽く触れた。

とたんに新たな香りが繭《まゆ》のように周囲を包み、深く吸いこむと、脳に押し寄せた混乱が収まり、興奮が鎮まって喜びが胸にあふれた。その香りで、フローラ七一七は自分が愛されていると確信した。

「母よ！」思わず声に出してひざまずいた。「聖なる母よ」

「そうではない」巫女が満足そうに見返した。「でも、わたしは女王と同じ高貴な族の一員です――母の卵に祝福を。そして今日はおそれ多くも女王に立ち会うことを許され、女王のにおいをたっぷりといただいている。あなたが感じたのは〈女王の愛〉のほんの一部よ、七一七」

シスター・サルビアの声がはるか遠くから聞こえ、フローラはうなずいた。〈女王の愛〉が体と脳を流れるにつれ、タイルのなかのさまざまな周波と信号のすべてがゆっくりと明晰になって巣の地図を描き出し、絶えまなく情報を送りこんでいた。何もかもが魅力的で美しく、フローラは巫女の顔を見た。

「そう。とても感応がいいわ」シスター・サルビアはフローラを見て、モザイクの別の場所を指さした。「こんどはあそこに立って」

フローラは言われるままに移動し、巣が微妙に異なる振動と周波を発しているのを感じ取った。いちばん強い信号を受け入れようとフローラが足の位置を変えるのを巫女がじっと見ている。

「何かを感じる——でも理解できない？」

フローラは理解できると答えたかったが、喜びのあまり言葉にならず、見つめることしかできなかった。フローラの沈黙に、シスター・サルビアは緊張をゆるめた。

「けっこう。知識はおまえの族に痛みを引き起こすだけね」

歩いてゆくにつれて、フローラの幸福感は身体的な深い安らぎと研ぎ澄まされた知覚に落ち着いた。そこでようやくシスター・サルビアの優美な姿に心から見とれた。絹のような薄金色の被毛。六本肢の色あいにみごとに調和した、つやのある薄茶色の縞模様。背中に折りたたまれた長くて透明な翅。小さな先端に向かって細くなる触角。

そのままさらに巣の奥へと進み、フローラは彫刻とフレスコ画をほどこした古いにおいのする壁と、生きている姉妹たちの美しい融合にうっとりした。足もとの金色のタイルが剝き出しの青白い蜜蠟に変わったことにも、まったく振動しない無人のせまい廊下に入ったときに、巫女がにおいのマントを自分たちにかけたのにも気づかなかった。

飾りのない小さな戸口の前で立ちどまって初めてフローラはずいぶん遠くまでやってきたこと、そして、いまもひどく空腹なことに気づいた。

「もうじきよ」フローラの心を読んだかのようにシスター・サルビアは答え、壁の羽目板に触れると扉が開いた。

## 3

その小部屋は静謐《せいひつ》で何もなく、壁からかぐわしく、やわらかいにおいが染み出していた。部屋の中央の淡い色をした六角形のタイルにはなんども行き来したようなすり切れた跡があり、フローラは何か情報が感じ取れるのではないかと足を広げて立った。

「とっくに消えているわ」シスター・サルビアは背を向けていたが、フローラの行動はお見通しだった。「ここから先は口をつつしんで」

そこへ駆け足の音とともに一匹の蜂が部屋に飛びこみ、目の前に巫女が立っているのを見て、驚いて立ちどまった。

「シスター・サルビア！　まさかおいでになるとは」

固くて光沢のある縞模様からすると上級蜂だが、被毛は黄色で、顔はごつく、触角は太く短い。巫女に深々とお辞儀をすると、シスター・サルビアは軽く頭を傾けた。

「シスター・オニナベナ。調子はどう？」

「これ以上ないほど。オニナベナ族はつねに強く、勤勉です。わが族には病《やまい》のやの字もありません！　なぜそのようなことを？　どこかに病気の者でも？」

「いいえ、まったく」シスター・サルビアはつかのま反対側の壁に視線を向けた。フローラも目をやると、すり切れたタイルがとぎれたあたりに三番目の扉の輪郭がかすかに見えた。

シスター・オニナベナは両手を組み合わせた。

「メリッサ（ギリシア神話でゼウスを蜂蜜で養育した女神）巫女のご訪問はいつでも光栄です――しかし、〈育児室〉のこちら側を閉めておくよう命じられたのは、賢明なる巫女どのではありませんでしたか？　お見えになるとわかっていたら、必ずや誰かがここで出迎えたはず――」

「気づかれたくなかったの」

シスター・サルビアはシスター・オニナベナが駆けてきた薄暗い廊下を見やった。そのまにシスター・オニナベナはフローラをじろじろと見た。いかにも不満そうな様子に、フローラがあわててぎこちないお辞儀をこころみると、シスター・オニナベナはフローラのいちばん近い膝をびしっと叩いた。

「膝は前、肢を広げない！」そう言ってお辞儀を直し、シスター・サルビアを見た。「なんてずうずうしい！　被毛が湿っているところを見れば、この娘は生まれたばかり――どういうことです？」

「雄蜂が羽化するあいだ待たされました。この子は、あのばか騒ぎを見たわ」

「まあ、新しい王子が！　なんと喜ばしい！　みるみるハンサムになりましたか？　姉妹たちの毛が立つほど魅力的な？　ああ、わたしもどんなにか――」

「シスター・オニナベナ、何匹の育児蜂を失った？」

「前回の検査以降ですか？」シスター・オニナベナはぎくりとして目を見開いた。「ほかの部署と比べれば微々たるものです。わたしたちは外役蜂《がいえき》と違って外界と危険には近づきません――とはいえ、そんなわが族にも、ときには不調者が出ます」そこで咳払いし、「六匹です、シスター、前回の検査から数えて。ほんのわずかでも混乱のきざしや病の兆候がある者は排除します――危険は冒せませんから。もちろんここにいるのはとびきり清潔で、とびきり従順な者だけです」シスター・オニナベナは咳をした。「六匹です、シスター」

シスター・サルビアがうなずいた。

「では、ほかの部署についてはは何か聞いてる？」

「いいえ！　どれも食堂でのたわいない噂話、くだらないおしゃべりで、ここで繰り返すようなことは何も――」

「話して」シスター・サルビアはあたりににおいをただよわせ、シスター・オニナベナを見すえた。

フローラは蜜蠟タイルを見おろし、じっと立っていた。シスター・オニナベナが手をもみしぼった。

「シスター・サルビア、〈育児室〉担当のわれわれはとても幸運です。食糧は豊富で、必要なものはすべて届けられ――なんの不足も、危険にさらされることもなく……」そこで言葉がとぎれた。

「さあ、シスター。何もかも打ち明けて」

シスター・サルビアの落ち着きはらったやさしい態度に、シスター・オニナベナは意を決して顔をあげた。

「雨つづきの天候不順で、花はわれわれを拒んで咲く前に枯れ、外役蜂は空から落ち、理由は誰にもわからないとみなが言っています！」シスター・オニナベナは発作的に被毛を引き抜いた。「われわれが飢え、赤ん坊はみな死ぬという噂です。うちの幼い育児蜂たちがひどく不安がって、わたしはあの娘《こ》たちが忘れてしまうのではないかと心配で――」そこで首を振り、「いいえ、忘れてはいません、シスター、断じて。あの娘たちは誰よりも厳しく監視され、勤務当番表は厳重に管理されています、たとえあの娘たちに数えることができたとしても――そうでなければわたしを殺してくださってかまいません」

「あなたから許可をいただくまでもないわ」

シスター・オニナベナはいきなり笑いだし、巫女の手を取った。

「ああ、シスター・サルビア、あなたと冗談を言い合うのはとてもよい気分です――こうして悩みを打ち明けたいま、何も怖くはありません！」

「それこそメリッサの役目です――巣が自由であるためにあらゆる恐怖を担うことこそが」シスター・サルビアからなだめるようなにおいが流れ、部屋を満たした。

「アーメン。アザミ族の勇気のために」

「なぜ？　アザミ族は何をするの？」

フローラは思わずたずね、はっと口をつぐんだ。

シスター・オニナベナが自分の心配も忘れ、非難の目を向けた。

「この娘、話すの？　なんて生意気な！　シスター・サルビア、どうかわが好奇心に免じて、この娘がここにいる理由を教えてください。清掃のためなら次の班に加えます——でも、衛生蜂は話せないはずよ、しゃべられたらどんな騒ぎになることか！」そう言ってフローラをにらんだ。「文句の多い、不潔な族だから」

「シスター・オニナベナはわたしたちの目的の判断に口をはさむつもり？」

「いいえ、シスター、めっそうもない。どうかおゆるしを」

「では〝多様性〟と〝奇形〟は別物であることを忘れないで」

「ありがたきご教示に感謝します——でも、わたしの無知な目に、そのふたつは同じです」シスター・オニナベナはフローラから少し離れて立った。「なんてぶざまに大きいんでしょう——被毛は乾くと雄蜂なみに毛深そうで、被甲はカラスのように黒くて——まったく、こんな子は見たことがないわ」

シスター・サルビアが身じろぎもせずに言った。

「長い勤務で疲れているようね。あなたの忠実なる心はもっと長く奉仕したくても、気力がついてゆかないのでは？」

シスター・オニナベナはあわてて首を振った。シスター・サルビアがフローラのほうを向いた。

「口を開けて、七一七。シスター・オニナベナに見せてあげて」

フローラが口を開けると、シスター・オニナベナがさっとのぞきこみ、驚いてサルビア蜂を見返した。それからフローラの舌をつかみ、ぎりぎりまで引っぱって手を放した。舌はぴしゃっと口のなかに戻った。

「なるほど！　たしかに可能かもしれません、でも、あの舌は――」

「自分の族に戻るときになったら、使いかたは忘れるでしょう。まんいち覚えていたら、わたしがすべての知識を記憶から消し去ります。この子をためして、何も生み出さないようならすぐに送り返してちょうだい」そこでシスター・サルビアはフローラをやさしく見た。「この実験は名誉よ。どう？」

「〝受け入れ、したがい、仕えよ〟」

フローラの口から言葉がひとりでにこぼれ、シスター・オニナベナは身震いした。

「そうなることを祈りましょう。こんな醜い娘！」

フローラは恥じ入り、助けを求めるようにシスター・サルビアのほうを向いたが、すでに巫女の姿はなかった。

「いつものことよ」シスター・オニナベナがフローラを見て言った。「ふいに現れ、いつも驚かされる。さあ、こっちへ」それから扉を押し開け、フローラはその奥の甘く清らかな香りを嗅いだ。

「シスター・サルビアじきじきの依頼でなければ冒瀆《ぼうとく》と呼ぶところよ」シスター・オニナベナは片足でフローラを扉の奥に押しやった。「さっさと終わらせましょう」

# 4

だだっぴろい〈育児室〉は光るベビーベッドの列がえんえんと並び、そのいくつかの頭上で小さな光の条《すじ》が波打っていた。フローラはシスター・オニナベナのあとについて部屋の奥へ進んだ。驚いたことに、揺れる光の正体はベッドに身を乗り出す若い育児蜂たちの口からしずくになってこぼれ落ちる、光る液体だ。若くてきれいな育児蜂たちが口もとを光らせ、無言で部屋を動きまわっていた。

「なんてきれい！」

腹立たしく思いながらもシスター・オニナベナは胸毛をなでてうなずき、育児蜂がついていないベッドを指さした。「この子の性別は？」

フローラはなかをのぞきこんだ。幼虫は孵化《ふか》したばかりで、真珠色のやわらかいひげ根のような殻が白く透明な肌にくっついていた。小さな顔は眠っており、甘い乳のようなにおいが頭上にただよっている。

「雌。なんて美しいの！」

「ただの働き蜂よ。さ、雄を探して」

シスター・オニナベナが広い〈育児室〉をぐるりと指し示した。

「はい、シスター」

フローラは触角をあげた。列を進むごとに雌幼虫のにおいが強く、たえまなくにおった。

「そこから嗅いでわかるものですか、なんてばかな――」

フローラは答えず、若い育児蜂の族のにおいと、千匹の雌幼虫のにおいを嗅ぎとった。雄のにおいはひとつもない。

「探しましたが、雄の幼虫は一匹もいません。なぜですか」

「産卵期の終わりになると、聖なる母は雄を産むのをやめるの」シスター・オニナベナはフローラを見つめ、身震いした。「鋭い嗅覚だけでは〈衛生〉から逃れる理由にはならない。さあ、その生意気な口を閉じて、このくだらない実験をさっさと終わらせましょう」

シスター・オニナベナは最初に見せた働き蜂の幼虫のベッドにフローラを押しやり、幼虫の脇をつついて起こした。幼虫が口を開けて泣きはじめ、シスター・オニナベナは満足げに腕を組んでフローラを見た。「これではどう？」

フローラが顔を近づけると、幼虫はフローラのほうに身を伸ばした。温かいにおいがさらに強く立ちのぼり、〈女王の愛〉の繊細な香りと混じり合った。とたんにフローラの両頬がぴくぴくと脈動し、口のなかに甘い汁が満ちはじめた。フローラは驚いてシスター・オニナベナを見た。

「フローよ！」シスター・オニナベナが叫んだ。「飲みこまないで、出して！」

光るしずくが口からあふれるのを見て、シスター・オニナベナはフローラを正しい位置に立たせた。しずくがしたたり落ちると、幼虫は泣くのをやめ、身をよじってぴちゃぴちゃと舐めた。しずくは濃くなって細流となり、赤ん坊が飲めなくなるまで体のまわりに溜まった。

やがて汁は出なくなり、頰の脈動も止まった。フローラはぐったりと疲れてベッドの端に寄りかかった。見ているまに幼虫は大きくなり、ベッドの底が光った。ほかの育児蜂が部屋の奥から見ている。

「なんとまあ！　この目で見なかったら信じなかったでしょうけど。まさか衛生蜂が王乳《ロイヤルゼリー》を──いえ、フローを──作れるなんて」シスター・オニナベナは言葉を言い換えた。「これのことは必ず〝フロー〟とだけ呼ぶように」

「なぜですか、シスター？」体が温まり、フローラは眠くなってきた。

シスター・オニナベナが舌打ちした。

「質問はもうたくさん。おまえは監督者の指示どおりに授乳することだけ覚えておけばいいの。どんなに赤ん坊がほしがっても──ほしがると思うけれど──これ以上は一滴たりともやってはなりません。さて、おまえの寝場所を用意しなければ──ほかの娘たちがなんと言うことか。まちがっても触られたいとか毛づくろいしてもらいたいなどとは思わないように」

シスター・オニナベナは、若い育児蜂が小声で話したり眠ったりしている休息所にフローラを案内した。育児蜂たちの口のまわりの光る跡はもう消えていた。フローラはすぐさま横になった。

「フローラ七一七はシスター・サルビアじきじきの希望により、ここで過ごします」シスター・オニナベナが有無を言わせぬ口調で言った。「たしかに彼女はフローを出し、たしかに彼女の族ではきわめて異例ですが、わたしたちはいま雨と寒さと食糧不足という異例の状況にある――ですからみなが協力しなければならない。いいですね」

育児蜂たちは同意の言葉をつぶやき、フローラの手が届くところに食べ物と飲み物を置いたが、フローラは疲れて動けなかった。頭の上ではシスター・オニナベナの声が続き、巣房が震えたときに立ちのぼる聖なる香りが〈女王の愛〉で、それが〈礼拝〉の恩寵だと知った。自分も育児蜂たちの甘い祈りの唱和に加わりたかったが、部屋は暗く、暖かく、ベッドはやわらかかった。

ほかの育児蜂と同じように、フローラの仕事は単純だった。指示どおりに赤ん坊にフローをあたえ、出るのが止まったら休む、その繰り返しだ。シスター・オニナベナがシスター・サルビアに強調したように、授乳のタイミングはきわめて厳格に管理され、〈育児室〉のどこに授乳が必要で、どこで止めるべきかは、それぞれ違う鐘の音で知らされた。絶えまなく鳴り響く鐘の音と、授乳された幼虫の光るエネルギーが、〈育児室〉に張りつめた、夢のような雰囲気を作り出していた。なかでもフローラはいつもひとつの音に引きつけられた。それは〈太陽の鐘〉の明るく豊かな音色で、その独特の周波はすべての蜂に、安全な巣の壁の向こうでふたたび太陽がのぼったことを告げた。

フローラはとりわけその振動を楽しみ、めったにない喜びに聞き入った。鐘が三度鳴るごとに監督役のシスターが見まわりに訪れ、被毛が立ってフローの出が少なくなった育児蜂を集め、〈到着の間〉から来たばかりの、まだ毛がやわらかく湿り気のある新しい育児蜂と交替させた。

フローラの被毛に変化はなく、授乳を続けた。六度目の〈太陽の鐘〉が鳴り、まわりの育児蜂がみな交替しても、フローラのフローは変わらず力強く出つづけた。監督のシスターも入れ替わったが、そのなかには必ず数匹のオニナベナ族がいた。シスターたちの仕事ぶりを見るうちに、フローラにはだんだんと〈育児室〉のしくみがわかってきた。

ベビーベッドはつねに入れ替わった。毎日、交替まぢかの育児蜂が千個のベッドをからっぽにすると、衛生蜂の小集団がやってきて排泄物を片づけ、床をこする。フローラはこっそり同族姉妹を観察した。彼女たちは決して目を合わせず、言葉も発しないが、活力に満ちていた。衛生蜂がいなくなると、育児蜂はみなほっとした。誰よりもほっとしたのは自分の族を恥じるフローラだ。それから、育児蜂がきれいになったばかりの場所にからのベッドを準備し、見張りのシスターが清めの祈りを捧げたのち、あたり一帯を揺らめく用心のにおいでおおい、翌日の〈女王の巡幸〉——女王蜂の産卵——に備えるのだ。

次の〈太陽の鐘〉が鳴ると、新しい命の輝かしい香りが〈育児室〉に立ちのぼり、新しい千個の卵が清らかに整然とベッドに寝かされる。〈育児室〉の全員が〈不死なる母の豊饒《ほうじょう》〉を称える歌を口ずさみ、〈太陽の鐘〉がもう三回鳴ると、卵は孵化して幼虫になり、フローをあたえるときがやってくる。

それから三日間、フローラと授乳蜂たちは上級シスターによる厳しい時間管理のもと、幼虫が目の前で成長するさまに目を見張った。幼虫の体が変化して甘いにおいがただよいはじめると、見張りのシスターが容赦なくピッと笛を鳴らして授乳をやめさせた。どんなに幼虫がお腹をすかせていても、それ以降は一滴たりともあたえてはならない。乳離れさせ、〈第二区〉に移すときが来たのだ。

フローラはどうしても〈第二区〉で働いてみたかった。ふたつの〈育児室〉をへだてる大きな両開き扉ごしに、年配の育児蜂が大きくなった子どもたちと遊んだり、歌ったり、ときには腕に抱いているところをなんども見た。

〈変化の儀式〉のすべてにフローラの胸は躍った。仕切り扉から流れてくるおいしそうな食べ物のにおいに幼虫たちが興奮して身をよじったり笑ったりする様子から、幼虫の世話に来る育児蜂の陽気な歌の出だしの旋律にいたるまで。育児蜂たちは〈第一区〉にいる全員に――フローラにまで――優雅にお辞儀し、笑う赤ん坊を抱えあげ、扉をそっと閉めて〈第二区〉に戻っていった。

ぴんと立った被毛、優美な手肢、肢を広げないお辞儀――〈第二区〉で働く、洗練されたスミレ族、サクラソウ族、カラスノエンドウ族にはとくに憧れた。フローラは膝を広げたぶざまなお辞儀を克服しようと、薄暗い、神聖な雰囲気の〈第一区〉でこっそり練習した――シスター・サルビアがふたたび現れ、自分を〈第二区〉に行かせるときのために。

あまりにすばらしい思いつきだったので、〈礼拝〉の祈りにまでその願いを加えはじめた。うっとりするような〈女王の愛〉が巣房じゅうに立ちのぼるたびにフローラはそのことを忘れたが、ふたたび育児蜂が交替しても自分の被毛が立たないのを見て、勇気を振りしぼってシスター・オニナベナに直訴した。

「異動したい？」シスター・オニナベナが驚きの目で見返した。「巣のなかでもっとも神聖で、女王陛下にもっとも近い〈第一区〉から？　ここにいれば、女王が毎日わたしたちのそばをお通りになるというのに！」

「でも、あたしはまだいちども——」

シスター・オニナベナが鋭い鉤爪でフローラの触角をはたいた。

「なんて厚かましい、物知らずな娘なの！　衛生蜂が陛下の前に出られるとでも？　こんなことになると思ってた！　だから最初から反対だったのよ——いったい、なぜそんなに〈第二区〉へ移りたいの？」

「あそこはとても明るくて幸せそうです。育児蜂が子どもたちと遊んで」

「そう、そのせいで子どもたちは気まぐれで、甘えぐせがつく。それにしても信じられない——女王から離れたいなんて？　教えてちょうだい、おまえは自分が外役蜂で、聖なる母の香りから離れて生きられるとでも思ってるの？　育児蜂になるだけじゃ不満のようね！」

「いえ、充分です、シスター——おゆるしください、こんなお願いをして——」

だが、すでにシスター・オニナベナの怒りは部屋じゅうに広がり、赤ん坊はかんしゃくを起こし、気を取られた育児蜂たちは授乳から顔をあげ、フローがベッドに飛び散った。

「集中して！」シスター・オニナベナは育児蜂に向かって腕を振り、フローラに向きなおった。

「よく聞きなさい。結論を言います——同一蜂児《ほうじ》には同一世話《ケア》。急な変更もなければ、異動願いも受けつけません。そしておまえを押しつけられるまで、ここの育児蜂には清潔な族しかいなかった」

「わかっています、シスター、とても感謝しています、ただ、多くの育児蜂が交替してるのに――」

「おまえになんの関係が？　数えたことがあるの？」シスター・オニナベナが顔を近づけた。「当番表を調べたの、七一七？　そうならいますぐ白状なさい。巣の保安にかかわる問題よ――当番表の何を知ってる？」シスターのにおいが不安で寸断され、またもや赤ん坊が泣きはじめた。

「何も知りません、シスター！　ただ、きいてみたくて――」

「ほら、それこそが悪の根源よ。したがるってことが！」シスター・オニナベナは震える触角を後ろになでつけ、ふたたびフローラをにらんだ。「〝欲望は罪、うぬぼれは罪〟――祈ったり、肢を広げたりするのは大いにけっこうよ、七一七、おまえがぶざまなお辞儀を練習してるのをわたしが知らないとでも――」

「〝怠惰は罪〟」見られていたことが恥ずかしくて、フローラは〈教理問答〉の文言を唱えた。

「〝不和は罪、強欲は罪〟――」

「それに、おまえのその食欲――雄蜂なみにひどいわ。聖なるサルビア族がどう思おうと」――シスター・オニナベナは部屋をさっと見まわし――「おまえはフローラ族の典型ね。貪欲で、醜く、頑固者！　娘たちよ、われらが第一の戒律は？」

「〝受け入れ、したがい、仕えよ〟」聞き耳を立てていた育児蜂たちがフローラを見ながら唱和した。

「〝受け入れ、したがい、仕えよ〟」フローラはシスター・オニナベナの前にひざまずいた。「〝フ

**ローラ族は蜜蠟を作ってはならない、なぜなら清潔ではないから。蜂蠟《プロポリス》も作ってはならない、なぜなら不器用だから。まして餌を集めてはならない、なぜなら味覚がないから。フローラ族が巣に奉仕できるのは清掃によってのみ、そしてフローラ族には誰もが労働を命じることができる〟**」

「そのとおり」シスター・オニナベナの触角がぴくついた。「なのにおまえはここで、女王の新生児に授乳している。夏が寒い、フローラ族がしゃべる——まったく世界がひっくり返ったとはこのことよ！　黙ってこの栄誉に感謝しなさい、もうじき終わるのだから。それがいつか知りたいものだわ、まったく、おまえみたいなフローを出す娘は初めてよ」

「それってどういう意味ですか？　だってあたしの知識は消されてしまうんでしょう？」

シスター・オニナベナは表情を和らげ、ため息をついた。

「じきわかるわ。さあ、もういいでしょう——もう何もきかないで」

中央フロアに戻ったとたん、フローラの希望は恐怖に代わった。フローラは、すでに光る液体を口にあふれさせ、次にどのベッドにフローをあたえるべきかの指示を待つ育児蜂の一団に加わった。鐘が鳴り、前方で一匹の小柄な浅黒い衛生蜂が走って道を空けた。フローラは育児蜂の最後尾を歩きながら、ちり取りとブラシを持った衛生蜂が上級族にうっかり触れないよう身をかがめ、翅を背中にたたむのを見た。つかのま、たがいの目が合った。小柄な衛生蜂はゆがんだ笑みを浮かべ、フローラは目をそらして足を速めた。

こんどの赤ん坊は大柄で、お腹をすかしていた。フローラは赤ん坊の開いた口を見おろした。いつもはこれが両頬の脈動を引き起こし、授乳トランスが始まる。だが、何も出てこない。衛生蜂のゆがんだ、親しげなしかめ面が胸に突きささっていた。フローラは身震いして姿勢を正し、集中した。

赤ん坊が大きく口を開け、乳をほしがった。両頬がぴくっと脈動し、フローーが数滴、染み出した。フローラは赤ん坊の上に落ちるよう頭を振った。赤ん坊はすぐにぴちゃぴちゃと舐め、もっとほしいというように見あげて口を開けた。フローラは口の両脇がこわばって痛くなるまで集中したが、何も出てこなかった。赤ん坊が泣き出した。

新しい育児蜂がかたわらに現れた。顔と口を新鮮なフローで光らせた蜂はとても若く、授乳トランスに深く入りこんでいた。若い育児蜂がフローラの横に立って身を乗り出すと、たちまち光る細流が落ちはじめ、赤ん坊は乳を飲んでおとなしくなった。フローラは困惑してあとずさった。

「奇跡よ」聞きおぼえのある、やさしい声が言った。「そもそもおまえに授乳ができたことは」

シスター・サルビアが美しくも恐ろしげにそばに立ち、ほほえんだ。

「この仕事に飽きたら、七一七、もっと刺激的な任務をあたえましょう。それもひとつの実験よ」

# 5

シスター・サルビアとフローラが〈第二区〉に足を踏み入れると、育児蜂と子守蜂は横を歩くフローラを警戒するように見ながら巫女にお辞儀した。巫女はフローラのフローが止まったことを怒ってはおらず、話をしたいだけのようだ。

「実験は成功だったようね。シスター・オニナベナのことだから、あのような神聖な奉仕がいかに栄誉であるかをとくと話して聞かせたんでしょうね」

「はい、シスター。とても感謝しています」

「でも、おまえは〈第二区〉――わたしにはむしろつまらないと思える場所――にとても興味がある。なぜ？」

シスター・サルビアの強いにおいを嗅げば嗅ぐほどフローラの心は落ち着き、真実を話したくてたまらなくなった。

「〈第一区〉ではすべてがつねに同じです」

シスター・サルビアが声を立てて笑った。

「それこそ同一ケアの核なる部分よ。それがおまえには退屈だった」

「はい、シスター。おゆるしください」フローラは頭をさげたが、シスター・サルビアはそれをあげ、自分の長い触角をフローラの触角の上にかざした。

「ばかげたお辞儀と、聖なる母に会いたいという大それた願いのことは忘れましょう。おまえはとても熱心で働き者らしいから」

「そう願います、シスター」

「そして女王を愛している？」

「全身全霊で」

フローラはシスター・サルビアが心の奥深くに触れるのを感じ、触角が震えた。

〝できるかぎりのやりかたで女王に尽くしたい？〟

「命をかけて」

「けっこう」シスター・サルビアは歩きつづけた。「餌が少ないこの時期、おまえは〈育児室〉でめざましい働きをした。ときには逸脱に目をつぶり、少しばかり実験するのも悪くないわ」そう言ってほほえんだ。「ここは想像どおり？」

「それ以上です、シスター！　活気にあふれ、見るものすべてがすばらしく――」

「では、思う存分ごらんなさい。おまえには知ってもらいたいの」

フローラは〈第二区〉の光景にしばし呆然とした。そこは明るい装飾と美しいタイル張りの遊戯室で、きれいな育児蜂と子守蜂が元気な子どもたちと座り、歌ったり、ゲームをしたり、光る皿から餌を食べさせたりしていた。ずんぐりした小さなかわいい顔に金色の花粉をつけた、健康で美しい幼虫がいたるところにいた。そこにはフローの濃厚なにおいと祈りのつぶやきの代わりに、新鮮な花粉パンの芳香と子守唄と笑い声があった。

シスター・サルビアがフローラを見た。

「授乳パターンの何を知ってる?」

「何も知りません、シスター」フローラは、育児蜂にくすぐられてきゃっきゃと笑う二匹の丸々した幼虫をうっとりと見つめた。「知らなくていいと、シスター・オニナベナに言われました。あたしが知ってるのは、タイミングがとても重要で、鐘がいくつも鳴るということだけです」フローラの腕は赤ん坊を抱きたくてうずうずしたが、欲望の罪に取りつかれないよう背を向けた。「そして、つねにしかるべきときに授乳をやめ、それ以降は一滴もあたえてはならない」

「なぜなら……?」

「わかりません、シスター」

シスター・サルビアが触角でフローラの片方の触角に触れ、フローラは突き刺すような共鳴を感じた。その感覚は耐えられないほど強まり、シスター・サルビアが触角を放すと同時にやんだ。

「けっこう。おまえは正直ね」シスター・サルビアの長い触角が伸縮した。「では、わが姉妹オニナベナ族のことを教えて。彼女たちは〈育児室〉でなんらかの会合や集会を開く?」

「ないと思います」フローラはしかるべき答えで巫女を喜ばせたいという強い衝動にかられた。

「でも、あたしは監督係のシスターひとりしか知りません」

「ああ、そう。おまえにとってはみな同じね。たしかに、彼女たちはみなほぼ同じ、それでもオニナベナ族はたがいの考えを知るのに言葉を必要とする。なんとも不思議なことに。でも、もし彼女たちが内輪の会合を開いていたらわたしに教えて、わかった？」

「はい、シスター」

気がつくと〈第二区〉の端に来ていて、彫りこみのある大きな羽目板が両開きの扉を示していた。印《しるし》の意味はわからなかったが、フローラは本能的に触れてはならないとわかった。シスター・サルビアが無言の問いに答えた。

「われらが祈りのなかで眠るとき、彼らは〈聖なる時間〉を語る」シスター・サルビアの声はやわらかく、顔は内なる大きな喜びを感じているかのように輝いた。「〈礼拝〉のたびに、われわれはあの時間の何かを思い出す」シスター・サルビアはうっとりと瞑想にふけった。

いまは黙って立っているのがよさそうだ。そのとき、ふとフローラは何かが動くのに気づいた。みじめったらしい衛生蜂が一匹、ちり取りとブラシで部屋の側溝を掃除しながらフローラと巫女をまっすぐ見ていた。フローラは衛生蜂との違いを見せつけるように膝をぴったり合わせ、できるだけ体を細く高く見せようと背筋を伸ばした。衛生蜂はせっせと側溝を掃きながら通りすぎた。視線以上のものは何も交わされなかったが、フローラは怒りと動揺を覚えた。

「自分を責めてはならない、誰も自分の族を選べない——選べるなら、みなサルビアを選ぶでしょう」巫女は陶然とした状態から覚めてほほえんだ。「なぜならおまえの族は植物の遺産を持たず、われわれの社会の基部を作るものだから。それとも〝おまえの族はこの巣が受け入れない、不純で雑多な花々の遺産を受け継いでいる〟と言ったほうがいいかしら」

「シスター・サルビア！　シスター・サルビア！」

シスター・オニナベナのこわばった声が〈第二区〉の長い廊下の奥から聞こえた。触角を揺らし、顔をひきつらせて駆けてくる姿を見る前から、サルビア巫女とフローラはオニナベナ蜂が発する恐怖のにおいを嗅ぎ取っていた。

「どうか――来てください――おふたかたとも、お願いです――」シスター・オニナベナが息も絶え絶えに言った。「いますぐ全員が出頭するようにと、生殖警察が〈第一区〉に！」

フローラがシスター・サルビアのあとについて〈第二区〉のなかを戻ると、育児蜂と子守蜂の全員が幼児をしかと抱き、無言で二匹を見つめた。前方の大きな両開きの扉の先にある〈第一区〉は、いまや薄暗くも静かでもなく、煌々《こうこう》と明かりで照らされ、苦くて強烈なにおいがうねっていた。なんのにおいかを必死に思い出そうとしてフローラはよろめいた。シスター・サルビアはフローラの腕をつかんで歩みを速め、まわりに自分のにおいを強く発散させた。

「恐れることは何もない」

部屋に入ってすぐ、フローラは育児蜂が引きあげたと思った。ベッドの脇には誰もついておらず、泣いている赤ん坊もいる。だがよく見ると、全員が育児蜂の詰め所の近くで一列に並んで立っていた。触角をわなわなと震わせ、恐怖のあまり人目もはばからず泣く者もいれば、姿勢をぴっと正して身じろぎもしない者もいる。部屋の隅のすべてに生殖警察が立っていた。族のにおいは覆面臭の下に隠れ、目は無表情で、縞模様に生えた被毛は黒くなめらかだが、〈到着の間〉で見たことのあるフローラにはすぐにわかった。シスター・サルビアが〈におい紐〉をフローラの触角に巻きつけ、フローラは自分の口がぴたりと閉じるのを感じた。巫女はフローラを一列目の端に加え、一歩前に出て警察に頭をさげた。

「シスター警部、シスター巡査のみなさん。ようこそ」

警部は巫女に敬礼して背を向け、育児蜂に呼びかけた。

「またしても翅の奇形が見つかった」

覆面臭のせいでひずんだ、耳ざわりなうなり声に、育児蜂たちはおびえながらも嫌悪のつぶやきを漏らした。

「着地板で目を光らせるアザミ警備蜂の手柄だ」シスター警部はあちこちににおいを噴き出しながら育児蜂を検分した。

シスター・オニナベナが泣き出した。

「ここにはいません、マダム警部、まちがっても〈第一区〉には。ありえません――ここには聖なる母が毎日訪れ、そのにおいは強く美しく――どう考えてもありえ――」

「黙りなさい！」警部が噛みつくように言った。「欠陥が陛下に起因すると、わたしが言ったとでも？　反逆罪に問われてもおかしくない発言だ、シスター――」

「もしここが原因なら、聖なる母よ、いまこの場でわたしをなぐり殺してください！」

膝をつくシスター・オニナベナを、シスター警部が引っぱって立たせた。

「測定せよ」

警部がシスター・オニナベナを二匹の巡査に押しやり、巡査たちが黒いカリパスをオニナベナ蜂の太い腰まわりに打ちつけた。シスター・オニナベナは恐怖で失禁し、尿のにおいが育児蜂の気孔から立ちのぼる恐怖のにおいと混じり合った。背後ですべての赤ん坊が大声で泣き出した。シスター・サルビアは平然と見ている。

「いずれにせよ、この姉妹ではない」警部がシスター・オニナベナを放し、育児蜂たちに向きなおった。「奇形は、悪がこの巣をうろついている証拠である。大胆にも女王から神聖なる母性を盗もうとする、けしからぬ異端者がどこかに隠れている。だから病が起こり、奇形が生まれるのだ。その汚《けが》れた子孫から！」

ぴくぴくと動く警部の触角に、フローラは暴力への渇望を感じた。

「〝子を産めるのは女王だけ〟」シスター・サルビアが育児蜂を見ながら答えた。

「〝子を産めるのは女王だけ〟」数匹がかろうじて繰り返したが、それ以外は、必死に身を清めるシスター・オニナベナの恥ずかしげにうなだれた触角を見ていた。警部がベッドの並ぶ区画に向かって長くて鋭い鉤爪をかかげた。

「犯人が見つかるまですべてのベッドを調べ、育児蜂全員の腹部を計測する。犯人を見つけたら、その汚れた肉体を引き裂き、われわれが巣から罪を洗い流す」

「どうぞ任務の遂行を、シスター警部」

ふたたびシスター・サルビアが頭をさげた。

シスター警部の合図で、数匹の巡査がずらりと並ぶベッドのあいだを整然と動き、別の巡査が腕に抱えた黒いカリパスでおびえる育児蜂の腹部を計測しはじめた。

自分の番になり、フローラは怖くなってシスター・サルビアを見た――あさましい食欲をとがめられるにちがいない――だが、シスター・サルビアは知らんぷりだ。カリパスがフローラの腹部を測り、巡査はそのまま次に進み、育児蜂全員を測り終えた。犯人は見つからなかった。

巡査たちが幼虫を抱えあげるたびに悲鳴があがり、度胸のある者がベビーベッドのほうを見た。巡査たちは触角にある強力な探知器官で小さなやわらかい肉体に鋭い振動を送りこんでいた。赤ん坊はおびえて泣き叫び、フローを吐きもどし、そのにおいが幼虫の排泄物と混じり合った。

「〝われらが母よ、汝は子を産むものなり〟」

シスター・オニナベナの声はかすかだったが、育児蜂たちがはげますように声を合わせた。

「〝汝の子宮をあがめさせたまえ〟」

「〝汝の婚姻なされ、汝の御代《みよ》の来たらんことを〟」

フローラも加わりたかったが、シスター・サルビアのにおいで動けなかった。

「〝永遠《とわ》の命は死より来――〟」

美しい唱和は、ひとつのベッドからあがる、つんざくような悲鳴でとぎれた。

巡査がベッドにかがみこむのを、すべての育児蜂がおののきながら見つめた。巡査が丸まろうともがく幼虫をかかげた瞬間、悲鳴は苦悶の声に変わった。別の巡査が幼虫の体を引き伸ばし、皮膚の裂ける音がした。

フローラの横に立つシスター警部が籠手からするりと鉤爪を出した。

「連れてきて」

警部は赤ん坊の悲鳴を封じ、じわじわと熱を持つ触角で赤ん坊の真珠色の皮膚がしなびるまで調べ、宣言した。

「そうかもしれない。嗅ぎなれない、嫌なにおいがする」

「恐怖のにおいよ！」シスター・オニナベナが叫んだ。

シスター警部は無視して赤ん坊をかかげ、手の突起で突き刺し、わめきながら苦しげに身をよじる幼虫を巡査に突き出した。

「始末せよ」

「待って」シスター・サルビアがフローラを指さした。「この子にやらせて」

とたんに拘束が解け、フローラの体は自由になった。シスター警部が幼虫から鉤爪を引き抜き、手を離した。フローラは幼虫が床に落ちる寸前に受けとめ、胸に抱いた――生まれて初めて抱く子どもだ。温かい血が被毛に染みこみ、フローラは出血を止めようと、もだえ苦しむ小さな体を自分の体に押しつけた。

〝生きたまま食べよ〟フローラの心のなかで声がした。赤ん坊をさらにきつく抱き寄せると、焼けつくような音が触角をつらぬいた。

〝いますぐに。引き裂け〟

フローラは頭をさげて赤ん坊におおいかぶさり、両腕でかばった。声は頭のなかでますます大きくなった。

〝始末せよ〟

なぐられた衝撃で触角がはじけた気がした。フローラは赤ん坊を抱きしめたままよろけ、倒れた。全身を打ちすえられ、フローラの触角は苦悶に脈打つ二本のムチとなった。泣き叫ぶ赤ん坊がもぎ取られ、温かい血が顔に飛び散り、肉を引き裂く音と、それをむさぼり喰う生殖警察の低いうなりが聞こえた。叫ぼうとしたとたん、舌が口のなかできつくねじれ、悲鳴は喉に詰まって出なかった。

「多くを求めすぎたようね」シスター・サルビアのやさしい声がまぢかに聞こえた。「これで実験は終わりよ」

# 6

気がつくとフローラは汚れた無地のタイルの上に横たわっていた。すぐそばから低いうめきが聞こえ、出どころを確かめようとしたとたん、焼けるような閃光が枝分かれして頭をつらぬき、悲鳴をあげた。

「動かないで……」弱々しい声が言った。「そのほうが痛みは少ない——」

小部屋の猛烈な悪臭の奥から、かすかにクローバー族のにおいがした。

「異端者はあなた？」若く、かすれた声だ。「まちがってもわたしじゃない」

フローラは答えようとしたが、舌を動かすのも苦痛だった。

「静かに」シスター・サルビアが、彼女とまったく見分けのつかない一団を連れて入ってきた。全員がメリッサの巫女に特有の儀礼的な花粉のしるしをつけ、強い刺激的なにおいをただよわせている。フローラは恐怖にちぢみあがったが、巫女たちは目もくれない。最初に声をかけたシスター・サルビアがクローバー蜂の横に膝をついて顔をなでた。

「おまえの罪は過去のもの、嘘をつきつづけても自分を苦しめるだけよ」

サルビア巫女は返事を待ったが、クローバー蜂は横たわったままあえぐだけで答えない。巫女が身を乗り出した。

「卵をいくつ産んだ？　女王になりたかったの？」

「とんでもない！」クローバー蜂は折れた手肢で身を起こそうともがいた。翅がしわくちゃで、ちぢれている。「どうか信じて、わたしは〈聖なる法〉を汚《けが》してなどいない。〝子を産めるのは女王だけ〟――」

別の巫女がクローバー蜂を打ちすえようとするかのように進み出たが、シスター・サルビアが押しとどめ、もういちど顔をなでた。

「なぜ警察から隠れた？　汚《けが》れた卵で巣に奇形を広めるため？　おまえの欠陥を持った若い雌蜂が見つかった。おまえの子が」

シスター・サルビアが吐き捨てるように言い、クローバー蜂は泣き出した。

「誓ってわたしは卵を産んではいな――」

「おまえのその翅がまぎれもなき悪の証拠。奇形は巣全体にしのびこんでいる」

クローバー蜂は体を起こそうとするのをやめた。

「だったら、きっと聖なる母が悪い卵を産んだのよ」

巫女たちがしゅっと息を吐き、ナイフをこするように翅をこすり合わせた。シスター・サルビアが片手でクローバー蜂を引きあげ、床から立たせた。

「この期《ご》におよんで冒瀆するつもり？」

クローバー蜂が触角を高くあげて震わせた。

「〝永遠《とわ》の命は死より来たる〟。聖なる母よ、わたしを戻したまえ」

巫女たちが若蜂を囲み、それぞれの腹を高々と伸ばした。フローラは巫女たちの体の先が固い点になり、巫女たちが〈聖歌〉を合唱しながら返しのついた細い毒針をするりと出すのを見た。部屋に毒のにおいが満ち、空気が震えるほど〈聖歌〉の声が大きくなり――巫女たちが四方八方から刺した。クローバー蜂はいちどだけ叫び――やがてクローバー族の甘いにおいが、よどんだ空気の上で鮮烈にはじけ、そして消えた。

巫女たちはフローラに向きなおり、やがて探るような感覚がフローラのひりつく触角を通って脳の奥深くに入ってきた。フローラは化学物質がもたらす、焼けつく痛みに身構え、できるだけ小さく身をちぢめたが、痛みはこなかった。ふいに強引な侵入がやんだ。巫女たちは小声で話しはじめ、フローラはおびえながらも耳を澄ました。

「ヤグルマギクの花粉が少ない。キンポウゲすら減って――」

「外役蜂の話では、もっと広い緑の荒野があると――」

「この雨のなか、そもそもいつ飛べるのか」

「天気にはあらがえない」とりわけ豊かな声の響きに、フローラはあのシスター・サルビアだとわかった。「雨にはあらがえない。今ある食糧でまかなってゆくしかないでしょう。だから、この娘が異端もしくは奇形でないかぎり、このような苦しい時期には一匹の働き蜂も財産となる――もうこれ以上、失うわけにはいかない」

「財産なものですか」別の声が言った。「この娘は赤ん坊をめぐって反抗した。〈慈悲〉をあたえるべきよ——こんな蜂に大事な毒を使いたくはないわ」

フローラはじっと横たわっていた。

「利用価値がなくなれば、わたしがこの手で始末します」例のシスター・サルビアが言った。「でも、最初にあやまちを犯したのはわたしよ。わたしが勝手にやったこと」

巫女たちが相談しながらそれぞれのにおいを縒《よ》ったり伸ばしたりするうちに、部屋の空気が凝縮し、やがてひとつの香りが生まれた。それはもはや最初に感じたようなつんとする刺激臭ではなく、なめらかで温かく、強く心を落ち着かせるにおいだった。

「〝**完璧なのは女王だけ。アーメン**〟」

痛みのなかにあっても、フローラは巫女たちが声をそろえて話すときの美しい合唱のような声を聞き、さらに深く息を吸った。足でつつかれても抵抗しなかった。

「たしかに。これほど大きくて強ければ、何かの役に立つかもしれない」誰かが言った。

「従順ならいいけれど」と別の声。「あの族で謀叛《むほん》が起こったら——しかも授乳を覚えたかもしれない者が——」

「その心配はない」シスター・サルビアがフローラのかたわらに膝をつき、仲間を見あげた。「とはいえ、どう考えても一匹でやるべきではないでしょう」

「もちろん」別の誰かが言った。「泥と恐怖がこの娘の唯一の指針になるでしょう」

さらに三匹の巫女がフローラの頭の横にひざまずいた。つまり、一本の触角に二匹ずつだ。四匹がそれぞれの触角でフローラの触角に触れた。

それはとても不思議な感覚だった。化学物質が脳内に注入されるにつれて体が震えたが、痛みはなかった。しびれるような感覚が波のように強くなるだけで、やがてフローラの意識は闇と沈静に沈みこんだ。

「起きなさい、七一七」はるか遠くから声が聞こえた。

胴体の下になっていた大きな手肢をびくっとさせてフローラは立ちあがった。周囲にぼんやりと蜂たちの生気を感じ、足もとからほっとするような、叩くような鈍いリズムが伝わってきた。リズムは体を通って脳に達し、フローラは無意識にクローバー蜂の死体を抱え、口にくわえた。そのあいだも床のリズムは強まり、一歩進むごとに脈動し、フローラを信号タイルへみちびいた。フローラはクローバー蜂の死体をくわえたまま、振動に引っぱられるように拘束室を出て、行きかう蜂の群れにのみこまれた。

周囲を飛びかう強い信号から触角を守るため、頭を低くして歩いた。何千もの蜂が出す気流と電気パルスがさざ波のように押し寄せたが、すべて無視した。単純で明快な脈動だけに集中し、恐ろしく混み合うロビーを横切ろうとしたとき、足もとで情報が渦巻き、フローラはやむなく速度をゆるめた。

入り乱れるにおいとともに働き蜂がどっと押し寄せ、フローラは頭をあげ——流れるような足のリズムに引き寄せられた。のろのろと大広間の出入口の前を通ると、なかからいくつもの歓声が聞こえ、嗅ぎなれないにおいが大量にあたりに吹きつけた。あまりに刺激が強すぎて、フローラは床に低く身をかがめて歩きつづけた。

気がつくと、同じようにきついにおいのする荷物を運ぶ一団と一緒に歩いていて、なかの一匹がフローラに何か言いたそうにしていた。フローラは、自分を必死に戸口のほうに連れていこうとする衛生蜂の浅黒い顔をぼんやり見つめた。部屋に入ると、床に空いたスペースがあった。単純なにおいのタイルがクローバー蜂の死体を下ろすよううながし、すぐに別の衛生蜂がそれを抱えて運び去った。フローラはいくつもの手で廊下に押し戻され、ふたたび別の衛生蜂の流れに加わった。一団は黒っぽい頭をかがめ、無言で歩いてゆく。彼女たちの顔はもはや汚れてもいなければ不潔でもなく、ここちいいにおいがした。


〈衛生〉に時間を告げる鐘はなく、衛生蜂が始末する汚れのにおいと、彼女らが食べるきわめて質素な食べ物のにおいの違いがあるだけだ。衛生蜂は話せないので、おしゃべりや噂話はなく、ともに働き、身を寄せ合い、においを共有することで仲間意識を得ていた。

フローラは族姉妹と同様、霧がかかったようなぼんやりした意識のなかで働き、そこにときおり〈礼拝〉が差しはさまれた。振動する巣房から〈女王の愛〉の香りが立ちのぼると、衛生蜂はいまいる場所で動きを止め、もごもごと崇拝の言葉を発し、その至福の瞬間だけフローラは頭のなかの絶えまない痛みから解放された。〈礼拝〉が終わると、みな仕事に戻り、フローラの意識はしぼんで、いま目の前にある任務だけに向けられた。

日々、あらゆる族の雌蜂が何百の単位で生まれ、死んでゆく。死体回収は衛生蜂にとってありふれた仕事だ。死体をなんども運ぶうちに、フローラは巣の最上階と中階から、最下階にある死体置き場とゴミ置き場までの道順を覚えた。そのなかには族の違いを感知する〈におい門〉によって閉ざされている経路もあり、フローラ族は許可がないかぎり中階の〈育児室〉や最上階の〈羽ばたきの間〉、〈宝物庫〉といった神聖な区域には入れない。一、二度、強いにおいにはじき返されると、フローラのようにとりわけ覚えの悪い衛生蜂でもその道を通ろうとは思わなくなる。それでも、ときおり中階の〈育児室〉からただよってくるにおいはフローラの脳を刺激し、そこに長くいればいるほど、そのにおいに押しつぶされそうになって思わずうめきを漏らした。

巣のなかで最下層の〈衛生〉のなかにも能力の差による階層があった。フローラ族のなかには、決まった道筋をたどるだけの任務を離れ、難しい区域から廃棄物を集める者もいて、彼女たちは短い廃棄飛行に行かされることもあった。死体や悪臭のひどい汚物を巣から衛生的に離れた場所に捨てにゆくのだ。フローラが属する第二班は、決められた経路から一歩でもはずれたら触角に激しい痛みを感じるため、動きまわれるのは巣の最下階の着地板に近い死体置き場か荷物受取所までだ。ときおりフローラはそこにたたずみ、空気中に広がる見知らぬにおいが全身を激しく駆けめぐり、翅関節が奇妙な感覚で震えるのを感じた――しかし、そのことを考えると痛みに襲われ、自分の仕事に戻れば痛みから解放された。

衛生班にはそれぞれ上級族の監督がついた。衛生蜂だけでは信用できないからだ。今日のフローラ族の担当は被毛がまばらな、がさつで、うっかり屋の、ひょろりと細長いヒルガオ族だった。シスター・ヒルガオは、使用されたばかりの孵卵室を聖別された蜜蠟で修理するため、〈雄蜂の到着の間〉の空いた場所を衛生蜂に掃除させた。

衛生蜂にはそれぞれ決まった働き場所があった。会話はできなくても、うなり、同じリズムで汚れをこするさまは仕事を楽しんでいるようだ。周囲の仕事ぶりに目をこらし、泥が一粒残っているのを無言で指さす者がいるかと思えば、運び出しやすいように汚れた蜜蠟がきっちりと押し固められているかを確かめる者もいる。雄蜂の部屋のあいだには目印となる足跡がないので、フローラは痛みをともなう混乱を避けるために傷ついた触角を低くさげ、できるだけせまい区画に集中した。その様子はまるで取りつかれたようだったが、フローラの仕事ぶりは徹底しており、〈礼拝〉の時間になってもシスター・ヒルガオが大声で呼び、蜜蠟のかけらを投げなければ気づかないほどだった。

〈雄蜂の到着の間〉からは、彫刻のある壁を通してすべての衛生蜂の耳に大合唱団の歌が聞こえた。声の振動が〈女王の愛〉の香りを送り、それが巣房の膜を通って体の奥深くに達すると、幸福のあまり意味不明な声をあげたり、踊り出すようにリズミカルな動きをしたりする者もいたが、大半はフローラと同じように、愛されているという至福の感覚に身じろぎもせずに立っていた――その神々しい感情の高まりがしだいに消えるまで。

やがてフローラの体に不思議な感覚が沸きおこった。空腹感のように強いけれど、食べ物や飲み物がほしいのではない。腹部が重いもので後ろに引っぱられるようで、固くねじれた舌が口のなかでふくらんだ。班が仕事に戻ると妙な感覚はますます強くなり、フローラはそれを振り払おうと左右に身を揺らした。

「やめなさい、このばか蜂！」シスター・ヒルガオが、不潔な衛生蜂に直接触れずにつつくための、プロポリス樹脂でできた細いムチを振りまわした。「そこの房に入って、きれいにしなさい、〈慈悲〉に送られたくなかったら」

フローラは言われるままに次の空いた雄蜂房によじのぼった。空気はよどみ、壁と床に排泄物がこびりついている。鈍くなった感覚を通しても、この房にいた雄蜂の汚物が発する化学物質は脳を直撃した。悪臭が〈女王の愛〉のかぐわしい名残を消し去ったとたん、フローラのなかに怒りが沸きおこり、雄蜂の排泄物が発する性臭にかっとなって、壁に嚙みついた。口のなかのこわばりが両頰の痛点で火を噴いたが、かまわず狂ったように汚れた蜜蠟の塊を嚙みちぎり、廊下に放り投げた。次の瞬間、すべての音と視覚が消えた。

フローラは恐怖にとらわれ、雄蜂房から飛び出して床に倒れこんだ。すぐそばの床に、巣房ごしに染み出た〈女王の愛〉のほんのかすかな筋が残っていた。フローラはそこに身を投げ、脳内でちかちか点滅する黒い痛みを打ち消そうと吸いこんだ。

「七一七！　なんなの、気のふれたアオバエみたいな真似は――やめなさい！」

シスター・ヒルガオが蹴って立たせようとしたが、フローラは全力で蜜蠟にしがみつき、〈女王の愛〉の最後の分子を吸いこんだ。シスター・ヒルガオに蹴られたくらい、痛くもなんともなかった。何かもっと強いものがフローラの心と体のなかで取って代わろうとしていた。

長いあいだ固くねじれていた舌が温まってやわらかくなり、吐き気のするような雄蜂の排泄物の味が消えた。力が全身を駆けめぐり、内部伝達器官が開くにつれて触角が脈打ち、視覚と聴覚が戻ってきた。なにより驚いたのは嗅覚で、気がつくといま横たわっている床タイルに使われた蜜蠟の種類のすべてが嗅ぎ分けられるようになっていた。さらには雄蜂房に嵌《は》めこまれたプロポリスのにおい。周囲でせっせと働く衛生蜂の体の汚れたにおい――。

「いい加減にしなさい！」

シスター・ヒルガオがフローラの翅の端をつかみ、扉のほうへ引っぱりはじめた。抵抗すれば膜が裂けそうで、フローラはしかたなくそのまま引きずられた。

「こんな簡単な仕事もできないのなら」――シスター・ヒルガオはフローラを混み合う廊下に押し出し――「そんなろくでなしはこの巣には用なしよ！」

シスター・ヒルガオが憎々しげに叫んだ。フローラはその息に、未消化の花粉パンと腹のなかを動きまわる緩慢な老いの気配を嗅ぎ取った。

「警察の巡視隊が来るまでそこに立ってなさい――どうにかしてくれるはずよ、きっと」

シスター・ヒルガオはフローラをつかんだ手のにおいに身震いし、なかに戻っていった。

〈雄蜂の到着の間〉は中央ロビーに通じており、何千匹もの蜜蜂がぶつかることなくあらゆる方向に動いていた。一瞬フローラは立ちどまり、空気中を波のようにうねるにおいの情報と信号タイルの振動を取りこんだ。

〝バラ、オニナベナ、リンゴ、クローバー〟――さまざまな族の姉妹が脇を通りすぎるたびに情報が押し寄せた。〝クローバー、オオバコ、ゴボウ、サルビア〟――

みるみる近づいてくる最後の族のにおいを嗅いだとたん、フローラは恐怖に駆られ、本能的に隠れたくなって、ロビーを行きかう姉妹の群れにまぎれこんだ。千の床信号がメッセージを送ったが、ひとつの言葉がそのすべてを上書きした。〝サルビア族に気をつけよ〟――それはフローラ自身の心が発したものだった。

# 7

　サルビア巫女のにおいは、フローラが香り高き姉妹たちの奥に入りこむにつれて消えた。姉妹たちは香気と噂話を振りまき、体熱で族のにおいを混ぜ合わせながら行きかっている。彼女たちの明るい声を聞き、話している内容をすべて理解できる感覚は実にすばらしく、すぐにフローラは床信号と周囲の興奮した触角を通して最新の大きなニュースをとらえた――〝雨があがり、雲が切れ、外役蜂が戻ってくる〟

「花蜜が来る！」数匹の蜂が叫んだ。「花はわたしたちを愛している！」

　巣が揺らめき、下の階から立ちのぼる甘いにおいに、すべての蜂が足もとから駆けのぼる喜びを感じた。蜂たちは後ろに押し合いへし合いして、もうじきやってくる者たちに場所を空け、気がつくとフローラは翅と翅を押しつけ合い、最前線で歓声をあげる一団に混じって立っていた。

　貴重な花蜜で喉をふくらませた外役蜂が整列する蜂のあいだを走り抜けると、歓声はいや増した。彼女たちのあとには甘い花の種類を伝える金色の香りの筋がただよい、フローラは次々と戻ってくる外役蜂をうっとりと見つめた。年齢も族もさまざまで、翅がぼろぼろの者もいれば、若くて傷ひとつない者もいるが、全員が花蜜の金色の香りをたなびかせている。

花の分子構造が脳に流れこんだとたん、聞いたことのない大きな音がしてフローラは驚いた。両脇の姉妹があわれみの目でこっちを見ている——そこでようやくフローラは、それが歓声に加わろうと意味もなくうめいた自分の声だと気づいた。最後の外役蜂が花蜜の香る金色の筋をなびかせ、フローラについてくるよう誘いかけながら通りすぎた。

金色の香りに引き寄せられるまま、驚いたことにフローラは巣の最上階に通じる階段の〈においの門〉をなんなく通り抜けていた。不思議に思うまもなかった。花蜜を運ぶ一団は花の情報が刻まれた、染みひとつない淡い色のタイル張りの長い廊下を進んでゆく。それは、その奥に隠された〈聖なる謎〉を求めて歩く者たちのための〝祈りのタイル〟で、一歩あるくごとに化学構造がひもとかれた。

フローラは行列の最後尾からびくびくしながらついていった。自分のような最下層の蜂が巣箱の最上階の禁じられた区域に入りこんだら、いつ警報が鳴るかわからない。だが、足もとからは前をゆく外役蜂のときと同じように香りの靄が立ちのぼり、フローラを行列に取りこんだ。やがて通路のまんなかにある丈の高い両開きの扉が開き、フローラの心は喜びに満たされた。生の花の香りが暖かい空気にうねるようにただよっている。フローラは〈羽ばたきの間〉の神聖な精油所に足を踏み入れ、精鋭蜂たちに目をみはった。

中央広間《アトリウム》の中央から、金色の霧と、おだやかでここちよい和音が揺らめいた。そびえるような六枚の壁は〈女王の封蠟〉で封をされた蜜の聖杯がつながってできており、曲線を描いて丸天井をなしている。そのはるか下では何百もの姉妹が同心円状になって、銀色の翅を羽ばたかせていた。姉妹たちの顔は喜びに恍惚として、それぞれの前に生の花蜜が入った大きな杯が置かれ、杯からは霧と音楽が渦を巻いて空中にのぼり、花蜜の水分が蒸発して濃縮され、蜂蜜になっていた。

そこでようやくフローラは外役蜂と受取蜂の行列が貴重な収穫物をからの蜜蠟杯に注ぐのに忙しく、自分だけが何もすることがないのに気づいた。立ち去るべきだとはわかっていた——衛生蜂が許可なくこんな神聖な場所にいたらきっと罰せられる——が、あまりのすばらしい光景に足が動かなかった。フローラはにおいが立ちこめる物陰から、外役蜂と受取蜂が収穫物をからにして、翅を整え、歩いて出てゆくのを見つめた。最後尾の若い受取蜂がうっかり蜜蠟杯にぶつかって花蜜を少しこぼしたが、みなに遅れまいと、ちらっとすまなそうに見ただけで行列のあとを追った。

丈の高い扉が閉まり、輪になった姉妹たちがふたたび銀色の翅を揺らしはじめた。〈聖歌〉が沸きおこり、羽ばたきが暖かい空気に香りを起こしてゆく。こっそり隠れているのは失礼な気がして、フローラは前に出た。とっさにアトリウムの中心に向かって頭をさげたが、触角が蜜蠟の床に触れたとたん、翅留めがかちっとはずれて胸の飛翔エンジンが始動し、まだいちども羽ばたいたことのない翅が震え、気がつくとフローラは宙に浮かんでいた。

数匹の姉妹が音の出どころを探して顔をあげた。フローラは胸の筋肉を締め、気づかれる前に蜜蠟の上におりた。背中で翅留めを堅く閉じ、おそるおそるあたりを見まわした。衛生蜂がここに立ち入るだけでも罪なのに、翅を広げたなんてことが知れたら——

異常な感覚は体の奥に消え、フローラは混乱する頭を落ち着けようと掃除場所を探した。だが、〈羽ばたきの間〉は染みひとつなかった。わずかに目につくのは、さっきの若い受取蜂がこぼした花蜜だけで、それはいま蜜蠟杯の側面を伝い落ちて乾き、杯が置かれたタイルの上で固まっていた。

そのにおいにフローラは激しい空腹を覚えた。

**〝欲望は罪、強欲は罪——〟**

でも、それを清めるのは罪ではないはず、でしょう?

不浄の体が聖杯に触れぬよう注意しながら、こぼれた蜜の横に膝をついたとたん、フローラはスイカズラの香りに圧倒され、深紅と金色の花の生き生きとした精気が全身を駆けめぐった。そうやってタイルから最後の分子まで舐めとっていると、外から騒ぎが聞こえた。

あわてふためく姉妹たちの密集した振動が通路の奥から近づき、文句を言う声が聞こえた。

「蜂蜜だ!」雄蜂の低い声がとどろいた。「いますぐ出せ!」

「どうか殿方」雌蜂の声が叫んだ。「おやめください!」

雄蜂の一団が〈羽ばたきの間〉に押し入り、中央通路をずかずかとやってくるのを見てフローラはあわてて飛びのいた。大きな体、つんとするにおい、目の上に日よけのある大きく端整な顔に、ポマードでなでつけた濃い被毛。輪になって揺らめく姉妹たちは羽ばたきの速度を落とし、乱入者たちを見た。フローラには誰も気づかない。

「ポプラ卿、ナナカマド卿、シナノキ卿その他の高貴なるみなさん」一匹の雌蜂が後ろから駆けてきた。「〈菓子工房〉にご案内します、それとも――」

「蜂蜜と言ったんだ！」別の雄蜂が叫んだ。

「それもたっぷりと」また別の雄が言った。「きみたちが飲むようなほんの一滴ではなく」

雄蜂たちは巣房の上で硬い足を踏み鳴らし、〝蜂蜜だ、花蜜だ〟と声をそろえて唱えはじめた。

聖杯からあがる蒸気が消え、姉妹たちの困惑した顔が現れた。

「羽ばたきを続けてくれ、かわいい姉妹たち」一匹の雄蜂が言った。「長居はしない、なにしろわれわれは愛の任務の途中だ！　そこの、扉の横にいる面長の年老いたお嬢さん――あなたからも声援をいただきたい。なんといっても、われわれは巣の栄誉のために飛んでるんだ！」

「殿方に敬愛を」

年配のシスター・サクラが深々とお辞儀し、まわりの姉妹がそろってお辞儀をするのを見てフローラも真似をした。そうやって身をかがめながら雄蜂たちの硬い足やたくましい腱、太ももや大きな胸の下部を見つめた。においは強烈だが、不快ではない。フローラは気孔を広げて深々と吸いこんだ。

「僭越ながら、こうしたらいかがでしょう、殿方」――シスター・サクラは身を起こし――「いまは雨続きの耐乏時ゆえ、集めたばかりの花蜜だけで辛抱してはいただけませんか。たとえば――」

「蜂蜜と言ったら蜂蜜だ」一匹の雄蜂が太い筋肉質の腕をシスター・サクラの体にまわし、顔の前に雄のにおいをただよわせた。「われわれを待つ、よその巣の王女たちのことを考えてみたまえ。

どんなに疲れ、どんなに愛を待ちわびていることか。彼女たちを一秒でも長く貞操に縛りつけておきたいか？　それともこの巣の力で腹を満たし、われらが剣で乙女たちを解き放つべきか？」

シスター・サクラは雄蜂の卑猥なしぐさに息を呑み、触角を激しく振りまわした。大柄な雄蜂は笑いながらシスターを放し、姉妹たちは雄のにおいをもっと嗅ぎたくて声を立てて笑った。シスター・サクラはあわてて被毛をなでつけて輝く顔を隠し、一歩前に出て手を叩き合わせた。

「殿方たちが〈入手権〉を行使します」

扉近くの不満げな雌蜂と大喰いの雄蜂にはさまれ、フローラはその場から動けなかった。雄蜂たちは〈羽ばたきの間〉でわがもの顔に振る舞った。フローラと姉妹たちは彼らが次々に蜂蜜を味見し、泡立つバケツからずるずると音を立てて生の花蜜を飲み、羽ばたく姉妹を聖なる輪から引っぱり出してダンスの相手をさせるさまを呆然と見つめた。なかでもシスター・サクラをなでまわしたオーク族の雄は無礼だった。

「シナノキ卿よ！」オーク卿の大声が神聖な部屋に響きわたった。「来たまえ、いかしたおチビ卿よ、その名にちなんで味わってみるがいい――シナノキの花はうまいぞ！」

「わたしの舌に合うのは最高級品だけだ」小柄な雄蜂は首毛を整え、オーク卿がむさぼっている場所にまっすぐ近づいた。シナノキ卿が身をかがめて味見しようとしたとたん、オーク卿がその顔を花蜜に押しつけ、自分のおふざけに笑いながら小柄な兄弟の首毛をつかんで引っぱった。

「そら、独り占めにして、きみの欠点をせいぜいなぐさめるといい」

シナノキ卿は顔から蜜をぬぐい、苦笑した。

「そう決めつけたものでもないぜ。なにせ、聞くところでは力より知恵を好む王女もいるらしい」

そう言って首毛をまっすぐに引っぱった。「わたしの相手はそのようなタイプだ」

「ふん！」オーク卿はシナノキ卿がよろけるほど強く叩き、「おれの知恵はすべてこの一物《いちもつ》に詰まっている、ゆえに、知恵好みの王女もおれのものだ」

「その前にカラスにねらわれて、大きな青黒いくちばしで嚙みつかれなければいいが！」

〝カラス〟という言葉に、姉妹たちはぎょっと息をのんだ。

「ねらわれるのはきみのほうだろ」とオーク卿。「なにしろチョウに追いつくのもやっとだ。もっとも、きみはたいしたごちそうにはなりそうもないが」

シナノキ卿は身づくろいを続けた。

「ばかでかくて、隆々たるきみとは違う」

「まったくだ」オーク卿は姉妹たちに向きなおり、「運はおれに味方する、だろう、ご婦人がた？」たくましい胸をふくらませ、頭に三つの高い冠毛を立てて雄のにおいを煙のように振りまいた。数匹の姉妹が失神し、何匹かがシスター・サクラがしたように思わず拍手した。

「さて、おれの世話係は誰だ？」

数匹の雌蜂がさっと近寄ると、ほかの雄蜂も誘うように翅留めをはずし、雌蜂の世話を受けはじめた。フローラは扉のほうににじり寄った。

「そこのあなた――待って！」シスター・サクラが近づいてきた。「衛生蜂を呼んだ覚えはないけど――不潔なフローラ族がこんなところにいったいなんの用？　また管理蜂が〈におい門〉をおろしっぱなしにしたの？」

　フローラは答えようとして口をつぐみ、うなりながらうなずいた。

「まったく、人材不足は嘆かわしいばかりね。違う族があちこちにまぎれこんで――しかもおまえの族は頭が悪くて、のろまで、どんなに簡単な道もたどれない――」シスター・サクラが疑わしげにフローラを見た。「何か盗みに来たんじゃないでしょうね！」

　フローラはあわてて首を振り、触角を低くさげた。自分の族の振る舞いは卑屈で、見るたびに嫌な気分になったが、いまの自分はまさにフローラ族そのもので、おびえるようにあとずさった。その拍子に後ろの誰かにぶつかり、シスター・サクラがフローラの触角のあいだを叩いた。

「殿方、申しわけありません」シスター・サクラはにっこり笑い、「不浄な接触をおゆるしください。上級族を呼んで世話をさせます」

「彼女は衛生族か？」そう言ったのは、雄蜂のなかで唯一、世話役がついていないシナノキ卿だ。

「あの族はみなあんなに毛深いのか？　かまわん、シスター・サクラソウ。今日はちょっと気分を変えたい。彼女に世話をしてもらおう」

「殿方――フローラ族に？」

「殿方の好みに口をはさむな」シナノキ卿がフローラを見やり、フローラはシナノキ卿の被毛にまだついている蜂蜜を見た。「トウダイグサの花蜜を頼む」

「トウダイグサ？　殿方、ご冗談を！」シスター・サクラはひきつった笑い声をあげ、「どうしてそのようなものを出せましょう――あんな、〈大群〉の足から伸びたような腐った花」そう言って手を組み合わせた。「わたしたちの巣にはございません」

「おや。それは残念だ、あそこによく効くと聞いたんだがな」

「そんなことを言う者はここにはおりません、外役蜂は誰も――」

「外役蜂の話ではない、シスター・オオバコ――」

「サクラです、殿方」

「なんでもいいが、マダム、この話をしたのは〈集合〉で会った、トウダイグサのにおいをぷんぷんさせた色黒のいい男だ。そいつが言うにはトウダイグサは〈雄蜂の木片〉をわれわれがとまる小枝のように硬くするらしい」

「おやめください！　なんて露骨な――」

「少なくとも彼はそう言っていた、なまりの強い、よその言葉で」

「よその？」シスター・サクラは気を取りなおし、「どちらの方角の？　サルビア族が近所の移住者に関する情報を知りたがっています」そこで声を低め、「ご存じのように、まんいち病気でも持ちこまれたら。それに、花蜜も取られかねません」

「落ち着け、シスター。〈集合〉はそなたが飛べる場所よりずっと遠い」

「めっそうもない、わたしはただの内役蜂《ないえき》です。でも、まさか客人を招くおつもりではないでしょうね？　わたしたちの食糧庫は思いのほか少なく――」

「いままでさえ競争相手にはことかかないというのに？」シナノキ卿は世話を焼かれる雄蜂仲間を陰

鬱そうに見た。「いずれにせよ、最後に見たとき、その色黒の男は実に美しい王女を追い、先頭きって野原を飛んでいた。いまごろはどこかの豪華な宮殿で王になっているだろう。ここの陰気な巫女たちに急ぎ伝えるがいい」

「とれたてのニュースですわ！」シスター・サクラは興奮に浮足立って深々とお辞儀し、「シスター・サルビアにとって新しい情報はいつだって貴重です――感謝します、寛大なる殿方」そう言って走り去った。

フローラは自分も逃げ出したくてシスター・サクラのあとを追いかけようとした。

「きみはどこへも行ってはならない」シナノキ卿が自分の股を指さした。「毛づくろいをしてくれ。わたしだけほったらかされては格好がつかない」

シナノキ卿の強烈なにおいに、触角のなかのもうひとつのフェロモン閘門《こうもん》がポンと開き、フローラの意識に乱雑なイメージが押し寄せた。

〝揺りかごのなかの幼虫たち――ぴんと引っぱられた、しわくちゃの翅――〟

シナノキ卿がフローラを押しつけようとした。

「聞こえないのか？　やれと言ったらやれ、これは〈掟〉だ」

〝突起に突き刺された赤ん坊――〟

フローラは雄蜂を押しのけ、祈りに満ちた廊下に飛び出した。シナノキ卿があとを追ってきた。

「わたしは一国の王子だぞ！　したがえ！」

そのとき、廊下の向こうから見分けのつかないサルビア巫女の一団が香の煙をくゆらせながら整然と〈羽ばたきの間〉に近づいてきた。フローラは小柄な雄蜂と巫女団にはさまれ、衛生蜂のなかでも最下層の蜂のように身をかがめた。

「よくもそんな真似を――」シナノキ卿はフローラに飛びかかろうとして、巫女団の正面で足をすべらせた。お辞儀もせずに雄蜂の横を通りすぎるのは無礼だ。巫女たちはシナノキ卿が口汚く毒づき、立ちあがるあいだ、しかたなく足を止めた。

フローラは振り返らず、全速力で走った。途中で、見過ごしそうな小さな暗い出入口を見つけ、隠れようと飛びこんだとたん床がとぎれ、転げ落ちた。そこは部屋ではなく、階段だった。

段差の大きい、急勾配の階段で、フローラは体勢を保とうと翅を体にぴったりつけた。落ちた拍子に古い蜜蠟の壁にぶつかってしがみつき、頭上から追ってくる音がしないかと耳を澄ました。

においも音もせず、聞こえるのは自分自身のどくどくと脈打つ血と気孔が吸いこむ空気の音だけだ。フローラは恐怖を抑えこんだ。新たに機能しだした触角が、いま自分が巣の最下階にいて、最後の階段が小さな廊下に通じ、ひとつの扉に行き当たると告げた。フローラは扉の先に何があるかを確かめようと這いすすんだ。

古い蜜蠟ごしに最初に感知したのはまぎれもない自分の族のにおいで、次に、細長くて動かない蜂の姿を感じた。ここは働き蜂の共同寝室で、衛生班の部屋にちがいない。フローラは心底ほっとして扉を開けた――そこは、死体置き場だった。

フローラ族の姉妹たちが同じく驚きの表情で見返し、それから笑い声とおぼしき妙な音を発した。なかの一匹がフローラに扉を閉めるよう合図し、衛生蜂たちは棚から死体を下ろす作業を続けた。

このとき初めてフローラは仲間たちの奇妙の顔な奥に明らかな知性があるのに気づき、にわかに興奮を覚えた。ここにいるフローラ族は〈衛生〉の精鋭で、死体を着地板まで運び、巣の外へ飛んで捨ててくるという任務を負っているのだ。

フローラは見えるなかでいちばん大きくて重そうな死体を口にくわえた。〈菓子工房〉の所属だった被毛のない老雌蜂の死体で、ポケットに花粉を隠し持っていた。フローラは族姉妹のあとについて死体置き場を出ると、太陽で温まった着地板と、その先に広がる大空に向かった。

# 8

着地板に通じるロビーには群れがひしめき、衛生班の死体運搬係は足止めされた。暖かく乾いた風が渦を巻いて吹きつけ、蜂たちが押し合いながらあとずさりしてできた空間を外役蜂たちが駆け抜けるたびに、歓声と拍手が起こった。フローラは畏怖の念に打たれ、燃えるような顔と破れた翅を光らせた、よれよれの姉妹たちを見つめた。族のにおいはせず、高い空の荒々しい空気のにおいがした。外役蜂がロビーに通じる広間に駆けこむと、さらなる足踏みと歓声が起こり、背後から姉妹たちがこぼれるようになだれこんだ。

衛生蜂は着地板に近い疫病防止線内に移動した。巣の仕事で出入りする上級蜂の汚染を避けるための、衛生蜂専用の場所だ。太陽のぬくもりが華やいだ気分をかもし、フローラは姉妹たちの飛翔エンジンがさまざまな音域でうなる音にぞくぞくした。仕事柄、すべすべした顔の採水蜂が喉をふくらませて戻り、数珠つなぎになった受取蜂がエキゾチックな生花粉の山をひとかけらも落とさず手渡してゆく。風に乗ってさらに多くの外役蜂が戻っては飛び立つさまを、フローラは心からうっとりと見つめた。

「次、死体運搬係！」伝統的に着地板の警備をになうアザミ族の大声が響いた。

フローラは暗く閉じられた巣から目もくらむような光と空間の世界へ踏み出し、木の床に立った。なんの信号もない。あるのは、外役蜂を巣に誘導するために板の縁《へり》に置かれた、まぶしいにおいの標識だけで、それ以外の目印は太陽だけだ。

「混み合っているんだから、頭をさげて、急いで」アザミ警備蜂がゆっくりと大声で言った。「行先はわかってるでしょうね――ぐずぐずせず、戻るときは左側を通ること」

フローラは首を横に振った。

「廃棄飛行よ――フローラ族もあのひとつの場所くらい覚えられるはず――」アザミ蜂がフローラの後ろで押し合いへし合いする蜂たちに叫んだ。「待ちなさい、姉妹たち！」

情報を求めて触角をあげたとたん、フローラは頭痛がして下を見た。着地板の下の、厚く湿った土にからみつく芝やイラクサ、ギシギシやシャジクソウのなかに嗅ぎなれない、強烈で不快なにおいが編みこまれ、別の生き物がいることを告げていた。緑が湧き立ちはじめた。

「やめなさい――下を見るものじゃありません」

アザミ蜂がフローラを引き戻したそのとき、胸部エンジンが大きくとどろく音がして二匹は振り向いた。雄蜂のつんとするにおいが着地板にただよい、オーク卿率いる雄蜂団が足並みそろえてやってきた。冠毛を高くあげ、日よけを下ろし、大きな胸をふくらませてアザミ蜂のほうを向き、自慢の体を見せつけた。警備蜂たちは形ばかりのお辞儀をした。

「殿方に敬愛を」アザミ蜂の口調は、そっけなくも礼儀をわきまえていた。

「われらが巣に栄えあれ！」

オーク卿の大声に兄弟たちが歓声をあげ、ひしめきながら着地板に出た。雄の濃厚なにおいを通して蜂蜜のにおいがただよい、姉妹たちはいっせいに下を見た。貴重な黄金の富が雄たちの足で固まり、着地板の上で踏まれ、蜜の跡が巣のなかに続いている。雄たちの背後では姉妹たちが愕然とした顔で戸口に群がり、アザミ警備蜂はすばやく触角を動かし合った。みな無言だ。

バンという力強い音とともに雄蜂たちが翅を開き、飛翔エンジンをふかすと、うなりは駆り立てるようなとどろきに変わった。最後尾で、まだ被毛をべたつかせたシナノキ卿が自分の甲高いエンジン音を安定させようと苦戦していた。フローラはアザミ警備蜂の背に隠れて身をちぢめたが、気づかれた。

「おまえ！」シナノキ卿が喧噪に向かって叫んだ。「よくも逆らったな。ここに来て、この足をきれいに――」

そのとき目の前に一匹の外役蜂が降り立ち、シナノキ卿は飛びのいた。

「失礼、殿方」外役蜂はシナノキ卿の前を通り、フローラとシスター・アザミのいるほうへ近づいた。「ユリ五《ご》〇〇《まるまる》、戻りました」花蜜のにおいのする声はかすれ、すり切れて光る翅は年齢を感じさせたが、ユリ五〇〇は小さな太陽のようにエネルギーを発散させていた。

「マダム外役蜂、よくぞんじています」シスター・アザミが深々とお辞儀した。

ユリ五〇〇は巣のなかに入りかけて、雄蜂たちのほうを向いた。

「姉妹は誰もあなたがたの足からわれらが聖なる蜜を舐めはしない。〈大群〉を引き寄せて、わたしたちをさらし者にするつもり？」

「どこの〈大群〉だ、気高きばあさんよ？」オーク卿がぐいと前に出た。「今日はどこにもいない、だからおれたちに〈よきスピードを〉と願い、道を空けろ！」

老外役蜂はちらっとフローラを見て、アザミ蜂に話しかけた。

「着地板をきれいにするのが仕事なのに、まだ死体運搬係が残っているようね」

「おゆるしください、マダム。おっしゃるとおりですが、何も知らない者が送りこまれて！　わたしにどうしろと？　死体を巣に戻すわけにはいかず、かといってこの娘が板から落とせるわけもなく――」

「まるでわたしが提案したような口ぶりね。人材不足に能力不足――」ユリ五〇〇はフローラの翅を一枚広げ、「翅に問題なし！」それから触角でフローラの触角を読み取った。フローラは身をちぢめ、マダム・ユリは警備蜂を見た。「脳がひどく痛めつけられている。あれでよく見聞きできるものね」

「よきマダムたちよ！」オーク卿が口をはさんだ。「あんたがたの噂話に付き合っていたら、われわれ飛行大隊は遅れるばかりだ。おれたちは威勢よく出発したい、あんたみたいな年寄りのはぐれ者の寄せ集めとは違うんだ。さあ、頼むから場所を空けろ」

ユリ五〇〇はその場から動かず、触角をぴくつかせた。クローバー族の若い受取蜂が巣から走り出て目の前で膝をつき、口を開けると、ユリ五〇〇は背をそらし、素嚢《そのう》から金色の花蜜の奔流をクローバー蜂の口に注《そそ》いだ。蜜が尽き、クローバー蜂はお辞儀をして巣に駆け戻った。

「ばあさんのゲロ？」オーク卿がぎょっとした。「おれたちが飲んでいるのはあれか？」

「花蜜よ、殿方。わたしたちがどうやって運ぶと思った？」そう言ってからユリ五〇〇はフローラに向きなおった。「荷物をしっかり持って、ついておいで」

言うなりユリ五〇〇はフローラを板から突き落とした。

落ちてゆくフローラの顔を芝の葉が下から上に切りつけ、巣箱の粗い薄板が触角をこすり、太陽が回転した。バランスを取ろうと手肢をばたつかせたとたん、とどろくような振動とともに飛翔エンジンが始動して一気に加速し、気がつくとフローラはユリ五〇〇の翅が残した銀色の跡を追って気流に浮かんでいた。背後から飛び立つ雄蜂飛行隊のすさまじい風が押し寄せ、はるか下の巣からかすかに歓声が聞こえたが、フローラは下を見なかった。

ユリとフローラは果樹園の上空に舞いあがった。ひんやりした風が体の両脇を流れ、口にぎゅっとくわえた、死んだ雌蜂の乾いた翅の縁をはためかせた。太陽で翅が温もり、ぞくぞくするような力がみなぎり、フローラは視界がぐるりと広がるようにさらに上昇した。眼下に見える緑と茶色の格子、黒い丘陵、広がる街の無秩序なにおい――

〈聖歌〉が聞こえたような気がしたが、あんなに遠い巣から聞こえるはずがない。音の源《みなもと》はぶーんとうなりながらふたつの光の弧を描くユリ五〇〇の翅だった。フローラは速度をあげてマダム・ユリに近づいた。老外役蜂は向きを変えて遠ざかり、フローラは甘くて苦い香りの糸からなるにおいの痕跡とトンネルを追いかけた。松脂《まつやに》と蜂蠟《プロポリス》のはっきりした強烈なにおいをひたすら追ううちに針葉樹林が見えてきた。ユリ五〇〇がフローラのまわりですばやく小さなループを描き、落とし場所が見えるように高度をさげさせた。

フローラはくわえていた死体を放すと、太陽の光に向かって飛びあがり、純粋な喜びと安堵のループを描いた。視覚は鋭くなり、はるか下で二匹のアオバエが騒々しく追いかけっこをし、その下で小さな雄の蚊の群れが触角から青い吹き流しをたなびかせ、池の上空でぶーんと歌っているのが見えた。さらにその下では、血をたっぷり吸った黒っぽい雌の蚊が水辺をゆっくり飛びまわっている。フローラは細かいあれこれをすべて記憶し、急上昇した。生まれて初めて完全に自由だった。壁もない。したがうべき決まりもない。うれしくて急降下しては上昇した。太陽で体が温まるにつれて力と技術が高まり、フローラは礼を言おうとユリ五〇〇を探した――が、ベテラン外役蜂はすでに遠くの黒い点になっていた。

まばゆい広大な世界にひとりきり。たちまち全身が激しい飢餓感にとらわれ、心はホームシックに襲われ、フローラはどきっとして声をあげた。女王のにおいも、姉妹たちのにおいも、巣や果樹園やなじみのあるにおいがひとつとしてない。

探せば探すほど果てしない空に押しつぶされ、一点の染みになりそうな気がした。しがみつく雌蜂が一匹もいないと、自分が小さく孤独な存在に思え、いまにも死にそうだ。つんとするにおいの気流にふっと体が浮きあがり、フローラは死にものぐるいで上昇した。それは、はるか頭上を飛ぶ巨大な黒い鳥のにおいだった――〝カラス！〟警戒腺から分泌物が噴き出し、フローラはやみくもに逃げた。

〝〈礼拝〉、〈礼拝〉、〈礼拝〉〟――フローラは聖なる母のかすかなにおいを空中に探し、いまいる場所を確かめようと、足もとに広がる見慣れない形や色をくまなく見渡した。だが、緑とベージュ色の巨大な畑からはあたり一帯にどんよりと単調なにおいが広がるだけだ。家へ帰る手がかりを探そうと向きを変えたそのとき、果樹園のにおいに続いて姉妹たちのにおいを感知し、どっと安堵が押し寄せた。このときほど、そのにおいが美しく思えたことはなかった。巣に通じる空中回廊に入ると、果樹園と仲間のにおいはいよいよ強まり、家に帰れるありがたさと比べたら、飛翔の喜びなど何ほどのものでもなかった。果樹園の小さな緑のさざ波に続いて、灰色のちっぽけな四角い巣箱が見えてきた。このとき初めてフローラは、自分がどれだけ巣を愛し、そこに住む姉妹たちを愛しているかを知った。一刻も早く翅をたたみ、温かい巣箱の奥に駆けこみ、〈礼拝〉の恩寵のなかで姉妹たちと翅と翅を押しつけ合いたい。

女王のことを思ったとたん、フローラは神々しい香りのする貴重な分子を探し当てた。それは、気流が収斂《しゅうれん》する場所でバランスを取り、宝石のように回転していた。フローラの胸は愛情と心強さに満たされた。だが地面と木々が眼下を過ぎ去り、巣に近づくと、外役蜂たちが流れるように果樹園を通り抜け、猛然と着地板に戻ってゆくのが見えた。帰巣標識に新たなにおいが混じり、降下しはじめたフローラの腹のなかで毒嚢《どくのう》が固くふくらみ、針が剝き出しになった。

それは巣が攻撃されていることを告げる危険信号だった。

# 9

着地板にそって短い間隔で置かれた警戒フェロモンが果樹園じゅうにメッセージを放った。最後の外役蜂が駆けこむと同時に、あたりは嗅ぎなれない、不快な、腐りかけの果実のように甘ったるい腐敗臭で満たされた。酔っぱらい、あざけりながら巣の近くに浮かぶ、いまわしいスズメバチの一群のにおいだ。姉妹たちが〝急いで〟と呼ぶ声が聞こえた。フローラはスズメバチが通り道にまき散らした、べたつく標識の跡をすり抜けて降下したが、スズメバチの一群が黒い目でにらみ、待ちかまえるようにしゅっと毒針を出した。

フローラが急旋回してふたたび気流に舞い戻ると、スズメバチ団は臆病さをあざ笑った。次の瞬間、フローラはいまわしい一匹に体当たりし、空中からリンゴの葉の茂みに突き落とした。スズメバチの体に触れたとたん怒りが沸きおこり、次の相手を求めて高く舞いあがったが、敵はすでに頭上にいて、同じ手は喰わないとばかりに空中で体を揺らし、甲高い怒りのうなりをあげた。

「汚らしい怪物ども！」一匹のアザミ警備蜂がスズメバチの一群に向かって叫んだ。「この不届き者！」だが、勇ましい言葉も触角がぶるぶる震えていてはなんの効果もなかった。

フローラは着地板に並ぶ警備蜂のあいだに降り立った。警備蜂は戦闘腺からにおいを放ち、フローラの戦闘腺も強い臭気を放っていたが、巣の内側から恐怖の波が押し寄せていた。

「こうなることくらいわかっていた」別の警備蜂がぼそりとつぶやいた。「板の上に蜂蜜を残したままにしたらどうなるか。巣の富を〈大群〉にひけらかし、掃除もせず、太陽が出たとたん誰もがとりつかれたように飛び出していったらどうなるか――」

警備蜂が空中に戦闘臭を噴き出すと、スズメバチはけたたましく笑い、お返しとばかりに自分たちの強烈なにおいを噴きつけ、その脂っぽい粒子が着地板に降り積もった。

「もっと近づいたらどう！」最初に叫んだアザミ蜂が怒りで触角を硬くし、敵に向かってふたたび戦闘臭を放った。「何もにおいはしない――その汚れた被甲のすきまに針を刺すまでは」

「ふん、この太った役立たず」一匹の雌スズメバチが細い腰を見せつけるようにくるりと回転した。「いまの青白いずんぐりは何？　ろくに飛べもしないくせに」

仲間たちがシューシューと笑いながら空中で回転した。

「待って！」別のアザミ蜂が同族を制し、「わたしたちをおびき寄せるつもりよ」そう言ってフローラを手招きした。「おまえは体が大きくて度胸がある――なかに戻り、巣を守って」

巣のなかでは、戦闘腺を全開にして武器をかまえる姉妹たちが無言でびっしりと並んでいた。あちこちから恐怖のにおいが立ちのぼっているが、全員が触角を前に突き出し、ひるむ者は一匹もいない。アザミ警備蜂が次々に戦闘臭を出す横で、フローラは最前線に立って待った。果樹園は静まり返っている。

蜂たちは待った。やがてつぶやきが漏れはじめた。敵は去ったのかもしれない。翅は押しつぶされ、体熱はあがり、群れのあいだにいらだちの波が広がった。そのとき、酸っぱいにおいのする空気が勢いよく吹きつけ、姉妹たちは足の裏に侵入者の重い振動を感じた。巨大なスズメバチが着地板に降り立った音だ。激しい乱闘の音が起こり、ぼきぼきと何かが折れる音がし、アザミ蜂の叫びが次々にあがった。最前線に立っていたフローラはすべてを見た。

そのスズメバチは、どぎつい黄色とぎらつく黒の縞模様の大柄な雌で、頭が姉妹三匹ぶんほどもあり、鋭い鉤爪を振りまわしては警備蜂を片っぱしからつかまえ、重い顎で順に嚙みくだいた。それから長い触角を倒し、身をかがめて巣のなかをのぞきこんだ。

ぎらつく邪悪な目が見え、蜜蜂のあいだにひきつるような恐怖が走ったが、誰も動かない。フローラはスズメバチをにらみ返し、ふたたび毒針がするりと出るのを感じた。スズメバチがほほえみかけた。

「かわいい、かわいい……」スズメバチがしゅっと息を吹きこむと、酸っぱいにおいが数十匹の触角を包みこみ、怒りと嫌悪の叫びがあがった。スズメバチは光をさえぎるように大きな顔を近づけた。

「ごきげんよう、甘くてみずみずしい蜜蜂さん」スズメバチが甘い声で呼びかけ、巣のなかにさっと鉤爪を振り入れた。フローラの真横をかすめた鉤爪の先端にははらわたがつき、アザミ族の血のにおいがした。逃げ出したい気持ちを押しとどめようと、フローラは巣房に鉤爪を強く食いこませた。巣の奥からかすかな振動が伝わり、フローラの頭に語りかけた。

〝**動くな。そこで踏ん張り、待て**〟

フローラは蜜蠟をさらに強くつかみ、スズメバチの視線に耐えた。スズメバチがおびき寄せるように、やさしくフローラの目をのぞきこんだ。殺意のにおいが強まった。

〝**引きこめ――**〟思考がフローラに語りかけた。〝**誘い、おびき寄せよ――**〟

フローラがあとずさると、姉妹たちも一緒に後退した。巣房の震動はますます強まり、全員がそれを感じた。フローラとスズメバチがにらみ合った。

〝**誘え。引きこめ**〟

フローラは触角を震わせ、スズメバチはますます顔を押しつけた。

「おまえが最初の一匹になるの？」やさしい、歌うような声だが、視線は鋭く狡猾だ。「こりゃ豪勢なごちそうになりそうだ、かわいい蜜蜂さん……」

スズメバチは巣門の奥へ奥へとじりじり頭をねじこみ、フローラは怖くてどうにかなりそうだった。なにしろ背後には姉妹たちがひしめき、死闘から逃げる道はどこにもない。

スズメバチの体が巣箱の床をこすり、六つある肘の四つが入りこみ、いまや光は顔の黄色い縞模様だけだ。フローラはふたたび蜜蠟に爪を食いこませたが、心の声は止んでいた。最初に自分が死ぬ――フローラは覚悟した――でも、あたしは仲間の命のために、聖なる母を守るために闘う。

フローラが翅を開くと、姉妹たち全員が翅を開く音が聞こえた。

「やめて」スズメバチが最後の二本の肢を巣のなかに引き入れ、なだめた。「闘うのはよしましょう、あたしはおまえをどかして子どもたちに会いたいだけ、お腹をすかせた……小さな……子どもたちに――」そう言って鉤爪を振りおろし、声を立てて笑った。「悪いね、おまえたちがあまりにおいしすぎて」

〝引きこめ〟

心のなかで声がはっきりと力強く聞こえた。フローラは半泣きであとずさり、スズメバチが這い迫った。息が詰まりそうなにおいと甘いささやき声がフローラの体を恐怖で打ちのめした。姉妹たちは巣箱の隅々にまで群がり、背後からすきまを埋めつくしている。動ける空間はない。怪物が飛びかかろうと身をかがめた。

〝いまだ！〟

スズメバチが飛びかかると同時にフローラは叫びながら怪物の背中に飛び乗り、つるつるすべる甲殻を手当たりしだいに引っかいた。

怒り狂ったスズメバチはシューッと息を吐いてのたうちながら姉妹たちの頭を嚙み切り、鉤爪で腹を引き裂き、そのたびに悲鳴があがった。フローラは乱闘をかき分け、スズメバチの頭と、しなる黒い触角に近づき、その一本を嚙みちぎった。

スズメバチはわめき、フローラを叩きつぶそうと壁に激突した。フローラがしがみついて、いまわしい血を吐くと、その下で待ち受ける姉妹たちがのたうつ敵に飛びかかった。フローラはもう片方の触角に飛びつき、頭からボキッとへし折り取った。折れた穴から緑色の血が噴き出した。苦悶に目がくらんだスズメバチは怒りにわめきながらも殺戮を続けたが、数には勝てない。蜜蜂の波はあとからあとから押し寄せ、ついにスズメバチは突き刺し、嚙みつく蜜蜂の重さに屈し、押さえつけられて動けなくなった。

それから姉妹たちは翅を羽ばたかせた——怒りにまかせて、速く、激しく、空気が熱せられて自分たちもろくに息ができなくなるまで。スズメバチはしぶとくもがいていたが、やがて動きは弱まり、止まった。スズメバチのにおいが変化し、熱で被甲が割れる鈍い音が聞こえ、ようやく姉妹たちは羽ばたきをやめた。

巨大なスズメバチの死体が横たわっていた。すぐそばにいた何百匹もの勇敢な姉妹もまた、自分たちが起こしたすさまじい熱で蒸し殺された。戦闘で多くが負傷し、外の着地板の上ではアザミ警備蜂が死に、あるいは手肢をもがれ、太陽をあびて横たわっていた。あたりにはスズメバチの吐き気のするようなにおいと、姉妹たちの血のにおいが立ちこめている。だが、巣箱は守られた。

死んだスズメバチは見るも恐ろしい光景だった。黒くぎらつく大きな目は熱で白濁し、二本の触角が生えていた場所には緑色の血の気泡があふれている。無傷だったフローラは負傷した姉妹の介抱に取りかかった。多くの蜜蜂が聖なるプロポリスの入った瓶を手に巣箱のあちこちから駆けつけ、息のありそうな仲間の割れた被甲をつなぎ合わせた。だが、犠牲者は膨大だった。

もう助からないと知りつつ、フローラは多くの姉妹を日の当たる着地板に運び出し、そっと寝かせた。大半が手肢をつぶされ、苦しげな表情で横たわっていた。フローラは足を止め、顔の半分を失った、小柄でがっしりしたオオバコ族をなぐさめた。サルビア巫女たちが瀕死者のあいだを歩きまわり、死の苦しみを和らげるべく〈女王の愛〉で祝福した。そのなかで、淡い色の被毛が太陽をあびてまぶしく光る巫女がフローラの目をひいた。巫女が振り向いて見た。その眼力から前に会った巫女だとわかった。フローラは急いで巣に戻り、スズメバチの死体に集まる衛生蜂の一団に近づいた。

衛生蜂たちは巨大な死骸を前に狂気じみた目でおののいていたが、フローラが口いっぱいのスズメバチの血を吐き出し、一本の肢をつかんで引きちぎるのを見ると称賛の声をあげ、それからは恐れることなく死体に飛び乗り、引きちぎり、破片にして運び出した。闘いのにおいが大気中に遠く、広く広がっていたため、生き残ったアザミ警備蜂は細かいことは言わず、衛生蜂にばらばらになった死体を板の端から投げ落とさせた。

あらゆる族の蜂がスズメバチの嫌なにおいを取り去ろうと着地板をこすり、きれいになるたびに巫女たちが板の縁を歩き、新しい標識を置いて巣を清めた。姉妹たちは同族の死体を探し、巫女たちは翅と翅を押しつけ合って〈聖歌〉を歌った。臆病な内役蜂も出てきて、犠牲者を埋葬地まで運んだ。フローラも同族を探したが、衛生蜂の死体はなかった。

「おまえの族は闘わない」最初にフローラを〈育児室〉へ、そのあと拘束室に連れていった青白い顔のシスター・サルビアが言った。「でも、おまえは闘った、勇敢に。なぜ巣のなかに逃げなかった？」

「頭のなかの声。声がどうするべきかを教えてくれました」フローラはなんの恐れもなく答えた。

シスター・サルビアは長々とフローラを見つめた。

「それは〈集合意識〉。おまえの舌をもとに戻したのもそれよ」巫女が自分の触角でフローラの触角に触れると、ふたたび〈女王の愛〉の神々しい香りがフローラの心を満たした。「おまえは本当に変わっている」

「聖なる母はご無事ですか？」

「また質問……。ええ、無事よ。そして古い法にこうある――〝族の如何にかかわらず、危機にさいして〈集合意識〉を読み取る者は女王に会うことができる〟。もちろん、その者が生きていれば。おまえはそれに当てはまるようね」

シスター・サルビアが手を打ち鳴らすと、六匹の若くて美しい蜂がかたわらに現れた。全員が新鮮な〈女王の愛〉のベールをまとい、顔を虹色に輝かせている。

「女王の女官たちを見よ。彼女らとともに行き、よく仕えるがよい」

# 10

巣のなかを先導する女官たちは、理解できないほど美しい上品な言葉づかいでフローラに話しかけた。静かな〈ダンスの間〉の外ロビーは負傷者の介抱に駆けまわる姉妹でごった返していた。女官たちは、ロビーから見たこともない階段へフローラを案内した。一段のぼるたび、出迎えるようにやさしく音を奏で、やがて巣箱の中階の、がらんとした〈蜜蠟礼拝堂〉に近いせまい廊下に出た。

通路には〈育児室〉のなだめるような温かいにおいがただよい、フローラは期待に胸をふくらませた――あそこを通れば、もういちど赤ん坊を見られるかもしれない。巣に尽くした功績が認められた姿をシスター・オニナベナと育児蜂に見せられるかもしれない。だが、期待に反して女官たちは別の道を進み、働き蜂の共同寝室と〈到着の間〉にはさまれた長い通路の先にある、フローラの知らない場所へ向かった。やがて、金色とクリーム色と白のさまざまな色あいの蜜蠟に花々がみごとに彫刻された、優美な扉の前で足を止め、レディ・ワレモコウが扉を開いて押さえた。

足を踏み入れたのは、染みひとつないクリーム色の無地の蜜蠟でできた丸天井の小部屋だった。銀色と緑色の水差しがそれぞれ三つずつ置かれた、古びた六角形のテーブルがひとつあるだけで、ほかには何もない。あたりには〈女王の愛〉がぱちぱちとはじけるほど満ち満ち、吸いこんだとたん、フローラは喜びのあまり笑いがこみあげた。

「聖なる母が近くに！　本当に会えるの？」

レディ・ワレモコウはほほえみ、テーブルから水差しをひとつ取った。

「ええ、そうよ、でもあなたは汚れているから、まずは準備をしなきゃ」

女官たちはそれぞれ水差しを取ってフローラを囲むと、順にうやうやしく真水をかけ、次に傷や病気があったときの予防として薬液をかけた。スズメバチの血と死んだ姉妹たちの血が混じって肢を伝い落ち、床の側溝に流れてゆくのを見て、フローラは身震いした。それから女官たちはフローラを取りかこみ、花蜜の入った聖杯にするように風を送った。フローラの濃い茶褐色の被毛がぴんと立ち、乾いたところで、ようやく女官たちは清めが終わったと満足した。レディ・サクラソウとレディ・スミレがフローラの肢についた、たくさんのかすり傷に金色のプロポリスの塊をすりこみ、そのあいだ全員が、知らない言語で軽やかに美しく、やさしく歌った。

「どういう意味ですか」フローラは女官たちの手厚い世話に気恥ずかしさを覚えた。

「女王陛下の婚姻飛行を歌った歌よ」レディ・サクラソウがくすっと笑った。

「しーっ！　言っちゃだめ！」レディ・スミレがフローラにほほえんだ。「どんなにいまのあなたがぴかぴかで、とてもフローラ族には見えなくても」

「ありがとうございます」

フローラがお辞儀をすると、女官たちはさっと近寄り、細い手で手取り足取り正しいお辞儀のしかたを教えこんだ。

「あなたのせいじゃないわ」レディ・ワレモコウがやさしく言った。「自分の族は選べない」

レディ・シモツケソウもフローラに笑いかけた。

「とはいえ、あなたはとても勇敢で……意欲的で、謙虚のようだから――もう少し手をかけてもいいんじゃないかしら」

「そうね！」レディ・サクラソウがフローラの被毛をつかんだ。「もう少しやわらかく――」

「肢だけでなく、全身の外被《キューティクル》を磨いて……色を少し明るく――」

「息もどうにかしたほうが――」

フローラはごくりと息をのみこんだ。

「申しわけありません、みなさん。これはスズメバチの血です」

「まあ、恐ろしい」レディ・ワレモコウが飲み水を差し出した。「それにしても上手に話すのね。ほとんどの言葉を理解できて、少しもフローラ族らしくない。見かけがそんなふうでさえなければ！　ねえ、みなさん、彼女の勇気にふさわしい贈りものだとは思わない？　どう、お嬢さん？」

「族を変えるの？」

「そして、そのすばらしい〝奉仕の遺産〟を失うつもり？」レディ・ワレモコウが声を立てて笑った。「まさか！　でも、少しごまかすくらいなら」

女官たちはフローラに身づくろいの技とポマードとプロポリスをほどこし、立ち居振る舞いを教えこんだが、お辞儀のときに肢を広げる癖はどうしても直らず、あきらめた。巣房が振動しても女官たちは〈礼拝〉には向かわなかった。この部屋には〈女王の愛〉が満ちあふれ、足を踏み入れて息をすれば誰だって幸せな気分になれるからだ。

食事を見て、フローラの喜びはいや増した。想像を絶するほど繊細で香りのよい花粉菓子と花蜜がバラ族とブリオニア族の美しい姉妹によって運ばれた。しかし、フローラの食事作法を見た女官たちは、みっともなくてとても女王陛下の前には出せないと判断し、正しい食べかた飲みかたをなんどもやらせた。おかげでフローラは生まれてはじめて満腹になり、食べ物を残した。それから女官たちは、手を動かさないで、と言ってフローラの被毛を美しく整えはじめた。フローラは満ち足りた気分でレディたちの明るくはじけるような会話に耳を傾け——うぬぼれとはわかっていても——磨かれたばかりのつやめく自分の肢にこっそりみとれた。

夕食が終わり、女官たちは日課である〈女王の図書室〉への訪問にフローラを同行させた。六角形の小部屋の扉をすべて閉めると、ひとつの連続したモザイクになったにおい信号のタイルが壁を駆けめぐり、六枚の壁がそれぞれ中央の小さな羽目板に投影された。フローラはうっとりと鼻をうごめかし、たくさんの嗅ぎなれないにおいのなかに家の香りを嗅ぎ取った。

「〈礼拝〉に参加する代わりに、わたしたちはこうして毎日〈においの物語〉を訪れるの」レディ・サクラソウがささやいた。「楽しくはないけれど、ついてゆきさえすればすぐに終わるわ。訪ねるのは最初の三つだけだから心配しないで」

フローラは一列になったレディの最後尾につき、〝われらが母よ〟と繰り返しながら輪になって部屋を歩き、やがてレディ・ワレモコウが羽目板の前で足を止めた。

「最初の物語は『蜜流』と呼ばれている。軽く触れたら後ろにさがって」レディ・ワレモコウはフローラに笑いかけ、触角を軽くさげて、実際に羽目板に触れてみせた。たちまち羽目板からは花々のにおいが立ちのぼり、女官が順に触れるたびに広がり、混じり合った。フローラははるか昔の族のにおいに驚嘆した――サルビア、オニナベナ、ヤナギラン、クローバー、スミレ、クサノオウ、ワレモコウ、アザミ、リンゴ、ヒルガオ、ありとあらゆる族のにおい。ただ、フローラ族のにおいはどこにもなかった。

「さあ、急いで」レディ・ワレモコウの声はかすかに震えていた。「先に進まなければ」

フローラが触角で第一の羽目板に触れると、春のさまざまな花がいっせいに芽吹き、あたりは果樹園の甘いにおいと青々とした草のにおいに満たされた。だが、それをたっぷり楽しむまもなく部屋のなかに圧力波が押し寄せ、カーカーという鋭い鳥の声が聞こえ、つんとするスズメバチのにおいがした。

フローラはぎょっとして飛びのき、女官たちがひきつった笑い声をあげた。

「よくある反応よ」レディ・ワレモコウが言った。「でも、これはただのお話だから害はない。露のようにみずみずしくても〈太古の昔〉にできたものよ。不思議でしょう？　それに、〈大群〉のことは知っておいたほうがいい――あなたはすでに遭遇したけれど」

女官たちが礼儀正しく拍手し、フローラは気恥ずかしくなった。

「〈大群〉は――ほかにもいるの？　スズメバチだけでなく？」

「ああ、〈大群〉というのは、軍団みたいなものよ。わたしたちを傷つけ、わたしたちから盗み、わたしたちの正当な食糧を汚したり破壊したりする者たちのこと。たとえばハエのような」レディ・ワレモコウはフローラの頭に手を載せ、「この部屋では充分に気をつけて、すべての物語が同時に混じり合わないように――ショックで触角が裂けかねないわ」そう言って女官たちのほうを向いた。「今夜は早めに終わりましょう」

「でも、まだ五つあります」フローラはほかの壁を見つめた。そこからは嗅いだことのない複雑なにおいが渦巻き、空中に消えることなくらせんを描いてまた壁に戻っていた。説明を求めるように女官たちを見ると、どの触角も緊張で震えていた。レディ・サクラソウの触角はいまにもパニックを起こしそうだ。レディ・ワレモコウが硬い笑みを浮かべた。

「ここの羽目板を訪れるのは、われわれが信仰する古いにおいの物語によって〈集合意識〉を強めるためよ。巫女は、わたしたちがこれら全部を読み解くことを望んではいない」そこで視線を落とした。「わたしたちには第一と第二の羽目板だけで充分。それ以外は……あまりに恐ろしい」

「あたしは怖くありません」フローラが言った。「どうしても巣に奉仕したいんです」

「あらまあ、自分の族を忘れないで。勘違いしてもらっては――」

そこでレディ・シモツケソウが咳払いし、レディ・ワレモコウに意味深な視線を向けた。「任務が行なわれさえすれば、誰が読もうと関係ないのでは？」

「そうね」レディ・スミレが言った。「フローラ族は神経が図太いそうだから」

「そして影響を受けにくい」美しいレディ・サクラソウがうなずいた。

フローラは一歩、進み出た。

「お願いです、みなさん、巣のため、女王陛下のためにできることがあれば——あたしは強く、やる気があります」フローラは膝をぎゅっと突き合わせてお辞儀した。「奉仕したいんです！」

女官たちはふたたび拍手し、レディ・ワレモコウがフローラの上体を起こした。

「いいでしょう。二番目の物語は『慈悲』と呼ばれている」

その言葉に女官たちはびくっと身をちぢめた。それを見てフローラはさらに力強く胸を張った。

「その言葉は前にも聞いたことがあります。やらせてください」

フローラは二枚目の羽目板に進んだ。触角で触れると、周囲に巣房の声とざわめきが起こり、姉妹たちが眠る前に翅と翅をこすり合わせるときのほっとする、すばらしいにおいがした。フローラはすべての姉妹への愛情と巣の美しさに圧倒された。そのとき、信号タイルの上を歩いているかのように足裏がちくちくし、心のなかに長い廊下をアザミ警備蜂と一緒に歩く自分が見えた。心のなかの自分が膝を開いたままひざまずき、蜜蠟につきそうになるまで低く頭をさげると、警備蜂が足を踏ん張り、鋭い大きな鉤爪をフローラの頭上に振りあげた。

〝ゆるして、シスター——〟

鋭い痛みが頭部と胸の関節をつらぬき、フローラは悲鳴をあげて、よろよろと羽目板からあとずさった。

気がつくと〈女王の図書室〉にいて、女官たちが立って見ていた。フローラは体を触ってたしかめた。どこもケガはないが、首を断ち切られた衝撃は残っていた。

「こ――これはいったい？」

レディ・サクラソウがひきつったように小さく笑った。

「ここでは誰もが自分の最期を見るの。でも、あなたがやったところまでは誰も進まない――廊下を歩くだけで何が待ち受けているかわかるから！」

「『慈悲』というのは、死のこと？」

「アーメン」女官たちが声をそろえた。「巣に用なき者、生きる用なし！」

女官たちのヒステリックな笑い声に、恐ろしい幻影で興奮したフローラもつられて笑った。

「もうひとつやらせてください！　もうわかったから――」

「あなたは何もわかっていない――度胸があるだけよ。でも、どうしても、と言うのなら、それで全体の半分が読まれることになり、わたしたちの務めは充分に果たされる」レディ・ワレモコウはほほえみ、最後の三つの羽目板を見るフローラの視線を追った。「だめよ。最後の三枚は刺激が強すぎるわ。これから先の物語を管理するのは巫女だけ」

「もうひとつだけ」フローラは自分の勇気と、うるわしいレディたちの目に浮かぶ畏怖の表情に誇らしさを覚え、胸を張った。「全霊をかけて」

ほかの蜂たちが扉のそばに立ち、レディ・ワレモコウがフローラを第三の羽目板の前に立たせた。

「翅を閉じて。やめるのはいつでもいいわ」

フローラは前に進み、触角でモザイク状の蜜蠟に触れた。二番目の羽目板よりも簡素で、そのにおいは秘密を隠すかのように蜜蠟に似ていたが、集中するにつれて独特の香りの構造がほどけはじめた。

最初は濃厚な巣のにおいがした。強く、ここちよく、百万もの違う花蜜で豊かに彩られている。日光と姉妹たちのにおいを深々と吸い、最初に感じた不思議なにおいの特徴を探ったが、それはとらえるまもなく、さっと逃げるように意識の端へ消えた。

「いいわ、そこまで」扉からレディ・ワレモコウがつぶやいた。「行きましょう」

だが、においの環《ループ》はフローラを放さなかった。巣房、太陽、蜂蜜――ふいに激しく冷たい空気と、息が詰まりそうな煙が吹きつけ、フローラはよろめいた。体は部屋のなかにあるのに、感覚はエンジンをとどろかせる一万の姉妹たちの恐慌と、目もくらみそうな太陽と、圧倒されるような蜂蜜のにおいで満たされた。

「その物語は『訪問』と呼ばれている」

甘く、ぞくっとするような声が響き、フローラに触れた手が恐怖を取り去った。

「それは略奪と恐怖、そしてわれわれが生きのびる物語」

においの幻影は消え、〈礼拝〉の強く清らかな波が部屋を満たしていた。ついに女王の前に出たフローラは六つの膝をつき、触角を床に倒してうやうやしくひれ伏した。

「勇敢な娘よ」

フローラは顔をあげた。最初は揺らめく金色の香気《オーラ》しか見えなかった。やがてオーラごしに、やさしく、愛情深く輝く、女王の大きな美しい目が見えた。女王は息をのむほど大きく、長い肢は形がよく、先が細くなった腹部が折りたたんだ翅の金色の網目模様の下でふんわりとふくらんでいた。

「母上」フローラがささやいた。

「いとし子よ。恥じることはありません」女王はフローラを立たせ、女官たちにほほえんだ。「さあ、娘たち、わたしの部屋でゆったりと、古い親族であるスズメバチ《ヴェスパ》の悪しき冒険譚を聞かせてもらいましょう」

# 11

下級族で汚物処理係のフローラ七一七はいま女王陛下の私室で、女王その人と女官たちとともに座り、宝石のようなユリ花粉のケーキと新鮮な花蜜を飲み食いしながらスズメバチと熱球の話を語っていた。ふいに女王がフローラを探ると、あろうことか、またもや体からスズメバチのにおいが立ちのぼった。女官たちはぎくりとして〝よく洗ったのですが〟と弁解した。

「静かに、娘たち」女王はほほえんだ。「わずかに残った痕跡のなかから、スズメバチのにおいが変わっていないことを確かめたかっただけ。彼らの古くからのねたみはいまも強く息づいている。だから彼らは盗みたがっている――われわれの蜜や子どもたちが、彼らに蜜蜂の力をあたえるとでもいうように。〈太古の昔〉、彼らは花蜜より血を選び、われわれは敵どうしになった」

レディ・ワレモコウが手を組み合わせた。

「〈不死なる母〉は子どもたちを守りたもう」

「〝汝の子宮をあがめさせたまえ〟」

女官たちが声をそろえ、フローラの舌も勝手に動いて唱和した。

「ひとりにしてちょうだい、娘たち」

女王は花弁の長椅子に横たわると、香り高い眠りの靄のなかで体を折りたたみ、視界から消えた。

女官たちはフローラをベッドに案内した。ふわふわで、〈第一区〉のベビーベッドのようにかぐわしい、甘いにおいがした。

「〈育児室〉があの扉のすぐ奥だから」そばの長椅子からレディ・スミレが言った。「明日、聖なる母の〈巡幸〉のお世話をするときに見られるかもしれない。たくさんの卵と光るベッド――その神々しさといったら言葉にできないほどよ」そこで咳払いし、「連れてゆけなくても悪く思わないで」

「わかっています」

「謙虚な態度はあなたの族の誇りね」

そう言うとレディ・スミレもにおいのする薄い眠りのベールをまとい、口を閉じた。フローラはやさしい抱擁のようにあたりを包む、神々しい、はぐくむような香気を吸って闇のなかに横たわった。そして腹部がやわらかくなって光るまで深々と吸いこんだ。

翌朝〈太陽の鐘〉が鳴り、女官たちが〈育児室〉に通じる扉を開けると、女王の香りが強く甘く立ちのぼった。フローラも呼ばれ、女官と一緒に分厚い隔離ベールの奥の広い〈第一区〉に入った。

そこは巣のなかでもっとも神聖な〈産卵室〉で、からっぽの清潔なベビーベッドがずらりと並び、女王蜂を待っていた。

女王が出産トランスに入り、においがますます高く立ちのぼった。女王はまばゆい顔をいっそう輝かせ、速い優雅なリズムで長くみごとな腹部を左右に振り、そのたびに先端をベッドの奥深くにすべりこませた。フローラは〈巡幸〉の後ろで水と冷たい布を運びながら生まれたばかりの小さな卵がベッドの底に付着し、蜜蠟のなかでかすかな点のように光るのを見た。ひとつひとつがやわらかい金色に輝き、女王が移動するにつれて光は消えてゆく。女王の産卵ダンスは眠気を誘うほど美しく、フローラは歓喜のあまり自分も体を揺らしたくなったが、ほかのレディが誰も踊らず、押し黙ってあとをついてゆくのを見て、じっと我慢し、女官たちの動作を真似た。

新鮮な水と花粉ケーキを取りに女王の部屋へ六度目に戻ったときには、すべてのベッドに卵が産みつけられていた。〈産卵室〉は新しい命でやわらかく輝き、女王はすべてを出しきった誇らしげな表情で立ち、女官たちは喜びにむせび泣いた。

女王の部屋に戻ると、レディ・ワレモコウが、女王を私室へ連れていって休息の準備をするあいだ、共用区を掃除して整えておくようフローラに命じた。フローラは扉を閉めるレディ・スミレにお辞儀し、最後にもういちど聖なる母を見つめた。フローラの胸は愛情と、美しく驚異に満ちた一日が終わったという寂しさで張り裂けそうだった。扉がもういちど開いたら去らなければならない――フローラは細心の注意をはらってあたりをふき清めた。

女官たちが列になって戻ってきた。衛生蜂も礼儀を知っているところを見せようとフローラは膝をぴったり突き合わせ、レディ・ワレモコウにお辞儀した。

「いろいろとありがとうございまし――」

「あら、そう卑屈にならないで」レディ・ワレモコウの顔には奇妙な表情が浮かんでいた。「聖なる母が、またあなたに世話をしてほしいとお望みよ」

「あたしに？」

フローラは女官たちを見まわした。誰も笑っていない。

「あなたに」レディ・ワレモコウは淡々と答えた。「ぐずぐずしないで、すぐに行きなさい」


なかに入ると、女王は金色の香気《オーラ》を開いて近くに座るよう命じ、フローラを包みこんでふたたび香気のベールを閉じた。

「婚姻飛行以来、巣を離れたことは一度もない。いまは食べ物と飲み物と、〈図書室〉の物語を通して世界を味わうだけ」女王は金色のベールごしにひらけた空を見るように、目をこらした。「物語は怖かった？」

「はい、聖なる母上、最初は。でも、すぐにもっと知りたくなりました」

「物語はわたしたちの信仰を伝えるもので、注意を向けてやらなければならない。産卵のあとは、自分で物語のにおいを嗅ぐ力がないの――女官たちはよくやっているけれど。巫女たちも可能なかぎり物語を読む。でも、いまのような異常な時期は巣の統治に忙しく、優先順位が低い」女王はほほえんだ。「世界の話を聞かせて、娘よ、美しく恐ろしい世界の物語を」

「いくらでも読みます、聖なる母上――スズメバチのあとでは怖いものはありません」

女王の笑い声はフローラの体に喜びの波を送ったが、フローラにはなぜそんなにおかしいのかわからなかった。

「そうね、おまえには最初の三つで充分でしょう」


そういうわけでフローラはもう一日、女官の付き添い係にとどまることになった。女官たちに水や軽食を運び、女王が千個の卵を産んで部屋に戻ると――ふたつめの仕事の始まりだ。女官たちがたがいの体を清め、夕食をとり、女王が休息するあいだフローラは〈図書室〉に向かった。いまなら女官たちに見られる心配もなく落ち着いて集中できる。今なら〈図書室〉の強烈なエネルギーに圧倒されることもない。動かない空気のなかで、フローラは物語の香りの渦と痕跡を感知した。生き生きとしたエネルギーがフローラの注意を引き、解放してくれと訴えている――でも、こんどは決して取り乱さないと決めていた。

フローラはおそるおそる最初の物語の羽目板を嗅いだ。ああ、これだ――咲きほこる花々のなかの『蜜流』。外役蜂が古語で呼び交わしている――そこには待ち伏せする〈大群〉の恐怖があった。

その隣は『慈悲』――ここでは姉妹が誰かの手によってもたらされる自分の死を見る。そして三番目の羽目板は蜂蜜のにおいのする、混沌に通じる扉――『訪問』――で、そこからは一筋の煙が誘うように渦巻いていた。フローラがあとずさると煙も引っこんだ。女王は最初の三枚で充分だと言った――興奮がフローラの全身を駆け抜けた――でも、巫女たちが忙しくて最後の三枚を読めないのなら、自分がその任務を果たせば巣のためになるはず。

フローラは残る三枚の羽目板を見た。触角は震えず、肢が勝手に前に引っぱられもしない。壁の向こうから、休息所にいる女官たちの歌声が楽しげに、安心させるように聞こえてくる。四番目の羽目板に近づくと、歌声が大きくなった。美しい和音が部屋に満ち、一万匹の姉妹が歌うひとつの言葉が、まるで姉妹たちが壁のすぐ裏側を移動しているかのように〈図書室〉じゅうに引いては流れた。意味がわからぬまま集中するうちに、図書室は〈ダンスの間〉の明るく、にぎやかなにおいに満たされ――すさまじい圧力の波が部屋じゅうに押し寄せた。

『贖《あがな》い』！ 言葉が和音となって吹きつけ、フローラはよろめいた。その声は部屋じゅうにこだまして消え、〈ダンスの間〉のにおいも消えた。

血が全身を駆けめぐり、フローラは身震いした。その奇妙な言葉もにおいも理解できず、体は〝逃げろ〟と告げていたが、女王が物語を知りたがっている。がっかりさせるわけにはいかない。

フローラは五番目――最後から二枚目――の羽目板に進んだ。一枚の葉が彫られているだけで、最初はとても質素に思えた。近づいて見ると、葉は金色で、透かし細工のような葉脈にはエネルギーが脈打ち、それが茎になり、羽目板の長さまで伸びて床を這い、金色の根は部屋じゅうに広がってふたたび壁をのぼり、頭上で合流していた。聖なる母の荘厳な香りが強く立ちのぼり、花粉の豊かな香りと混じり合った。根は〈図書室〉の丸天井のまんなかでこぶになり、みるみるふくらんで王冠状の果実になった。実はさらに大きくなり、やがてはじけ、金色の塵が降りそそいだ。

〈図書室〉がもとに戻り、羽目板の名前が心に語りかけたとたんフローラは寂しさに打ちのめされた。『金色の葉』。美しく不思議な物語がとつぜんいまわしいものに思え、フローラはとてつもない悲しみを覚えた――だが、実際には何も起こってはおらず、どこも痛くもない。フローラは五番目の羽目板からあとずさった。心がひどく乱れ、胸に沸き起こった暗く、ねじれるような感覚にたじろぎつつも、心の片隅ではここまで耐えた自分をほめていた。これで五つの物語を読んだ！　女王がどんなに喜ぶことか、忙しい巫女たちの助けになれたらどんなにすばらしいことか！

残るは最後の一枚だ。六番目の羽目板からは動くもののにおいがせず、ただ力強い静寂をたたえていた。フローラは慎重に意識を集中させた。何も起こらない。においも、幻影も、音もないが、〈図書室〉の空気が温まり、むっとしてきた。小さな羽目板の中心からかすかに新鮮な空気が流れてくる。フローラは息苦しさを感じながらも、近づかずにはいられなかった。

とたんに〈図書室〉が消え、〈育児室〉のにおいがした。フローラは大きくて暗いベッドに引き寄せられた。ベッドの底で赤ん坊が痛みに泣き、冷たい風がうなりをあげていた。駆け寄るとベッドはがたがたと揺れはじめ、ばらばらにこわれた。赤ん坊はいよいよ泣き叫び、フローラがベッドをのぞきこんだ瞬間、底から黒くねじれる彗星が叫びながら飛び出し、フローラの脳に飛びこんだ。

気がつくと女官部屋のベッドに横たわっていた。レディ・ワレモコウと女官たちが静かに話していたが、フローラが上体を起こす音で話をやめた。

「なんてうぬぼれ屋なの」レディ・ワレモコウが言った。「あんなばかな真似をするなんて」

フローラは立ちあがり、震える体でおずおずと見まわした。あたりは静かだ。

「あなたはあそこから、わけのわからないことを叫びながら這い出てきたのよ」レディ・ワレモコウが続けた。「彗星とかベビーベッドとか――聖なる母が、あの羽目板に触れろと言うはずが――」

「おっしゃいました――」フローラはかぼそい声で答えた。「知りたいと――」

「恐怖と狂気の物語を？　陛下の言葉を誤解したにきまっているわ。〈聖なる謎〉に触れていいのは巫女だけ――なぜ女王がよりによって衛生蜂のあなたに頼むと思う？　スズメバチのせいで気が変になったようね」

「そのようです、マイ・レディ」

自分の失態にフローラは恥ずかしさでいっぱいだった。あたしは女王の言葉を取り違え、愚かで、うぬぼれていた。

「それでも聖なる母は変わらず愛し、ゆるし、あなたの世話を望んでいる」レディ・ワレモコウは不満げに顔をこわばらせ、一歩さがった。

「陛下を待たせてはなりません」

金色の揺らめく香気《オーラ》に包まれて長椅子で休んでいた女王は香りのベールを開いてフローラを招き入れ、包むように閉じた。フローラは話をしたくて、聖なる母に〈図書室〉での経験を聞かせたくてたまらなかったが、話そうとするたびにとてつもない疲れに襲われ、舌がこわばって涙があふれた。

「しっ、小さな娘よ」女王がやさしく言った。「おまえがすべてを読んだことは聞いた。わたしもかつては知っていたけれど、あれから無数の卵が産まれ、すっかり忘れてしまった」女王はほほえみ、フローラの顔をなでた。「すぐによくなるわ」

フローラは賢く美しい母に身をあずけ、いやしの効果のある〈女王の愛〉の香りを体の奥まで吸いこんだ。香りが前と違う――ほんのかすかだが、はっきりと。分子構造の何かが前と違った。さらに深く吸ったとたん、女王が身をよじり、痛みにあえいだ。

「母上！」フローラはあわてて立ちあがった。「どうしました？　誰か呼びましょうか？」

「いいえ」――女王はフローラの腕をつかんで引き寄せ――「いいえ。そばにいて」

女王に体を押しつけられ、フローラはたがいの体にふたたび震えが走るのを感じた。

「聖なる母上、誰かを呼んだほうが――」

「いいえ！」痛みに締めつけられるような声だ。「介助はいらない」

やがて、女王をつかんでいたものがその手をゆるめたらしく、女王はフローラを放し、長い腹部を曲げ伸ばしして座りなおした。

「今日の〈巡幸〉はいつもどおりだった。すべてのベッドを命で満たした、そうでしょう？」

フローラは言葉が出なかった。女王の痛みの波が今なお自分の体からも引いてゆく気がしていた。

「ひとつでも満たしそこねたら女官たちが言うはず――それが彼女たちの仕事だから。でも何も言わなかった、だからすべては順調よ」女王は深く息を吸った。「きっと寒さのせいね。巣はこのところ寒いでしょう、娘よ？」

「あたしは寒くありません、聖なる母よ。でも、みなが言うには、あたしの被毛は硬くて、フローラ族は何も感じないんだろうって」

女王はほほえみ、ふたたび香りが強く流れ出した。

「すべてはうまくゆく。でも、このことは誰にも話してはいけない、いいこと？」女王は自分の香りでフローラの触角をおおい、ささやいた。「約束して」

フローラはうっとりしてうなずいた。「約束します……」

女王がフローラの頭に口づけた。「行きなさい」

フローラが女王の私室から出てきても、女官たちは誰も顔をあげなかった。そばに座ると、近くにいた女官が立ちあがって離れ、レディ・ワレモコウが刺繡枠に金色の針を突き刺した。

「レディ・ワレモコウ、もしお気にさわったのなら申しわけありま――」

「わたしが？　とんでもない」レディ・ワレモコウは笑みを浮かべたが、視線は冷ややかだ。「あなたの厚かましさは雄蜂には受けても、ここではどう見ても場違いよ」

外の廊下に足音が聞こえ、おずおずと扉を叩く音がした。

「あら！　入って」レディ・ワレモコウが立ちあがった。

ワレモコウ族の若い雌蜂が立っていた。女官ふうに被毛をすき、きれいに整えている。若蜂は触角をつつましくさげ、完璧なお辞儀をした。

「フローラ七一七」レディ・ワレモコウが告げた。「あなたが女王に仕える期間は終わりました、それにともない、ここへ来るすべての特権も。いますぐ出ていって」
「いますぐ？　でも、聖なる母がどうしたのかと思うのでは――」
「うぬぼれすぎよ。陛下はそんなことは思いません。さあ、本来の〈衛生〉に戻りなさい」

フローラはやみくもに歩いた。レディ・ワレモコウの辛辣な言葉、いきなり追い出された屈辱、そして何より女王の部屋でずっと仕えることを夢見ていた愚かさ……。

脈動する足跡ひとつ、においの信号ひとつ感じられなかった。感じるのは、女王の居場所から一歩離れるごとに薄く弱くなる〈女王の愛〉のにおい――そして女王があえいだときから始まった腹部の鈍い痛みだけだ。いまや痛みは強くなり、腹の奥底で集中しつつあった。

フローラは立ちどまり、考えた――聖なる母はあたしを必要としている。世話をする人が必要だ。あたし――フローラ七一七は、レディの言うことなど聞くべきじゃなかった、レディ……レディ……。気がつくと女官の名前が記憶からすべて消えていた。全員を座る順に並べようとしたが……思い出そうとしても記憶はぼやけていた。〈図書室〉……羽目板……聖なる母から知りたいと頼まれたにおいの物語……すべての記憶が消え、感じるのは腹部の不安な感覚だけだ。

フローラはわが身を見おろした。肢にはいまもプロポリスが縞状についており、被毛は蜜蠟で巻き固められている。空想ではない。現実に女王の部屋へ連れていかれた。現実に女王に会い、その愛に包まれた。フローラは女王の甘いにおいの痕跡を全身に探したが、どこにもなかった。

体が震えはじめた。姉妹たちが触角から冗談や噂話や指示を流しながらまわりを通りすぎてゆく。

そのすべてが無意味で、フローラをいらだたせた。ほしいのは〈女王の愛〉だけなのに。フローラは至福の香りの一筋でも、わずかな名残でもないかと夢中で毛づくろいを始めたが、感じるのは愚かさとうぬぼれだけだった。そのとき、救いのように鐘が鳴り、足もとにかすかな振動が走った。

女王に仕えているあいだは参加せずにすんだ〈礼拝〉の合図だ。フローラは大きく足を開き、いちばん近い祈りの場を探した。いまいる場所の真下——巣箱の最下階にある〈ダンスの間〉——に、すでに千の姉妹たちの力が集まっている。祈りに遅れまいと、働き蜂の群れが絶えまなく通りすぎた。追い出されて傷つき、からっぽになった心を抱いて、フローラは祈りの場に走った。

# 12

〈ダンスの間〉に集まった姉妹たちはざわついていた。フローラはさまざまな族の姉妹と翅どうしを突き合わせ、心身ともに〈女王の愛〉を渇望した。まわりもみな不安そうで、〈愛〉の不足を訴える声があちこちから聞こえた。

誰もがじっと待った。聖なるフェロモンのレベルがさがり、数匹がおびえて発作的に小さくうなりはじめると、まだ余裕のある者が手を触れて安心させるようにぶーんとうなり、わずかに残ったフェロモンを分けあたえた。ふいに床が揺れて振動が強まり、〈女王の愛〉のにおいが立ちはじめた。動ける空間のある者は床にひざまずいて安堵の涙を流し、動けない者は頭をあげて〈聖歌〉を口ずさんだ。巣房の振動と空気の変化に、フローラは六つの足を蜜蠟に押しつけ、気孔を開いて香りを深々と吸いこんだ。

だが、なんの効果もなかった。

まわりの姉妹は女王と融合した幸せにうっとりしているのに、フローラは自分の意識にとらわれたままだ。群れを見まわすと、意外にも数匹の姉妹が——身じろぎもせず——周囲を警戒している。落ち着いた態度と超然とした雰囲気。フローラはしばらく見つめ、やがて気づいた。外役蜂たちだ。しだいに揺れが収まり、〈ダンスの間〉の蜂たちは立ちこめる〈女王の愛〉のなかで触角を高くあげて震わせ、喜びの笑みを浮かべた。フローラは卑近《ひきん》な労働で気持ちを落ち着かせようと衛生蜂を探したが、見つけるまもなく騒々しい歓声が起こり、群れが波打つように分かれ、花蜜のにおいのする外役蜂が一匹、駆けこんできた。

外役蜂はフローラの横の空間で踊り出した。ゆっくり、はっきりと、単純な一連《フレーズ》の動きを繰り返し、仲間たちが理解し、リズムが生まれるまで。それから翅留めをかちっと開いて胸部エンジンをふかし、同じリズムで翅をきらめかせて止めた。まわりの蜂たちが拍手し、生花蜜のにおいをなびかせて群れのあちこちを駆けまわる外役蜂のあとをついてまわった。外役蜂が別の外役蜂の前で立ちどまり、口うつしで一滴あたえると、新鮮な花蜜の輝きが空気を照らして、またもや歓声があがり、ダンスを習おうと多くの姉妹があとを追った。

フローラも追いかけた。外役蜂の翅に残る花蜜と、冷たく新鮮な空気の混じったにおいに胸が高鳴った。足がダンスの振りつけをとらえるたびに興奮で意識が研ぎ澄まされ、フローラはふいにダンスの意味を理解した。

〝南へ！〟蜂のダンスはそう歌っていた。〝このままずっと！〟

畑がある——外役蜂は穀物の種類を伝えていた——重そうに頭《こうべ》を揺らす穀物……つねに吹きつける強い西風……たくさんの畑……小川……塀をふたつ数えたら——

〝そこから東へ！〟外役蜂はふたたび走り、腹部をまわし、うならせ、姉妹たちについてくるよう駆り立てた。たくさんの蜂が興奮して叫び、助走をつけて宙に跳びあがったが、フローラはダンスの名手にぴったりついて、そのステップを真似た。

〝そこで向きを変えて進むと……〟

「向きを変えて進むと」外役蜂の後ろでフローラは歌った。

〝甘い花と花蜜がある！〟

「甘い花と花蜜が！」

宝物に通じる地図を踊りながら蜂たちが叫んだ。

まぶしい翅の外役蜂が動きを止めた。あまりに楽しげで正確なダンスだったので、てっきり若蜂だと思ったが、よく見ると、翅の先はぼろぼろに破れ、毛はすり切れ、被甲はひっかき傷だらけだ。着地板からフローラを突き落としたユリ五〇〇だった。触角がびくんと脈動し、フローラは〈女王の図書室〉の最初の羽目板を思い出した。

「汝《なんじ》の最期に称賛を、シスター」

フローラが古語で言うと、ユリ五〇〇がじっと見返した。翅をまっすぐ伸ばしたが、留め金はかけなかった。

「何が望み？」ユリ五〇〇の顔には小さなかすり傷がいくつも斜めに入り、両の触角は強い力で押しつけられたかのように根もとにひびが入っていた。「話して。おまえが口を開くのを待ってるあいだに花は口を閉じてしまう。戻らなきゃ――花たちがあたしを待ってる。ほかの蜂では開かない花もいる。傲慢は罪、だけどそれが真実だ」そう言ってフローラを見た。「おまえは、女王のにおいを吸うようにあたしのにおいを吸った」

「おゆるしください、シスター――いえ、マダム――外の空気があまりにいいにおいで――」

「今日はね。昨日は汚れていた、その前日も、そのまた前日も、だからみんなお腹をすかせてる。でも、汚れたパンを食べるより空腹のほうがましだ」ユリ五〇〇はフローラのにおいを嗅いだ。

「いままでどこにいたの、ずいぶんいいものを食べてたようだね。おまえは厨房蜂じゃないはずだけど」

「スズメバチと闘ったごほうびに陛下に会わせていただきました」

「ああ、聞いたよ。レディ・スズメバチ《ヴェスパ》がよく焼かれたって。それでもおまえは生きのびた」

「命がけで闘った勇敢なアザミ族のおかげです」

「それがあの族の宿命だ」ユリ五〇〇はフローラをよけて歩き出した。「ごめんよ、上品な会話のやりかたを忘れてしまって」

「待ってください！」フローラは走って追いかけた。「マダム外役蜂、何かあたしにできる仕事はありませんか？　どんな仕事でも――」

「ダンスのとおりに飛べば、行先はわかるはずだ」

ユリ五〇〇は急ぎ足で歩き出した。フローラは驚き、あわてて追いついた。

「でも、あたしの族は餌を採れない、そう書いてあります！」

「あたしが読むのは花だ、書物じゃない。でも、この巣が危機的な食糧不足で、おまえが翅と勇気と頭脳を持ってることはわかる。あたしに許可を求められても困る」

ユリ五〇〇はフローラを押しのけてロビーへ向かった。

フローラは、いまのが誘いの言葉なのかどうかはかりかねて一瞬、立ちどまった。ユリ五〇〇がちらっと後ろを振り向き――フローラは小走りであとを追った。


ユリ五〇〇はすばやく巧みに姉妹たちの群れをすり抜けた。フローラは必死についてゆこうとして別の蜂にぶつかった。花粉ケーキが床をすべり、ヤナギ族の若い娘があわてて取りに走った。

「ああ、叱られるわ、こんなにたくさんこわしてしまって――どうか、シスター、お願いですから誰にも言わないで、さもないと仕事もできない弱い蜂だと思われて〈慈悲〉送りに――」

「誰に言うというの？」フローラはロビーの向こう側で待っているユリ五〇〇を片目で見ながら、花粉ケーキを拾い集めるのを手伝った。

「警察です！〈花粉と菓子工房〉に健康調査にやってきて、疲れている者は誰かとたずね――手をあげた者が全員〈慈悲〉送りに！」小柄なヤナギ蜂は泣いてフローラの手をつかんだ。「わたしは〈浪費〉の罪を犯しました――どうか、シスター、そう遠くはありません――手伝っていただけませんか」

ロビーの向こうでユリ五〇〇のまぶしい翅が通路を通り、着地板に向かって消えるのが見えた。もう追いつけない。フローラはしかたなくうなずいた。

ヤナギ蜂はありがたそうに重い盆を抱えて並んで歩きながら、プロポリスの筋のついたフローラの肢をほめた。

「きっと気に入られます。あのかたたちはわたしたちがめかしこむのが好きだから」

「誰のこと？」

答えを待つまもなく、浮かれ騒ぐ雄たちの声が聞こえ、〈雄蜂の間〉の強烈なにおいがした。

巣にはそのような雄蜂用のサロンが二カ所、どちらも殿方の都合のいい場所にあった。ひとつは最上階の〈宝物庫〉と〈羽ばたきの間〉の近く、もうひとつは今いる最下階の着地板の近くだ。そこでは雄蜂が休み、飲み食いし、わがもの顔に振る舞い、やる気のある若い姉妹がつねに当番で世話をし、お世辞じょうずな年配蜂が監視していた。

両開きの扉に近づくと、なかから食べ物と花蜜をほしがる大声が聞こえ、フローラとヤナギ蜂がごちそうの盆を持ってなかに入ったとたん、それは歓迎の雄たけびになった。盆を置くまもなくフローラとヤナギ蜂はケーキと花粉パンに伸びる太くたくましい手に囲まれ、盆の上がかけらだけになるまで、ひたすら雄蜂たちの突進に耐えた。

「今日ははるか遠い〈集合〉へ行ったの」監視役のシスター・リュウキンカがささやいた。「そして一匹が選ばれた。それで、選ばれなかった者たちが英気を養うためにむさぼっているわけ」

「花蜜をくれ！」長椅子から一匹の雄蜂が叫んだ。

「パンを！　次なる王女のつぼみのように熱くて甘いやつを頼む！」

「まあ、殿方、お願いです！」シスター・リュウキンカは四本の手をぱたぱたさせ、「純朴な内役蜂がそんな言葉を聞いたらなんと思うことか」そう言ってフローラとヤナギ蜂のほうを向いた。

「いますぐ殿方たちに軟膏を持ってきて。リラックスさせなければ巣を食いつぶしかねないわ」

フローラとヤナギ蜂は菓子パンと花蜜の残りが散らばる配膳場に入った。ヤナギ蜂は残りものをがつがつ食べたが、フローラはじっと立っていた。腹部に震えが走り、ぐっとあえぎをこらえた。

「外役蜂がなまけはじめたって噂です」ヤナギ蜂がもごもごと言った。「だから、わたしたちはいつも空腹だって」

「そんなことないわ」フローラはむっとして痛みを忘れた。「今日、たくさんの指示ダンスを見たけど、あんなにぼろぼろの傷ついた体で飛んでいるのを見たら、そんなことは言えないはずよ」

「でも、みんなそう言ってます」ヤナギ蜂は肩をすくめ、マッサージ軟膏の入った鉢を持って出ていった。ヤナギ蜂がいなくなったとたんフローラは身を曲げ、深呼吸して奇妙な感覚が過ぎ去るのを待った。〈雄蜂の間〉をのぞきこむと、悪いことに、めかしこんだ小柄なシナノキ卿がシスター・リュウキンカと立ち話をしていた。さっと引っこんだが遅かった。

「そこのあなた」シスター・リュウキンカが呼びかけた。「誰の世話係？　このうるわしき殿方が身づくろいを所望されているわ」

縞状の肢と固めた被毛が衛生蜂であることを隠してくれますようにと祈りながら、フローラは鉢を取って進み出た。

シスター・リュウキンカがすぐさまにおいを嗅いだ。

「やけに変わったにおいね、まるで清掃係のような――」

「シナノキ卿！」フローラは膝をくっつけてお辞儀した。「先《せん》だっての失礼をおゆるしください。

今日こそはお世話を！」

そばにいた雄蜂たちがどっと笑った。

「見た目は悪いが、熱心じゃないか、シナノキ卿。何もないよりましだ」

シナノキ卿がフローラのにおいを嗅いだ。「ああ、きみか！　あの反抗的な！」

シスター・リュウキンカが二匹を順に見た。「申しわけありません――もっとましな者がいるはずです、殿方――」

「いやいや、彼女がいい。さがってくれ」シナノキ卿はシスター・リュウキンカを追いはらい、肢を広げて胸をふくらませた。「雄の体はもう怖くないのか？」

「耐えなければなりません」フローラは触角をさげたまま答えた。

「まったくだ！　では、我慢してわたしの命令をきけ――さもなくば〈慈悲〉だ！」

シナノキ卿はフローラについてくるよう手招きし、仲間たちのあいだを得意げに歩いて長椅子に身を投げ出した。「いいぞ。始めてくれ」

フローラはほかの姉妹と雄蜂たちを見やり、しぶしぶシナノキ卿の肢に軟膏を塗りはじめた。三組目の肢の突起は雌蜂のもののように小さい。

「何かお世辞のひとつでも言ってくれ」シナノキ卿はさらにくつろいだ姿勢になった。

フローラは何も思いつかず、しかたなく女王の区画で女官たちが歌っていた旋律を口ずさんだ。

シナノキ卿が見あげた。

「それはみだらな歌だ、知っていることすらはばかられる。続けてくれ、だが内緒だぞ、ばれたらシスター・リュウフンカに追い出される。そうなればわたしの世話係がいなくなる、きみのような変わり者でさえ」そう言って、むっつりと部屋を見まわした。「今日、オーク卿が選ばれた。聞いていると思うが」

「われらが巣に栄光あれ」

「おっと、かんべんしてくれ――あいつは図体がでかいだけの空飛ぶ精液の塊だ。あの、がさつなうすのろが黄金の宮廷で蜜におぼれ、好きなだけ王女にのしかかっているかと思うと――」シナノキ卿はいらだたしげに身震いし、「それに、あの太ったとんまときたら」――そう言ってポプラ卿を指さし――「まだ生きているだけ奇跡だ。とにかくやかましく、やつが飛び立つ音は空じゅうの鳥に筒抜けだ、しかものろまで、あいつが飛ぶ前に花は咲いてしおれてしまう」

「競争ってことですか？」

「熾烈な競争だよ」

シナノキ卿の言葉を聞きつけ、そばにいた雄蜂が身を乗り出して叫んだ。「すべての王女が交尾するまでは！」

「そしてすべての兄弟が宮殿の王となるまでは！」別の雄蜂が大声で言った。

雄蜂たちが足を踏み鳴らして歓声をあげると、シスター・リュウキンカはうれしそうに顔を紅潮させ、またしても姉妹たちに食べ物や飲み物を配ってまわらせた。

「ほーら」シナノキ卿はふたたび長椅子に寄りかかった。「それこそ肝要なところだ。〈集合〉とは、わめき、押し、自慢し――突き進むこと」

「それは……儀式？」

「ばかだな――場所だ。飛べるかぎりもっとも高い、風が甘く流れこむ霊妙な場所で、さまざまな巣の気高き雄蜂が集結し、王女たちが訪れて相手を選ぶ場所だよ」シナノキ卿は首毛を引っぱってまっすぐにした。「もちろん、雄蜂の数が多くなればなるほど雰囲気は盛りあがるが、競争も激しくなる」

「雄蜂一匹に王女が一匹ではないの？」

　シナノキ卿は声を立てて笑い、ふたたび広間を振り返って呼びかけた。

「兄弟たちよ！　わが忠実なる召使いは、われわれの偉大なる任務のことを何もごぞんじないようだ――彼女たちに愛の話をしてはどうだ？」

「ぜひ！　愛の話を！」〈雄蜂の間〉の姉妹たちが――シスター・リュウキンカまでが――声をあげた。「どうか、愛の話を！」そう言いながら雄蜂のまわりに群がり、その場にいる全員がシナノキ卿に注目した。卿は咳払いし、首毛をふくらませてから始めた。

「このたび、われらが高貴なる兄弟オーク卿が金色の手肢とまぶしく輝く被毛を持つ、どこの姉妹よりも美しい王女の心を射止めるという栄冠に輝いた。〈集合〉の場で、王女がわれわれに向かって叫んださまを思い出すがいい。舞い降りるカケスより速く、木の葉が金色に輝くほどの欲望の光で、いかにわれわれを虜《とりこ》にしたか！」

　シナノキ卿の言葉に、雄蜂全員がとどろくような歓声をあげ、なかには股間に手をやり、よその王女の性的成熟度に露骨な賛美を叫ぶ者もいた。姉妹たちはうらやましげにうっとりと肩をつつき合い、ささやき合った。

「〈集合〉というのは――純朴なる姉妹たちよ」シナノキ卿はその場にいるみなのために、そしていつになく注目される快感のために続けた。「――とりわけ威厳のある、神のごとき木々に近い空中の場所を意味し、その高みまで飛翔できるのは雄蜂だけであり、鳥といえども風に乗るわれわれの欲望のにおいを嗅ぐことはできない」シナノキ卿は視線を集めるべくあたりを見まわした。「そこは、王女たちがわれわれ雄蜂によってもたらされる愛の恩寵を求めて訪れる場所だ」

姉妹たちがいっせいに拍手喝采し、彼女たちの興奮がますます雄蜂のにおいを刺激した。

「いいぞ、シナノキ卿」誰かが言った。

「おれの剣がうずうずしてきた！」別の誰かが叫んだ。

雄蜂たちはたがいを駆り立て、胸を刺激しはじめた。フェロモンを出して順に跳びあがる彼らは、姉妹たちの目の前で強く気高くなり、顔は厳しくハンサムになった。シナノキ卿でさえ、もはやすねたような少し女っぽい表情ではなく、上品で引きしまった、いたずらっぽい知的な顔に変わった。

雄蜂たちは足を踏みならし、身震いして被甲をまっすぐに正し、シナノキ卿はフローラに自分の背後に立つよう身ぶりした。いまや彼らは甘えん坊でも怠惰でもなく、毛づくろいとみなぎる雄性ホルモン――テストステロン――で輝き、勇ましい密集隊形になった。彼らがいっせいに足踏みを始めると、雄のにおいが立ちのぼり、被甲の音がこだました。

〝〈集合〉、〈結合〉、〈戴冠〉！〟

雄蜂団はなんども唱和し、姉妹たちが声援を送った。フローラも立ちあがったが、シナノキ卿に押し戻された。

「おっと、だめだ――わたしが目の高い王女を射止めたという知らせがあるまで、ここを離れるな。わたしを信じろ、毛深い娘よ、必ずそうなる」シナノキ卿はフローラをきつくにらみ、「そのときまで決してここを離れてはならない、わたしの明確な指示があるまでは」

フローラはユリ五〇〇を追わずにヤナギ蜂を手伝った自分に腹を立てながら、しかたなくうなずいた。

「けっこう」

シナノキ卿は兄弟たちにならって被甲をバンと打ち合わせると、冠毛を高くかかげ、仲間たちとともにさっそうと出ていった。


フローラはシナノキ卿の成功を願った。彼が王女を射止めれば〈雄蜂の間〉の奉仕から逃れられる。だが、午後になると雄蜂たちは一匹残らず〝また雨だ〟とぼやき、毒づきながら戻ってきた。フローラもひそかに毒づいた。強烈な雄性ホルモンが立ちこめる部屋に閉じこめられて、頭と腹が痛かった。

衛生蜂は雄蜂のメイドよりも自由だ。それに、フローラが本当は卑しい族だと知ったら、シスター・リュウキンカも喜んで追い出すだろう。フローラはシナノキ卿が満足して横になり、いびきをかくのを待って、みずから罪を告白しに行った。

フローラがなんど繰り返してもシスター・リュウキンカは反応せず、扉のそばの接待所でじっと立ったままだった。フローラはにおいを嗅いだ。シスター・リュウキンカは晩春の蜂で、命が尽きていた。

フローラは体から本来の族のにおいを立ちのぼらせ、衛生族のなかでも最下級の蜂のように触角を引っこめると、シスター・リュウキンカの翅留めが閉じているのを確かめてから、口にくわえてそっと廊下に出た。

暖かく新鮮な空気が着地板から渦を巻いて吹きこみ、姉妹たちが数珠つなぎになって香り高い花粉桶を巣のなかに手渡していた。雨がやんだようだ。進みかたの遅い列に並んで少しずつ前に移動しながら、フローラはすぐ外で離着陸する外役蜂のエンジンの響きに胸を高鳴らせた。背中にたたんだ翅が力強く伸び、膜にしなやかな張りが満ちるのを感じ、脳裏にユリ五〇〇の言葉がよみがえった。〝いまは食糧が少なく、おまえは強くて能力がある〟。巣が飢えに苦しんでいるときに食糧を見つける——そのどこが悪い？

「衛生班、出発」

アザミ警備蜂のぶっきらぼうな声に、フローラと数匹の衛生蜂が板の上に進み出た。

姉妹たちが次々にエンジンをふかし、目のくらむような青空に飛び立った。翅留めをはずしたとたん全身にアドレナリンが駆け抜け、フローラもエンジンを始動した。

「緊急停止！」いくつもの声が響き、数匹のアザミ警備蜂が板に駆け出てきた。「サルビア族の命令により、すべての飛行を中止する、ただちに！」

出発を待っていた外役蜂から落胆の悲鳴があがったが、さらに多くの警備蜂が走り出て、板の端から全員を押し戻した。別の警備蜂が帰巣標識を並べはじめ、別の警備蜂がフローラの口からシスター・リュウキンカを引きはずして縁から投げ捨てた。

「それはあんまりです！」フローラの胸のエンジンはうなり、翅の毛細血管は硬く力がみなぎり、板の上の足はいまにも飛びあがりそうに軽い。長いあいだ薄暗い場所で奉仕して、もう少しで自由になれるというときに阻止されるなんて――

「戻ってくる――さがって！」

外役蜂たちが飛行回廊を通って巣に近づくにつれ、警備蜂が全員を押し戻した。外役蜂の数匹が大きく回廊をそれ、フローラは触角を高くあげた。スズメバチに襲われた形跡はなく、感じるのは土と植物と帰還する姉妹のにおいだけだ。

最初の蜂がフローラの足もとにぶつかるように降り立った。ケシ族の外役蜂で、そのにおいはいままで嗅いだこともない不快な何かに上塗りされ、全身が灰色の膜におおわれていた。ケシ蜂がフローラに這い寄った。

「助けて、シスター。お願い」

すがるように近づく外役蜂からフローラは本能的に跳びのき、まわりの蜂たちは、それきり動かず、ひどく苦しそうなケシ蜂を当惑と恐怖の目で見つめた。やがて、そのまわりに何匹もの外役蜂がすさまじい勢いで降り立った。その目は血走り、体には病《やまい》の膜がぽつぽつとついていた。

# 13

飛行をはばまれたフローラは張りつめた体で巣に戻った。翅留めをかけようと混み合う廊下で立ちどまると、死体置き場の横の控え室からケシ蜂とほかの姉妹たちの弱々しい声が聞こえた。内容を聴き取るまもなく、アザミ警備蜂が廊下の全員を〈ダンスの間〉のほうに押しやった。

群れからいらだちのうなりが起こった。巣房の波動に呼ばれて集まったものの、いまは〈礼拝〉の時間でもないし、着地板からまぎれもない恐怖の残り香がただよっているとはいえ、スズメバチのにおいもしない。しかし、どこか近い場所から不快なにおいがし、フローラは本能的に身を引いた。群れ全体がいっせいに波のようにさざめいて伸縮し、動きが止まり、数匹の蜂が空間のなかに取り残されたように立っていた。みな外役蜂で、うなだれ、息苦しそうに脇腹を上下させている。そしてどの体にも、着地板にぶつかったケシ蜂と同じ、灰色の膜がついていた。

一匹のサルビア族の巫女が長くて優美な翅をこすり合わせて全員を注目させ、触角で大きな広間をざっと調べた。

「〈唯一母〉の姉妹たちよ、われらが気高き外役蜂の犠牲と勇気に感謝を捧げます、アーメン」

「アーメン」

つぶやく蜂たちのあいだを不穏な空気が駆け抜けた。

「われらが外役蜂たちを見よ、彼女たちの働きは崇高で、その正確さと熱意と体力が巣に命と健康と富をもたらす。だが、あやまちと傲慢は病と恥辱と死をもたらす。本日、多くの姉妹が病に倒れて死んだ。理由ははっきりしている」

シスター・サルビアが指さすと、二匹のアザミ警備蜂が老齢の外役蜂を連れてきた。そばにいた蜂たちがぎょっとして息をのんだ。

「マダム・ユリ五〇〇」シスター・サルビアが節《ふし》をつけて言った。「あなたのあやまちにより命を危険にさらした姉妹や聖なる母に、なんと弁解するつもり？」

ユリ五〇〇が顔をあげた。かすれ声だが、落ち着いた口調だ。

「あやまちなど犯してはいない。あたしがいたとき、畑はきれいだった」

「いいえ。汚染されていた。そして、あなたのあやまちで数えきれないほどの姉妹が命を落とした。毒霧で体が焼けて穴の開いた者たちが、いまもどれほど苦しんでいることか。貯蔵庫に汚《けが》れた花粉が見つかった。これも、あなたの指示のあと、あやまって集められたものであることは疑いようもない。その名声が不注意を呼び――」

「あたしは真実を踊った！」ユリ五〇〇が声を大きくした。「花粉が汚れていたら集めはしない。畑が毒されていたら、こうして戻らずに死んでいるはず――女王のすべての卵に誓って――」

「そのうえ冒瀆するとは！」シスター・サルビアが声を荒らげた。「冒瀆、慢心、あやまち」

「――女王への愛に誓って、あたしが花に近づいたときは、霧はなかった、汚れた花粉を集めてはいない！」

「病を得た勇敢な姉妹よ、前へ」シスター・サルビアが静かに言った。

集団から離れ、全身に小さな灰色の染みをつけて奇妙なにおいを放つ蜂たちがユリ五〇〇のいる中央に進み、あるいは押されるように前に出た。灰色の膜を取ろうといまも何匹かが体をこすっている。ユリ五〇〇は病んだ仲間たちを見つめ、頭をさげた。

「ゆるして、わが姉妹たちよ。巣をこんな目に遭わせるくらいなら死ぬべきだった」

誰も答えない。そこへ、見た目がまったく同じ一団が群れを押し分けて現れた。毛は黒々と光り、族のにおいは分厚い遮蔽臭で隠れている。一団はシスター・サルビアの横に立った。

「外役蜂マダム・ユリ五〇〇、あなたはあやまちにより巣を危険にさらした。女王陛下――命の根源にして不死なる母――を守るため、病を巣から一掃しなければならない」シスター・サルビアが静まり返った広間を見まわした。「ほかに病んだ者がいれば、聖なる母への愛の証《あかし》として前へ出よ」

誰も動かなかった。沈黙のなか、フローラは全身に意識をめぐらした。着地板の上では飛行の興奮にすべてを忘れていたが、いままた腹部に奇妙な感覚を感じていた。前より圧力が強まり、そこに気持ちを集中させると、ちくっとするような奇妙な興奮が体を駆けめぐる。それはいまや痛みではなく、気分の悪さもまったくなかった。フローラはこのことを誰にも話すまいと心に決めた。

シスター・サルビアがユリ五〇〇を見た。

「あなたがもたらした富のことは忘れません。汝《なんじ》の最期に称賛を」

答えるまもなくユリ五〇〇は警察に連行された。姉妹たちは、偉大な仲間の屈辱的な姿を呆然と見つめた。

シスター・サルビアは顔をまぶしく輝かせ、〈礼拝〉のときのように触角をぶるっと震わせた。

〈慈悲〉は勤勉なる者だけにあたえられ、不注意により巣を危険にさらした者は受けられない。われわれは恐れることなく聖なる母を守る。なぜなら〝永遠《とわ》の命は死より来たる〟」

「〝永遠《とわ》の命は死より来たる〟」

すべての蜂が応えると、共通の衝動に突き動かされたように、感染した外役蜂たちが翅留めをはずして前に進み出、警察に向き合った。

「いかなる飛行任務にも死はつきもの」体に灰色の染みのある一匹が言った。「護衛はいらない」

外役蜂たちが姉妹たちに頭をさげた。「〝受け入れ、したがい、仕えよ〟」

「〝汝の最期に称賛を〟」

すべての蜂が声をそろえた。外役蜂たちが歩き出し、警官が後から続いた。蜂たちは無言で待った。足もとの巣房は静まり返っている。外役蜂たちが着地板の上で弱ったエンジンを始動させ、回転をあげて空に飛び立つ音が聞こえた。〈ダンスの間〉にいるすべての蜂が耳をそばだて、巣から遠く離れた、二度と戻れない場所へ向かう病んだ外役蜂たちのエンジン音が遠ざかるのを聞いた。

「仕事に戻って」シスター・サルビアが命じた。「健康診断の準備を」

中央広間《アトリウム》はあっというまにからっぽになった。誰もが先を争うように警察から離れ、フローラは衛生蜂の大きな班に加わった。ちょうど今日のぶんの死体を片づけるべく死体置き場に向かうところで、監督するのはまた別のヒルガオ族だ。

「花粉が毒されている。死体は果樹園から遠く離れた場所に捨ててくるように」シスター・ヒルガオは言った。「そして戻ってこないように」

ぎょっとして顔を見合わせる衛生蜂を見て、シスター・ヒルガオはにこやかに笑った。

「それがフローラ族の名誉です！　おまえたちは数が多く、清潔を保つためなら少々失っても惜しくない。それがおまえたちの特権よ。〝受け入れ、したがい、仕えよ〟！」

衛生蜂たちがもごもごとつぶやいたとき、苦痛の叫びが聞こえ、フローラはユリ五〇〇のにおいを近くに感じた。警察のきついにおいと混じり合ったにおいだ。

「どうか名誉ある死を」ユリ五〇〇の老いたかすれ声が聞こえた。「姉妹たちと一緒に行かせて……決して戻らないから――」

ユリ五〇〇がなぐられたような悲鳴をあげた。声は死体置き場の近くのゴミ捨て場から聞こえる。

「どうか」ユリ五〇〇の苦しげな声が続いた。「せめて〈大群〉に投げ出される前に殺して――ああ、姉妹たちに見捨てられるなんて！　どうか、わが姉妹をそばに！」

フローラは死体置き場に向かう仲間から離れ、ユリ五〇〇を探しに駆け出した。

老外役蜂の肢は蜜蠟タイルを引きずられ、翅は両の留め具で折れていた。両脇から二匹の警官がユリ五〇〇の胸をつかみ、着地板に通じる助走路をおりてゆく。外のまぶしい空気のなかでも、警察の強烈なにおいはフローラの触角に痛いほどだった。

「お願いです」フローラは言った。「姉妹に付き添わせてください」

「ユリ五〇〇は死刑を宣告された。一緒に死にたいのか？」

「いいえ、巡査、ともに祈りたいだけです。マダムが呼ぶ声が聞こえて」

フローラは膝をついた。警官の足には大きな黒い突起があり、不気味に混じり合った違う族のにおいがした。

「あの外役蜂は汚れている」

「はい、巡査、でも、あたしはあらゆる汚物を運びます。病気など怖くありません。〝受け入れ、したがい、仕えよ〟」

二匹の警察蜂は無言のまま、触角を同時に広げて一歩さがった。

「さっさとやりなさい」片方が言った。「この者には流刑死が待っている」

フローラはユリ五〇〇のそばに近づいた。老蜂の関節はすべて折れていた。

「〝戻ってくるな〟だなんて。あやまちを犯したあとで、あたしが生きたいとでも？」ユリ五〇〇はつぶやき、フローラを見た。「おまえは……」

「あなたのダンスを見ました。とても力強くて、美しくて、あとを追いたかったけど……」

最後まで言い終えぬうちに突起のついた十二本の黒い手肢が近づいた。

「どうか、巡査どの、あたしたちに祈りの時間を――」ユリ五〇〇はそう言いながら、触角をフローラの触角にきつく押しつけ、ささやいた。「開いて！　それを無駄にしないで――」

押し寄せる感覚がフローラの触角にどっと流れこみ、音とにおいと映像の奔流が脳を満たした。

フローラは警官に蹴られ、引き離されたのも気づかなかった。

ふたたび視界が戻ったとき、すでにユリ五〇〇の姿はなく、着地板の上には警察蜂が一匹だけ立ち、目もくらむような青空を見あげていた。果樹園のはるか上空で小さな黒い点がふたつに分かれ、ひとつは地面に向かって落ち、ひとつは向きを変えて巣に戻ってきた。

フローラは立ちあがった。花と花弁と香りが閃光のように感覚を満たしていた。空はどこまでも広い。だが、翅留めをはずすまもなく、もう一匹の警察蜂がフローラの脇に降り立った。

「番号と族」

その声はやすりのように耳ざわりで、顎はユリ五〇〇の血で濡れていた。いま飛び立ったら空から突き落とされかねない。フローラはおとなしく触角をさげた。

「フローラ七一七。〈衛生〉」

「では持ち場へ戻りなさい」

フローラは巣のなかに駆け戻った。自分の族に戻ったあとも、ユリ五〇〇の声と化学情報はいつまでも頭のなかで点滅しつづけていた。

# 14

フローラは最初に行き会った衛生班に加わり、〈ダンスの間〉をこすりはじめた。誰もが重苦しい沈黙のなかで働いていた。巣箱のなかで、この巣房ほど共同体《コロニー》の化学信号に敏感な場所はなく、健康調査が進むごとに閃光のような恐怖と痛みを発していたからだ。外のロビーでは、さらに多くのフローラ族が病気で死んだばかりの内役蜂を死体置き場に運んでいた。死体の口からは汚染された花粉の吐き気をもよおすにおいがし、〈慈悲〉を受けた頭がだらりと垂れていた。

フローラは顔をそむけ、外役蜂がダンスを踊る、すり切れた蜜蠟タイルにめりこんだ細かいかけらに集中した。そしてユリ五〇〇が空中で死んだことを祈った――意識のあるまま草むらに落ちてなすすべもなく〈大群〉を待ったのではありませんように。交替の鐘が鳴り、フローラは仲間とともに中階の食堂に向かったが、さすがに今日は食べ物のにおいにも食欲がわかなかった。ただ、暗い場所でひとりになりたかった。

働き蜂の共同寝室に入り、ほかから少し離れたフローラ族専用の隅のベッドに身を投げた。多くの姉妹のむごたらしい死を思い、胸が痛んだ。

〝永遠《とわ》の命は死より来たる〟――心のなかで繰り返しても、なんの慰めにもならなかった。悲しみに襲われて体をきつく丸め――腹のなかから前より強い反発を感じ、その感覚を和らげようと姿勢を変えると、力の波が体を駆けめぐった。

脳裏に紫色のジギタリスの映像が浮かび、紫外線の条《すじ》が招くように輝いた。花弁トンネルの冷たくてやわらかい圧力を感じ、花粉が被毛をかすめた瞬間、震えるような喜びを感じた。花蜜のしずくが甘みを放ち、フローラは舌を伸ばし――

はっと目覚めた。あたりは真っ暗で、空気は冷え切り、どのベッドでも雌蜂たちが眠っている。フローラは姉妹たちの熱っぽい、疲れた体と族のにおいを吸いこんだ。周囲はフローラ族ばかりだが、前のほうへ行くほど換気がよく、タンポポ族、ヒルガオ族、オオバコ族のにおいがした。姉妹たちの息からは饐《す》えた花粉のにおいがした。集めたばかりの新鮮な花粉は汚染されていた場合を考え、運んできた勇敢な姉妹たちとともに廃棄されたのだろう。

腹部の張りはますますひどく、楽な姿勢を取ろうとすればするほど圧迫感は強まり、フローラは我慢できずに起きあがった。お腹を揺らすと痛みは和らぐものの、においは隣で眠る蜂を起こすほど強くなる。ユリ五〇〇の病と、彼女と密接に触れ合ったことが思わず頭に浮かんだ。自分も何かに感染したのかもしれない――いまこの瞬間にも周囲の姉妹たちにうつしていたら？

フローラは足音をしのばせて寝室を出た。前に押し出されるように腹部が脈打ち、痛みが少し和らいだ。昼間と違って、暗い廊下には入り乱れるにおいも音もなく、あらゆる族のにおいが融合された甘美な香りが巣房ごしに四方八方からしていた。フローラは初めてそれぞれの素《もと》を嗅ぎ取った。百万もの花のエキスが新しい蜜蠟ベビーベッドの清らかなにおいと混じり合い、花粉の豊かな香りがぴりっとするプロポリスを包みこみ、それらすべての下から巣の中心深くに眠る金色の蜂蜜のにおいがした。

ひきつるような痛みに襲われ、フローラは膝をついた。硬く張ったお腹のことしか考えられず、体がいまにもはじけて死にそうだ。

やがて苦痛は波のように消えた。フローラは中階の廊下の床に顔を押しつけ、呆然と横たわっていた。しんとした夜で、あたりは暗く、静まり返っている。腹部の先がどくどくと脈打ち、何か温かいものが内側から押していた。体の下の巣房にひとつの脈動が走り、そのかすかなエネルギーは感じるほどに強くなって全身を駆け抜け、やがて心と結びつき、フローラはそのかぐわしい香りを嗅いだ。

身を引き起こして振り向き、驚きに息をのんだ。体に小さくて温かい、光るものが触れていた。片方の先端がわずかにとがり、フローラの視線が引き金になったかのように香りがみるみる強くなった。フローラは誰もいない廊下の左右を見渡し、もういちど卵を見た。

い、い、い、あたしの卵。

「まさか」フローラは自分が声に出して言ったのかどうかもわからなかった。ありえない。〝**子を産めるのは女王だけ**〟。それは生まれて最初に学ぶ掟で、祈りの言葉にも含まれないほど神聖なものだ——なぜなら、すべての雌蜂の肉体に文字どおり体現化されているルールだから。

フローラは触角をあげ、近くに生殖警察がいないか確かめた。彼らは強い力を持っている――いつこの事実を嗅ぎつけ、駆けつけても不思議はない。警察が来たら、これほどあるまじき行為に情けを乞うことなどできない。〝そんなつもりはなかった、いきなり卵が出てきた〟と言っても通用しない。フローラは卵を見つめた。

卵はますます輝きを増し、これまで嗅いだどんなにおいよりも――〈礼拝〉よりも――甘いにおいを放った。でも、そう考えるだけでも罪なのはわかっていた。

フローラはあたりを見まわし、審判がくだるのを待った。きっと来る、来なければ自分から呼ばねばならない。〝**子を産めるのは女王だけ。子を産めるのは――**〟

繰り返しながらフローラは横たわり、卵を包むように身を丸めた。香りが初めての〈礼拝〉のときのように感覚を満たし、その感触は激しい喜びをもたらした。誰かがやってきて罪から救ってくれるのを捨て鉢な気持ちで待ったが、巣は眠りつづけている。ふと考えが浮かんだ。〈育児室〉はすぐそばにある。シスター・オニナベナならどうすればいいかわかるはずだ。フローラはそろそろと卵を抱きあげた。

そうせずにはいられなかった。腕のなかでそっと抱きゆすり、触角を曲げて愛おしげになでると、胸に愛情があふれた。

〝引き裂かれた幼虫――シスター警部の突起で突き刺され、苦しげに身をよじり――〟

触角が焼けるように痛み、フローラは卵をひしと抱き寄せ、守るように自分のにおいで包みこんだ。卵はやさしく、はかなく、そして自分から押し返すように強く応えた。両頬がうずうずして甘いフローがあふれたが、飲みこんだ。

心がくじける前に〈育児室〉へ行かなければ。最後にもう一瞬だけ愛しい卵を抱きしめ、フローラは意を決して〈第一区〉の扉を通り抜けた。

シスター・オニナベナは持ち場でいびきをかいていた。フローラは近づき、正面に立って光る卵をかかげた。シスター・オニナベナは目を覚まさない。片方の触角が脇に垂れさがり、もう片方は夢でも見ているのかぴくぴく動いている。周囲にずらりと並ぶ〈第一区〉のベビーベッドは静かで、その夜の、最後の餌の名残でかすかに光っていた。育児蜂の休憩所もしんとしている。

「シスター・オニナベナ」

フローラは老蜂の耳にも届くほどの声で呼びかけた。シスター・オニナベナは動かない。フローラはあたりを見まわした。部屋のいちばん奥から〈第一区〉が始まり、その奥の〈産卵室〉は香りのベールがかかっていて見えない。朝になると、あそこから生まれたばかりの卵が集められる。フローラの卵が腕の中でゆらめくように光った。フローラはそっとすばやくベッドのあいだを通り、〈産卵室〉に向かった。もう少しで着くと思ったところで声がし、ぎくっと足を止めた。

「そこにいるのは誰？」シスター・オニナベナがねぼけた、ぼんやりした声で言った。「レディ・クワガタソウ？」

フローラは光る卵を抱えたまま立ちすくんだ。シスター・オニナベナが触角を整え、体をぱたぱたとはたいた。

「挨拶もせずにごめんなさい。なにしろ今日は誰もが大変な一日だったから」顔を寄せてささやいた。「冒瀆と思わないでほしいんだけど、まさか、また陛下が私室でお産みになったんじゃないでしょうね？　ああ、それからわたしが寝ていたなんて思われたら――いったいこの巣はどうなることか」シスター・オニナベナはひきつった笑い声をあげ、「ほら、いまは食べ物が少なくて、夜中じゅう起きているにはエネルギーが必要なの」そう言ってフローラのほうをじっと見た。「わたしがうたた寝していたこと、言わないでくれる？」

フローラが膝をくっつけてお辞儀すると、シスター・オニナベナはほっとして座りこんだ。

「いい子ね。置き場所はわかるわね」

フローラは〈第一区〉の奥の、いちばん新しい卵が眠るまっさらなベッドに近づき、自分の卵を奥深く寝かせ、息づく命がベッドのなかを転がってとがった先端を蜜蠟につなぎとめるのを見届けた。それから顔を近づけ、高貴なにおいをできるだけ深く吸いこみ、最後にもういちどだけなでた。

女官のレディ・クワガタソウなら〈産卵室〉を通って女王の部屋に戻るはずだ。戻らなかったらシスター・オニナベナは不審に思うだろう。前と変わっていないことを祈りながらフローラは香りのベールをすり抜けた。〈産卵室〉はからっぽで、女王の次の〈巡幸〉の準備が整えられていた。ひとつの扉の向こうは美しく豪華な女王の部屋で、うっかり足を踏み入れようものなら女官たちが騒ぎ、確実に見つかってしまう。だがフローラは、女王の〈巡幸〉に付き添ってあちこちに水を運んだとき、〈菓子工房〉の近くに通じる小さな扉があったのをおぼえていた。おそるおそる扉の取っ手をまわした。鍵はかかっていない。

夜明けが近づくにつれて巣のにおいが変わりはじめた。巣房は静かで、フローラが共同寝室に戻っても誰も気づかなかった。フローラは冷え切ったベッドで体を丸め、眠りについた。腹部の先端はまだずきずきしたが、心は妙に落ち着いていた。あのかぐわしい残り香を心のなかに吸いこみ、生命《いのち》の温かくやわらかな揺らめきにもういちど触れられさえすれば、ほかには何もいらない。罪を犯したのに、やましさは感じなかった。感じるのは卵に対する愛情だけだ。

フローラは姉妹たちの寝息と果樹園で鳴きはじめた鳥の歌を聞きながら、天罰がくだるのを待った。

# 15

「起きなさい、七一七」ぶっきらぼうな声がした。「起きて、いますぐ来て！」

びくっとして目を覚ますと、オニナベナ族のすぐ下の階級であるシスター・モチノキの目が目の前にあった。ほかの蜂はまだ寝ていて、あたりは早朝のにおいがした。フローラは腹部の先がひりつくのを感じながら立ちあがった。ついに罪がばれ、シスター・モチノキが死刑場に連れにきたのだ。フローラは触角を低くさげた。

「聖なる母よ、わが罪をおゆるしください。覚悟はできています」

シスター・モチノキはフローラのにおいを嗅いだ。

「変ね。ひどく嫌なにおいがすると聞いたけど、なんだか〈育児室〉みたいな甘いにおいがするわ。なんの覚悟？」

「〈慈悲〉の」

「いったいどんな理由で？」

震える触角を必死に抑えながらフローラは思った――シスター・モチノキはあたしの罪を知らない。卵のにおいにも気づいていない。別の用事で来たらしく、じっとこちらを見ている。

「昨日、死体を運ぶべきときにユリ五〇〇と祈りました」

「おまえが呼ばれたのは、まさにその件よ。さあ、急いで」

シスター・モチノキはさっさと廊下を歩き出し、〈ダンスの間〉とゴミ置き場を通りすぎて、着地板のそばにある無人の受取所に向かった。そこで合図をすると、フローラが予想した生殖警察ではなく、できたての蜂蜜ケーキを持った若い雌蜂が現れた。シスター・モチノキが蜂蜜ケーキをかかげ、そのにおいにフローラは激しい空腹を覚えた。

「ユリ五〇〇が処刑される前、おまえはあの外役蜂と無謀で感傷的なやりとりを行なった、そうね？　彼女はおまえに知識を伝えた？」

フローラは甘く濃厚な蜂蜜ケーキに気を取られながらうなずいた。

「その知識にはまだ価値があるかもしれない。もし使えるようなら今日は〈衛生〉の仕事を免除し、名誉回復と巣に奉仕する機会をあたえます」

「全身全霊で務めます」

フローラはシスター・モチノキから蜂蜜ケーキをもらった。食べ物がこれほどおいしく感じられたことはなかった。

「雨のせいで豊饒の季節は甚大な損害を受けている。昨日の保健粛清は思い切った防衛手段でした。しかし、汚染によって外役蜂をこれ以上失えば、冬ごもりに充分な食糧が集まらない。そこで付近の汚染源をすべて突きとめるべく、偵察隊を送り出すことになりました。もちろん死の危険をともなうので、下級族であればあるほど望ましい。ユリ五〇〇の情報とおまえのその馬鹿力があれば、なんらかの成果があるかもしれません」

蜂蜜ケーキを食べて、フローラは気持ちが明るくなった。

「あたしが偵察隊に？　餌を集めてもいいのですか？」

「うぬぼれるのもいいかげんになさい、七一七。おまえの族は飛んではならない――廃棄物を運ぶとき、もしくは巣の犠牲になるとき以外は」

シスター・モチノキは目くるめく光に包まれた着地板にフローラを連れていった。門番のアザミ蜂が敬礼した。

「あまり考えず気の向くまま、でたらめに飛びまわればいい。ユリ五〇〇の情報が許すかぎり遠くまで。迷ったらそれまでよ。〈大群〉を引き寄せたら、ひとりで立ち向かうしかない。まんいち戻って来られたとしても、病を運んできたら巣には入れない――おまえが持ち帰った知らせを誰かが聴き取るにしても」

「でも、健康なまま知識を持ち帰ったら〈ダンスの間〉に行きます」

シスター・モチノキが声を立てて笑った。

「いまこそ前向きな心がけが必要よ、七一七。たいへんけっこう！」

「方位角――太陽の方角。半径――円周の一区分。北、南、東、西。距離はリーグで計測し――」

太陽のぬくもりが全身の血管と翅の毛細管に血液を送りこみ、フローラは口をつぐんだ。翅留めをかちっと開き、胸部エンジンをふかし、飛翔に備えて四枚の薄い膜をぴんと大きく広げた。あふれんばかりの力が全身に満ち、胸が広がり、翅が軽快にうなった。

「許可を待ちなさい！」シスター・モチノキがフローラの胸部エンジンのうなりに負けじと声を張りあげた。「まだ――」

そのあとは聞こえなかった。軽く気持ちを乗せただけで翅の下に風が吹きこみ、リンゴの木々がはるか下に遠ざかった。ぐんと力強く上昇すると、触角がひとりでに飛行姿勢を調整し、触角の奥底にある器官が開いてユリ五〇〇の知識と飛行技術が流れこんだ。巣箱は灰色の小さな四角になり、果樹園は畑と工業施設にはさまれた細い緑のさざ波になり――〝鳥〟。ユリの警告が流れこんだ。〝嵐。窓〟。だが、花蜜のにおいが暖かく乾いた気流に乗って畑の空高く渦巻いている。フローラは気流に乗って飛びつづけた。

〝でたらめに飛びまわればいい〟とシスター・モチノキは言ったが、巣で最下層の族であるフローラ七一七に指示は必要なかった。小麦と大豆からなる単調で巨大な四角形の向こうで金色の広大な菜種畑が光を放ち、油っぽい、甘い蜜のにおいが温かく誘うように空中に立ちのぼっている。フローラはそこに照準をさだめ、近づいた。たっぷりの花蜜と花粉が見え、しだいににおいが強まった。これだけあれば〈羽ばたきの間〉の聖杯をすべて満たし、〈宝物庫〉の壁に貯蜜房を積みあげ、ひどくお腹をすかせた蜂たちの口をいっぱいにするだけのパンが作れそうだ。

**〝フローラ族は蜜蠟を作ってはならない、なぜなら清潔ではないから。蜂蠟《プロポリス》も作ってはならない、なぜなら不器用だから。まして餌を集めてはならない、なぜなら味覚がないから。フローラ族が巣**

に奉仕できるのは清掃によってのみ、そしてフローラ族には誰もが労働を命じることができる〟

自分の価値を証明するため、フローラは百万もの金色の小さな口に向かって降下した。そのひとつひとつが甘い泉のありかを示すかすかな紫外線を放ち、フローラの羽ばたきに刺激された花球が期待感でうれしそうにざわめいた。これまで無数の外役蜂が黄金の菜種畑で働いてきた。いまフローラは生まれて初めて、自分を招く花の上に降り立った。

茎にはたくさんの小さな花球がつき、恥ずかしがって準備ができていない花もあった。フローラは花によじのぼり、どれにしようかとあたりを歩きまわった。茎に生える透明の筋が肢をなで、動きまわるフローラの足もとで誘うように頭をさげた。ようやくフローラは準備が整ったばかりの花を見つけた。自分にとって初めてとなる花を。

花蜜のしずくに舌を伸ばすと、オレンジ色の花粉のかけらが被毛に当たってちくちくした。花蜜の味は鮮烈で、いきなりエネルギーが解き放たれ、あやうく頭花から落ちそうになった。やがて後味が広がり、最初の甘味が深い麝香《じゃこう》のような風味に変わった。ここまでの飛翔で蜂蜜ケーキから得た燃料の半分を使い、またお腹がすいていた。ふたたび力が戻り、花蜜が素嚢にずっしり溜まるまで、フローラは花から花、茎から茎へと動きまわった。

そこでふと、甘い蜜の香りを振りまきながら巣に戻ったときのアザミ蜂の顔を想像した――花粉も持ち帰れるかもしれない。小花を体にこすりつけたらオレンジ色の粉を直接カゴに掻き落とせそうだ。だが、別の巣箱から来た外役蜂はもっといいやりかたを知っていた。洗練された蜂は花粉を球状に丸め、それを後ろ肢のカゴに押しこみ、みるみる二本の後ろ肢をオレンジ色の努力の結晶でふくらませて飛び去った。

フローラは彼女の効率的なやりかたを真似ようとしたが、それにはかなり高度な技術が必要だった。葉のすきまから固めた花粉が落ちるたびにフローラはいらだち、落としたかけらを取りに行こうと降下して、その下にある恐ろしい光景に気づいた。

地面に死体が散らばっていた。黒アリにたかられ、膨張したネズミが白目をむいて天をにらんでいる。植物の茎のあいだでは死んだスズメがくちばしを開け、乾いて灰色になった小さな舌が見えた。そのすきまにも数えきれないほどの蜜蜂やスズメバチ、ハエの死体が散らばり、体には処刑された外役蜂と同じ、薄い灰色の膜がぽつぽつとついていた。

フローラは茎のあいだを抜けて急上昇した。バランスを立て直そうともがくたびに金色の菜種畑が傾き、揺れ、集めた花蜜が地面の死体につながっているかのように下に引っぱられた。腹内の毒嚢が固くふくらみ、フローラはあたりに警戒臭をまき散らしながら宙を舞い、これだけ多くを殺した巨大なスズメバチか、もしくは〈大群〉を探した。だが、あるのは太陽と、空と、毒された金色の畑だけだ。

ふと何かが動いた。花の茎のあいだの奥で、黒く光るアリの一団がお尻の赤いマルハナバチの死体を引きずってのろのろと地面を進んでいた。運ばれているのは、果樹園の近くを飛びまわり、巣箱の姉妹と挨拶を交わす、群れをつくらないマルハナバチで、被毛の様子から死んだばかりのようだ。フローラはできるだけ低く滞空し、おぼつかないハチ目語《もくご》――ハイメノプテリーズという共通古語――で話しかけた。

「話せる、シスター？」

隊列を指揮するいちばん体の大きなアリが足を止めた。顎が黒く強そうに光っている。

「話せる、シスター」アリは奇妙なアクセントで答えた。

フローラは〈女王の図書室〉で見た暗号語を必死に思い出して話しかけた。

「死体。何があった？」

「毒雨」

「いつ？」

大きなアリは触角をぴくっと動かした。

「二……太陽」

「二日前？」

アリはうなずき、マルハナバチを引きずる列に戻っていった。そばの死んだスズメの上に黒い波が押し寄せていた。

これだけ見れば充分だ。毒の雨が降ったのが二日前だとしたら、座標をダンスで知らせたユリ五〇〇はあやまちを犯してはいなかった。あのときは、まだ花は清潔だったのだ。それがいまは毒されれ、自分も汚染された花から飲み食いしてしまった。

エンジンをふかして空に飛び立つと同時に、体に異変が現れた。高度を上げるにつれてバランスを失い、翅がしびれ、左右に激しく傾いた。体内羅針盤があちこちに揺れ、触角は静電気を発し、あらゆるにおいが消えた。道しるべとなる太陽のぬくもりを求めて上昇するあいだも、素嚢のなかの花蜜が内側から喉を焼き、恐怖が駆けめぐった。どんなにあたりを探しても、帰巣標識はどこにもない。

眼下の黄金色の畑が小さくなり、死にものぐるいで急上昇したとたん、冷たくうねる気流のなかに放りこまれ、知らない方角へ半リーグほど飛ばされた。広大な茶色い作物畑が足もとに広がっては消え、やがて緑の木々の梢がうねる塊となって近づくのがちらっと見えた。フローラは息も絶え絶えに旋回しながら速い気流の端にたどりつき、思いきり飛び出した。そのまま木々のあいだを転がり落ち、なんでもいいからつかまろうと必死にあがいた。

そうして、うっそうと茂る木々の一枚にかろうじてしがみついた。小枝の節につかまって体を引き寄せるあいだも素嚢は焼け、毒が触角を打ちのめした。それはシカモアの森で、べたつく単純なにおいが雄蜂の強烈なフェロモンを思わせた。けいれんがせりあがってきたが、フローラはそれが口にあがってくるまで葉柄《ようへい》にしがみついていた。そうしてなんども吐いた。満杯にして巣箱に戻ろうと欲張って、大量の蜜を飲んだ。からになるまでには時間がかかるだろう。

自分の食い意地をのろいつつ、フローラは花粉カゴから汚れた花粉を引きはがし、できるだけ遠くへ放り投げた。毒された花蜜が吸収されるにつれて腸が焼け、手肢が震え、一秒ごとに体力が奪われてゆく。巣箱から遠く離れて蜜や花粉を集めたいという欲求は消え、いまはただ家の甘い香りと家族の温かい感触がほしかった。これから多くの姉妹が死ぬだろう――このままでは巣にも戻れず、金色の菜種畑が危険だと警告することもできない。大事な姉妹たち、〈育児室〉の赤ん坊――

〝あたしの卵!〟着地板を飛び立ってからいちども考えなかったが、いまは腕に抱いているかのように、あのきらめく美しさとまばゆいばかりの力を強く感じた。これほどの愛があれば、聖なる母と巣箱に対する罪も打ち消されるはず。そこでフローラはうめいた――せっかく罪を贖《あがな》う機会をあたえられたのに、くだらない自尊心のせいで愚かな真似をしてしまった。毒を巣箱に持ち帰るくらいなら、雄蜂房を掃除して死んだほうがましだ。

雄蜂房の掃除。あの不潔で、むっとする、せまくるしい部屋――思い出したとたん、はらわたがけいれんし、名案を思いついた。フローラは小枝にしっかりつかまり、男性器のつんとする悪臭とともに、彼らの脂じみた排泄物の味と感触を舌の上でこれでもかと思い浮かべた。

とたんに腸が激しくけいれんし、毒された花蜜が空中にぴゅっと噴き出た。

「ちくしょう、なんだ、ありゃ？」

雄蜂のにおいは想像ではなかった。とどろくような怒声が起こり、雄蜂の飛行隊が目の前の葉のあいだから飛び立った。なかの一匹が頭から毒まみれの嘔吐物をぬぐいながら毒づき、回転した。

「なんてくさい王女さまだ！　兄弟よ、きみたちにまかせる。こんなに汚《きたな》い王女はいままで見たことが――」

「王女なものか」別の雄蜂が叫んだ。「病気持ちの雌蜂が、よくも〈集合〉まで飛んできたもんだ。誰か殺せ！」

「気をつけろ――また吐くぞ！」

フローラが最後の毒を吐き出し、雄蜂たちはげっと叫んで、まぶしい空気のなかを飛びすさった。

「ごめんなさい、殿方」フローラは口をぬぐった。「情報を持ち帰るよう送りこまれたのに、金色の畑で毒を飲んでしまって。あそこへは行かないで」

「近寄るな！」冠毛を汚された青白い大柄の雄蜂がどなった。「こんな醜い雌は見たことがない。おい、シナノキ、あれはきみの巣箱のお仕着せじゃないか？　さぞみすぼらしく、不潔な場所なんだろうな！」

「そう思うのなら、頼むから来ないでくれ！　せっかくの男前を台無しにして悪かった。だが、おかげでわれわれにチャンスがめぐってくるというものだ」

見ると、シナノキ卿が安全な距離を取って宙に浮かび、そのまわりでさまざまなお仕着せをまとった何百もの雄蜂が雌の闖入者《ちんにゅう》をぼんやりと、いぶかしげに見ていた。大柄の雄蜂はほかの雄蜂にからかわれ、怒って飛び去った。

風が大きなシカモアの枝を揺らし、葉っぱから音楽が揺らめいた。フローラは驚いてあたりを見まわした。毒をすっかり吐き出したいま、ようやく樹皮を通して立ちのぼる土っぽい香りを深々と吸い、木の生命力を感じた。周囲ではさまざまな巣から来た雄蜂が空中でエンジン音を競い合ったり、飛行能力を自慢し合ったりしている。

「心配するな、きみは生きのびる」シナノキ卿が近づいた。「なぜこんなところに？　まさかわたしを追ってきたのではないだろうな。だとしたら恥ずかしくて――」

「違います！　あたしは偵察役として――」

「ああそうか、ならば戻って報告するがいい。〝〈集合〉はわれわれより上等な巣から来た、でかくて頭の足りない男たち――しかもいいものを食べ、見た目も気立てもいい姉妹たちに世話をされている連中――でいつになく混み合っている〟と。きみはこれまで、あまりほめられた態度じゃなかったが――」

そこでシナノキ卿はふと口をつぐみ、何かに気を取られた。

雄蜂たち全員が同じほうを向いてわめき、歓声をあげ、雷のように胸をぶるぶる震わせて高く舞いあがっていた。腹部からただよう濃厚な雄性フェロモンがフローラの触角をかすめ、それとは別に、強くて親しみ深い雌のにおいがした。

「今日こそ！　わが王女が来る！」

シナノキ卿がにおい腺を強く放ち、同志たちのいる高さまで上昇した。フローラにはシナノキ卿のわずかに高い振動音が、うなるような欲望の合唱に混じり合うのが聞こえた。

処女蜂が近づくにつれて空気は激しく揺れ、木の葉が震えた。処女蜂は一陣の風に乗って木々の梢を通りすぎた――つかまえられないほど速く、それでいて光る黄褐色の縞模様とつやのある金色の被毛を見せびらかすほどにはゆっくりと、あとに麝香のような香りの渦を残して。雄蜂たちは処女蜂の気を引こうと行ったり来たりしてはわめき、ポーズを取り、胸をとどろかせ、狂ったように回転して曲芸飛行を披露した。処女蜂はそれに応え、らせんを描きながら舞いのぼっては降下し、優美な体の下に折たたんだ形のいい長い肢と、くびれた腰、そして先端が金色のつぼみのごとくすぼまった堂々たる腹部を見せつけた。

雄蜂たちが歓声をあげ、賛美の言葉を叫ぶと、ふたたび王女は彼らの前を飛び過ぎ、こんどは翅を震わせて交尾の歓びと、それをあたえよという命令を伝えた。王女の美しい顔がちらっと見えた。

高貴な香りはたちまち激しい波となって木の葉から音楽を引き出し、雄蜂たちは欲望の嵐となって猛然と追いかけた。空気が振動し、残響がフローラの体を駆け抜け、みるまに王女と雄蜂たちはまぶしい空気のなかへ消えていった。

風が〈集合〉の鮮烈な性的なにおいを消し去り、フローラは触角をあげて巣箱を探した。果樹園のかすかな気流が一筋、広大で変化のない畑の向こうから近づいてきた。これからあの風に乗り、すきっ腹で長距離飛行をしなければならない。でもフローラにはわかっていた――姉妹たちの命は、あたしが苦労して手に入れた知識にかかっている。フローラは翅に力をこめ、巣をめざして速度をあげた。

はるか下の灰褐色の畑から黒いものがカーカーと鳴きながら舞いあがった。あの青黒い羽のきらめきはカラスにちがいなく、ちょうど巣箱に戻る道をさえぎっていた。このまままっすぐ行けばつかまる。でも、進路を大きくそれたら体力が持たない。どっちにしても、フローラの警告が届かなければ、さらに多くの姉妹が金色の畑で命を落とす。

カーカーという鳴き声がさらに高くなった。どうやら気づかれたようだ。

# 16

フローラは燃料の残りを使いきってアドレナリンを燃やし、さらに高く速く、向かい風に突っこんだ。カラスのにおいが触角を直撃して脳が悲鳴をあげたそのとき、ユリ五〇〇のかすれ声が割りこんだ。

〝低く！〟ユリがフローラの心に呼びかけた。〝高度を落として！〟

赤い目と黒いくちばしが見えた瞬間、フローラはカラスの下で大きくカーブし、土と穀物のにおいに向かって気流のあいだを降下した。群れるカラスの影がストロボ状に頭上を通りすぎたが、全部ではなかった。

一羽のカラスがフローラめがけて急降下し、巨大なくちばしをぴしっと鳴らした。突然の下降気流がフローラの体を空中高くはずませ、カラスがいらだたしげに毒づいて旋回した。フローラは嫌なにおいのする大きな羽から転げるように宙返りし、穂の出た穀物の茎の上を低く飛んだ。獲物を探すカラスは興奮して羽をばたつかせ、カーと鳴いたが、フローラは止まらなかった。

〝端に避難所！〟ユリ五〇〇の情報が告げたが、端などどこにもない。畑は大空のように広大で、見えるのは飛びすさる穀物の穂先だけだ。少しでも高度を見誤れば、ぶつかって宙から叩き落とされかねない。風が頭上から網を投げるようにハシボソガラスのにおいを投げた。敵は背後から低く近く迫っていた。

〝端！　端！〟あった——穀物の湿った部分に隠れた、緑の低い生垣。そこに何があるのかわからぬまま飛んでゆくと、花をつけた雑草の上空で昆虫の一団がまばゆく飛びまわっていた。太陽をあびてらせんを描くハエ、ブヨ、シロチョウ——

〝彼らを利用せよ！〟

フローラは昆虫の群れに向かって一気に加速し、そのあとをカラスが激しく追いかけた。一瞬、チョウの驚いた顔とブロンズ色の美しい翅の先端が見えたと思うまもなくフローラは昆虫たちのなかを突き抜け、そのあとからカラスが突っこみ、昆虫の群れを恐怖の渦に突き落とした。やがてカラスが羽をばたつかせ、つかまえられるだけの獲物をつかまえる音が聞こえた。

フローラは生垣の上空高く上昇して回転し、巣箱のにおいをとらえた。下のほうでカラスが勝ち誇ったようにカーと鳴いた。チョウたちが消えたのは見るまでもなかった。

甘いにおいのする果樹園が見え、上空の乱気流から着地板に向かって降下するにつれて、四角い小さな灰色の巣箱がいよいよ愛おしく見えた。

「止まって、シスター」

板に降り立つと同時に二匹のアザミ警備蜂が近づき、触角で調べ、灰色の膜の跡がないのを確かめてから〈ダンスの間〉に連れていった。広間では、見分けのつかないサルビア巫女が鎌形状に並び、その背後に蜂の群れが立っていた。フローラは巫女たちにしつこく体を探られ、深くにおいを嗅がれるのを感じた。

「においが変わっている」

「胃のなかのものを吐き出しました」フローラは答えた。「畑で」

一匹のサルビア巫女が背後に近づき、フローラの触角が脈打ちはじめた。巫女はいきなり、ぶしつけに、反応するまもなくフローラの脳に意識の探針を押しこみ、探りを入れはじめた。

〝卵！〟

脅威を感じたとたん、戦闘腺が開き、どうやったのか自分でもわからないうちにフローラの触角はぴしゃりと閉じ、巫女がさっと探針を引っこめた。

〝あたしの卵に手出しはさせない！〟

巫女は美しい瞳に激しい怒りを浮かべ、背後からまわって目の前に立った。

「変な娘《こ》ね、自分の考えを隠せるなんて」

別の巫女が加わり、こんどは二匹がかりでフローラの意識を破りにかかった。巫女たちは強烈なにおいで触角を探り、化学物質で脳に入りこもうとした。フローラは焼けるような痛みを感じながらも閉じつづけ、淡々と話すことに集中した。

「おゆるしください、シスター。毒を飲んだと気づいたとき、あやまった信号を出してほかの外役蜂を危険にさらしてはならないと内部器官を閉じました。いまも開けません」

「実に……賢明ね」巫女が言った。「そのようなやりかたをどうやって知った？」

「ユリ五〇〇の知識で」

フローラは巫女から解放されても平然としていたが、口のなかにはフローが染み出していた。もういちど自分の卵を抱きたくて、サルビア族のにおいからいますぐ逃げたくなった。

「動揺しているようね、フローラ七一七」三匹目の巫女が近づき、じっと見た。「いまのような厳しい時期には円滑な意思伝達がますます不可欠よ――もういちど内部器官を開くのに手を貸しましょう」

その巫女のにおいは、ほかの巫女よりはるかに強く、フローラは〈到着の間〉で自分を選んだ巫女だとわかった。

「〝受け入れ、したがい、仕えよ〟」恐怖を隠すためにフローラは声を張りあげた。「おゆるしください、シスター・サルビア、あたしはいくつもの危険を見てきました。巣を守るため、いますぐ踊らせてください」

そう言うやダンスフロアに走り、これまで幾多の外役蜂の足でこすれたタイルの上に立った。蜜蠟から花のにおいが立ちのぼり、フローラは踊りはじめた。

最初はユリ五〇〇のやりかたを真似し、彼女が旅し、教えてくれた広大な畑のステップを踏み、畑のあいだの道には低く立ちこめる湿った蒸気があるだけで、餌は何もないことを伝えた。続いて、まばらな生垣を踊り、汚染された広い金色の畑を踊り、地面に横たわる生き物たちの死骸をアリが食べていたことを伝えた。フローラがどれだけ大量の花粉と花蜜を無駄にしたかを踊ると、恐怖のつぶやきと落胆の声が漏れた。サルビア巫女たちは無言で見ている。それから穀物畑とカラスのこと、畑の端の低い生垣に逃げこみ——ほかの命と引き換えに——カラスの追跡をかわしたことを踊ると、数匹の外役蜂から重々しい拍手が起こった。

「まず巣のことを考える」一匹の外役蜂が声を張りあげた。「そうでなくて、どうして戻ってこられよう」

「おまえは外役蜂なら誰もがやることをやった」別の声が言い、ますます拍手が大きくなった。

「静かに！」

シスター・サルビアが手をあげてフローラのダンスを止め、フローラは脇腹を波打たせて立ちどまった。巫女たちが集まった姉妹に呼びかけるあいだも、ぞくぞくするような振りつけが体じゅうを駆けめぐっていた。

「つぼみから花、果実、そして種にいたる本来あるべき経過は〈女王の図書室〉の壁に暗号化されている——けれども、この新たな洪水の季節は記されていません。知ってのとおり、われわれは外役蜂を失いました。硬い翅は上級族の翅より耐久力があるかもしれない——そこで、この異常気象にかんがみ、巣の古い秩序に例外を宣言する。フローラ七一七に外役を認めます」

一瞬その場が静まり返った。やがて一匹の外役蜂が手を叩くと、それが次々に広まり、ついには〈ダンスの間〉にいる姉妹全員が拍手と翅のうなりで賛同した。姉妹たちに祝福され、彼女たちの輝く顔を見て、フローラの全身に喜びと感謝の念が駆けめぐった——と同時に、巫女たちの視線に一筋の恐怖を覚えた。

卵のもとに駆けつけたい気持ちを痛いほど感じながらも、フローラはロビーに立ち、これまで一度も話しかけられたことのない姉妹たちから祝福を受けた。これで〈育児室〉を訪ねるのはますます難しくなった。衛生蜂なら清掃のために定期的に呼ばれるが、外役蜂は——育児のためだけに生きているオニナベナ族とは対照的に——卵や幼虫に関心がないことで有名だ。すれちがう姉妹にほほえみ、礼を言いながら、大胆な考えが浮かんだ。昔のよしみで公《おおやけ》にシスター・オニナベナを訪ね、〈育児室〉をなつかしげにほめながら見てまわるふりをしたらどうだろう？

だが、計画は先送りになった。次に出立する外役蜂の一団が〈ダンスの間〉から出てきて、フローラの燃料が足りないのを嗅ぎ取ったからだ。いまや外役蜂の一員となったフローラを、仲間たちはしきりに食堂に誘った。いちばん無口な者でさえ、任務前の適正なエネルギー補給の重要性を説いた。外役蜂はほかの蜂たちから先をゆずられ、分厚い花粉パンにひと舐めぶんの蜂蜜をのせた食事を受け取り、無言で食べた。食糧の分子ひとつが貴重で、噂話は力の無駄づかいというわけだ。

仲間たちがおしゃべりでないのは幸いだった。これからフローラは、卵が孵り、育ち、〈育児室〉を離れるまでに訪ねる時間がどれくらいあるかをひそかに計算しなければならない。〈第一区〉で過ごしたのははるか昔に思えたが、卵が孵って幼虫になるまでに〈太陽の鐘〉が三度鳴ることはおぼえていた。

フローラはパンをほおばりながら一心に記憶をたどった。そうだ——それから〈太陽の鐘〉がもう三回鳴るまで赤ん坊はフローをあたえられ、すくすくと大きくなって〈第二区〉へ移される。それから先のことはわからない。わかっているのは、ある時点で幼虫がどこかに連れていかれ、〈聖なる時間〉と呼ばれる謎の期間、蓋をされ、やがて成虫として生まれることだけだ。それが巣のどこで起こっているのか、フローラには見当もつかなかった。すべての蜂はその聖なる段階を経て生まれるが、そのときのことは何も覚えておらず、自分の生誕の記憶は空白なのだ。

フローラは目の前の心配に意識を戻した――とにかく六日以内に〈第一区〉を訪ねよう。それを過ぎたら、何千匹ものなかから自分の子どもを見つけるのは不可能だ。卵のことを考えただけで口のなかが甘くうるおった。

隣にいた外役蜂が顔をあげて、においを嗅いだのを見て、フローラはさっと立ちあがった。

「準備ができました」

外役蜂たちは、風雨にさらされ、ひび割れた顔を美しく輝かせてほほえんだ。立ちあがってフローラに一礼すると、フローラがずっと憧れてきた音を立て、いっせいに翅留めをはずした。フローラは秘密を胸に秘め、誉れ高き精鋭団の一員になれたことに誇りと感謝を抱きながら自分も翅留めをはずした。六日以内に必ずシスター・オニナベナを訪ね、わが子に会う方法を見つけよう。でも、まずは全身全霊で巣に尽くすことだ。

# 17

産卵の罪をひそかに贖《あがな》うかのようにフローラは誰よりも多くの花粉と花蜜を集めた。空模様があやしいので、外役蜂たちはみな飛べるあいだに何百回と採蜜飛行に出かけたが、その日の午後には雲が濃くなって風が吹きつけ、フローラだけがなおも嗅ぎとれる遠くの貴重な花の甘いにおいに向かって果敢に飛びつづけた。フローラは仲間たちのやりかたを見ながら、たちまち花たちをうれしがらせるお世辞を覚え、たっぷり蜜を出させた。マルハナバチの強引なやりかたを観察し、それを真似してゼニアオイに飛びこみ、舌を差し入れて最後の一滴まで蜜を吸いあげたりもした。ユリ五〇〇の情報には雨の接近、巣までの距離、燃料の残量といった要因が正確に網羅されており、フローラはそれを駆使して自分なみの体力がある蜂しか運べない大量の花粉をカゴに詰めこんだ。着地板に降りると同時に最初の雨粒が落ちはじめ、アザミ警備蜂さえフローラの勇気と成果に歓声をあげた。

にわか雨が通りすぎて太陽が明るく輝き、外役蜂たちはふたたび出かけた。気温が上昇し、新しい花粉と蜜が花の縁までせりあがっていた。フローラは、こんどは繊細な接近法に喜びを見出し、畑の隅に隠れているルリハコベやワスレナグサといった、小さくて甘い花から蜜を採る方法を覚えた。降りそそぐ太陽のエネルギーと餌集めの歓びが心を満たし、卵のことは、育つにつれて輝きを増す、まだ訪れていないまばゆいつぼみくらいにしか感じられなかった。フローラは畑を飛びまわっては餌を集め、日が落ちはじめて仲間たちが家に向かうときの〈聖歌〉が聞こえるころ、ようやく群れに戻った。

太陽で温まった着地板に降りたとたん、どっと疲れが押し寄せた。採集成果をほめちぎる受取蜂に花蜜を渡すのがやっとで、それがどの族かもわからなかった。ゆっくり立ちあがると、いくつもの手が伸びて花粉カゴをていねいにからにし、ほかの二倍もの収穫に感嘆する声があがってから――ようやく解放された。

フローラにできるのは翅を閉じ、食堂に体を引きずり、目の前に置かれたものを食べることだけだった。外役蜂たちとともに座り、仲間の存在にほっとした。なぜ外役蜂がしゃべらないのかようやくわかった。疲れが激しく、食べて、冷たい水を飲み、焼けそうなほど乾いた翅に水分を補給し、休息場所を見つけるだけで精いっぱいなのだ。〈育児室〉を訪ね、シスター・オニナベナと交渉することなどとても考えられない。フローラは共同寝室に向かい、ベッドに倒れこんだ。触角を閉じるのもおっくうだったが、卵の夢を見ないように遮断し、疲れきった体で眠りに落ちた。

毎晩、多くの外役蜂が疲労で死に、朝になると衛生蜂が死体を運び出した。生きのびた者たちはベッドの脇に立ち、別れと敬意を表す短い詠唱を歌って衛生蜂が通りすぎるのを待った。

〝汝の最期に称賛を、シスター、汝の最期に称賛を〟

目覚めて最初に思ったのは〈育児室〉のシスター・オニナベナを訪ねることだった。しかし気持ちとは裏腹にフローラの足は燃料補給のために食堂へ向かい、ほかの外役蜂と一緒に着地板に向かった。卵に対する秘めた愛情は体の奥底で光っていたが、めくるめくような暖かさのなかに足を踏み出し、翅留めをはずしたとたん、体は花への欲求が勝り、飛ぶことしか考えられなかった。その日、太陽はさんさんと照りつけ、集めれば集めるほどますます集めたくなった。着地板に戻るたびに卵のことが頭をよぎったが、フローラの働きぶりはすでに賞賛の的で、〈ダンスの間〉にはフローラの知識を学ぼうと姉妹たちが集まり、一日が終わるまで卵を見に行ける機会はなかった。

任務が成功するたびにフローラの技術は向上し、知識は増え、出かけるたびにさらに遠くまで飛び、さらに何百もの花を訪れた。フローラはタンポポの花蜜を持ち帰り、ケシの花から濃い紫色のやわらかい花粉を持ち帰った。ゼニアオイの花蜜があがってくるタイミングを見分け、フランスギクが発する紫外線の土手を駆け抜けては、どれが道路の風で汚れ、どれが新鮮で採集に適しているかを選別した。嗅覚は研ぎ澄まされ、巣に戻る空中回廊を見つけるのもすばやく、たやすくなり、戻ってから収穫物を吐き出したあとの振りつけはいよいよ詳細になり、さらなる喝采をあびた。

採集二日目はなんども任務に出かけたせいで、巣の感覚がはるか遠くまで広がり、フローラには遠くにいる姉妹たちが見え、におい、体のひとつひとつが親しいにおいのする愛すべき点に感じられた。一面に茂る桃色のヤナギランに近づいたとき、耳慣れない羽音がして見あげると、幻惑するような危険な玉虫色の被甲を持つ美しいトンボたちが飛んでいた。彼らは驚くほどのスピードと身のこなしであたりの蜂たちを駆逐しながら野原の上空を突っ切り、誰かが警告を出すまもなく高く遠くへ消えた。

〈ダンスの間〉に戻ったフローラはすべてを余すところなく踊った。トンボのこと、集めても安全な花々のこと――それからリズムを変え、別の巣からきた姉妹たちの死を踊った。巣に戻る途中、濡れた灰色の膜で翅をだらりとさせ、胸を焦がし、聖なる母と家を求めて泣きながら、あてもなくよろよろと飛びまわる蜂たちを追い越したのだ。フローラはその哀れな姿に胸をつらぬかれた。〈ダンスの間〉の蜂たちは、メッセージのまぎれもない意味に気づいて真似るのをやめ、汚染されていないのを確かめるように自分たちの体を見おろした。フローラがダンスをやめても歓声はあがらず、貴重な警告にゆっくりと拍手が起こった。

ふたたび夜が来ても、卵には会いに行けなかった。フローラは、胸に満ちあふれる花や花粉、小川や生垣、餌集めのときに見たさまざまな景色と音を無理に押しやった。〝あたしの卵〟――卵が自分を必要としている。起きあがって会いに行きたい。でも、疲れきった体は動こうとしなかった。

〝明日こそ〟

翌朝は、巣箱を濡らし、空気を冷やす雨の音で目覚めた。雨で廃棄飛行ができないため、フローラ族が死体置き場に運ぶ死体を集めにやってきた。あれほど野原で消耗しきったにもかかわらず、多くの外役蜂が外に出られないのを嘆いた。フローラは死体が運び出されるのを待って触角をさげ、今日こそ計画を実行に移そうと、族姉妹のあとについて部屋を出た。

触角をぴたりと閉じ、翅をていねいに折りたたんで〈第一区〉に入ると、詰め所でシスター・オニナベナと育児蜂たちが座り、すすり泣いていた。フローラに気づいて、全員が涙の跡のついたおびえた顔をあげた。

「何があったの？」フローラが駆け寄った。シスター・オニナベナは話すのもやっとだ。

「とても恐ろしいことが」シスター・オニナベナはふたたび泣き出し、「見習い蜂にちがいないわ、食べるものが足りなくて頭がおかしくなったのよ！」そう言って涙ごしにフローラを見た。「ここになんの用？ フローラ族が昇進したと聞いて、七一七みたいな大それた蜂にちがいないと思ったけど、やっぱり言ったとおりね！ ああ、かわいそうな赤ん坊たち、罪のない、わたしのかわいそうな育児蜂たち――これからこの娘たちを一から仕込まなければならないのに、手本にし、学ぶ相手がいないなんて！」

シスター・オニナベナはまわりに集まる若い子守蜂に手を伸ばした。まだ被毛がぺたっと湿っているところを見れば、〈到着の間〉から来たばかりの蜂だ。

「食べ物が足りないと集中できずに間違いが起こる！ 食糧が足りないのはわたしのせいじゃない――おまえたちのせいよ、おまえたち外役蜂が充分な餌を持ってこないから――だからこんなことに！」

シスター・オニナベナはまたしても泣き出した。

「教えてください、シスター・オニナベナ。いったい何があったのか！」

「どうしておまえまでがここに？　みんなのさらし者にならなければ、今日いちにちぶんの嘆きと恐怖にはまだ足りないとでもいうの？」

「あなたに会いに来たんです」フローラはいますぐ部屋を走りまわって自分の卵を探したい衝動を抑えた。「雨が降って飛べないから――」

ふっと生殖警察のにおいがして、フローラは口をつぐんだ。

「そう、警察が来たわ」シスター・オニナベナは身震いしてフローラを見た。「あとどれだけ育児蜂を失えばいいの？　レディ・クワガタソウまでが女王の部屋から引きずり出されて――ああ、言葉にするのも恐ろしい！　警察がどんなものかは知ってるでしょう。恐怖で正気を失った娘が〝女王陛下のせいだ〟と言ったら、娘はその場で引き裂かれた――警察が卵を見つけた場所で」そう言って区画の端を指さした。「そこの、いちばん端のベッド。いったいどうやってきれいにしたらいいのか、血があたり一面に飛び散って、子どもは長いあいだ叫びつづけて。あの声だけは死ぬまで忘れられない――」

フローラの全身が凍りついた。

「どの子？」

「孵ったばかりの雄よ。生きていればさぞ美しい少年になったはずの、それはきれいな顔立ちで――でも、違うベッドにいたの！　新米の育児蜂がまちがって働き蜂の巣房に入れたに決まってるわ。言うまでもなく雄の子はいつだって餌をほしがるから、わたしたちが見つけたときには当然ながら飢えていて――わたしは言ったの、まだ発育を阻害されてはいない、これから餌をあたえて移動させる時間はあると。でも、サルビア族がすべて聞きつけ、気がつくと警察がやってきて――そして――」

シスター・オニナベナは新しい育児蜂を集め、その被毛に顔をうずめてすすり泣いた。

フローラは自分が卵を置いたベッドを見つめた。衛生蜂が床をこすり、〈プロポリス〉から来た蜂がこわれた縁を修理している。

「さっき、レディ・クワガタソウがどうかしたとか……」

シスター・オニナベナは涙をぬぐった。

「真実を言うしかなかったの。ある夜遅く、レディ・クワガタソウが〈第一区〉にやってきた、だから言うべきだと思った。まさかあんなことになるとは――警察があんなことをするとは――思いもしなかった。みなの目の前で、しかも聖なる母に誓って無実だと叫んでいるあいだに」シスター・オニナベナは立ちあがり、若い育児蜂を追いはらった。「でも、警察は自分たちの任務をまっとうしなければならない、でなければわたしたちはどうなる？　怪物と手肢の不自由な者たちに蹂躙されてしまうわ。〝受け入れ、したがい、仕えよ〟、たとえ痛みをともなおうとも」

「はい」フローラは顔をそむけた。吐き気がして、胸がつぶれそうだった。

「まわりをごらんなさい、不幸は終わった。ここはいまも巣のなかでもっとも神聖な場所よ」シスター・オニナベナは老いてすり切れた翅を振ってまっすぐにし、「聖なる母が〈礼拝〉で何もかも正してくださるでしょう。ここだけの話、今日はわたしが最初に吸わせてもらうわ」そう言って弱々しい笑みを浮かべた。「うまくやったわね、七一七。まさかと思ったけど。どうかした？　触角がひどく震えてるけど」

フローラはあえぎが漏れるほど強く触角を閉じた。

「なんでもありません、シスター。ただ――あまりに悲しい知らせで」

シスター・オニナベナは自分の触角をまっすぐに整え、胸の毛をなでつけた。

「卵のひとつくらいなんでもないわ。聖なる母は次の〈太陽の鐘〉でまた千個の卵を産み、日ごとに千個ずつ増えてゆく。嘆かわしいのは育児蜂よ。訓練のすべてが無駄になって」シスター・オニナベナがフローラの腕にそっと手をのせ、引き寄せた。「わたしが本当に恐れるものを教えてあげるわ、七一七。かわいそうな育児蜂ではなく、思いあがった、邪悪な産卵蜂よ」そしてフローラをじっと見た。「これからは誰もが目を光らせなければならない」

フローラはシスター・オニナベナになぐりかかり、わめき、〝あれはあたしの卵だった〟と叫びたかった。〝こんなに悲しむくらいならいっそこの身を引き裂いて〟と懇願したかった。だが、そうはせず、優雅にお辞儀した。

「はい。おっしゃるとおりです」

フローラは行くあてもなく、脈動する床の信号にも反応せずに〈第一区〉を出た。姉妹とぶつかっても相手の言葉が聞こえない。食べ物を運ぶ姉妹とすれちがっても、においはなんの意味も持たなかった。餌集めに浮かれ、没頭し、くたびれて眠っているあいだに赤ん坊は――愛する息子は――孵化し、飢え、もだえ苦しみながら死んでいた。地上のどんな花もこの痛みはいやせない。それでもフローラの足は着地板に向かった。

同じ考えの外役蜂たちが廊下に群がり、着地板の近くまで進んで流れ落ちる灰色の雨を見ていた。姉妹たちの親身な慰めが、苦しみあえぐフローラを悲しみから救い出した。やさしい手の感触に振り向くと、老いくたびれたマダム・シャクナゲが立っていた。

「話して。頭痛のせい？　わたしたちはみな、それに悩まされる。誰もおまえを裏切らない。野原から巣に戻って横になるときに感じる？　気力がなえて、悲しんでいるようね」

老蜂のやさしさに、フローラはいまにも泣きつき、すべてを打ち明けたくなったが、ぐっとこらえて触角をいっそうきつく閉じた。

「あたしは――飛びたい」

それだけ言うのがやっとだった。

それを聞きつけた別の外役蜂がほほえんだ。悲しみのなかにあっても、フローラには老蜂の顔と被甲についた傷の奥にある美しさが見えた。かなりの高齢で、族の痕跡すら消えていて、そんなはずはないのにフローラは一瞬、ユリ五〇〇かと思った。

「花を訪れる機会はまたある」老外役蜂が言った。「信じて」

「こんなときは〈礼拝〉に参加するのがいいわ」マダム・シャクナゲが言った。「少しは気が楽になる」

老蜂たちは巣内に戻ったが、フローラはわが子を守れなかったショックに打ちひしがれ、距離をおいて歩きはじめた。

「どうした、浮かない顔だな？」

後ろに突起のない肢が一本、フローラの進路をふさいだ。シナノキ卿が〈ダンスの間〉に近いロビーにある外役蜂の休息部屋でくつろいでいた。シナノキ卿はそばの空いた部屋を指さした。

「きみは外役蜂だ、この雨はいつやむ？　雄蜂の部屋はどうしようもなく退屈で、ポプラやナナカマド、その他の大勢の道化どもが自慢を並べたてるのを聞いているとだんだん腹が立ってきた。食べ物に関して言えば——それこそわたしがここにいるもうひとつの理由だ。ここにいれば、たっぷり食べさせてもらえるのかどうか最新の搬入情報が聞けるかもしれないと思って。このところぜいたくは言えない状況だ」

シナノキ卿はうめくように続けた。

「それにしても、まさかみなが通る場所で毛深いメイドと噂話をするとは。もっとも、いまやきみは外役蜂で、その大きな、ひたむきな体でどこへでも好きなところへ飛べるようだが」雄蜂は顔をしかめた。「どうした——気を悪くするな、口が悪いのは生まれつきでどうしようもない。一日出かけられないだけでそうも落ちこむとは、花というのはよほど魅力的にちがいない」

シナノキ卿は中肢を組み、突起をめでた。

「ところで、きみが〈集合〉でわが競争相手に〝嘔吐物攻撃〟をしてから、きみのことがたいそう気に入った——わたしがこう言ってもさほど不思議ではないだろう？　きみの耳にも意外ではないはずだが、答えがないから判断のしようがない。だから……どう思うかはきみの勝手だ」

フローラは翅を伸ばし、膜に新しい裂け目があるのに気づいた。そのときまで傷があるのも知らず、ずきずきする痛みも感じなかった。

「つまり、王女さまとは一緒になれなかったのね」

「おっと！　やっとしゃべったと思ったらさっそく皮肉か。もちろんなれなかった、選ばれていれば、今ごろこんな陰気な場所から遠く離れたところで王のごとく君臨しているはずだ。人とはちょっと違う通好《つうごの》みの、吸いあげたばかりのトウダイグサの特別料理とともに」そこでシナノキ卿はフローラを見た。「正式にはユーフォルビア。わが戴冠のあかつきには正式名で呼ぼう。名前はどうあれ、〝成熟した王女さま〟は冒険的な味にうっとりし、その清らかな味覚を堕落させ、わたしと共有してくれるだろう」

「あなたの欲望に〈よきスピードを〉」

「真面目な話、次にきみが出かけるときは――」

「いまはトウダイグサの季節じゃありません」フローラはシナノキ卿のにおいがここちよかった。

「ふん――いまさら季節もなにもあるものか――いまは夏で、豊かな時期だと思っていたが、きみたちは雨に閉じこめられ、わたしは腹ペコだ」そこでシナノキ卿はフローラのにおいを嗅いだ。

「きみが〈慈悲〉を待つかのように落ちこんでいるのも当然だ――きみのにおいには〈礼拝〉のかけらもない。ほら」

　いきなりシナノキ卿が触角でフローラの触角に触れ、しっかりと閉じていたにもかかわらず、フローラの脳に〈女王の愛〉を注ぎこんだ。神々しい香りは変化していて――それともフローラ自身が変化したのか――もはや恍惚感は引き起こさなかったが、フローラのなかのとげとげしい感情はゆっくり鎮まった。フローラはほっとして身震いした。

「よくなったか？」シナノキ卿はもういちどにおいを嗅いだ。「この物質には何かがあるんだろうが、これをありがたがる雄はひとりもいない。われわれ雄蜂は聖なる母のお気に入りだから〈女王の愛〉は必要ない。だが、きみたち雌蜂があれほどほしがるのを見ると、どうやら生きるか死ぬかの問題らしい！」

フローラの悲しみが少し和らいだ。聖なる母はまだ自分を愛している――それを心の底から感じた。

「ありがとう」フローラは礼を言った。「雨が小降りになったみたい。行かなければ」

フローラは駆け出し、うずうずして着地板に群がる外役蜂に加わった。このときからフローラは、巣のなかで誰よりも働き者で、熱心で、真面目で、献身的な娘になると決めた。〝あたしの罪が死んだのはよかった――いいことだった――危険があたしを浄化してくれる――〟

雲の切れ間から太陽が輝き、外役蜂たちのエンジンがとどろき、フローラは欲望のままに飛び立った。

# 18

晴れ間は長くは続かなかった。激しい東風が丘陵に大雨を降らし、雨は渓谷を流れ、その日、多くの姉妹が命を落とした。ユリ五〇〇の気圧データから事前に警戒していたフローラはヤナギランから最後のわずかな花粉を持ち帰り、受取蜂がいなかったので、自分で〈花粉と菓子工房〉に運んだ。黄色い粉にまみれてパンを焼く姉妹たちに涙ながらに感謝され、もういちど出かけようと着地板に戻ったが、アザミ警備蜂が立ちはだかり、それ以降の飛行を阻止した。

「おまえは失うには貴重すぎる」門番の一匹がアザミ族らしい、ぎこちない冗談を言った。フローラは作り笑いを浮かべ、最後の外役蜂たちが雨のなかやっとのことで戻ってくるのを見つめた。びしょ濡れの翅はどれもぼろぼろに裂け、触角が折れた者もいた。押し合いへし合いして廊下に駆けこむと、濡れそぼった花粉カゴからできるかぎり受取蜂に回収させた。

疲れ果てた姉妹たちは〈ダンスの間〉ではなく、最期の眠りにつくベッドに向かった。ほかの外役蜂が〝**汝の最期に称賛を、シスター**〟とつぶやき、息を引き取る仲間に触れると、傷だらけの顔から痛みが消え、美しく輝いた。こんなふうに誇り高く安らかに死ぬのは、すべての外役蜂の望みだ。

フローラは羽ばたき班のひとつに加わり、冷たく湿った空気から巣箱を守る仕事に取りかかった。ロビーで力強い翅を羽ばたかせ、交替時間になると、疲れきったひよわな内役蜂を休ませて働き、緊急メッセージが床のタイルを伝わると〈羽ばたきの間〉に駆けあがった。屋根が雨漏りして、湿気が入りこんでいた。駆けつけた姉妹たちはずらりとつながり、あらかじめやわらかくしておいたプロポリスの粒を手渡して穴をふさいだ。カビの胞子が天井付近の貯蜜庫のあちこちで見つかり、衛生蜂を除くすべての族が――アザミ族までが――羽ばたき任務に動員された。着地板からやってきた警備蜂は――濡れた巣を襲う捕食者はいない――スズメバチを焼き殺さんばかりの勢いで激しく速く羽をばたつかせた。雄蜂までが見物に訪れ、姉妹たちの目にも留まらぬ羽ばたきに感嘆の声をあげ、見ているだけで疲れるとでもいうようになんども食べ物を要求した。

一日の終わりになっても雨脚は弱まらず、姉妹たち――とりわけ外役蜂――の気力はなえた。湿った被毛と上級族のにおいが巣箱を満たし、姉妹たちの翅は、あちこち駆けずりまわって休みなく羽ばたいたり運んだりするせいでしわくちゃで、だらりと垂れていた。恍惚となれる長い〈礼拝〉を誰もが待ち望んだ。ようやく祈りの時間が訪れ、巣房が震え、香りがこぼれ出たが、叩きつける雨音と重苦しい空気が伝達をさまたげ、蜂たちはなかなかいつもの〈調和と愛〉の状態に入りこめなかった。

二日目の朝、外役蜂はびしょ濡れの着地板に出ては腹立たしげに戻り、衛生蜂は死体置き場に運ぶ夜間の死者のにおいをいつもより強く感じた。寒く湿った食堂では食べ物も香りを失い、〈礼拝〉の時間が来て過ぎるたびに、精神的調和を取り戻そうと群がる姉妹たちで混み合い、湿気が増し、あたりは静まり返った。

三日目になると、流れる棒のような雨が巣箱を閉所熱状態にした。汚物の入ったバケツがゴミ置き場に積み重なり、欲求不満の外役蜂のなかには決まりを無視して死の旅に飛び立つ者もいた。着地板への通路にアザミ警備蜂が増員され、これ以上、働き蜂が無駄死にしないよう立ちはだかった。「身勝手ね」話を聞いた蜂たちが言った。「ほかの者たちの仕事が増えるだけなのに」

羽ばたきと掃除が終われば、あとはおしゃべりくらいしかすることがなく、湿って閉ざされた巣箱にはカビのように噂話がはびこった。じっとしていられず、エネルギーを持てあます姉妹たちの話題に際限はなかった。あらゆる族が別の族の噂の種になり、巣箱の装飾や修理状況、食べ物や衛生基準――女王蜂の産卵までが噂になった。

最後の話題は、軽々しく口にすれば死刑を宣告されかねないゆえ、つねにもってまわったいいかたで語られた。誰でも一匹くらいは育児蜂の知り合いがいる、もしくは自分自身がつい最近までそうだったので、自分がいかに聖なる母と親密に接したかを力説した。〈礼拝〉の最中と終わったあとの気持ちを比べ、誰が母の愛をもっとも強く感じたかを本気で競い合ったりもした。なぜなら恍惚の度合いは敬虔さの深さを示すものだから。会話は決まって次のような認識で締めくくられた――女王陛下は驚くべき速度で大量の卵を産みつづけ、ますます美しく、宇宙でもっとも強い存在であり、この雨は女王の不満の表れにちがいなく、ゆえにわれわれはもっと精を出して働かなければならない。〝受け入れ、したがい、仕えよ〟

　フローラも文句を唱えたが、心のなかは献身と後ろめたさが入り混じっていた。体は使われないエネルギーで張りつめ、翅膜《はねまく》の一枚に深い裂け目があろうが外に飛び出し、不快きわまる閉塞感から逃げ出したかった。姉妹とともにいるだけでなく、自分だけの考えで行動したかった。触角をつねに閉じているのはかなりの緊張を強いられた。自分が産んだ卵のにおいのなかで夢を見るのを恐れるあまり、夜中もほとんど休めなかった。このまま罪悪感にさいなまれ、自分より有益な姉妹のための上等な休息室に眠れぬまま横たわっていてもしかたない——フローラは、閉じこめられて眠れない多くの外役蜂と同じように起きあがって廊下を当てもなく歩きはじめた。

　外の様子を見に着地板に向かう途中で〈雄蜂の間〉をのぞくと、なんともむさくるしい光景が広がっていた。何日も雨で動けないせいで雄蜂たちの多くが太り、床は汚れ、世話役の姉妹たちは鬱々とし、殿方をおだてるよりもこぼれ落ちる食べかすに興味があるようだ。雄たちの渦巻く刺激的なフェロモンが一万匹の湿った姉妹たちのむっとするにおいを切り裂き、フローラは雄のにおいをもっと吸いたくてなかに入った。驚いたことに、ほかにもたくさんの姉妹がいた。その表情からすると、彼女たちも共同寝室に立ちこめる雌のにおいに耐えかね、雄蜂のにおいを嗅ぎに来たようだ。

　広い部屋には異様な雰囲気がただよっていた。退屈と空腹のあまり、姉妹のなかには雄蜂の食べ物や飲み物に勝手に手を出す者もいて、その代わりに雄蜂たちは、雨がやんだらものにするつもりの処女蜂の話をしながら好きなだけ姉妹たちの体をいじるともなく触っていた。

ふとフローラは奇妙な感覚を覚えて出口に向かった。知らぬまに触角の内部器官が全開になっていて、思わず全身の気孔から深々と息を吸った。気孔を閉じようとしたとたん、それが詰まっていることに気づき、けいれんが全身を駆け抜けた。お腹が温かくふくらんで、ぴんと張り、下腹部にかすかな震えが走った。

ふたたび罪を犯しそうな予感にフローラは新たな恐怖と喜びを覚え、あわてて〈雄蜂の間〉を出た。〈ダンスの間〉の外の誰もいないロビーで立ちどまり、着地板からただようにおいを嗅いだ。夜明けまぢかの果樹園は甘くひんやりして、雨はほとんどやんでいた。巣箱が目覚めるにつれて巣房が音を立て、おびただしい数の姉妹が動きはじめた。あれほど飛びたかったのに、もはや餌を集めたい気持ちは消え、じっと動かず、ただ甘い蜜蠟のにおいを吸っていたかった。

お腹のなかの卵が小さな太陽のようにますます明るく輝いた。朝いちばんの外役蜂が中央階段を下りてくるのを見て、フローラは小階段を駆けあがって中階に出た。もうじき卵が産まれる。誰にも気づかれない場所を見つけなければ。卵が生きのびるためには清潔な蜜蠟ベッドが必要だ。でも、〈育児室〉に行く気はもうなかった。

フローラは中階のロビーで最初の仕事場所を確かめる姉妹たちに混じり、モザイク信号を読み取るふりをしながら迷った。いま立っている場所から〈育児室〉のベッドのにおいがした。あのベッドは、誰でもは入れない神聖な礼拝堂の純粋な新しい蜜蠟だけでできている。うっかり汚染されることのないよう、礼拝堂の入口はつねに群れ全体のにおいから守られ、肉眼では見えない。

フローラは近くにサルビア巫女や警察蜂がいないのを確かめてから触角を開き、〈蜜蠟礼拝堂〉

の場所を探った。とたんに卵への愛情がこみあげ、フローラ族のにおいが温かく強く立ちのぼった。誰かに嗅ぎつけられたら、たちまちつかまってしまう——だが、感じるのは床の祈りのタイルが放つ振動だけで、すでにフローラの足は礼拝堂へ向かっていた。清らかなにおいが前方の飾りのない蜜蠟扉の前で揺らめき、近づくと、両開きの扉が勢いよくふたつに分かれた。

# 19

「光栄です、マダム外役蜂」シクラメン族の老いたシスターが両手を差し出して出迎えた。ユリ五〇〇に出会って以来、これほど美しく、聡明そうな姉妹を見るのは初めてだ。「どんなご用？」

「み――蜜蠟の技術を習いたくて」

シスター・シクラメンがほほえみ、フローラは彼女がまったくの盲目であることに気づいた。

「技術ではなく肉体の祈りです」シスター・シクラメンは言った。「そして誰もが参加できます。こちらへ」

背後で扉が閉まり、フローラは大きな安らぎと安心を感じた。礼拝堂全体が真新しい純白の蜜蠟でできており、甘いにおいがした。

「ベビーベッドのなかにいるみたい」フローラはえもいわれぬ香りを吸いこんだ。

「祈っているあいだは誰もが子どもです。あなたの族花《ぞくばな》は、わが子よ？　においは若いけれど、被毛は立っているようね」

「花の名はありません。あ——あたしは植物族《フローラ》」

「恥じることはありません」とシスター・シクラメン。「この礼拝堂は訪れる者すべてを受け入れます。祈りのときに蜜蠟ができるかできないか。それを知るのは自分だけ、そしていつ立ち去ってもかまいません」

シスター・シクラメンはフローラの手を取り、翅一枚分の長さで離れて立つ若蜂たちの輪に加えた。

「少し時間がかかるかもしれません。息を吸って、動かないで」

フローラは、まだ被毛がほとんど立っていない若い姉妹のあいだに立ち、卵が下がらないよう腹をつかんだ。やがて周囲からかすかなうなりが聞こえてきた。それは蜜蠟それ自体が出す音で、蜜蠟は蜜蜂の体から造られ、蜜蜂の体は聖なる母から造られる。

卵が動き、フローラは触角をきつく閉じた。

「さあ、触角を床につけて、心から感じるように」

シスター・シクラメンの声が真横で聞こえ、触角の先が巣の床に横たわるよう、やさしい手がフローラの頭を押しさげた。そのとたん、美しい雄の幼虫の像がフローラの脳裏で輝いた。

「ここは神聖な場所。あたしなんかがここにいてはいけない」

「あなたはわれらが母の子。母は神聖でないものは造らない」

シスター・シクラメンがフローラの姿勢を変え、かすかに翅が触れ合うほど両脇の若蜂が近づき、ふたたびうなりが始まった。フローラの体はなだめるような光に満たされ、ほっとして頭はうなだれ、新鮮で純粋な蜜蠟のにおいを吸いこむたびに全身の筋肉が弛緩した。やがて腹部の筋が分かれ、そこからゆっくりと温かい液状の蜜蠟が染み出した。

「前に出して」

シスター・シクラメンが静かに言った。

フローラは手を伸ばし、両手で液体をすくいあげた。触れたとたん、液体は透明のやわらかく伸びる物質になり、フローラは輪になる姉妹たちにならって、それを薄い円板の形にし、軽くてこわれやすい塔を作るように輪の中心に置いた。

「これをどれくらい続ければ？」

フローラはもう一枚、円板を置いた。もう出ていきたかった。

「祈りのなかで心と体がひとつになるあいだ」

「感謝します、シスター」

フローラはひざまずき、触角をシスター・シクラメンの足もとに寝かせた。老蜂の美しさと包容力の前にいると、自分がふたたび犯そうとしている裏切りの罪を打ち明けたくなったが、フローラの脳の一部は、〈聖歌〉の正確な振動とタイミング、そしてベビーベッドを作るのに必要な聖なる知識を正確により分けていた。

礼拝堂を出ると〈礼拝〉の最中だったが、参加する気はなかった。〈蜜蠟の祈り〉が体に新しいうちはもっと蜜蠟を引き出せるはずだ。フローラはひとりになれる場所を探した。ふたつめの卵はフローラの感覚を餌集めのときのように鋭敏にし、聖なる母の居場所をすぐに探り当てた。女王はいま巣箱の反対側のはるか下にいて休んでいる。女王のにおいはおだやかで安定していたが、吸いこんだとたん、ひとつの言葉がフローラの胸を焦がした――〝子を産めるのは女王だけ――〟

そして――フローラは思った――これほど邪悪で尊大なことをするのは、頭と胸と腹をバラバラに引きちぎられてスズメバチの餌になるにふさわしい、もっとも汚《けが》れた、罰当《ばちあ》たりな娘だけだ。あたしは、これまでにすれちがい、話しかけ、食べさせ、ともに飛んだすべての姉妹を裏切った。身勝手な罪によって。もしもお腹のなかの卵がウジで、罪と病の塊で、異端な、いまわしき子どもだったら？

〝血を流して泣きながら腕のなかに押しつけられ、恐怖でしがみつく子ども。生きたまま生殖警察にむさぼり喰われる赤ん坊〟

フローラは〈蜜蠟礼拝堂〉の外で、扉をおおう香り高い清めのベールを引っぱって体に巻きつけた。触角にはもういちど封をしたが、卵はそのあいだも大きくなり、お腹は引っこめようもなかった。体内に命が宿っている感覚がいとおしく、これが罪であってもかまわなかった。この子を生かしたい――そのためには隠し場所を見つけなければ。

〝誰もいない場所……静かで、扉が三つある――〟

生まれてすぐ、シスター・サルビアにそのような場所に連れていかれたのを思い出した。シスター・オニナベナに初めて会った小さな部屋。あれは、この階にある〈育児室〉の奥だ。そこへ行くには〈礼拝〉が行なわれているいまのうちにロビーを通らなければならない。終わるのを待っていたら、みなの前で出産することにもなりかねない。

動くのなら〈聖歌〉が流れ、全員が祈りに没頭しているあいだがいい。〈女王の愛〉が揺らぎはじめ、精神的高揚からひとつの香りに戻ると、すぐに姉妹たちはわれに返る。目ざとい者に気づかれるかもしれない。

フローラは神聖なる集団にそろそろとまぎれこんだ。巣房を充たす〈礼拝〉の信号のせいで目的の正確な位置を探し当てるのは難しく、卵はさらに激しく脈動し、いますぐにでも横になりたかった。一刻の猶予もない。フローラは違う族のにおいが強く入り混じる場所に移動し、触角を開いて小部屋の正確な場所を探った。

〝シスター・サルビアのあとについて……。大きな中央モザイクがあって……それから――〝

〝〈女王の愛〉――〝

あのとき、シスター・サルビアは〈女王の愛〉をあたえてくれた。〈礼拝〉が行なわれているいまなら取りこめる――そうすれば行き道がわかるはずだ。

フローラは触角を開いて巣房に足を押しつけ、神々しい香りを吸えるだけ深く吸いこんだ。

〝鈍い金色のタイル、次に無地の白タイル、きれいではない、無地の――〝

これだ――足もとで同じ模様がロビーを通って続いていた。

「祈りが終わらないのにどこへ行く?」

〈礼拝〉の振動で触角をぴんと立てたシスター・サルビアが目の前に立ちはだかった。

フローラは思考を読まれないよう、とっさにユリ五〇〇の情報の塊を送りこんだ。

〝クモ以外の、スズメバチやその他の〈大群〉と違って太陽方位は決して嘘をつかない〟

シスター・サルビアはたじろいだ。「〈礼拝〉でそんなことを唱えているの？」

「おゆるしください、シスター。あまりに長く閉じこめられたせいで」

フローラは痛みをこらえつつ、もういちどユリ五〇〇の情報を放った。

〝汚れた花とアオバエの形跡を見つけたときは――〟

「もうけっこう！　外役蜂ときたら、みな自制心がなくて、短気で――雨が続くあいだは姉妹たちのことでも考えたらどう！」

祈りをいきなり邪魔されたシスター・サルビアは気分を害し、身震いする群れを押し分けて去っていった。

フローラはふたたび金色のタイルをたどりはじめた。金色は〈花粉と菓子工房〉と〈第二区〉の裏の通用路で無地に変わったが、〈衛生〉で過ごした経験からすぐにわかった。ここは子守蜂と育児蜂が置いたゴミを衛生蜂が集める場所だ。フローラは思った――ここはあたしがなんどもこすり、水を流した側溝で、あそこの通路の奥には無地の壁があるはず。もしその壁に扉がなければ、あたしは数千の姉妹の前で産気づき、卵とともに死ぬしかない。

〈聖歌〉が消え、ふたたび六万足の振動が始まった。フローラは一歩あるくごとにふくらむ腹を抱えて通路の奥へ走った。

真正面に立つまで見えなかったが、扉は彫刻のある小さな出入口と王冠の印のついた小さな羽目板でできていた。羽目板に触れると、扉はひとりでに開いた。なかは記憶にあるとおり、三つの扉がある無人の小部屋で、フローラはほっとした。

まず入ってきた扉を閉めた。もうひとつの扉は〈育児室〉に通じ、三つめの扉の前で……すり切れたタイルは終わっていた。近づいて耳を澄ました。奥からはなんの音もしない。扉を開けると、高くて勾配の急な階段の踊り場に出た。下からは着地板の新鮮な空気のにおいが立ちのぼり、頭上からは蜂蜜のにおいがする。自分がどこにいるか、フローラにはすぐわかった。ここは、食い意地の張った雄蜂たちが〈羽ばたきの間〉に押し入り、そのあとシナノキ卿から逃げるときに使った階段だ。しばらく誰も通っていないのか、あたりの空気は動かない。フローラは階段をのぼりはじめた。


階段は扉がひとつある小さな踊り場で終わっていた。扉の向こうに、通路と、姉妹たちの歩く振動を感じた。お腹がびくんと鼓動し、フローラは息をのんだ。卵が産まれようとしていた。温かい蜜蠟が体の筋から染み出し、卵を押しとどめようとする手に流れた。これほど貴重な物質を無駄にし、卵を守ろうとあがき、隠しおおせる気でいたなんて――フローラは自分の思いあがりに悲しくなり、壁に頭を打ちつけた。

すると壁の一部がゆっくりと回転し、目の前に暗い空間が広がった。卵が産道を押しはじめ、フローラはなんとかなかに入って扉を閉めた。床に座りこみ、部屋に立ちこめる古くてしんとする空気を吸った。痛みにあえぎながらも、瞬時にふたつのにおいに気づいた。

ひとつは壁の一面から振動によって運ばれてくる蜂蜜の強烈なにおい。触角を開いて読んでみると、振動は壁の奥の〈宝物庫〉で働く姉妹たちのものだとわかった。もうひとつは、もっとかすかで、古く、乾燥し、どんな生き物の振動にも乱されていないにおいだ。

お腹の卵が震え、産道の途中で止まった。卵のおびえをわが身に感じながらフローラは振り向き、そこにある恐怖に向き合った。ふくらんだ腹部に毒針を抜くすきまはない。フローラは鉤爪を振りあげ、円を描きながら部屋のなかにある不思議な力に身構えた。においは明確になり、やがて空中の小さな信号になった。それはフローラを拒絶するのではなく——呼んでいた。

お腹の卵をつかんだままフローラはにおいの出どころを追い、ぎくっとして立ちすくんだ。壁を背にしたその異様な光景に一瞬、痛みを忘れた。丈の高い三つの繭《まゆ》が分厚い蜜蠟の台座につなぎとめられて立っていた。どれも切子面のある細長い楕円形で、凝った装飾がほどこしてある。三つとも下半分に小さな丸い穴がいくつも開いていて、ひとつはてっぺんにもぎざぎざの裂け目があった。

繭のにおいを嗅いだとたん、卵が激しく脈動し、フローラは声をあげた。繭と思ったのは棺《ひつぎ》で、はるか昔に死んだサルビア族が納められていた。

ふたたび卵が速く強く下りはじめ、フローラは三つの棺の前で座りこみ、お腹が裂けそうな気がして無言で身をよじった。と同時に卵がするりと出て、空気のうなりが止んだ。フローラは体の先端に温かく息づく大きなものを感じ、身を丸めて卵を抱いたとたん、胸に愛があふれた。

生まれた卵は金色に光り、〈礼拝〉よりも甘いにおいがした。フローラは体が蜜蠟で濡れているのに気づき、感謝しながら急いで手のひらにひとすくいずつ受け、甘く白い蜜蠟で三体の繭の正面に不格好なベビーベッドをこしらえた。そしてひざまずき、生命の振動に感動しながら卵を抱き寄せた。最初の卵より少し大きいが、形は変わらない。こんどこそかわいい息子が丈夫に育つよう、必要なものすべてをあたえよう――フローラは誓った――そして〈聖なる時間〉に向けて封をするには何をしなければならないかを突きとめてみせる。

〝あたしの大事な卵――あたしの愛する、邪悪で神聖な罪――〟

もう二度と野原でわれを忘れはしない。フローラは粗造りのベッドにそっと卵を寝かせ、ささやいた。

「三日以内におまえを抱き、餌をあげるから」

誕生の力で怖いものがなくなったフローラは立ちあがり、不思議な繭を調べた。〈雄蜂の到着の間〉にある壮麗な巣房に似ているが、それよりずっと大きく、雄のにおいはまったくしない。どれも、ちょうどなかにいる蜂の腹のあたりに三つか四つ小さな穴が開いている。においを嗅いだとたん、乾燥した古い毒の痕跡がかすかににおい、フローラの毒針がびくんと反応したが、どれもとうに毒性は消えていた。フローラは台座によじのぼり、てっぺんに穴のあいた繭をのぞきこんだ。

生まれる前に死んだ、若いサルビア族のようやく形成されたばかりの顔が見返していた。生まれていれば、女王蜂と同じくらい大きく、同じくらい美しくなっていただろう。かかげた一本の若い鉤爪には蜜蠟のかけらがこびりついていた。フローラは台座からおりた。いま心配しなければならないのは生きているサルビア族だ。フローラは念入りに体を清め、腹部の先を完全に収縮させ、巣箱の生活に戻るべく、来た道をこっそり戻りはじめた。

部屋のなかでは、フローラの卵が死んだ巫女たちの見えない視線に見守られて育ちはじめていた。

# 20

　最下階におりると、着地板から凍えるように冷たい空気が吹きこみ、木製の巣箱に雹《ひょう》が叩きつけていた。アザミ警備蜂が走って、転がりこんでくる氷の塊を押し返し、フローラも、駆け寄って手を貸す姉妹たちに加わった。フローラは長い眠りから覚めたあとのようにぼんやりして、巣の知らせも聞きそこねていた。内役蜂があわてて〈ダンスの間〉に向かっているところを見ると、どうやら集合の合図がかかっていたようだ。

　広間のなかからはサルビア巫女のにおいがした。フローラは卵のにおいをごまかそうと、ほかの衛生蜂と体を押しつけ合ってにおいを共有した。〈ダンスの間〉の中央ではサルビア巫女の大合唱隊が〈聖歌〉を口ずさみ、力強い響きが雹の音を圧倒した。巫女たちは〈集合意識〉の声を通して巣全体に無言の意思を送りこんだ。

　蜂たちは〈羽ばたきの間〉にいるときのようにおとなしく同心円を作り、巫女たちはよく見えるように同族蜂によって抱えあげられた。翅は開かれ、においはますます強く揺らめき、瞳は光を帯びている。やがて雹の音もかき消すような低く、美しい合唱の声で姉妹たちに語りかけた。

「われらは聖なるメリッサ――女王の族から産まれた〈集合意識〉の守護者。季節は暗く、花はわれらに背を向け、大気は洪水と氷を呼ぶ。増大する悪の胞子が花蜜の聖杯にはびこり、われらが〈宝物庫〉は満ちるまもなく減りつつある。聖なる母の聖なる出産は中断され、〈無関心〉と〈絶望〉と〈無気力〉がハエのごとくわれらにとまっている」

サルビア族のにおいはますます強くなり、外役蜂たちは不安げにもぞもぞと身じろぎした。サルビア族のにおいの下に生殖警察の重苦しい覆面臭が忍びこんでいた。フローラはとっさに触角を閉じ、警察の支配的な影響を受けまいと気孔をぎゅっとすぼめた。本能が逃げろと叫んだが、いま逃げたら命はない。ここで自分が死んだら大事な卵も――

フローラは秘めたる思いを隠して周囲を見た。どの姉妹の触角も――外役蜂のそれでさえ――恐怖にぴんと立っている。全員に罪があるはずがない――落ち着いて。

巫女たちは広間をくまなく見渡し、優美な触角をいっぱいに伸ばして、恐怖に凍りつく姉妹たちが発する情報を取りこんだ。生殖警察の濃厚なにおいが低く、きつく、肢のまわりに這い寄って動きを封じ、群れのあちこちからおびえたような、かすかなうなりが起こった。数千匹の姉妹の恐怖が広間全体に波のように押し寄せた。フローラは逆らわなかった。もし見つかっても、それは聖なる母のご意思として死ぬだけだ。

〝聖なる母……〟女王のことを考えるだけで胸が苦しくなった。女王の温かさ、美しさ、自分の族を恥じる気持ちを取り去ってくれた、やさしいしぐさ――

「われわれ、すなわち巣は〈冒瀆〉と〈浪費〉の罪を負っている」巫女たちの合わさった声がふたたび語り出した。「〈羽ばたきの間〉の花蜜は断わりもなく飲まれ、外役蜂は飛行中に命を落とし、〈育児室〉でさえあやまちが起こった」――これには驚きのあえぎが漏れた――「まさに、この〈ダンスの間〉で起こったあやまちのせいで」巫女たちは翅をちらちら揺らしてにおいを広げた。「〈女王の愛〉は〈法の掟〉によって運ばれ、われわれは聖なる母に対する忠誠を、巫女――すなわちメリッサ――に対する信頼を通して示すものなり。季節はますます牙を剝き、咲く花はどれも異常で、われわれはひたすら変化を待った。そこへこの氷の雨――その意味は明白だ。これはわれわれの巣に下された天罰であり、贖罪を求める声である！」

部屋の隅から黒い蜂たちが入りこみ、群れを押しちぢめた。

「われわれは〈聖なる母の図書室〉の古い暗号を調べた」巫女たちがさっきよりも厳しい、それでもなお美しい合わさった声で続けた。「女王はわれわれに対する変わらぬ愛を約束し、われわれに〈贖《あがな》いの儀式〉によって姉妹精神を称える許可をあたえられた」

蜂たちは無言で見返した。

〝贖い〟……。前にこの言葉を聞いたのはどこだった？　フローラは首をひねり、はっと思い出した――〈女王の図書室〉で四番目の羽目板の前に立ったときだ。とたんに新鮮な空気がほしくなり、いますぐ部屋から逃げ出したくなったが、サルビア巫女の合わさった声は続いた。

「聖なる行為は愛の犠牲を求める――姉妹と〈母〉と巣のための一匹を。このなかで老い、役割の終わりに近づいている者は誰？　病《やまい》もしくはなんらかの罪を犯した負い目を持つ者は？　姉妹たちを救い、この巣を苦しみから解き放つため、いまこそその身を捧げよ」

誰も動かず、口も開かなかったが、恐怖の混じった族のにおいがらせん状に渦巻いた。ふと、〈蜜蠟礼拝堂〉でやさしく接してくれた盲目のシスター・シクラメンの静謐な顔が目に入った。

〝贖い〟――老シスターが手をあげようとしていた。

「あたしが！」とっさにフローラは大声をあげた。「あたしが贖います！」

前に進み出たフローラに全員が振り向き、サルビア巫女が視線を向けた。姉妹たちは畏敬と恐怖に打たれ、たじろいだ。触角を開いたとたん、フローラはどっと安堵を覚えた。**〝子を産めるのは女王だけ〟**――それは真実であり、そう認めることでふたたび姉妹とひとつになれた気がした。姉妹たちのために喜んで命を差し出し、死と引き換えに名誉を取り戻せばいい。

「あたしはフローラ七一七、あたしは――」

「わたしも贖います！」群れのなかから別の声があがった。

「わたしも」別の誰かが叫んだ。

「聖なる母のためにこの身を捧げます」

「わたしは春の蜂で終わりが近い、どうかわたしを！」

次から次に声があがった。

「どうかわたしに――」

「命に未練はあるけれど、もう年寄りだから――」

「あたしは貪欲だから――」

「わたしは病弱で――」

フローラのあとから次々に姉妹が進み出た。巫女たちは志願者全員に中央に集まって立つよう命じ、なかの一匹が歩きまわって選別した。

「若い、年寄り。年寄り。年寄り。年寄り」巫女はフローラの前で足を止め、「おまえはとても若い」フローラの被毛を鉤爪ですいた。「ほとんど立っていない」

フローラは自分の体を見おろした――たしかに被毛は若い育児蜂と変わらないように厚く、つやがある。巫女はフローラの下腹部からゆっくりと鉤爪を引き抜き、目の前にかかげた。くるりと巻く蜜蠟の筋が垂れさがっていた。巫女がにおいを嗅いだ。フローラは殴打を覚悟した。外役蜂として礼拝堂に入ることは許されても、フローラ族は決してこの神聖な物質を扱ってはならない。

「おまえはまだ蜜蠟を作れる――利用しない理由はない。気高い行為だが、さがりなさい」巫女は通りすぎ、ほかの志願蜂を調べはじめた。

フローラは耳を疑った――巫女が罪のにおいを嗅ぎ取らないはずがない。そのとき、触角がふたたびきつく閉じているのに気づいた。無意識だったが、理由はわかっていた。心の奥底で小さな卵が明るく清らかに光っていた。卵は死にたがっていない。母親に死んでほしがってはいない――母と子はまだつながっている。喜びが全身をつらぬき、フローラはわが身を見おろした。たしかに若返ったように見えた。被毛は厚く、つやがあり、外被《キューティクル》は光り、関節もやわらかい。こっそり翅留めをはずして四枚の膜に意識を送ってみた。どれも強く、しなやかで、無傷で、傷跡ひとつない。前にあった深い裂け目もいつのまにか治っていた。

〝聖なる母は卵を産むたびに若返る〟。そして〈衛生〉の一員である自分は聖なる母その人から命と若さと力の恵みを盗み、母の巣に破滅と死をもたらそうとしていた。

「情けをかけないで！」フローラは叫んだ。「死なせて、罪滅ぼしをさせて！」

「敬虔ぶるのもいいかげんになさい、七一七」巫女に選ばれた年配の志願者の一匹、シスター・オニナベナがフローラを見た。「でも、最初に申し出たのは勇気ある行動だったわ」老シスターはまだ被毛があるかのように、つるりとした胸部をつまみ、両手をひねった。「わたしがやるべきだった――手本を示すのは上級族の務め。でも、手本は死で示す。だから黙って静かに祈らせて」

サルビア巫女が頭《こうべ》を垂れ、みすぼらしい年寄りの一団に呼びかけた。

「われらが聖なる母の娘にして、われらが巣の僕《しもべ》たちよ、〈贖いの儀式〉に喜んでその肉体と精神を捧げますか？」

老蜂たちはうなずき、たがいを支え合った。

「捧げます」何人かがかろうじて答えた。

「感謝します、気高き姉妹たちよ。では、〝受け入れ、したがい、仕えよ〟」

「〝受け入れ、したがい、仕えよ〟」

老蜂たちがつぶやいた。

サルビア巫女は、志願した少し若い蜂を呼んで老蜂たちを取りかこませた。

「あなたたちが儀式を進めて」一匹の巫女が言い、ふたたび〈聖歌〉が起こった。〈ダンスの間〉の奥から現れた生殖警察ののっぺりとした黒い一団がほかの蜂たちを少しずつ前へ押しやり、ふたたび唱和が始まった。

姉妹に祝福あれ
わが罪を取り去る者よ
姉妹に祝福あれ――

始めたのはサルビア族だが、それぞれの族が順に唱和し、やがて文言は部屋じゅうに響いた。群れが前に押し寄せるにつれて言葉は曖昧になり、低くうねるような音になった。
フローラは背中に千の姉妹の重みを感じた。老いた姉妹たちが群れの圧力に倒れ、そこらじゅうからあえぎと悲鳴があがり、詠唱はますます大きくなった。
「〝姉妹に祝福あれ〟」――その言葉が重なり合って触角にとどろき、フローラの足は前へ前へと押し出された。〝生殖は命そのもの〟そう思ったとたんフローラはよろめいたが、肢の突起を蜜蠟に食いこませ、六本の肢に力が伝わってゆくのを感じた。〝あたしは子を産める〟――翅脈にどっと血が流れ、思わず翅を広げたくなった。餌を集め、三日以内に戻り、卵が孵るのをこの目で――
そのとき一匹の老蜂に激しくぶつかり――目の前にシスター・オニナベナのおびえた顔があった。

姉妹に祝福あれ――
わが罪を取り去る者よ――

「聖なる母よ、恐れるわたしをゆるしたまえ！」

シスター・オニナベナがフローラにしがみつき、自分の触角をフローラの触角にきつく押しつけた。びくっとして叫んだときはすでに、フローラの美しい卵に感じるにおいと感触と愛情がシスター・オニナベナの心に一気に流れこんでいた。老蜂がたじろいだ。

「おまえ！　おまえがあの産卵蜂か！」シスター・オニナベナは押し寄せる圧力に負けじと足を踏ん張り、叫んだ。「ここに！　異端者がここにい――」

フローラはシスター・オニナベナの肢を蹴りはらった。シスター・オニナベナはよろけただけで、フローラの顔に爪を立て、警告臭を思いきり噴きつけた。

「この娘《こ》がまたしても罪を！　この娘の卵を殺して！」

その声をかき消すように詠唱の波が大きくなり、フローラは脈打つ巣房にシスター・オニナベナを押し倒し、その首をへし折った。

**姉妹に祝福あれ**
**われらが罪を取り去る者よ……**

フローラは族のにおいを強く発して立ちあがった。〈ダンスの間〉では姉妹たちが前に押し寄せ、中央に積みあがる老いさらばえた死体の山にさらなる死体を運んでいた。シスター・オニナベナの死体はほかの死体の下になって見えなくなった。

「姉妹たちに祝福あれ」サルビア族の美しい合唱が響いた。

**われらが罪を取り去る者よ**
**出産に臨む、われらが母よ……**

「〝汝の子宮をあがめさせたまえ〟」すべての蜂が唱和した。巫女たちが〈女王の祈り〉を古語で唱えると、巣房の振動が変化し、〈礼拝〉の香りがただよいはじめた。

多くの蜂が死んだ老姉妹を見て泣き、族どうしで慰め合いつつも〈女王の愛〉を深く吸い、その清らかさと力で心を鎮めていった。フローラも唱和しながら触角を固く閉じた。触角はシスター・オニナベナに襲われてあざになった。でも、自分は生きている。そして、その秘密も。

「〝アーメン〟」フローラは姉妹たちと声をそろえた。

圧力が弱まり、蜂たちは無言で立っていた。聞こえるのは遠くの果樹園で歌うクロウタドリの声だけで、いつのまにか雹はやんでいた。

サルビア巫女団が勝ち誇ったように腕を上げ、蜂たちは恐怖を忘れて歓声をあげ、喜びに泣いた。外役蜂が小気味よい音を立てて翅を開き、着地板に走り出ると、内役蜂が喝采の声をあげた。雲の後ろから太陽が顔をのぞかせ、着地板からまぶしい蒸気があがっていた。

# 21

自分のしたことにおののきながら、フローラは最初の一団に混じって飛び立った。南から上がってくる前線が最後の灰色の切れ端を空から消し去り、眼下にはさまざまな緑色の広大な平原が——六角形の美しさを知らない原始的な昆虫が作ったような——雑な四辺形に押し寄せられて広がっていた。遠くの、かつて菜種畑が金色に輝いていたあたりでは二台の大型機械がせっせと土を耕している。フローラは翅の先端を曲げて機械のにおいから離れた。

みずから犠牲を申し出たのに受け入れられなかった——フローラは思った——理由がなんであれ、あたしが死ぬのは聖なる母の意志ではなかった——そうでなければ、あたしの告白は聞き入れられたはずだ。だけどサルビア巫女はあたしを生きる側に、シスター・オニナベナを死ぬ側に振り分けた。

フローラは触角を後方になめらかに倒して速度をあげた。ほかの蜂につかまれたり読まれたりしないよう、巣箱のなかでは二度と神経伝達器官を開けっぱなしにしないと決めた。シスター・オニナベナは高齢で、いずれにせよたいした仕事はできなかった。でも、この翅は新たな力で羽ばたける。巣のためなら百リーグだって飛べそうな気がした。空には湿った大地からあらゆるにおいが立ちのぼり、流れている。フローラはそのなかにうっとりするほどおいしそうな花蜜のにおいをとらえ、ねらいをさだめた。

何日も巣箱のかびくさい、しけった食べ物に甘んじたあとの新鮮な花蜜。どんなに姉妹たちが歓声をあげるだろう。自分が集めた餌をみなが喜んで食べるのを見るのは、どんなに心が慰められるだろう。フローラは意欲に燃え、翅の回転をあげた。運がよければ、その日の蜜があがったばかりのビロードのような花弁に立つ最初の蜂にだってなれるかもしれない。

悪臭のする細い灰色の道路にそって加速し、赤と灰色の屋根の街と、家と家をへだてる小さな緑の庭に向かった。網目のようなアスファルトがみるみる増え、一酸化物を含んだ湿った風が高くうねっていたが、フローラはとてつもなく新しい力に酔いしれながら、さらに高く飛んだ。聖なる母は、まさにこのために命を助けてくれたのかもしれない――最高の蜜と花粉を巣に持ち帰り、〈宝物庫〉を富で満たすために。せっせと餌を集めて巣箱に持ち帰れば、この肉体の罪も帳消しになるかもしれない。

フローラは高いところの暖かい気流に乗って体勢を立て直し、目に見えるあらゆる標識を触角に取りこんで位置を確認した。このまままっすぐ行けば街だが、向きを変えて脇の丘陵地をたどれば、小さな庭と甘いにおいを放つ花に背後から近づける。フローラは丘の斜面を流れる熱気を感じ、上昇してつかまえようとした。ところが、楽に乗れると思った暖気流はくるくるとらせんを描き、フローラは速い大きな気流に投げこまれて丘陵地を通りすぎた。

〝下へ！〟ユリ五〇〇の声が触角をつらぬいた。〝降下して！〟

つまり、ユリ五〇〇もこの道を通ったということだ。フローラは必死で高度を下げながら、さっきから気になってしかたない、風のなかの奇妙な音を触角から締め出そうとした。だが、雑音はひどくなるばかりだ。ばちっとはじける音がして、視覚以外のすべての情報がいっせいに消えた。

病をもたらす灰色の膜の粒子のせい？　フローラはどきっとして丘のてっぺんの木立に向かった。体には力がみなぎり、おかしいところはどこにもないけれど、頭のなかの圧力はますます強まってゆく。木立が近づき、やがて焦点からはずれた。

その木はほかの木より大きく、濃い緑色の枝はほとんど動かなかった。巨大な針葉樹のようで、葉っぱは硬く、ぎらつき、幹は妙に均一の茶色い樹皮におおわれている。枝の何本かは完全な金属製のようで、不快な音はその中心から――逆向《ぎやく》きに唱える祈りのように――発していた。なんのにおいもせず、感じるエネルギーは生きても死んでもいない。

風が丘のてっぺんで砕け、ふたたび降下しようとした瞬間、異質な力が脳に押し寄せ、感覚が遮断された。気がつくとフローラは、昆虫一匹這わず、鳥一羽とまらない、生気のない光る枝の周囲を飛びまわっていた。はるか下を見ると、左右対称の醜悪な四本の光る金属の根が石の台座に深く埋まっていて、その上におびただしい数の黒い点が散らばっていた。見覚えのある形――蜜蜂の死体だ。フローラはぞっとし、うっかり飛びこんだ囚われの円から抜け出そうとしたが、どんなにもがいても速度が増すだけで抜けられず、金属の木が発する不気味な力にじわじわと体力を奪われていった。

鋭い痛みが頭をつらぬき、またもやユリ五〇〇の情報が流れこんだ。

〃下を見ないで――あとを追って――〃

さらに情報を引き出そうとしても、触角は死んだようにだらりと垂れたままだ。なんのあとを追えばいいの？　フローラは木の向こうの一点に集中し、そこに向かって飛び出そうとしたが、回転の勢いですべてがぼやけ、のたうつ緑の線になった。

〃――〈大群〉――〈大群〉――〈大群〉――〃

ユリ五〇〇の情報がなんどもなんどもループし、木の中心が発する鈍いうめきと交じり合い、フローラは触角を引きちぎってでも止めたくなった。ふたたび金属の力に引きまわされたとき、シューッという高い音が割りこみ、けばけばしい黒と黄色の被毛がちらっと見えた。

「こんにちは、シスター蜜蜂族《アピス》」スズメバチの甲高い、不敵な声が呼びかけた。光る木にはまったく動じず、宙に浮かんでフローラを見つめ、「家からこんなに遠くまで来るなんて、おたがい、なかなかやるじゃない？」かたわらに姿を現した。

若い雌だ。蜜蜂の巣を襲おうとして、むなしく蒸し殺されたレディ・スズメバチ《ヴェスパ》よりずっと小柄だが、もうろうとした状態でもフローラには意地悪そうな顔が見え、構えられた毒針のにおいが嗅ぎとれた。スズメバチが笑い声をあげた。

「ああ、お仲間のアピスが困っているところを、あたしたちがどんなに見たいことか……。〈選ばれし者〉もときには困ったほうがいい、でしょ？」スズメバチはフローラに近づき、「あんたたちは誰もこの木のことを知らない、でしょ？　気づいたときにはもう手遅れだ！」翅も動かさず、小さくぴょんぴょんと後ろに跳んでみせた。「あたしたちは〈選ばれし者〉じゃないけど、よっぽど上等だ、でしょ？　あたしたちは蜂蜜こそ作らないけど、ずっと賢くて、きれいで――」若いスズメバチはうすら笑いを浮かべ、つま先でくるりと回転した。フローラはふらふらになりながらも、地面に突き落としてやりたくなった。

「それに！」スズメバチは小さい毒針をするりと出し、先端から毒のしずくを光らせた。「それに、はるかに装備がいい！」そう言って挑発するように毒針を曲げてみせると、翅音で不気味な木のうめきが消えるほど近くに飛んできた。

「あたしたちのほうが上等だと認め、あたしにお辞儀したら、ここを離れる方法を教えてやってもいいよ」スズメバチはにやりと笑った。

〝〈大群〉の――あとを追って――〟ユリ五〇〇の声がフローラのぼんやりした意識をつらぬいた。

〝――なぜなら彼らは影響されない――〟

「認める！」フローラは膝を広げたぶざまなお辞儀をし、空中で頭をさげた。スズメバチは甲高い声で笑い、フローラの顔の前で翅をぶんぶんうならせた。

「あたしのあとを遅れないようにぴったりついておいで、愚かな蜜蜂さん、いますぐに」

フローラはスズメバチのあとを追って飛び出し、ようやく木の呪縛《じゅばく》から抜け出した。地面がくるくるまわりながら近づき、あわてて乾いた茶色の茎にしがみついた。スズメバチはそばの枯れた茂みに降りてフローラが体勢を立て直すのを待っている。

「みっともないったらありゃしない！　花もあんたには触られたくないだろうね。もういちどお辞儀してごらん」

「嫌よ」吐き気と怒りでフローラは話すのもやっとだ。

「あらあら、だったら置いてくよ。そしてあんたが死ぬまでどれだけかかるか見届けてやる」スズメバチは歌うような口調で、少し離れて宙に浮かんだ。フローラは力を振りしぼって飛ぼうとしたが、力が入らない。燃料が切れかかり、羽ばたきの合間に空気を感じたとたん、うめく木にまたしても吸い戻されそうになった。

「お辞儀をすれば巣に戻れる。あんた次第だ！」スズメバチが節をつけて言った。

フローラはもういちど小枝につかまり、スズメバチにお辞儀した。

「〈選ばれし者〉も、いざとなったらここまでひれ伏すってことだ！　宝物に毛皮、歌を作ってダンスを踊る、上等で聖なる態度。花に愛されるのは自分たちだけとでもいわんばかり！」

「あなたの言うとおりよスズメバチさん。あなたたちのほうがすぐれてる。ねえ、どうやったらここから離れられる？」

「まずは道をゆずることからだね」

「空はみんなのものよ。スズメバチにあたしたちの飛行路をとやかく言われる筋合いはないわ」

「あたしたちっていうのは〝女王であるわたし〟ってこと？　ねえ、蜜蜂さん、教えてあげようか――あたしたちヴェスパは、あんたたちの聖なる母が病気だと思ってる。まちがいないね」

「嘘よ」あまりの侮辱にフローラの毒針が反応した。

「嘘なもんか。あんたたちの果樹園から来た、かわいそうな蜜蜂を見つけた――ちょうどあんたたちが飛行中に迷ってるところを」スズメバチは小さくシュッと笑った。「あんたたちの毛の色は知ってる、見まちがえやしない。どんなに汚い灰色の染みで汚れていても。死にかけアピスの最期を看取ってやろうと運んだら、まあ、よくしゃべること！　仲間たちを呼ぶ声といったら――まあ、あたしたちは別に気にもしなかった、ひどく弱ってたからね。でも、知ってることを話してくれたのはなんともチャーミングだった――レディ・ヴェスパが手荒な歓迎を受けたこと、聖なるサルビア族のこと」そこでスズメバチは首を傾け、「そして母のにおいが弱まってること」

「聖なる母よ！　女王の愛はつねに強いわ」

フローラの毒針が刺したくてうずうずした。

「これは失礼、蜜蜂さん、なにしろ礼儀知らずなもので」スズメバチはくすくす笑い、ずるそうな視線を向けた。「あたしたちは劣っていると思う？　蜜蜂族《アピス》は嘘がつけないんでしょ」

「ええ――でも、それはあなたのせいじゃないわ」フローラはスズメバチを怒らせまいと言葉を継いだ。「あなたはあたしより強い、だってこの木に耐えられるんだから」

「木じゃないよ、ばかだね！」スズメバチは宙に浮かび、一本の鉤爪を無音の振動に合わせてかかげた。「聞こえない？　ぶーん、ぶーん、ぶーん――いつまでたっても止まらない！　しかもあんなに大きくて単調な音で――まあ、においまでは出せないけど。においを出されたらもっとやっかいだ」

スズメバチに言われて、ようやくフローラは空中に鳴りひびく重い電磁振動を感じた。スズメバチは携帯電話の中継塔の振動をものともせず、目の前を縫うように飛びまわって違う羽ばたきをしてみせた。

「ちょっとした周波の違いだよ。あたしたちはあの不気味な振動を逃がすように羽ばたきのリズムを変えた——なんたってあんたたちより飛ぶのがうまいからね。何をやってもうまいんだから！」

「そのとおりね」フローラは本心から言った。「この木を理解するなんて本当に賢いわ。もし家に帰れたら、まっさきにあなたたちの技を姉妹たちに伝える」

「帰れるさ。スズメバチの親切心を見せてやる。あんた、飛ぶのはうまい？」

フローラの触角はぎらつく木が発する乱暴な振動でひりひりし、なんのにおいも嗅ぎ取れず、自分のいる位置もわからなかったが、ぐっと立てて気概を見せた。

スズメバチがほほえんだ。

「じゃあついといで、そうすりゃすべてうまくゆく」

感覚が鈍っていたフローラは、羽ばたきのリズムをスズメバチの奇妙な振動に合わせ、あとをついて飛びはじめた。ここでスズメバチが見捨てなかったということは、信頼できる証拠だ。

# 22

スズメバチのあとについて梢の上空を降下しながら、もしかしてこのあたりが〈集合〉の近くで、雄蜂たちのにおいの跡がありはしないかとフローラは嗅覚を働かせた。だが、とらえたのは見知らぬ花蜜のにおいの断片だけだ。強烈な悪臭ただよう灰色の広い道路の上空を低く飛び、小さなライ麦畑を通りすぎた。ライ麦の鮮明でなじみのあるにおいが脳に押し寄せ、ようやく感覚が戻りはじめた。遠くに灰緑色の広大な畑が揺れているが、前方からは花蜜も花粉もにおってこない。筋張った作物のわびしいにおいと、その下の土から奇妙なにおいがするだけだ。

スズメバチがしなやかな翅を羽ばたかせてフローラを見た。

「つまり、あっちがあんたの果樹園——そして見てのとおり、ここを通ってもあんたのカゴはからっぽのままだ」スズメバチはため息をついた。「気の毒だけど、蜜蜂さん、あんたたちの花は雨で腐れて、どうしようもない」

「そのうちたくさんの花が咲くわ」

「あたしたちが生きてるあいだは無理だね、果実《ベリー》がふくらんでるのが見えない？　どんな宗教もあの意味はわかる。うちの巣ではいつも言ってるよ――あたしたちがどんなに蜜蜂さんと恵みを分けたがってるか。こっちにはたくさんあるのに、残念ながら〈選ばれし者〉はプライドが高すぎる。あたしたちヴェスパは昔の反目を忘れたいのに……」

「あなたたちも花粉や蜂蜜を持ってるの？」

スズメバチはいきなり笑い出した。

「あんたたちは働きすぎだ、蜜蜂さん！　こっちには砂糖がある、花蜜のしずくを固めたようなものだけど、なかは幼虫みたいにやわらかい。蜂蜜より甘くて、あんたたちが集めるかさぶたみたいな樹脂より強力だ」そう言って不快そうに唾を吐いた。

「プロポリスよ。いろんな使い途《みち》があるわ」

フローラは怒りをこらえた。この友情から多くのものが得られるかもしれない。フローラは自分が着地板に降り立ち、持ち帰ったためずらしい宝物を降ろしながら、出どころがどこかを告げる場面を想像した。

「呼びかたはどうでもいいけど、あたしたちの砂糖がほんの少しあれば、あんたたちの巣を丸ごと養えるかもしれないってこと。ま、気にしないで、ここでさよならだ。せいぜい餌集めをがんばって、蜜蜂さん」

「待って――」フローラはあわててあとを追った。「本当に分けてくれるの？」

スズメバチはしおらしく翅をさげてほほえんだ。

てっきり街のほうから押し寄せるにおいの渦をめざすとばかり思っていたが、スズメバチは街はずれの灰色の倉庫群に向かった。茶色い煙を吐く乗り物があちこち行きかうのを見て、フローラは帰巣の振りつけに加えようと心に留めた。踊る内容は盛りだくさんで、熱い興奮を帯びたものになりそうだ。ヴェスパ属との長い反目が終わると思えば――それこそまさに贖いになる。

スズメバチは翅ごしにフローラがついてきていることを確かめ、倉庫群に向かって降下した。触角の反応は鈍く、ずきずきしたが、フローラはできるかぎり情報を記録した。これほど植物の少ない場所を見るのは初めてだ。発育不良の頭花は開く力もなく、蜜蜂の来訪を感知した小花がエネルギーをかき集めて、弱々しくにおいを吐いた。

「ほっときな」スズメバチが言った。「どれもお粗末だ」

それでも一本の草が身を伸ばしてにおいを吐き出すと、まわりの草もそれにならい、コンクリートやシンダーブロックのあらゆるすきまの、あらゆる花から蜜蜂の来訪を乞い願う声が聞こえた。花たちが蜜蜂を呼び、すがり、言葉を交わし、花弁にその足を感じたがっていた。

「すぐに終わるから」

フローラは誘うように揺れる煤まみれのフジウツギの頭部に降り立った。しっかりつかまって小花の奥深くに舌を差し入れると、花はうれしそうにため息を漏らした。だが、花弁は汚れた油膜におおわれていて、フローラは顔をしかめて花を放し、宙に舞い戻った。フジウツギは恥ずかしげにうなだれた。

「だから言ったじゃない！　さあ、こっちだ、家族を養いたければ。そうでなきゃ手ぶらで帰ればいい」スズメバチは暗い洞穴のような倉庫の入口に飛びこんだ。

フローラはしばらく外で浮かんでいた。雑草をためしたところを同じ巣の蜂に見られなくてよかった。花蜜と温かい歓迎こそあったけれど、せいぜいあの程度だ――ずんぐりで、硬くて、なりふりかまわぬ雑草たち。雑草が避けられるのにはちゃんとした理由があるはずだ。いったいどんな理由？　ふと〈教理問答〉の文言が頭に浮かんだ。**〝フローラ族は餌を集めてはならない、なぜなら味覚がないから〟**

雑草にからかわれた――そう気づいたとたん、フローラは雑草の頼みに応じた自分に腹が立ち、彼らの声を消すかのように翅を震わせた。蜜蜂がすべてを知っているわけではない――知っているなら、スズメバチが逃げているというのに、ぶーんとうなる木の根もとであんなにたくさん死にはしないはずだ。フローラは雑草の声に耳をふさいで倉庫に飛びこんだ。

洞穴は薄暗く、だだっ広くて、なかがよく見えず、入ったとたん、独特の強烈なにおいが触角に押し寄せ、興奮と嫌悪でぴくぴくした。

「ここよ」暗がりのなかでスズメバチの声が低く響いた。「こっち」

湾曲した暗い天井にはバチバチと音を立てる蛍光管が等間隔に並び、フローラはその下を飛んで近づいた。壁は積み重ねたコンテナでできており、下のコンクリートの床では不格好な乗り物がゆっくりと動いている。その動きを見てフローラは雄蜂の蜜蠟玉を転がす衛生蜂を思い出し、この小さな描写も帰巣ダンスに加えようと記憶にとどめた。

「こっちよ」

スズメバチが戻ってきた。点滅する明かりの下でフローラはスズメバチの若さに見入った。先のとがった黒と黄色の顔はつるりとなめらかで、蜜蜂より平らな目は縁が優雅にきらめき、つややかな黒い瞳に笑みが光っている。スズメバチは空中回転して蟻酸のにおいをただよわせ、いきなり翅をばたつかせてにおいを追いはらった。

「つい興奮しちゃった。さあ、こっちに来て、砂糖を味わって」スズメバチはフローラにささやいて壁に向かい、いびつな形の棚に降り立った。モザイク状の光る石でできており、どんな花弁も真似できないほど派手でけばけばしい色だ。フローラの触角はどぎついにおいにたじろいだが、舌は砂糖に伸びた。

「素嚢を満たして、蜜蜂さん」スズメバチが言った。「お腹がペコペコでしょ?」

砂糖はプロポリスのように固く、蜜蠟のように弾力があり、花蜜のように溶けた。それはとてつもなく奇妙な物質で、食べれば食べるほどほしくなり、食べる速度が増した。味覚が脳内を駆けめぐったとたん、フローラは遠慮も忘れ、羽化室を破って出てきたときのようにむさぼった。色ごとに少しずつ味が異なり、吐きそうな風味が含まれていて、それが食欲を駆り立てた。この物質のことや見つけられる場所をたずねたかったけれど、食べるのを止められなかった。

はるか下の床で運搬車がうなり、うめいた。

「気に入った、蜜蜂さん?」

スズメバチはすぐそばの砂糖を嚙みながら、フローラが食べるのを見ている。気前がいいのね―

—フローラはそう言いたかったが、色つきの蜜石の何かに駆り立てられるように、ますます激しくかぶりついた。

「もっと食べて」スズメバチが奇妙な笑みを浮かべた。「満腹になるまで」

フローラはようやく自分の大食いに気づいてペースを落とし、最後の青い透明のかけらを引き出した。かけらがはずれたとたん、足もとに奇妙な振動を感じて見おろし、自分がなんの上に立っているのかを知った。

足もとのどぎつい色をした砂糖棚の両端から、噛みくだかれた紙と粘土の混ざった灰色の物質が伸びていびつな曲線を描き、どこかはるか下の壁にぴったりくっついていた。それは、屋根が砂糖でできた巨大なスズメバチの巣だった。フローラが聞いた振動は床の車からではなく、巣の内側から出ていた。足の下で何千匹ものスズメバチの幼虫が甲高いうなりを発していたのだ。

フローラはその場に凍りついた。いまになってようやく、真後ろに浮かぶスズメバチの大群の気配を感じた。彼らのにおいはフローラがすさまじい勢いでかぶりついた砂糖から立ちのぼるにおいに消され、羽音は床の機械音にかき消されていた。気がつくと足もとの砂糖がプロポリスのように固まり、フローラは身動きできなくなっていた。

若いスズメバチが見ている。フローラは振り向かずに触角をさげ、できるだけ冷静に言った。

「ごちそうに感謝します、スズメバチさん。あなたはとてもきれいね——細い腰と鮮やかでなめらかな縞模様。くるっとまわって、もっとよく見せてくれる？」

若いスズメバチはおだてられて逆らえず、空中でくるっとまわってみせた。

「お願いだからもういちど見せて」フローラはしおらしく、深々とお辞儀した。「さっきのはめったに見られない光景だったわ。あなたより速くまわるのを見たのは前に一度だけよ」

「あたしより速い？　そんなのなんでもないよ、見てごらん」スズメバチはむっとし、ふたたびつま先でくるっとまわった。フローラは深く頭をさげたまま、スズメバチの大群が背後の薄暗い空中に浮かんでいるのを見やり、足を固める砂糖をすばやく嚙んだ。

「あたしたちは上等だろ？」スズメバチがまわりながら声を張りあげた。「認めなさいよ！」

「上等よ！」フローラは足を引き抜きながら言った。「もっと速く！」そして胸のエンジンを狂暴な雄蜂のようにとどろかせると、力まかせに後ろ向きに飛び出し、待ち伏せする大群を蹴散らした。

「アピース！」スズメバチたちはすぐに不意打ちのショックから立ちなおって叫んだ。「死ね、アピス！」

スズメバチの群れが怒りの声をあげ、濡れた毒針のにおいをあたりにまき散らして四方八方から襲いかかった。フローラが急降下して向きを変えるあいだも、巣のなかでは幼虫が紙の壁ごしにかぼそい、胸の悪くなるような憎しみの声で泣き、餌となるべく、とらわれの身になった者たちが大気中のあらゆる言葉で慈悲を叫んでいた。

スズメバチのいまわしい、ぶしつけな翅にはたかれてフローラは体の軸を失った。砂糖と蟻酸の混じった吐き気のしそうな靄のなかをみるみる落下し、床に激突する寸前、かろうじて体勢を起こした。

洞穴の明るい出口めがけて飛びこもうとしたまさにそのとき、ごろごろと動く巨大な車が横切り、出口をさえぎった。フローラはとっさにカーブを切って、せまいすきまから運転室に飛びこみ、そのあとからスズメバチが奔流のようになだれこんだ。

運転手は恐怖の叫びをあげ、顔のまわりで毛深い腕を振りまわしてフローラを床に叩き落とし、スズメバチを怒らせた。大群があらゆる方向から男を刺すあいだ、フローラは泥のすきまに身を隠した。運転手がわめきながらクラクションを押すと、車は手負いの雄牛のようにビーと鳴き、男はドアを引き開けてよろよろと外へ転げ出た。フローラは翅に空気を感じ、金属の昇り段をなんとか越えてコンクリートの床に落ちた。そして、スズメバチ軍団がもがく男に群がっているまに光と空気に向かって這い進んだ。雑草たちが助けるようににおいを出し、フローラはそれを頼りに体を引きずるようにして、ようやく空の下に出た。

雲は灰紫色で、冷たい空気がいきなり吹きつけたり凪《な》いだりして揺れていた。蟻酸のしびれるような霧にあらがいながら、フローラは翅の継ぎ目が焼けるほど動かして上昇した。下からはなおも怒ったスズメバチのうなりと、叫びつづける運転手を助けに駆けつけた男たちの大声が聞こえた。

フローラは砂糖に攪乱された触角でなんとか太陽の方位をとらえようと上昇した。素嚢は砂糖でいっぱいになったと思っていたが、実際は軽くてからっぽだった。

餌集めにしくじった自分が情けなく、わが身のいじきたなさに嫌気《いやけ》がさし、いまはただ家のにおいがほしかった。だが、なんど向きを変えても何も感じとれなかった。感じるのは砂糖が送り出す激しい動悸だけだ。

なんてうぬぼれていたんだろう――ほかの族ならまだしも、フローラ族の自分は雑草の声に耳を傾けるべきだった。もし次の夜明けまで命があったら、すべての花にキスしよう。フローラは空中で円を描き、8の字を描き、果樹園でも広い道路でも〈集合〉でもなんでもいいから知っているにおいを探した。だが、強風が波のように吹きつけ、体からちぎれないよう触角を倒し、翅を固く閉じるのが精いっぱいだ。冷たい巨大なうねりに体を左右に揺さぶられ、暖かい前線に押し返され、やがて引き裂くような閃光とともに嵐がやってきた。

爆弾のような水しぶきが体の右側に当たり、前翅と後翅の膜をつなぐ留め金が折れた。胸の筋肉に力を入れて翅パネルをぴったり合わせ、木立のほうに流れる暴風にねらいをさだめたが、叩きつける雨に打たれてフローラはみるみる下降し、力を振りしぼって、いちばん近い樹葉の下に飛びこんだ。そのまま雨のしたたる緑色の斜面をすべり落ち、何かにつかまろうとして手がすべり、地面に落ちた。

目の前で葉っぱがバラバラと音を立てた。あの下なら避難所になりそうだ。そこに行くには見知らぬ生き物の光る足跡を横切らなければならない。でも、このままじっとしていたら水の爆弾にあらゆる可能性を奪われ、びしょ濡れの折れた翅で横たわって死を待つだけだ。あたりに動くものは何もない。すばやく足跡を飛び越え、乾いた小枝の避難所にたどりつこうとしたとき、音がしてあたりを見まわした。

相手はフローラを見なかった。目がなかったからだ。大きな茶色いナメクジがオレンジ色のフリルを波打たせ、銀色の粘液の跡にそってフローラのほうに引き返してきていた。それはまるでリズムよく体を震わせる筋肉の袋のようで、やがてよだれを垂らす口をあげ、つぶやきともうめきともつかぬ声を発した。だらりとした二本の角《つの》が充血して持ちあがり、先端から小さな目が突き出た。ナメクジはぬめぬめした体を広げ、またしてもうめいた。

外役蜂にとって、地面にちぢこまってナメクジに呑みこまれるくらいなら、雨のなかでみずから死を選ぶほうがましだ。フローラはずぶ濡れの弱りきった体で飛び立った。やがてその小さな体は空気のうなりにとらえられ、吹き荒れる嵐の口に吸いこまれた。

# 23

体が何か固いものにぶつかった。全身ずぶぬれで、翅も手肢も動かせずに木の葉のあいだを転げ落ち、硬い枝に当たって跳ね返り、海綿状の苔でようやく速度が落ちた。気がつくとフローラは雨のなか、鉤の手一本でぶらさがっていた。突起をゆっくり深く食いこませ、手肢が折れてないのを確かめた。体をまっすぐ引きあげ、外被の縞を押し広げると、水が流れ出た。それから、おそるおそる樹木の大きな洞《うろ》に向かって這い、乾いた裂け目に体を押しこんだ。

それは本物の古木で、あのいまわしい金属の木もどきとはまったく違った。木の力が地面に深く根を張り、無数の腕を広げ、通りすぎる嵐を受け止めているのを感じる。これはブナの木——たしか〈集合〉の近くに同じ模様の葉があった。一瞬フローラは、雨があがったら同じ巣の雄蜂たちが隠れ場から現れ、そろってぶるっと水滴を振り払い、一緒に巣まで飛んでゆけるのではないかとありもしない妄想を抱いた。

雨が弱まり、やがてやんだ。車のまぶしい小さな目が暗く平坦な野原をゆっくりと動き、そのはるか向こうに街の明かりが見えた。せめてひとつでもにおいをとらえようと触角をあげたが、嵐に打たれ、砂糖で傷めつけられた器官は〝飛行中〟と告げただけだ。感覚のない翅を調べると、左右両側の翅留めがつぶれ、膜のあちこちが裂けていた。

抑えようもなく体が震えはじめた。いまの自分には、嵐のなかでドラマチックに意識を失い、〈女王の祈り〉が全身を駆けめぐる恍惚の状態で死を迎えることもなければ、外役蜂にふさわしい敬意と、強くて情け深いひと噛みをあたえられる〈慈悲〉も望めない。ただ、緩慢な死があるだけだ。いまほど家の甘くて薄暗いぬくもりと家族の慰めがほしいと思ったことはなかった――心の平安とともにそれぞれのベッドで最期の眠りについた、あの気高き姉妹たちのように。〝**汝《なんじ》の最期に称賛を、シスター……**〟

フローラは恥ずかしさに泣いた。誰のダンスにもしたがわず、街で餌を集めようだなんて、なんと無鉄砲でおごった考えだったのだろう――しかも安全を約束する言葉と砂糖につられてスズメバチにまでだまされて。触角がずきずきして内部器官も開けない。開くまでもなくユリ五〇〇の情報が破壊されたのはわかっていた。フローラは姉妹に触れるように自分を抱きしめ、〈女王の愛〉の最後の名残を探したけれど、分子ひとつ残っていなかった。あるのは、もう手の届かない家と家族に対する激しい渇望だけだ。二番目の子ども――いままさに飢え死にしつつある小さな雄蜂――のことを考えたとたん、胸が張り裂けそうになって泣き叫んだ。何もかも自分のせいだ。

カラスの一群が暮れなずむ空をカーカーと渡ってきた。フローラは原始的本能で警戒臭を発し、反射的にそれに加勢するにおいを期待したが、助けてくれる姉妹がいるはずもなく、なんの変化もなかった。変わるものと言えば、まさにいま層雲の向こうに沈みつつある太陽だけだ。〝方位角！〟太陽の方角を感じられるのなら、すべてが失われてはいない。まだ望みはある。カラスの声が大きくなった。フローラは恐怖を遮断し、磁気センサーが帰巣路を教えてくれるかもしれないと、はやる心で体の奥を探った――だが、揺らめく感覚は消えていた。

つんとする空気の波が吹きつけ、騒がしい一団がガーガーと木の葉を押し分けながらやってきた。青黒いくちばしをぱくぱく動かし、少しでもいい場所を取ろうと仲間どうしでののしり合い、這いまわる虫を突き刺し、やかましく枝のまわりを飛び歩き、さらなる餌を求めて縁《ふち》が燃えるような目で枝を見まわした。フローラはじっと息を凝らした。

カラスは次々に飛んできて枝を埋め、重い羽音を立て、いっせいに身を揺すって乾かしはじめた。大きな黒い羽根が一本、くるくる回転しながらフローラの横を落下して幹にぶつかり、骨のように白い先端が樹皮に突き刺さった。羽根の後ろには長く深い影が伸び、それが幹のなかまでつながっている。

フローラはカラスたちがふたたび騒ぎ、わめき合うのを待って移動した。樹皮から新鮮な雨を飲んでスズメバチの砂糖の嫌な味を洗い流し、つるつるすべる幹を這いすべって羽根に近づいた。肉食鳥のにおいに反応して戦闘腺が警告を発したが、かまわず近寄った。

羽根の先端は樹皮の古い裂け目に突き刺さり、裂け目の後ろに穴が開いていた。フローラは羽根の後ろの縁に立ち、ずきずきする触角を無理にあげた。なかからはなんの動きも感じられず、生きているブナ以外なんのにおいもしない。少しずつ穴の奥へ進み、なかを調べた。がらんとした空洞で、乾燥している。入口近くは樹皮のくぼみになっていて、ちょうど巣箱の休憩穴と同じくらいの大きさだが、入るには翅留めを閉じなければならず、裂けた翅パネルを合わせたとたん、フローラは痛みのあまりぶーんとうなった。

バサバサと羽音がして、ぎざぎざの黒い影が高い枝から飛び降りた。一羽のカラスが気になる音の出どころを探して歩きまわっている。フローラは息を殺した。カラスの燃えるような視線が幹の上をジグザグに動き、フローラの隠れ場所に近づいたが、何も見えないとわかると、こんどは獲物を追い出そうと樹皮を激しくつつきはじめた。それでもフローラがじっと動かずにいると、カラスは喉の奥で低く鳴いて羽を振り動かし、腰をすえて見張りはじめた。

カラスからは、羽のあいだの古い汗と、その上を走るワクモの苦い強烈なにおいがした。フローラはカラスが頭を胸にうずめるのを待って翅留めを閉じ、樹皮のせまいすきまに体を押しこんだ。何かにくるまれている感覚にいくらかほっとし、二、三本ほど上の枝で眠るカラスを気にしながら暗くなる空を見つめ、死の訪れを待った。

ブナの葉が風にそよぎ、揺らめいた。はるか下で雌ギツネが見あげ、すっと姿を消した。薄暗がりのなかでたくさんの星が小さく光り、青白い月が空にゆっくりと銀色の弧を描いた。その美しさに、フローラの心は失われた卵への愛で張り裂けた。頭上のカラスの影がなかったらすすり泣いていただろう。もう二度と抱くこともなく、甘くやわらかいにおいを嗅ぐこともなく死ぬなんて――あの子が孵ったら……。

とたんに両の顎がぴくっと動き、口のなかが王乳――フロー――でうるおった。フローラは甘い汁を飲みこんだ。いまさら犯す罪はなく、とがめる姉妹もいない。闇のなかにたった一匹、〈女王の愛〉から切り離され、フローラは口にあふれる貴重な液体をまたもや飲みこみ、その先にある死を願った。

闇を見つめて待った。においに満ちた夜のどこかに、たどりつけない果樹園の家がある。フローラはまぶしい青空の下の巣箱を思い浮かべた。翅に太陽を、体に花蜜と花粉を積んで近づくにつれて出迎えるように甘い香りを放つ家。フローラは一万の姉妹が喜びに踊り、聖なる母の愛に包まれるところを想像し、心の奥の秘められたどこかで思った――自分が愛したものはすべて、あの秘密も、罪であるはずはない。なぜなら、その記憶がこれほど自分を幸福感で満たすのだから。

心のなかに、細長い三つの繭の影に見守られた不格好な白いベビーベッドと、そのなかで眠るかけがえのない卵が金色の命の輝きを放ち、力強く息づくのが見えた。その香りを思い浮かべたとたん、胸のなかで何かがはじけた。

〝あたしの子ども、あたしの姉妹たち、あたしの〈母〉、あたしの家〟

愛が胸にあふれ、フローラは喜びに泣いた。ふたたび祈ることができる自分に気づいたから。

朝の光が尾根ごしに射しこみ、葉が冷え冷えとした銀色から光る緑色に変わり、樹皮を通して温かい木の香りが立ちのぼった。フローラはにおいに目覚め、驚いてあたりを見まわした。雌蜂は巣箱の外で一夜を越せないはず――でも、自分はこうして生きて、樹皮のくぼみに横たわっている。暖かい斜光が穴を通して体に当たっていた。全身がひりひりするが、肢は折れておらず、翅留めはもとどおりに閉じ合わされている。触角をまっすぐ伸ばし、痛みに身をちぢめたと同時にふたたび情報が流れこんだ。

〝飛行、嵐、スズメバチ……〟

洞の縁に這い寄り、光のなかに出た。カラスはもういない。大きなブナの避難所は丘の高台にある林のなかの一本で、畑と遠くの街が見渡せた。昆虫たちのまぶしい点が宙を縫うように飛びかい、下の湿った地面では二羽のクロウタドリがイモムシを湿った茶色の糸になるまで引っぱっている。

フローラは被毛を舐め、ケガの状態を念入りに調べた。打撲と風焼けにさらされた触角がゆっくりと機能を取り戻していた。あっちに……ぶーんとうなる木……スズメバチの倉庫。

そして――フローラはうれしくて思わず叫んだ――ほんのかすかだが、巣のにおいがした。そこに行くには、前に探した見知らぬ花々のにおいのなかを通ればいい。夜明けの静かな空気のなか花弁が開き、甘いにおいの筋が強まった。

フローラは命を守ってくれたブナに触角で触れ、感謝した。手ぶらでは帰れない。任務をまっとうし、命をかけて贖おう。姉妹たちのために餌を集め、踊り、そして卵に会いにゆこう。

小さな庭はすでに先客で混み合っていた。よその巣から来た蜜蜂が一心に花から花へ飛びまわり、アリたちがバラに群がるアブラムシと腐敗臭のするハエを見張っている。どの巣から来たかに関係なく、蜜蜂の姉妹たちは団結し、花がほしいハエもそうでないハエも関係なく片っぱしから追いはらった。どうせ彼らは、蜜蜂に近づいて不潔な体に嫌がらせで触らせるか、蜜蜂がねらった花を汚い手で横取りするかを楽しんでいるだけだ。

　フローラは上空から見渡し、最初の花を物色した。露をしたたらせ、雨でふくらみ、触れるものすべてを受け入れようと顔を突き出す花、恥ずかしそうにうなだれ、下からそっと近づくしかない花。フローラは、清らかでつやのある花弁と金色の花粉をびっしりつけた、開いたばかりのノイバラを選んだ。最初にすばやくエネルギーに変わる花蜜を飲み、それから花粉カゴがほぼ満杯になるまで広い茂みを飛びまわり、また別の庭を調べに出かけた。

　庭の多くは舗装された荒れ地で、においも栄養もない花が植わった派手な鉢が点々と置いてあるだけだが、一ヵ所だけ、せまい場所に草が生い茂り、ぞくぞくするような異国のにおいに興奮した虫たちが群がっていた。

　若木のように丈が高く、棘のあるシャゼンムラサキが宝物のような紫外線の森を作っていた。ほっそりした緑色の茎にそって生える銀色の毛と、先の細い枝が輪郭を浮かびあがらせ、たくさんの虫が豊かな収穫にぶんぶんと喜びの声をあげている。無数の紫色の小花ひとつひとつに花蜜のありかを示す蛍光の線が浮かび、蜜蜂、ハナアブ、カリバチ、さまざまなハエ、シロチョウ、褐色のジャノメチョウ、赤いタテハチョウ、ヒョウモンチョウが挨拶を交わし、一緒になって蜜を吸いあげていた。フローラは白、黄、赤色の大きな毛深い尻で跳ねながら餌を探すマルハナバチのすきをねらい、甘いおこぼれめがけて飛びこんだ。そうして素嚢と花粉カゴを満杯にして巣をめざした。

　羽ばたくごとに姉妹たちに会える興奮が高まり、重い戦利品をものともせず、全速力で飛んだ。触角がにおいベクトルをとらえ、それをたどって果樹園に近づいたところで、フローラは異変を嗅ぎ取った。

巣の香りが、貯蔵蜜と渦巻く煙のにおいにのみこまれていた。数千匹の姉妹が目のくらむような煙にむせ、巣の上空と木々のあいだで旋回している。

「〈訪問〉！」誰かが叫んだ。「この世の終わり！」

「泥棒！」誰かが警戒臭を放ったが、なんの効果もなかった。「泥棒！」

フローラは毒針を構え、家を守る決意で帰巣回廊を突き進んだが、もくもくとあがる煙に押し戻され、外役内役に関係なく、怒り狂いながらむなしく同じ場所を旋回する姉妹たちのなかに放りこまれた。

蜂蜜のにおいがさらに強くなった。その理由は実にいまわしいものだった。

# 24

巣箱の屋根が芝の上にひっくり返り、最上階が完全に外気にさらされていた。煙は、裸足に赤い部屋着の年老いた男が持つ、注ぎ口のついた小型缶から出ている。老人は蜜蜂になだめるようにささやきながら缶を振り動かし、目のまわるような煙の渦のなかに追いやった。それからゆっくりとぎこちなく〈宝物庫〉の壁全体を持ちあげ、こわれた貯蜜庫から金色の蜜をしたたらせて、白いビニール袋にすべりこませた。

姉妹たちは強い煙のせいで降下できず、煙のすきまから残虐行為を見て驚愕の声をあげた。あたりは奪われた宝物の豊かな黄金の香りと、煙と、蜂たちのなすすべもなき恐慌が満ちていた。

「〈訪問〉！」姉妹たちがたがいに叫び合った。「すべて本当だった――〈訪問〉！」

その言葉にフローラはよろよろと宙に舞い戻った。『訪問』――〈女王の図書室〉にあった三枚目の羽目板。いまようやく、あのにおいと象徴が合わさって恐ろしい形になった――最上階にぱっくり開いた醜い穴、何世代にもわたる姉妹たちの美しい労働に対する破壊的暴力行為。まさに、

〝蜂蜜と煙〟だ。

老人は身をかがめて傾斜のある木でできた屋根を拾いあげ、重みでいまにも倒れそうによろめきながら、やっとのことで剝き出しの巣箱の上に置きなおした。それからもういちどかがんで燻煙器と白いビニール袋を取り、裸足で果樹園のなかを去っていった。


陣頭指揮を執ったのはサルビア族だった。着地板に帰巣標識を置くために多くの姉妹が配置され、果樹園のいちばん遠くで、いまもおびえて旋回する内役蜂を連れ戻すために偵察蜂が送り出された。騒ぎと蜂蜜のにおいに引き寄せられて〈大群〉が襲ってくる事態に備え、どこからでも見えるように多くのアザミ警備蜂が配備された。巣のなかではすべての〈におい門〉が取りはらわれ、衛生蜂が汚《けが》された最上階に自由に出入りし、〈宝物庫〉の壁が大気にさらされた際に命を落とした者や負傷した者、つぶされた者を運び降ろせるよう手配された。

フローラは素嚢を花蜜で満たし、花粉カゴを満杯にした状態で受取係を待ったが、誰も来なかった。煙によってふだんは眠っている先祖がえりの衝動が刺激され、蜜蜂は目の前にある食べ物をあるだけ詰めこみ、いまや誰の素嚢もいっぱいなのだ。外から戻ってきた雄蜂たちが板に降り立ち、騒ぎに驚いて、われ先に安全な巣内に入ろうと姉妹たちを押しのけた。

だが、巣のなかにも平穏はなかった。〈訪問〉のさなか、ショックを受けた女王蜂が姿を消し、姉妹たちが女王と〈礼拝〉を求めて巣箱じゅうを駆けまわっていた。巣房には〝母よ！　母よ！〟と悲しげな叫びがこだまし、フローラは疲れきった体を引きずるように、荒らされた家に入って女王探しに加わった。

だが、分子ひとつ嗅ぎ取れなかった。あたりに響く嘆きからするとほかの姉妹も同じようだ。最上階が無残にからっぽになり、巣全体のにおいバランスが崩れていた。床の信号タイルからあたりの空気までが混乱し、さまざまな指示が嵐のように吹き荒れている。そのとき巣房が揺れた。


**〝女王を探せ！〟**


〈集合意識〉の声で姉妹たちは嘆くのをやめ、心をひとつにして、整然と聖なる母を探しはじめた。中階にのぼると新しい蜜蠟のにおいがただよい、その清らかで美しい香りに、〈愛〉に飢えた姉妹たちは任務も忘れてロビーでいっせいに足を止め、〈礼拝〉のときのように吸いこんだ。

それはまさしく〈礼拝〉だった。においのベールが分かれて〈蜜蠟礼拝堂〉の扉が現れ、そこから女王自身が女官をしたがえて歩み出てきたからだ。女王がまとう純白の蜜蠟レースは見るからに軽く、空気のように体を包んでなびいていた。女王の神々しい香りは、破壊され、略奪された巣箱を吹き抜ける外気と混じり合い、女王が娘たちにほほえむと、愛と安堵のまぶしく揺るぎない波があたりにただよった。

巣箱じゅうで歓声が起こり、恐怖は勝利に変わった。聖なる母がいた、母なくしてなんの富だろう？　蜂蜜はこれからいくらでも作れる――作ってみせる！　女王はこれまでになく燦然と輝き、姉妹たちは女王がまとう真新しい蜜蠟レースにうっとりし、女王の清新ないでたちに称賛のため息を漏らした。

聖なる母はすべての姉妹に自分のにおいを届け、吸わせるべく長いあいだ中階ロビーに立っていた。これまでいちどもその姿を見たことがない、そのような神聖な存在をまぢかに感じるのを夢見ることさえなかった何千もの姉妹にとって、それは生涯にたった一度の僥倖《ぎょうこう》だった。姉妹たちの大巡礼団がロビーをぞろぞろと進むにつれて巣内の空気の化学構成は安定し、〈聖歌〉の振動によって〈集合意識〉は力を取り戻した。

フローラはロビーの奥に立ち、終わりのない行列が通りすぎるのを見つめた。姉妹たちの顔は女王に触れたことで輝き、喜びに満ちていた。フローラの熱い視線を感じた女王が遠くから見返し、目で呼びかけた。フローラは胸を高鳴らせて駆け寄り、ひざまずいた。

「語り部の子はどこにいったのかと思っていた。連れてくるよう頼んでも、おまえは来なかった」

女王のにおいがフローラの心を満たした。

「母上、あたしは罪を犯し――おゆるしを――」それ以上は言葉にならなかった。

「ゆるします、愛しい子。そしてこれからも――なぜならおまえはわたしの子だから」

「あたしにそんな資格は――」

女王にやさしく触れられ、フローラは泣きはじめた。

「もういいでしょう。聖なる母は力を温存しなければなりません」

女官たちが女王をうながして消え、巡礼団はロビーからちりぢりになった。

フローラは立ちあがった。いますぐ卵のもとに駆けつけ、どんなに大きくなったかを見たかった。だが、花粉カゴと素嚢は満杯のままで、まわりには心に傷を負い、飢えた姉妹たちがいる。外役蜂の第一の務めは巣箱のために尽くすことだ。それに、情報を共有するのにそう時間はかからない。

〈訪問〉のあとという状況を考慮して〈ダンスの間〉本来の決まりはゆるめられ、外役蜂はどこでも空いた場所で、すばやく簡潔にダンスを踊った。アザミ警備蜂が立ち会い、群れを移動させながら叫んだ。

「全員〈宝物庫〉へ移動して」アザミ蜂たちは叫びつづけた。「ここでは味見をせず、全員〈宝物庫〉にのぼって貯蜜房の修理に当たるように」

フローラはダンスの途中でつまずいた。〈宝物庫〉——金色にしたたる、こわされた壁。その裏に隠した大事な卵。フローラは仲間を突き飛ばして駆け出した。

次にフローラが感じたのは、花粉の塊をカゴから出す受取蜂の手とケシ族のにおいだった。耳慣れない響きは、周囲で呼び交わされる声と、広くて高い空間で行なわれる建設作業の音だ。フローラはぼんやりと意識を取り戻した。目の前にシャゼンムラサキの花蜜が半分入った杯があり、気がつくと建設現場と化した〈羽ばたきの間〉に立っていた。

フローラはあたりを見まわした。頭上のこわれた〈宝物庫〉の壁から蜂蜜がしたたる横で、何百匹もの蜂が蜜を集め、貯蜜房にふたたび封をしていた。さらに数百匹の姉妹が数珠つなぎになり、扉から蜜蠟の塊や薄板やかけらを壁の高いところにしがみつく姉妹に渡し、引っかけた足から腕、腕から足を伝って屋根まで運びあげている。そうやってありったけの蜜蠟を——〈到着の間〉のかけらや礼拝堂から徴発した純白の丸板、荷受け場から寄せ集めた黄色いくずの塊まで——かき集めて貯蜜房を再建し、床の上ではさらに何百という姉妹が嚙んだばかりのプロポリスを運んですきまを埋めていた。

若いケシ蜂がフローラの驚いた視線に気づいた。

「そうなんです！　大事な壁は二枚丸ごと盗まれ、三枚目は一部が失われたけれど――母上に称賛あれ――残りの三枚は無事でした。それに、一緒に作業するサルビア族を見てください、あんなところを見たことがありますか？　這いつくばっていてもあんなに優雅で！」

フローラは巫女たちが高いところにある貯蜜房を這いまわっているのを見つめた。

「踊らなきゃ。〈ダンスの間〉に行って――」

「マダム、あなたはもう踊りました、おぼえてませんか？　とても上手で、多くの外役蜂がすでに新しい花蜜を採って戻ってきました、それはおいしそうなにおいの」若いケシ蜂が心配そうに見た。「立てますか？　もうしばらくそばにいましょうか？」

「どういう意味？」

ケシ蜂はあたりを見まわし、声を落とした。

「マダム――あなたは倒れたんです。飛行の恐怖によるものだと外役蜂たちが言ってました。ここに駆けこんで、破壊のありさまを見て、ああ、よほどショックだったんでしょう――姉妹たち全員が敵とでもいうようにつかみかかり、失われた壁を嘆き、叫んでいました。失われたものを取り戻すことはできないけれど、シスター、作りなおすことはできます」

「壁ね。ええ」フローラはいまや何もない剝き出しの空間を見つめた。「たしかに見たわ」

白い袋のなかに消えてゆく、金色に濡れた富の壁。フローラの卵は蜂蜜の海におぼれた。なくなってしまった。若いケシ蜂がフローラの手をつかんだ。娘は泣いていた。

「あたしも見ました、マダム――忘れるはずがありません。どうして忘れられましょう？　わたしたちの家が引き裂かれ、多くの姉妹が失われ――忘れることなんかできない！」

「しっ」フローラはいびつなベビーベッドがあった場所を見やった。秘密の部屋の外壁はこわれずに残っていた。巣箱のあちこちから色の違う蜜蠟を集めて作った、古くて頑丈な壁だから無事だったのだろう。フローラは何も感じない、冷めた心でケシ蜂をなぐさめた。「泣かないで」自分と若蜂に言った、なんどもなんども。「泣かないで」

遮蔽臭の波とともに警察団が〈羽ばたきの間〉に現れ、その場で働くすべての姉妹が不満そうに見あげた。どんなに忙しく作業をしているとはいえ、ここは神聖な場所だ。とりわけきついにおいを放つシスター警部がシスター・サルビアと静かに話している。フローラは注意を引かないよう、おそるおそる、ゆっくりと触角をそむけた。巫女が振り向いた。

「修理が完了ししだい〈宝物庫〉をもういちど清めます」シスター・サルビアが呼びかけ、働き蜂を見まわした。「しかし、富が盗まれたことで、もっと大きな悪が露見しました。このなかに産卵蜂がいることは、もはや疑いようもありません。これから昼夜の別なく、巣箱のすべてで抽出検査を行ないます。警察に抵抗する者は有罪と見なされます。いいですか」

「〝受け入れ、したがい、仕えよ〟」

蜂たちは声をそろえてつぶやいた。警察が去ると、みな仕事に戻り、あたりは静まり返った。ケシ族の受取蜂は広間での別の受取任務に戻り、フローラは頭をさげて素嚢に残るシャゼンムラサキの花蜜をすべて杯に吐き出した。姉妹たちが群がり、保存のために翅を羽ばたかせはじめると、蜜から少しずつ水分が蒸発し、銀色の霧と〈聖歌〉が立ちのぼった。姉妹たちは破壊され、汚《けが》された〈羽ばたきの間〉のあちこちで自分たちの労働を励ます讃美歌に加わり、その響きがフローラのうつろな心を満たしていった。〝あたしは泣かない、あたしは働く〟――花蜜が固まる横で、勇敢で勤勉なフローラ七一七は姉妹たちとともに立ち、胸の奥の暗い空に新たな星を探していた。

# 25

巣箱にはいつもの暮らしが戻ったが、フローラはそうではなかった。二個目の卵を失って以来ずっと触角を閉ざし、心はつねに孤独だった。食べ物に対する肉体的な喜びは消え、噂話の絶えない賑やかな食堂からは足が遠のいた。いまも〈礼拝〉には参加していたが、もはや飛行と睡眠のあいだの時間つぶしにすぎず、ほとんど効果はなかった。

餌集めに挑むことだけが悲しみを押しとどめ、効率よく飛ぶことだけが満足感をもたらした。ほかの誰よりも長く過酷な任務に出かけ、着地板に戻るたびに自分がいかめしく、くそ真面目になってゆくような気がした。まるで話しも笑いもせず、花粉カゴを空けて花蜜を受け取る繊細な若い受取蜂をすくませる、どこかの変わり者のシスターになったかのようだ。若い蜂は好きだが、態度には見せなかった。やさしさをやりとりしたら心をこじ開けられそうな気がした。

夏が過ぎようとしていた。花たちは最後の輝きを振りしぼって甘いにおいを放ち、フローラは道端をかすめ飛んでは土ぼこりにまみれ、力のない花弁を落とすオレンジ色のケシから濃い紫色の最後の花粉を集めた。ヤグルマギクが花を終え、ハゴロモグサ、ヤナギランが終わり、フローラがいちばん好きな小さなシャクの花も枯れた。

カエルやトンボがいそうな悪臭のする放置された池に注意しつつ、フローラは遠い街の庭まで足を延ばした。シャゼンムラサキはすべて刈り取られ、残っているのは訪れるだけ無駄な鑑賞花だけだ。畑のあいだの細い自然なあぜ道にはまだ救いがあり、花をつけた雑草がしがみつくように寄り集まってにおいを出していたが、ある日、収穫機が畑の端から端まで刈り取り、頭上で鳥たちが甲高く鳴いた。

そこはまさにその日の朝、フローラが正確な位置を踊り、安全だと伝えたばかりの場所だ。外役蜂があの情報を頼りにいま畑に向かったらカラスの餌食になりかねない。自分の花粉カゴをいっぱいにするより姉妹の命を守るほうがはるかに重要だ――フローラは警告をあたえるべく、あわてて巣に戻り、〈ダンスの間〉に駆けこんで足を止めた。生殖警察が外役蜂のあいだを移動し、長らく無視されていた族ごとのグループ分けを行なっていた。

「ダンスを続けて」一匹の警察蜂が、ステップの途中でつまずいたギョリュウモドキ族の外役蜂に耳ざわりな声で言った。「いつもどおりに」

「シスター巡査」フローラが呼びかけた。「いますぐ踊らせてください。カラスが畑に出ています、誰も行ってはいけません」

巡査が目をあげて手招きした。フローラが中央に近づくと、ギョリュウモドキ蜂はほっとして場所を譲った。

利用した気流の詳細も含めてフローラが新しい情報を踊るあいだ、巡査は真横に立っていた。フローラの繊細なステップを真似れば誰でも燃料を節約できる。けれども警察の存在に威圧されて、あとについて踊る者はほとんどいなかった。ふとフローラは、若くて華奢な姉妹たちが広間の端に立っているのに気づいた。ステップを見学に来たのに、生殖警察に質問されて萎縮し、誰もが恐怖で呆《ほう》けたように立っている。

「ここは自由の場よ！」フローラは踊りながら注目されるのもかまわず叫び、畑のカラスに警戒せよと伝えるステップを繰り返してから巡査を真正面から見た。「恐怖のにおいがする場所で、誰が自由に踊り、誰が最大限の力を出せるというの？　この場を尊重しないのなら出ていって！」

「警察に指図する気？」巡査がつかみかかるより早く、フローラは腹をくるりと回転させて最後の花のありかをうなり、一叢《むら》のノイバラが鉄塀を這いのぼって南向きにまだ花をつけていることを伝えた。これに勇気を得て、ほかの外役蜂がフローラのあとについてステップを真似た。フローラは立ちのぼる生殖警察のにおいを無視し、自分が若いころにユリ五〇〇のダンスに感じた喜びを思い出しながら、壁際でおびえる若蜂の近くでステップを踏んだ。

枯れ落ちるケシを踊り、刈り取られた畑を踊り、8の字ダンスで方角と太陽の位置を伝えた。向きを変えたとき、巣房の床からリズムが応えた。気がつくと多くの姉妹が加わり、フローラの後ろで踊っていた。

街の塀を這うツタを踊り、もうじき咲くつぼみを踊った。からっぽのダリア、池のなかに隠れる最後のトンボ、そして雑草に対する渇望……。

「そこまで！」シスター・サルビアが前に進み出、フローラは動きを止めた。「畑の狂気の餌食になった？　それとも自尊心？」そう言って警官に合図した。「測って」

不安の波が群れのあいだを駆け抜けた。

「いかにも！」シスター・サルビアが全員に呼びかけた。「外役蜂といえども計測の対象になる――なぜなら〈聖なる掟〉に例外はないから。〈育児室〉の卵が病にかかっている――それは、この巣を冒瀆する者がいまも自由にのさばり、悪しき産物を聖なる母の純粋な子であるかのように広めようとしている証拠」声におどすような響きが忍びこんだ。「われわれのもっとも崇高なる掟は？」

「〝子を産めるのは女王だけ〟」

「もういちど！」

シスター・サルビアの声は〈ダンスの間〉全体から聞こえる気がした。姉妹たちは、名高い外役蜂フローラの屈辱的な姿を見ながら言葉を繰り返した。

二匹の警官がカリパスをあちこちに這わせるあいだ、フローラは身じろぎもせずに立っていた。警官は手荒く、無遠慮にいじくりまわし、焼けるような探知器官でなんどもフローラの触角を探り、ついには外被の焦げるにおいが部屋に立ちこめた。蜂たちは痛みを想像して泣いたが、外役で鍛えたフローラはひるまず、すべてに耐えた。

「においます、シスター」一匹の警察蜂がいまにも嚙みつきそうに顎を開いた。

「しかも腹がふくらんでいる」別のひとりが鉤爪を光らせた。

「族のにおいです。あたしはフローラ族の外役蜂で、一日に――可能ならば――千個の花の蜜をお腹いっぱい溜めて巣へ持ち帰ります。〝受け入れ、したがい、仕えよ〟」

「〝受け入れ、したがい、仕えよ〟」一匹のサルビア巫女が言ったかのように、姉妹たちは声をそろえた。

「黙りなさい！」調べていた警官がフローラの頭を平手打ちした。その瞬間、怒りのあまりフローラの触角はぴしゃりと閉じた。

「何かを隠している！」警官が叫んだ。「われわれから触角を遮断した！」

「開きなさい」シスター・サルビアがフローラに歩み寄った。「開いて、」

フローラは抵抗したが、シスター・サルビアは力ずくで意識をこじ開け――ついにフローラは封を解いた。

〝空高くうなる気流――奇妙なうなりをあげる木――攻撃しようと集まる倉庫のスズメバチ――〟

「よくもそんな真似を！」

シスター・サルビアがびくっとしてあとずさった。フローラは触角をふたたび閉じ、無言で立っていた。ふと何日かぶりに、巣房のなかに伝わる〈礼拝〉の弱くて遠い振動を意識した。見ると、部屋の隅におびただしい数の衛生蜂が寄り集まっていた。数匹が顔をゆがめて笑いかけ、フローラは気づいた――彼女たちは〝〈ダンスの間〉に入ってはならない〟という暗黙のルールを無視して、あたしのダンスを見に来たのだ。

シスター・サルビアが外役蜂たちに向きなおった。

「うぬぼれはあなたたちの任務に最大の危機をもたらす。あなたたちは〈聖なる掟〉ではなく、花々の言うことを信じるようになる。重要なのは、女王と共同体《コロニー》だけです」それからフローラのほうを向いて言った。「今日は〈衛生〉に戻り、命じられるままに働きなさい。明日は夜明けとともに出発し、昼までに素嚢を花蜜でいっぱいにして戻らなかったら追放します」

外役蜂たちが前に押し寄せ、許可も待たずにしゃべり出した。

「そんなことは誰にもできない――そんなに見つかるはずがない――花は終わりに近づいて――そんなことをしたら誰だって死んでしまう！」

シスター・サルビアが触角をぴしっと鳴らしてにらみつけた。

「外に出たら自分の頭で考えてもかまわない。でも、巣のなかで考えるのは〈集合意識〉です。拒むことはゆるされません」

「わかりました」フローラは前に進み出、衛生蜂たちを遠くから見つめた。「最善を尽くします、わが族の名誉のために」

「だとすれば失敗は目に見えている。おまえの族の名誉は汚れと奉仕にまみれること。それ以外のことを教えるのは混乱を引き起こすだけよ」

〈礼拝〉のにおいが巣房じゅうに強く立ちのぼり、巫女たちが触角をあげた。

「〝産卵に臨む、われらが母よ、汝の子宮をあがめさせたまえ〟」

すべての蜂が唱和し、緊張は〈女王の祈り〉の様式美に解き放たれ、〈ダンスの間〉に声が響きわたった。フローラも声を合わせた。サルビア族と対峙したことで、ふたたび気力が目覚めていた。

たくさんの姉妹がフローラを守り、力を共有するように翅と翅をぴったりつけて立ち、あたりの空気がやわらかく、ぬくもりを帯びた。姉妹たちは〈女王の祈り〉をぶーんとうなったが、言葉はなかった。なぜならフローラ族だったから。

# 26

翌日の夜明けは冷たく、まぶしく、鳥たちが果樹園のやわらかい緑の光のなかで甘く高らかに縄張りを歌っていた。だが、着地板に立ったフローラは変化を感じた。翅留めをはずしてもエンジンはかけなかった。すべてが静かで、動かず、目のくらむような光の束が木々のあいだに浮かんでいる。光が揺れて小枝に当たった。その瞬間、枝がぴんと震え、一匹のクモがお尻からもう一本糸をほどきながらするすると降りてきた。雌グモは手ばやく同じ小枝に糸を結びつけ、八本肢で二重になった糸を這い戻った。

「昨日、サルビア族が話していた」外役蜂のマダム・ハナミズキが言った。「クモが現れたら、もうじき冬が来ると」

フローラは木々のあいだで光る細いクモの糸――飛行回廊を横切るようにかけられたみごとな罠――を見た。

「そのようね」

外役蜂が次々に着地板に現れたが、フローラを見て足を止めた。みなフローラに課せられた不可能な任務を知っていて、最初に飛び立たせようと場所を譲った。アザミ警備蜂が敬礼した。

「〈よきスピードを〉、シスター」誰かが言った。

「母上がともにありますように」別の誰かが言った。

太陽が動いていた。フローラは巣箱に頭をさげると、エンジンを急上昇に設定して飛び立った。


収穫後の畑は鳥たちがのさばる茶色の荒れ地で、端の細い緑の聖域はどこにもなく、いまや折れた茎とつちくれの山となっていた。道路脇の花は土ぼこりにまみれて頭《こうべ》を垂れ、蜜蜂がほしいものは吸いつくされてからっぽだった。前に踊ったノイバラを見に行ったが、においは消え、素朴な美しさはしおれ、枯れていた。フローラが降りずにいると、花弁が悲しげにはらりと落ちた。

街なかも収穫はほとんどなかった。どの庭にも親しげな花はほぼ見つからず、挑発するように派手にきらびやかによそおった異国の花々が不毛の性をひけらかしていた。フローラが独自に接近法を編み出したジギタリスやキンギョソウはとうに姿を消し、シャゼンムラサキは落ち、フクシアだけが少し残っていた。垂れさがる釣り鐘状の花から蜜を採るには技術を要する。見つけられるだけ集めたが、ほんのわずかだった。ハエがぶんぶんたかる、くさくて黒いゴミ箱と庭から離れようとしたとき、アザミの花のにおいがした。

巣のなかでとりわけルールに厳格な蜂にとっても、この植物は花蜜の力強さと採集の難しさという点で、ただの雑草を超えていた。フローラはゴミ箱の悪臭の背後ににおいのありかを見つけた。

アザミはたくましくアスファルトを突き抜け、ゴミ箱のあいだの暗いすきまを通り、鋭くとがった紫の花冠を光に向かって伸ばしていた。フローラが近づくと、ますます強くにおいを吐き、足で触れると、うれしそうに棘のある花弁を震わせた。

フローラはからになるまで飲みつくし、さらなるアザミかタンポポ、いじけた赤いギシギシの花でもなんでもいいから蜜をくれそうな花を求めて街じゅうを飛びまわった。素嚢はまだ半分にも満たない。風で地面を転がるゴミから砂糖のにおいがした。スズメバチの嫌な記憶がよみがえり、フローラは無視して飛びつづけた。太陽の方位が真昼に近づいていた。素嚢はまだ半分しか溜まっていないが、このまま飛んでも集めたぶんを燃料として使うだけだ。これ以上は何も見つかりそうにもなく、巣に戻るしかなかった。

真昼近くの光のなかではクモの巣が見えず、着地板にいる外役蜂が警告を叫んでくれなかったら、あやうく忘れるところだった。フローラはあわててリンゴの木の上空まで急上昇し、垂直に降下した。この飛行には高い代償がともない、燃料レベルが一気に落ちた。仲間たちの硬い表情からすると、ほかの外役蜂もそうせざるをえなかったようだ。警備蜂がフローラに近づいた。

「アザミ蜂のみなさん。素嚢はまだ半分しか溜まってないけれど、受取蜂を呼んでちょうだい。もういちど花を探しに出かけて――」

「すみません、マダム外役蜂、これは命令です。真昼までに素嚢を満杯にして戻る、そうでなければなかに入れてはならない。サルビア族のご意志です」

フローラは巣の温かいにおいを深く吸いこんだ。

「でも、いい花蜜を持ってきたの、しかもあなたの族の花から――ほら、嗅いでみて！　きっと厨房も喜ぶはず――」

警備蜂はフローラの前に立ちはだかった。命令に逆らえない、苦渋の表情が浮かんでいた。

「おゆるしを、シスター」

「でも、ここはあたしの家で、あなたたちは家族――ほかにどこに行けばいいの？　だったら〈慈悲〉をあたえて。まだ奉仕できるのに、ここを去るわけには――」

「素嚢が満杯でなければ入れてはならない、サルビア族の命令です」

「満杯よ」過酷な飛行のあとで、まだ肋腹を波打たせている外役蜂マダム・ハナミズキがかすれ声で言い、フローラに近づいた。「見せてやりなさい。見ればわかる」

答えようとフローラが口を開けたとたん、マダム・ハナミズキは身を曲げて自分の素嚢を刺激し、溜まった花蜜を一滴残らずフローラの口に移した。フローラが驚くまもなく、ほかの外役蜂も次々に自分の素嚢から蜜を分けあたえた――フローラの素嚢が満杯になるまで。太陽がちょうど真上に来た。

「ほら」マダム・ハナミズキが警備蜂に言った。「太陽はたったいま真昼の位置に来て、フローラは素嚢を満杯にして戻ってきた。入れてあげて」

「入れてあげて！」外役蜂たちが声をそろえた。

「喜んで」警備蜂が頭をさげた。

フローラは低くひざまずき、仲間たちに感謝した。

「〝汝の最期に称賛を〟」

「なんと感傷的なこと！」近くの巣からゆらゆらと不気味にぶらさがり、すべてを聞いていたクモがぬるりとした、悪意に満ちた声で言った。「役立たずの年寄りを無駄にせず、ここで取引したらどう！」

アザミ警備蜂が威嚇するように腹部を伸ばした。

「侮辱はやめなさい、クモの分際で。姉妹にはみな役割がある」

「最初に花蜜を分けた蜂は違う。あれは……老いぼれだ」

クモが四個の小さな硬い目をマダム・ハナミズキに向けると、マダムは憤然と毒腺から分泌物を放った。フローラは怒りがこみあげ、マダム・ハナミズキの横に立った。

「ああ、あれは弱ってる」さっきのクモが仲間たちに言った。「じきに身内で争いはじめる」

クモの巣がふたたび揺れ、何匹かが白くて長い塊を持っているのが見えた。

「争うものか！」アザミ蜂がクモに向かって腕を振りあげた。「よくもそんなでたらめを！」

「まあまあ、あたしたちが真実を言うってことは知ってるでしょ。だからサルビア族はあたしらと取引するんだ」

フローラは怒りのあまり板から浮きあがって胸をとどろかせた。

「まさか！　あなたたちは〈大群〉で邪悪よ！」

「サルビア族には関係ない」クモがにやりと笑った。「あの族は知識に代価を払う」

フローラは着地板に降り立ち、警備蜂にたずねた。

「本当？　サルビア族はクモと取引するの？」

　アザミ蜂たちはうつむいて答えない。

「どうやって？　クモは蜂蜜も花粉も食べないのに――」そこでもういちどクモの巣にかかる白い塊を見た。あれは屍衣《しい》をきつく巻かれた姉妹たちの死体だ。

「ご名答！　老い、弱り、動きが鈍くて愚かな者を差し出し、巣の存続のために冬の知識を買うんだ！」クモが大声で答え、鉤爪でマダム・ハナミズキを指さした。「あの蜂はそろそろ終わりだ、においでわかる。こっちにおくれ！」

「どんなふうにやればいいの？」マダム・ハナミズキがじっと見返した。

「だめ！」フローラが制した。

　クモは深く息を吸い、やわらかく湿った体を興奮でびくんと波打たせた。

「さっと、ひと噛み」クモのささやきが空気を通して這い寄り、マダム・ハナミズキが一歩前へ出た。「痛みはほんの一瞬で――」

「黙りなさい」アザミ蜂がクモの巣に戦闘臭を放った。「せいぜい自分の仕事に精を出して、ハエでもがっついていればいい」

「あたしの名前はアラクネ（ギリシア神話で、アテナに挑みクモに変えられた女の名）。あんたたち蜜蜂が……あたしの仕事だ」

　別のクモが足を震わせて自分の巣を横切った。

「これは、あらゆる生物が尊重すべき単純な経済交渉だ。おまえたちは数が多く、宝をたっぷり持っている。あたしたちが持っているのは、おまえたちが恐ろしくてたずねられない質問の答えだけ……。でも、ききたいことがあれば……喜んで手を貸す」

「背を向けて！　やつらから目をそらして！」

アザミ蜂の警告に、着地板の蜂たちはクモに翅を向けたかったが、彼らの巣は陶然とするほど精巧で美しく、目をそらせなかった。

「よく見てごらん、姉妹たち」最初のクモがささやいた。「あんたたちの哀れな巣の運命を読んでごらん……」

「あたしたちはあなたの姉妹じゃないわ！」フローラは無理やり目をそむけた。「あたしたちの巣は強く、あなたたちのたくらみなんか必要ない！」

「知識は力なり」

雌グモのアラクネが巣の上で銀色の弦をつまびくと、ほかのクモもそれぞれ自分の糸を鳴らし、果樹園に不協和音が鳴りひびいた。

「採蜜の季節がいつまで続くか、次の蜜流が来るまでに太陽がいくつのぼるか、次に死ぬのは誰か……」雌グモが自分の巣に飛び降り、宙にぶらさがった。「冬が来れば、巣では蜂蜜の最後の一滴、花粉の最後のひとかけまでが配給制になる。知識があれば生きのびられる……。蜂一匹に答えがひとつ。蜂一匹に……答えがひとつ」

雌グモはくるくるとまわりだし、白い腹が光っては消え、光っては消えた。

「蜂一匹に……答えがひとつ……」

ほかのクモも巣からぶらさがり、葉の下でゆっくりとまわりはじめた。茶色と白。茶色と白。

「目をそらして！」

フローラが着地板の端に並ぶ外役蜂たちを押し戻したそのとき、マダム・ハナミズキが板のいちばん端で翅留めをはずした。

「〝汝の最期に称賛を〟」

マダム・ハナミズキはフローラに向かって叫ぶと、止めるまもなく板から身を躍らせ、木々に向かって飛んだ。クモの巣にぶつかったとたん、銀色の網が大きく跳ね、やがて羽ばたきは緩慢になり、からめとられた。クモが牙を剝き出して走り寄り、蜂たちは恐怖の悲鳴をあげた。

「ほーら。これで楽になる」雌グモはマダム・ハナミズキの背に這いのぼって、頭と胸のあいだを嚙み、動かなくなるまで押さえつけた。それからべたつく網のなかで転がし、口から吐いた絹糸の塊でいまわの叫びを封じて巣の中心に駆け戻った。

「さて。じゃあ答えをひとつあげよう」雌グモが四つの目をずるそうにきらめかせた。「たとえば……どうやって巣を守るかってのはどう？　〝おお、〈訪問〉がやってきた、助けて、聖なる母よ、わたしたちの蜂蜜がぜんぶ盗まれる！〟」そこで笑い声をあげて体を波打たせ、だぶっとした茶色の皮膚をふくらませた。「なまぬるいことを言ってると闘いかたを忘れるよ。アラクネさんが思い出させてやろう」雌グモはほほえみ、マダム・ハナミズキのところに戻ってかがみこんだ。「飢餓についての質問に答えようか？　あんたたちの〈宝物庫〉は思ったほど満杯じゃない、だろ？　冬のあいだもつなんてどうしてわかる？」アラクネがマダム・ハナミズキの頭上で牙を剝いた。「血と花蜜――あたしの大好物だ」

胸に怒りがこみあげ、フローラはクモの巣の中心に向かって飛び出して寸前でとどまり、アラクネを追いはらうように羽ばたいた。

「じゃあ教えて。どうやったら冬を越せるか」

「ちょっと待って」雌グモは一心に考える表情を浮かべて背後に手を伸ばし、新鮮な絹糸をひとかせ取り出してフローラに見せ、ぺろりと舐めた。「新しい糸は花蜜と花粉の味がする。さあ、もう少し近づいて。あんたみたいな蜂は初めてだ。美しくない者は栄養がある――この法則はいつだって正しい」アラクネはフローラに四つある目のふたつをつぶってみせた。「あんたは質問だけでなく、秘密も持ってるね。においでわかる。ひと口食べてから話そう。というより、飲んでからだ。彼女が干からびる前に」

「答えて！」

フローラは毒針を抜いたが、アラクネはほほえんだだけだ。

「どの質問がいい？　あんたたちの巣について？　それとも、あんたの心の奥底にある秘密の欲望？」雌グモはマダム・ハナミズキの腹に牙を沈め、ずるずると音を立てて吸ってから見あげた。

「あたしが知ってて、さぞほっとしたんじゃない……」

アラクネはもういちどずるずると音を立てた。フローラは翅が疲れてきた。着地板の姉妹たちが遠くから〝戻ってこい〟と叫ぶ声が聞こえる。雌グモがようやく飲むのを止めた。

「みんなに聞こえないようにこっそり教えてあげる。〝あんたはもうひとつ卵を産む〟」

　フローラは宙で後ろによろめいた。

「そんなこときいてないわ！」

「贈り物と言ってよ」アラクネはずるそうに見返し、「いっそこっちに来て、巣のために身を捧げたらどう？　あんたは姉妹三匹ぶんの価値がある。きっと格別な味がするにちがいない」そう言ってマダム・ハナミズキを指さした。「こんな味じゃなくて。あんたとは長い話ができそうだ。考えてみて」

　フローラはスズメバチのように宙に浮かんだ。

「あたしがきいたのは巣のことよ。なのに、ほしくもない答えを――」

「ほしかったくせに！」雌グモは吐き捨てるように言った。「あんたはもういちど罪を犯したがってる！」

「支払いがまだよ、アラクネ、あなたはあたしの巣に借りがある。さあ、質問に答えて。どうやったら冬を越せるの？」

「クモをだます気？」アラクネがフローラに向かってマダム・ハナミズキの血を吐いた。「〝冬が二度やってくる〟。あたしに言えるのはこれだけよ、あんたたちの巣がせいぜい苦しめばいい！」

　短い距離だったが、クモたちの敵意は巣の上空を飛ぶフローラに届き、視界をにじませ、引きずり降ろしそうなほど強かった。着地板に倒れこむフローラを外役蜂たちがそっとささえた。

「アラクネはなんと言った？」シスター・サルビアが翅に太陽をあびて立っていた。「秘密の交渉があまりに長かったから、向こうにとどまるのかと思ったわ」

「お話しします、シスター――その前に素嚢の中身を出させてください。言われた任務を果たしました」フローラは若いヒナギク族の受取蜂を手招きして金色の荷物を渡した。

シスター・サルビアはほめ言葉もなく見つめ、それから果樹園を見やった。

「クモの言葉を繰り返して」

フローラは触角を閉じてから答えた。

「〝冬が二度やってくる〟」

「変ね」シスター・サルビアの触角がぴくぴくっと動いた。「ほかには？」

「あたしたちの巣が苦しめばいいと」

「まったくクモたちときたら……なんていまわしい取引屋かしら」

シスター・サルビアはすらりとした長身をすっと伸ばし、触角を果樹園のほうに向けた。それに応えるように木々のあいだでクモの巣がぴんと揺れ、風もないのに葉が震えた。サルビア巫女がフローラに向きなおった。

「マダム・ハナミズキがあなたの代わりに身を捧げたそうね。それに報いるよう努めなさい」

「はい、シスター」

フローラは罪悪感と喜びで胸を詰まらせながら巣に駆けこんだ。

# 27

夏が終わろうというのに、卵は産まれなかった。毎日毎日、フローラは次の卵の兆候を探して体をくまなく調べたが、なんの変化もなかった。変化といえば昼間が短くなり、蜂たちの空腹がいよいよ強まってきたことだけだ。外役蜂は気力を失い、手ぶらで戻るくらいなら巣の役に立ちたいと、その身をクモにあたえる道を選んだ。そうやって姉妹が犠牲になるたびに一匹の巫女が屍衣《しい》に向かって飛んでゆき、クモと話をした。

初めてこの奇妙な会話を着地板から見たときはぞっとした。巫女が巣箱を振り返ってうなずくのを見て、フローラはクモが秘密をばらしたにちがいないと、あたりに警察の気配を探した。巫女は真面目な顔で板に舞い降り、走るように巣内に戻っていった。板の上にいたアザミ警備蜂と蜂たちは不安げに視線を交わしただけで、口をきく者はいなかった。

果樹園の屍衣は残酷な、やがては日々のありふれた現実となった。徐々に減ってゆく外役蜂たちはクモの巣を避けるのには慣れてきたが、毎晩その多くが疲労で死に、任務に出かける数より戻ってくる数が少ないという日々が続いた。燃料が少ないと飛行路のほんのわずかな計算ミスも命とりになるからだ。

フローラは任務に出つづけ、集められるかぎりの餌を集めた。工業団地の裏にあるがれきの山に金色のサワギクが咲いていた。この花粉で作ったパンは硬くてぼそぼそするけれど、巣一日ぶんの食糧になる。このあたりはスズメバチもしょっちゅう飛びかい、空中にねっとりするにおいの跡を残していた。恐怖に負けまいとフローラはエンジンを雄蜂なみに低く、戦闘時のように大きくふかし、誰にも邪魔させないという気迫で近づいた。そんなフローラをスズメバチが遠くから見ていた。

「誇り高い蜜蜂族《アピス》さん」なかの一匹が呼びかけた。羽音と同じ、酔っぱらったようなはっきりしない声だ。「そのうちあんたの巣を訪ねるよ。冬のあと、たっぷり眠ったら……」最後まで言い終わらないうちに、雌スズメバチは仲間のいる空へふらふらと戻っていった。

〈ダンスの間〉でスズメバチの言葉を伝えると、姉妹たちは不安そうになった。スズメバチのおどしはいつものことだが、眠りに関する話は初めてだ。〝冬のあと〟という何げない言いかたも気になった。まるで自分たちには冬越しの心配がまったくないとでも言いたげではないか。そうしているまにも食堂の配給は減りつづけ、果樹園の蜂たちは食べ物のことで頭がいっぱいになり、姉妹の多くが充分に行きわたるほど食糧がないのだとひそかに確信していた。

〈ダンスの間〉では話と憶測が飛びかい、その声がいよいよ大きくなったとき、感じたことのない奇妙な信号が巣房に流れ、誰もが口をつぐんでその場に釘づけになった。

それは感じ取れないほどかすかな振動だったが、運ばれるフェロモンは族のなかでもっとも強いアザミ族の戦闘臭よりも強烈だった。〈礼拝〉とはあきらかに違うけれど、姉妹たちは全神経を向けずにはいられなかった。意味をはっきり読み取ろうと足を踏ん張ると、不穏なエネルギーの波が体に流れこんだ。それは、〈女王の愛〉の幸せな安心感とは正反対の、不安と抑圧に満ちた感覚だった――いますぐ巣を守りたいのに召集がかからないとでもいうような。蜂たちは触角をあげ、待った。

**〝姉妹たちよ！〟**〈集合意識〉の声が低く体の奥底に響いた。**〝新たな〈耐乏の時代〉を祝福すべく、殿方たちに〈大敬礼〉を行なう。みなで手分けし、全員を探し出せ。遅れることなく〈ダンスの間〉へ連れて来よ〟**

姉妹たちは命じられるままに駆け出した。雄蜂の多くはロビー正面の〈雄蜂の間〉にいたが、ぶつぶつ文句を言って逆らう者ばかりで、短い距離を移動させるのにも難儀した。彼らは食事が足りないせいで大食いになり、世話役が足りないせいで怠惰になっていた。懇願され、おだてられて、ようやく移動しはじめると、フローラは彼らのかびくさいにおいに激しいいらだちを感じた。雄蜂の多くがしけった食べ物を被毛にくっつけ、ポプラ卿にいたっては毛づくろいしてもらわなければ一歩も動かないとごねた。足もとから響く脈動がさらに強くなった。

**〝あらゆる手段を使って。すべての雄蜂を〈ダンスの間〉へ〟**

「女王は知るべきだ」なだめすかされて〈ダンスの間〉に入ったポプラ卿がつぶやいた。「こういう事態になるのは、いつだって自分のせいだってことを」

姉妹たちがぎょっとして見返した。

「ようこそ、殿方」ずらりと並んだ美しいサルビア巫女が翅を広げて揺らし、族のにおいを強く放った。

「へえ！」ポプラ卿は大声をあげてぎゅう詰めの広間を見まわし、フローラににじり寄った。「なるほど、ここが、きみたち年増蜂がガタガタ音を立てて身を揺らす場所か」

フローラは巣房に伝わる新たな振動と、雌蜂の聖域である〈ダンスの間〉にこれほど多くの雄蜂がいて異質なにおいを発している状況に胸がざわつき、ポプラ卿から身を引いた。

「われわれは〈宝物庫〉の調査を行ないました」シスター・サルビアが前へ出た。「殿方たちに〈大敬礼〉を行なう前に功労者の名を読みあげます。オーク卿、昇天！」

姉妹たちから熱烈な拍手が起こり、雄蜂たちがぱらぱらと拍手した。

「ウラジロ卿、昇天」

姉妹たちはふたたび拍手したが、さっきよりゆっくりだ。

「ハンノキ卿？」

「ここだ」群がる姉妹の奥から声がした。

「ナナカマド――」

「ここに」

シスター・サルビアが読みあげるにつれ、点呼に答える雄蜂たちの声はだんだん不機嫌になった。

「ポプラ卿？」

ポプラ卿が大きなあくびをした。

「シナノキ卿？」シスター・サルビアはしばらく待った。「消息不明。シナノキ卿に栄光あれ」

「え？　ああ……はいはい……」

「栄光あれ」姉妹たちが応えた。

「あのこざかしいチビ野郎め、いい厄介ばらいだ」ポプラ卿はフローラに体を押しつけ、「とはいえ実にいじましいよ、きみたち姉妹が熱をあげるさまは。たとえ何も起こらないとわかっていても」そう言ってなれなれしくフローラの翅留めをいじった。「きみがやつを追いかけたときといったら、〈集合〉にまで――」フローラは翅留めをぴしゃりと閉じ、手をはさまれたポプラ卿が痛みにあえいだ。「何をする、ユーモアのセンスもないのか？」

「ご注目を！」

シスター・サルビアが広間全体に呼びかけた。新たな振動がさらに強く巣房を揺らし、フローラはポプラ卿の手を引っこめさせた。ポプラ卿がじろりとにらんだ。

「これで、われらが兄弟雄蜂、全員の確認が終わりました。姉妹はみな膝をつき、それから殿方に対する〈大敬礼〉のために立ちあがりなさい」

「そうだ」――ポプラ卿がフローラを突き倒した。「身のほどを知れ」

姉妹たちが雄蜂の前にひざまずくと、振動が雌蜂全員の体の奥深くに流れこんだ。

「殿方の足もとに触角を倒して」サルビア族の合わさった声が続いた。すべての姉妹が触角を倒し、振動がそれぞれの脳に直接届いた。

「ふん！」ポプラ卿の声が小さく、遠くに聞こえ、フローラは毒針を突き刺したくなった。

「全員、起立」サルビア巫女たちが進み出、美と力を見せつけるように一列になって翅と翅を触れ合わせた。

「〈唯一母〉の愛する娘たちよ」シスター・サルビアが呼びかけた。「巣の姉妹たちよ、めぐる季節がわれわれの祈りを引き出し――」

「説教ばあさんの話はうんざりだ」ポプラ卿がフローラの横を通りすぎようとした。

フローラは胸部を広げて阻止した。胸のなかで怒りが渦巻き、ポプラ卿をなぐりたい衝動にかられた。

「ここにいてください」

「まったくどうかしてる」ポプラ卿が首を振った。「きみには〈慈悲〉が必要――」

「これより古き儀式をとり行ないます」シスター・サルビアが続けた。「これは〈太古の昔〉、われらの母によってあたえられたもの。殿方に対する〈大敬礼〉においてはすべての姉妹がダンスのパートを受け持ち、肉体はおのずとステップを知るでしょう。〝受け入れ、したがい、仕えよ〟」

「〝受け入れ、したがい、仕えよ〟」

姉妹たちが繰り返す声は低く、奇妙な響きがあった。

「こんなたわごとは聞きあきた、さあ、どけ」ポプラ卿はフローラを押しのけようとして、こんどは姉妹たちの緊密な輪に阻まれた。「あんたたち、気でも狂ったか。どけ!」

姉妹おのおのから振動が沸き起こり、増幅して低いうなりになった。姉妹たちの顔を見たポプラ卿の顔色が変わった。

「いますぐ言うことをきけ、さもないと全員、通報するぞ」

「通報するがいい……」何匹かの姉妹が言い、何匹かがポプラ卿の前で誘うように踊りながら小声で歌いはじめた。「通報するがいい……殿方よ……」

「やめろ！」ポプラ卿の声が甲高くひきつり、〈ダンスの間〉のあちこちに散らばる雄蜂たちも抵抗の声をあげた。

姉妹たちの声が大きくなった。

「〝汝らの雄性に称賛を……〟」シスター・サルビアが奉献の言葉を始めると、輪になった姉妹たちが正式なステップを踏んで雄蜂たちを取りかこみ、逃げようとするのを中央に押し戻した。

汝らの力と恵みに感謝を捧ぐ
汝らの翅に栄光を――

踊る姉妹たちは雄蜂たちのわめき声よりも大きな声で歌いながら向きを変えた。

われらは汝らに仕えるために生きてきた
汝らのときが来た、汝らのときが来た

サルビア巫女の詠唱にみちびかれるように姉妹たちは輪唱し、踊りながら輪の向きを変え、流れる十字の線になって〈ダンスの間〉を移動し、当惑する雄蜂たちを輪のあいだに追いこみはじめた。「〝汝らの肉体と命に感謝を捧ぐ――〟」サルビア合唱隊が歌い、姉妹たちは踊る速度を速め、唱える言葉は雄蜂の抵抗の声をかき消した。

**汝らの欲望と怠惰**
**その無益さに、われらいまこそ報復を**

雄蜂の脇を過ぎるたびに姉妹たちの歌声はますます大きくなり、無礼にも全員が憤然と雄蜂の顔に族のにおいを噴きかけた。

**われらいまこそ報復を――**

雄蜂たちは、歌い唱和する雌蜂の鎖を突き破ろうとあわてふためき、巣房じゅうに立ちのぼる新たなにおいにうろたえた。駆り立てるようなダンスのリズムに乗って姉妹たちの体は前へ前へと突き動かされ、身震いするようなにおいを吸いこんだ。それは、長いあいだ抑えこまれ、今ようやく脳内に解き放たれた怒りのにおいだった。

**われらの労働、われらの巣**

姉妹たちは雄蜂のまわりで、ますます速く回転しながら踊った。何匹かが甲高い、奇妙な声でハミングし、何匹かが興奮のあまり小さく叫んだ。

「〝ゆるしたまえ、殿方よ〟」シスター・サルビアの声がリードした。

**汝らを追放する前に！**

多くの雄蜂がおびえた声で叫んだ。

「おれたちを追放する？」

「なんのことだ？」

「殿方に対してよくもそんな口を！」

「そうだ、このうすぎたない下僕めが、どけ」ポプラ卿がフローラを力まかせに押しやったが、フローラはひるまなかった。ポプラ卿が驚いて見返した。「おれの言うことが聞こえないのか？」

「聞こえました」

言うなりフローラはポプラ卿をひと突きで床に倒し、ポプラ卿は呆然として見あげた。

「なぐったな！」ポプラ卿は叫び、よろよろと立ちあがった。「誰か聖なる母に伝えろ――」

「自分で言ったらどう？」小柄でおとなしいヤグルマギク蜂が、立ちあがったポプラ卿をまたも蹴り倒した。「何もかも女王のせいだと言えばいい！　さっき、そう言ったんじゃなかった？」

これを合図に、すべての姉妹が雄蜂たちを蹴りとばし、嚙みつきはじめた。

「王女さまを見つけるんじゃなかった?」

「見つけたのなら、こんなとこにはいないはず――」

「あなたたちは交尾と愛の自慢ばかり――」

「そうか、わかったぞ、兄弟たちよ!」クマシデ卿が叫んだ。「雌蜂たちは嫉妬で気が変になったんだ! 雄のにおいを浴びせて、おとなしくさせろ!」

言うなりクマシデ卿が雄性フェロモンをあたりにぶちまけた。ほかの雄蜂もフェロモンを放ち、強く吹きつけようと何匹かがエンジンをふかした。

フェロモンを吸った姉妹たちは奇声をあげて低くうなだれ、頭を左右に揺らしながら、いっそう深く吸いこんだ。そのにおいに数匹が悲鳴をあげた。

「そうだ! 姉妹たちは〈雄蜂の木片〉がほしいんだ、自分たちにもほしくてたまらないんだ――」シカモア卿が叫び、スイカズラ族の姉妹をつかんで、のしかかるように引き寄せた。「おまえを王女さまにしてやろうか、シスター?」

スイカズラ蜂は逃れようと身をよじり、怒りに叫んだ。

「よくもわたしたちの処女性をばかにしたわね!」

言うなりスイカズラ蜂はシカモア卿の顔を鉤爪で切り裂き、飛びかかった。シカモア卿が跳びのくと同時に巣房に命令が走り、姉妹たちはみなその場で動きを止めた。

〈ダンスの間〉にひしめく姉妹たちと同じようにフローラも動きを止め、震えが触角を駆けめぐるのを感じた。毒針が外に出たいとばかりに体のなかで強くしなやかに伸び、フローラは毒嚢が満ちる感覚を楽しんだ。姉妹たちはゆっくりと鉤爪を構え、巣の合図を待った。

雄蜂たちは視線を見交わし、共通の目的を確認してうなずくと、いっせいに胸を広げて被毛を立てた。ポプラ卿が合図した。

「いまだ！」

雄蜂たちが姉妹たちを押しのけ、わめきながら駆け出すと同時に巣房が化学物質を放った。とたんに姉妹たちは金切り声をあげ、くるくるまわりながら踊りの輪に加わり、それは三倍の厚みになって雄蜂全員を輪のなかに囲いこんだ。頭をそらして触角を広げる者……触角をさげ、喉の詰まったような音を立てて左右に振りまわす者……。

まわる姉妹の輪に閉じこめられた雄蜂たちはわめき、もはや恐怖のにおいを隠しきれなかった。そのにおいにフローラの腹部は快感で硬く収縮し、姉妹たちが放つ戦慄するような戦闘臭に興奮して叫んだ。

「〝われらが兄弟に祝福を――〟」雄蜂が踊る横でサルビア合唱隊が歌った。

**彼らの肉体に祝福を――**

「おい、姉妹たち！」密集して舞い踊る雄蜂に向かって一匹の雄蜂が叫んだ。「お願いだ、こんな真似はやめてくれ！」

「〝殿方に祝福を！〟」サルビア巫女が叫んだ。

彼の死の瞬間に――

サルビア巫女がそばにいた雄に嚙みつき、悲鳴があがるより早く、雄蜂の族のにおいが熱気のなかに鮮烈かつ不吉にほとばしった。逃げようとする雄蜂と引き戻そうとする雌蜂が入り乱れ、〈ダンスの間〉は狂乱の場となった。

群がる姉妹に持ちあげられたポプラ卿がわめきながらエンジンをふかしたが、雌たちは雄の背中から翅をむしり、投げ捨てた。

「よくも聖なる母を侮辱した――」

「わたしたちの食糧をむだ食いし――」

「女王でもないあたしたちと交尾する気があるようなふりをして――よくもあんな！」

そう言ったのは、ポプラ卿に侮辱されたスイカズラ族の雌だ。ポプラ卿から顔が見える場所に立つと、「〝子を産めるのは女王だけ！〟」と叫んで彼の腹を生殖器まで切り裂き、ペニスを引きちぎって食べた。ポプラ卿の血を顔に浴びた姉妹たちが興奮して叫んだ。

「〝子を産めるのは女王だけ！〟」フローラは力のかぎり、みずからの罪と恥辱を洗い清めるかのようになんどもなんども叫んだ。雄蜂たちが絶叫しながら、猛《たけ》り狂う雌蜂の頭上に飛びあがろうとすると、すかさず飛びあがってつかまえ、獰猛な群れのなかに引きずりおろした。

雄蜂たちはうめきながら引き裂かれ、あるいは噛み殺され、姉妹たちの足は脈動する血まみれの巣房ですべった。彼女たちの胸はあらゆる侮辱と屈辱、食べ散らかされた餌と汚《よご》された通路に対する聖なる怒りに満ち、役立たずのお気に入りたちに――なんの仕事もせず、いばり、食べ、彼らのために奉仕するだけで決して愛されない処女蜂に性的魅力を見せびらかすだけの聖なる息子たちに――ここぞとばかり恨みを晴らした。

フローラと姉妹たちは次々に雄蜂を廊下に引きずり出した。全員がみずからそれぞれの役目を果たし、雄蜂が命からがら着地板に逃げるたびに、巣箱じゅうに悲鳴と命乞いとむっとする血のにおいが満ちた。倒れた雄はもがき、目もくらむ太陽のなかに引き出され、生餌《いきえ》を求めて〈大群〉が這いまわる草むらに突き落とされた。あるいはかつて自分たちが支配した空に放りだされ、引き裂かれて血まみれになった翅で死に向かって飛んでいった。

# 28

巣房の震動が収まり、脈打つ空気が鎮まった。巣房じゅうの姉妹が正気に戻り、その場で動きを止めた。

フローラは〈ダンスの間〉と着地板のあいだの受取所にしゃがみ、自分のぜいぜいという荒い息を聞いた。大きくて温かい、動かない何かが体の下にあり、肢のあいだにはさまっている。見ると、雄蜂の頭が蜜蠟にめりこみ、フローラの腹部はぎゅっと曲がって雄蜂の体に押しつけられ、雄蜂の縞模様のすきまに深々と毒針が刺さっていた。針を抜いても雄蜂は動かない。フローラはぎょっとしてあとずさった。そんなばかな――だが、フローラの被毛は血でどす黒く染まっていた。

周囲の床には、血まみれの死体が着地板まで引きずられたあとの、黒く濡れた筋がいくつも残っていた。姉妹たちは、つぶれ、ちぎれ、ずたずたになって散らばる雄蜂のなかで立ちあがった。息を切らして立ちすくみ、恥じ入り、誰も目を合わせようとしない。

重苦しい異様な沈黙が〈ダンスの間〉から姉妹たちに届き、戻れと命じた。

そこには吐き気のするような光景が広がっていた。そこらじゅうに琥珀色と茶色のつるつるすべる血の痕が残り、未消化の花粉と蜂蜜が飛び出た黄色い腸や寸断された触角、砕けた水晶体、引き裂かれて噛みくだかれた被甲や血糊のこびりついた冠毛が散らばっていた。それは外役蜂が好んで踊る場所にもっとも集中し、誰もが恥ずかしさに泣き叫んだ。

　同じ信号に呼び寄せられて、別の場所からも血まみれの姉妹たちがよろよろと広間にやってきた。ぴくぴくけいれんしている蜂がフローラにぶつかり、しがみついた。その受取蜂のぽかんと開けた口を見たとたんフローラの体は反応し、餌集めの長旅から戻ってきたばかりのようにいきなり素嚢が広がって重くなった。だが、せりあがってきたのは花蜜ではなかった。恐怖に息が詰まると同時に口から血がほとばしり、巣房に飛び散った。

　ほかの外役蜂もヒッと叫び、素嚢からおぞましい中身を吐き出した。汚らわしいものすべてをからにしようと、花粉カゴをむしり取ろうとする者もいた。〈ダンスの間〉には自分たちの犯した恥ずべき行為に泣きわめき、すすり泣く声がこだましたが、姉妹たちの多くは恐怖で口もきけず、ただ惨状を見つめるだけだった。

〈礼拝〉のにおいが雄蜂の血のにおいと混じり合い、強まるにつれてすすり泣きは収まり、硬直していた者は緊張を解いた。体に感じる波が〈ダンスの間〉の混沌を押し流し、すべての姉妹を立ちあがらせ、やがて歓喜の声が鳴りひびいた――女王その人がみなの前に現れたのだ。

「休むがいい、疲れ果てたわが娘たちよ」女王の声は花弁のようにやさしかった。「横になりなさい、〈母の愛〉でいやしてあげましょう」

女王がマントを広げて〈礼拝〉のにおいを強く送り、蜂たちはありがたくひざまずいた。巣房じゅうにやわらかな振動が起こり、聖なる母の腕に抱かれているかのように、なめらかでリズミカルな波が〈ダンスの間〉を前後に揺れた。女王が大きく翅を広げて娘たちのあいだを歩くと、娘たちはみな〈母の愛〉を吸いこみ、ゆるしの毛布がかけられるのを感じた。姉妹たちは泣きだし、復讐の苦いエキスは涙とともに体から流れ出た。

フローラはすり減ってなめらかな床に横たわった。これまでに幾度となく踊った場所だ。立ちのぼる雄蜂の血のにおいが〈女王の愛〉に混じり、香りが強まった。姉妹たちは翅と翅をつけ合って金色と茶色の絨毯のようにずらりと横たわり、下の床になだめるような周波が伝わって淡い光がちらちらと揺らめいた。身を起こして女王の美しさを見たかったが、揺れる波が押し寄せて神々しい香りを吸いこんだとたん、フローラは波のリズムにのみこまれ、トランス状態に入った。

女王が翅を広げ、すべての蜂が至福のため息をついた。

「汝らの恥と罪をわたしにあたえよ、娘たち」女王が言った。「わたしの〈愛〉で洗い流しましょう。すべての悲しみ、罪、秘密をわたしにあたえよ。汝らの翅を羽ばたかせ、心に喜びが満ちる物語を聞かせてあげましょう」

大広間は低い、やさしいうなりに満たされ、〈集合意識〉が全姉妹と女王をひとつにした。音とにおいに包まれた蜂たちはぴくりとも動かず、意識の旅に出かけた。

〈太古の昔〉、この巣箱の若い王女が部屋を歩きまわっていた。王女は競争相手をみな殺し、冠《かんむり》の血を洗い清めたが、勝利はむなしく、魂は冒険に飢えていた。部屋を出ようとするたびに女官たちからお辞儀と甘い言葉でさえぎられ、王女は豪華な衣服を憎むようになり、食事は味を失い、想像を絶するほど不機嫌になった。

ある日、いよいよ力が高まり、王女は花蜜と軟膏を手に部屋に現れた女官たちの横をすり抜け、あこがれの空をめざして巣のなかを駆け出した。巣箱の下に向かってひた走ったが、女官たちは止めようとはせず、興奮して歓声をあげながらあとを追いかけた——ついにそのときが来たのだ。

着地板に達した王女は愕然として足を止めた。これまで誰も、空と太陽がどんなものかを教えてくれなかった。すぐに安全な部屋に駆け戻り、また別の日にしたかったけれど、こんどは女官たちが立ちはだかって王女を板の端に押しやった。

この振る舞いに王女は怒りを爆発させて翅を広げ、すさまじいうなりが胸を満たした。そのとたん王女は空高く浮かび、巣箱ははるか下に小さくなり、体は光と空気になった。女官たちは歓声と歌で称えながら、翅を羽ばたかせて猛然とあとを追った。

行先もわからぬまま、王女は嗅いだことのない不思議なにおいに引き寄せられて飛んだ。王女は恐れを知らず、全身に歓びの力が満ちていた。女官たちはついてこられず、鳥に襲われて悲鳴をあげた。それでも王女は止まらなかった。左右に揺れる大きな緑の梢が目の前に迫り、においはそこで強く、深く、濃厚になった。

彼らを見たのはそのときだった。見目のよい色男たちが宙に群がり、口々に誉め言葉を投げかけ、自分たちの力と勇気を誇示していた。愛を乞う者は無視したが、なかにはいきなり求愛する者もいた。王女は男たちの飛行速度を自分と比べ、彼らを見おろしながら自由に誇らしげに飛びまわった。やがて誰よりも速い男が頭上の見えない場所から飛びかかった。つかまれた瞬間、王女はこれこそずっと求めていたものだとわかった。

二匹はひとつになって風に乗り、やがて王女は雄のエキスを体に感じた。〈雄蜂の木片〉をぎゅっと体にはさんだまま、声をあげて相手を放すと、伊達男は地面に向かってくるくる回転しながら落ちていった。だが、王女の楽しみはそれで終わりではなかった。空中でなんどもなんども気高き雄蜂につかまえさせ、そのたびに彼らは回転しながら地面に落ちていった――〈雄蜂の歌〉を出しつくし、その部分を王女の体に残して。

空を舞うえりすぐりの雄たちに満たされて、ようやく欲望は治まり、王女は家に向かって羽ばたいた。このときほど宮殿が甘くにおったことはなかった。女官たちが王女の体から〈雄蜂の歌〉の跡をすべて舐めとり、王女のなかにとどまっていた最後の雄の器官を――雄蜂それぞれの愛の証《あかし》を――争うように分け合った。巣箱じゅうが勝利に沸き返った。この婚姻飛行により王女は女王となり、来たるべき数世代の母となった。

恍惚状態のなかで、フローラは女王を真横に感じ、手を伸ばして触れようとしたが、体は自分のものでないように動かなかった。女王がふたたび翅を広げると、美しいにおいが眠る娘たちに新たに広がった。

「汝らはわたしの息子たちを――汝らの兄弟を――冬の犠牲として殺《あや》めた。けれど、わたしも汝らの父たちを春の犠牲として殺めた。わたしは愛のために彼らの命を奪い、毎年この話をする。目覚めたときはすべての言葉を忘れているでしょう。わが愛によって汝らは罪を清められ、ふたたび全《まった》きものとなる」

女王の翅の先が触れ、フローラはため息をついた。女王は娘たちのあいだを歩きながら、においのマントでおおった。

「目覚めよ、愛する娘たち。姉妹の世話をし、洗い清めるがよい。〈母の愛〉のなかでは誰もがいやされ、生まれ変わる」

姉妹たちは起きあがり、したがった。あたりの空気はふたたび甘く清浄になり、フローラは隣の姉妹の固まった被毛を梳《す》き、アザミの絹糸のようになめらかになるまでなでつけた。やさしい親身な手で触れられるのは女官たちに女王の私室へ連れていってもらって以来のことで、胸には姉妹たちへの愛と感謝があふれた。ここちよい羽根のような手で触角をなでられ、ようやくすばらしい感覚の理由に気づいた。触角が大きく広がり、閉じられなくなっていた。

「ありがとう、シスター」フローラは身を引き、あたりを見まわした。ほかの蜂の触角も〈女王の愛〉の分子を余さず吸収しようと大きく開き、物語の余韻に浸っている。その安堵感は格別で、長いあいだ感覚をせばめていた触角に巣の美しさがどっと流れこみ、フローラにはふたたびすべてが見えた――古い蜜蠟パネルに花と葉のフレスコ画が刻みこまれた、〈ダンスの間〉の湾曲した丸天井。温かく清らかなにおいを発する、美しい愛する姉妹たち。

フローラはもういちど触角を閉じようとした。誰か一匹にでも気づかれたら――シスター・オニナベナのときのように――秘密がこぼれ出てしまう。クモの予言がいつ実現するかわからないが、卵はいまこの瞬間にも形づくられているかもしれず、誰に嗅ぎ取られないともかぎらない。〝卵がもうひとつ――〟

考えたとたんフローラの触角は最大限に開いた。うれしくも恐ろしいことに、最後に産んだ卵の輝く香りの記憶が心のなかに、そして体のなかに造られはじめた。フローラは腕に抱いているかのように卵のにおいを嗅ぎ、感じ、その芳香が周囲にただよって〈女王の愛〉と混じり合った気がした。

恐ろしい記憶にとらわれ、フローラはその場に立ちすくんだ。まわりでは姉妹たちがそれぞれの族のにおいを発し、それぞれの仕事に戻っていた。ふと、まぎれもない生殖警察のつんとしたにおいを感じ、誰かに見られているのに気づいた。恐怖を振り切り、仮面をかぶった姉妹が目の前にいるのを覚悟しながら振り返った。だが、見ていたのは衛生蜂の一団だった。フローラの視線に気づくと、目と触角をさげ、たがいを熱心に手入れしはじめた。フローラは近づいて声をかけた。

「親愛なる姉妹たち。あなたたちはいま警察の手下なの？」

なかの一匹がおびえたように首を振り、ほかの者たちはとんでもないというように触角をひょっとさげた。全員が明るく聡明そうな黒い目で見返している。

フローラは目をそらすことができず――最後の卵のイメージが心の目にまぶしく鮮明に戻り、香りの記憶が触角から強くこぼれ出た。

〝あたしの愛する卵、失われた子――〟

フローラは衛生蜂が甲高い警告を発するのを待った。だが、意外にも彼女たちはすり足で近づき、族のにおいをさらに強く出してフローラを取りかこんだ。フローラは感謝の念に打たれた――卵の記憶がまわりに気づかれないよう隠してくれているのだ。衛生蜂はフローラが子を産める働き蜂だと知りながら、ばらそうとはしなかった。そこへ力強い足音が近づき、衛生蜂のにおいの壁が厚くなった。フローラの触角はシスター・サルビア特有の渋みのあるにおいに反応してぴしゃりと閉じ、根もとがぴくぴくと警告を発した。

「自分の族に対する愛情に感きわまったようね。もう衛生蜂が嫌ではなくなった？」

フローラはお辞儀した。

「はい、シスター。〝受け入れ、したがい、仕えよ〟」フローラは、シスター・サルビアが突き刺すように触角を探り、封印の細い線を念入りに調べるのを感じた。

「つねに勤勉ね、七一七。何をするにも」巫女がフローラをしげしげと見た。「〈衛生〉に戻る道を見つけたのなら、これからはそこで働きなさい――わかった？」

「わかりました、シスター」

シスター・サルビアが〈ダンスの間〉を指さした。女王の姿はもうなかった。

「これから、この部屋を染みひとつない状態に戻して」巫女は形のよい足で雄蜂の折れた胴体を脇に押しやった。「残骸をすべて死体置き場へ運び、上から下まで、隅々まできれいにすること。〈ダンスの間〉を完全にからっぽにする、何よりもこれを優先しなさい。わかった？」

「はい、シスター」平静に戻った姉妹の群れが〈ダンスの間〉から一列になって出てゆき、フローラは衛生蜂たちに待つよう合図した。

「おまえの権威が認められたようね」シスター・サルビアがまたもやフローラを見た。「わたしたちに心を閉ざさないで、七一七。もうじき〈越冬蜂球《えっとうほうきゅう》〉の季節がやってくる。どんな意味かわかる？」

「いいえ、シスター」

「それに加わる者たちの命を守るものよ」〈ダンスの間〉を掃き、こすりはじめた衛生蜂を見ながらシスター・サルビアが言った。「とはいえ、すべての姉妹が生きのびられるわけではない。最後の仕事が完了したら、あの衛生班をクモに送りこんで」

「クモに？　シスター、なぜですか？　彼女たちは健康で、頑健で――」

「黙りなさい！　冬は無慈悲で、おまえの族は数が多い。何匹かの命で巣が救われる」シスター・サルビアはいったん言葉を切って続けた。「メリッサはすべての族のことを考慮しなければならない、七一七、おまえの族のことさえも。まちがいなく彼女たちの犠牲は有益で、最期はすばやく訪れる」そう言って歩き去った。

フローラは掃き清める同族姉妹たちを見つめた。そしてほうきを拾いあげ、近づいて掃除に加わった。フローラの悲しみを感じ取った仲間たちが心配そうにそっと手を置いた。このときばかりは彼女たちのやさしさが胸に痛かった。

## 29

フローラは衛生蜂をふたつの班に分けた。片方には〈ダンスの間〉から直接、着地板へ雄蜂の残骸を運ばせ、もう片方には死体置き場から作業を始めさせた。死体置き場はフローラが最後に訪れたときから満杯で、正面近くの保管棚には老姉妹たちの乾いた死体がぎっしりと、できるだけ多く保管できるよう押し固めて詰めこんである。古い死体ほど細長い部屋の奥に置かれ、そこから殺菌作用のあるプロポリスの強烈なにおいがただよっていた。意外にも衛生蜂たちはぴりぴりと恐怖のにおいを発し、古い死体からあとずさった。

もうじき同族を裏切らなければならない心苦しさに、フローラは尻ごみする仲間を無理には行かせず、みずから奥に進んだ。保管棚をプロポリスで処置するのはいつものことで、大量の死体も驚くことではない。どれも古く、初夏のころに死んだ姉妹たちだ。だが、棚のあいだを奥に向かって歩くうちにフローラは空気に異変を感じた。静寂……秘密めいたにおい。プロポリスのはっきりした殺菌臭の下に腐敗の塊を感じた。働き蜂の行きかう音が消え、闇が濃くなった。

フローラは足を止めた。ここの死体はつねに乾燥している——なのに、足もとの巣房の床は濡れていた。水分は、部屋の隅にある形のない、やわらかい山から染み出ていた。本能的な嫌悪感をこらえて触角を伸ばし、その正体を読み解いたとたん、フローラはぎょっとしてあとずさった。

隅に積みあげられているのは、さまざまな日齢の蜂の子だった。つぶれた卵から、腐敗しかけた幼虫、そして完全な姿になった幼い雌蜂まで。雌蜂の子は、いまも羽化室のなかにいるかのように手肢を折りたたんでいた。

シスター・サルビアがこのことを知っているとは思えない。この腐敗と隠蔽に耐えられる蜂がいるはずがない。〈育児室〉で過ごしたとき、死んだ子はつねにその場で処分されると知った。フローラは汚染臭を吸わないように気孔をきつく閉じ、いちばん新しそうな死体に触角を当てた。まさか——フローラは触角を動かし、死体の山から突き出ているほかの頭部の族のにおいを調べた。すべてサルビア族だ。

「ぐずぐずしないで、七一七」廊下の奥から巫女の声がした。「さっさと当番を決めて、残骸を巣箱から安全な場所まで運ばせなさい。それが済んだらここの巣房をひとつ残らずきれいにして」

シスター・サルビアが出入口に現れた。

「シスター、恐ろしいことが——」

巫女が死体置き場の出入口をしげしげと見た。

「ここも念入りに掃除して。最後の六角房まできれいになったら、命令を完了させなさい。おまえだけは残って。おまえの力は必要よ」

「でも、シスター――サルビア族の死んだ子どもが――」

巫女がフローラをじっと見た。「見まちがいよ」

「いいえ、シスター――」頭のなかで〈集合意識〉がうなり、フローラはよろめいた。

**〝メリッサに質問してはならない！　受け入れ、したがい、仕えよ！〟**

「〝受け入れ、したがい、仕えよ〟」

痛みが治まるまでフローラはなんども繰り返した。ふたたび集中したとき、すでに巫女の姿はなく、衛生蜂の一団が黙って廊下に立って次の命令を待っていた。同族姉妹たちの目は明るく、落ち着き、視線には次の仕事を知りたくてたまらない表情が浮かんでいた。

彼女たちをだますことはできない。

「巣が冬を生きのびるため、サルビア族がクモから知識を買ったの。代償は……この部屋で働くすべてのフローラ族の命」フローラは信頼しきった仲間たちの目を見つめた。「助けてあげられたら――あたしが代わりになれたらいいのだけど――」

衛生蜂がまわりに近づき、頭でフローラの腹部に触れた。触角は閉じていたが、フローラの心のなかでは卵の映像がまぶしく輝いた。彼女たちは知っている。衛生蜂たちはあとずさり、フローラ七一七が話すのを待った。フローラには言う言葉がなかった。〈礼拝〉を告げる〈聖歌〉が巣房の床を揺らしはじめた。

「行って」フローラはささやいた。「命が惜しい人は別の仕事を見つけて、戻ってこないで。あたしが代わりに仕事を終わらせるから」

衛生蜂たちは独特の奇妙なお辞儀をし、〈礼拝〉の恵みを受けるために走り去った。それを見送りながら、フローラは仲間たちが知っていたことに驚いていた――あれは〈女王の夢〉のあいだに、すべての触角が開いているあいだに起こったにちがいない。だから彼女たちは族のにおいであたしを守ってくれたのだ。

フローラは座りこんだ。仲間たちを犠牲にせよと命じられて、できなかった。自分はすべてにおいて巣を裏切った。〈礼拝〉の振動が周囲に伝わった。廊下をもう少し歩けば受け取れるとわかっていたけれど、いまは静寂がほしかった。

卵の記憶がふたたび脳裏に浮かんだ。粗造りの蜜蠟ベッドに眠る、完璧な美しさ。フローラはからっぽの腹をつかみ、女王の祝福よりも豊かな、失われた母性を思って泣いた。ふとある考えが浮かんだ。

ベビーベッドを見おろしていた三つの大きな繭――あの繭にはどれも生まれなかったサルビア巫女が納められていた。いま背後の山のなかにある、できかけの、いちばん大きな死体のようなサルビア蜂が。

フローラは立ちあがり、もういちど死体の山を見に行って恐怖の悲鳴をあげた。死体の山が動いていたからだ。悪臭が立ちのぼり、フローラは押し寄せる寄生虫を殺す覚悟で鉤爪を構えた。そのとき山の中心から甲高い嘔吐の声が聞こえ、細身のシナノキ卿が現れた。

「殺してくれ。こんなところにあと一秒でも隠れるくらいなら死んだほうがましだ」シナノキ卿はあえぎながら体にまといつくおぞましい物質をひっかいた。「わたしは最後まで臆病だった。兄弟たちとともに立ち、ともに死ぬべきだった」そう言ってフローラの前で膝をつき、頭部と胸部の関節をさらした。「今日、全員が死んだと聞いた」

「あなたの名前も呼ばれた」フローラはシナノキ卿を正視できなかった。「熱情のなかで行方不明になったと見なされて」

「それを言うなら排除するための熱狂だ——じっと待つなんてできなかった。戻ってきたら悲鳴が聞こえた——最初はスズメバチが来たと思ったが——見てみると——信じられなかった——いまでも——」

「あたしも」

二匹は黙りこみ、〈礼拝〉の振動が消えはじめた。シナノキ卿はこわばった両腕をあげ、湿った首毛を立てようとして、あきらめた。

「わたしに言わせれば、正直、きみたちがいつわれわれに襲いかかっても不思議ではなかった。雄蜂がいかに尊大に、気楽に、姉妹たちの犠牲のおかげで暮らしてきたかはわかっていた。花粉ひとかけ、水の一滴、ましてや花蜜など運んだこともない。仕事ひとつしたことがないくせにあれこれ要求した。〝肢の突起をきれいにしろ、股間を舐めろ。ほめろ、世話を焼け、おれの食べ残しなら食べてもいい〟。そうやって、いかに大量の食糧を無駄にしたか……。ゆるしてくれ」

シナノキ卿は膝をついて身を乗り出し、ふたたび関節を剝き出した。

「自分に居場所がないのはわかっている。ひとつだけ頼みがある——どうか警察には知らせず、きみの手で殺してくれ」

フローラは顔をそむけた。「ほかの姉妹に頼んで。もう死はうんざり」

シナノキ卿が見あげた。

「情けのつもりか」

心のなかでまたしても卵の映像がまぶしく輝き、フローラは言葉に詰まった。腹を折り曲げ、卵の感覚を探すようにわが身を抱いた。空虚さが痛いほどだ。

「きみが泣くのが聞こえた。具合でも悪いのか」

「愛のせいよ」フローラは答えた。

「ああ、きみたち姉妹はみな花と恋に落ちる、それが唯一の解放だ。それと、女王への敬愛——」

「花への愛でもなければ女王への愛でもないわ」

シナノキ卿は顔から血糊をぬぐい、胸を少しばかりふくらませた。

「ひょっとしてわたしの知っている者か」

「いいえ。しかも、少し前に死んでしまった」

衛生蜂たちが戻ってくる足音で巣房が揺れ、フローラは記憶を振り払った。シナノキ卿があわてて見返した。

「あなたのことは見なかった」そう言ってフローラは扉に近づき、衛生班を出迎えた。〈礼拝〉のあとでみな力強く、美しく輝き、背筋を伸ばしている。

「みんな、仕事を急いで」フローラは言った。「それは最後に残しておいて」

衛生蜂はうなずき、もはや恐れもなく死体置き場のあらゆる場所を洗い、こすり、死体を運び出し、みるみる床は染みひとつ、遺体のかけらひとつなくなり、からっぽになった。

シナノキ卿の姿はどこにもなかった。

衛生蜂たちはフローラにお辞儀すると、周囲に立ちこめる族のにおいを思いきり吸いこみ、〈礼拝〉の最後の名残を溜めこんだ。それから縦横六列になり、無言で着地板に向かって歩きはじめた。フローラもあとを追った。

光のなかに出たとたん、衛生蜂たちは身震いした。それから気孔を開き、溜めていた〈女王の愛〉の最後のひと息を吐いて、神々しい、いやしのにおいを吸いこんだ。

## 「〝汝の最期に称賛を〟」

フローラの言葉に、衛生蜂たちは小さな顔にゆがんだ笑みを浮かべ、順にエンジンをふかした。そうして全員の準備ができると、いっせいに板から飛び立った。

姉妹たちのねらいは正確で、クモの巣にぶつかった衝撃は強く、果樹園に〈聖歌〉が鳴りひびいた。フローラはクモが仲間たちに駆け寄る光景から目をそらさず、族姉妹たちのにおいが空中に鮮やかにはじけると同時に声をあげた。巫女の言葉どおり――最期は一瞬だった。

だが、巫女の言葉には嘘もあった。死体置き場の奥にあった腐敗の山は、ほかでもないサルビア族のものだった、なのに巫女はあっさりと否定した。

いったいどういうこと？　衛生蜂は強く、健康で、死ぬ理由は老衰しかなさそうなのに、多くの仲間がたびたび犠牲になる。フローラは疲れ果て、からっぽの心で巣に戻り、記憶を探った。いったいどの文書に〝サルビア族に生死を決める力をあたえる〟と書いてあるのか。〈教理問答〉にもなければ、祈りのタイルにもない。〈女王の図書室〉のどこにもない――でも、必ずどこかに書いてあるはずだ。なぜならサルビア族のルールが〈掟〉なのだから。

# 30

二日もしないうちに巣は香りを調整し、雄蜂など初めからいなかったかのようになった。〈育児室〉からは、女王が雄の卵を産まなくなったという知らせが届き、またたくまに広がった。食堂で出される簡素な食事……間遠くなってきた餌集め……そして今回届いた聖なる母からの信号——すべてが冬の近まりを告げていた。

毎晩、多くの内役蜂が眠りのあいだに死に、日中は勇敢な外役蜂が巣から遠く離れた場所で力つき、冷たい大気のなかで落下した。花にたどりついても、そこから二度と立ちあがれない者もいた。とびきり有能で力のある者でさえ、着地板に持ち帰れるのは半分しか入っていない花粉カゴと、ほぼからっぽの素嚢だけで、もはや受取蜂から歓声があがることはなかった。

フローラは巣内に増してゆく飢餓に責任を感じ、さらに飛ぶ距離を伸ばし、渋みのあるほんのわずかな花蜜を求めて野原や街の庭々を探しまわった。ゴミが転がる荒れた空き地の土手に紫と黄色のアスターが色を添えていた。フローラは、粗い花粉を差し出そうと大きく開いた花弁に降り立った。日が暮れるころには、花を見つける知恵と、巣に戻る体力のあったすべての外役蜂がアスターの花粉を〈宝物庫〉の貯蔵庫に加え、食卓に供した――だが、朝になると衛生蜂が荷受け場所に新たな死体をあふれさせていた。死体置き場はすでに満杯で、着地板は強風のために閉ざされていたからだ。

外役蜂たちは廊下にひしめき、荒れる灰色の空を見あげ、果樹園が根もとからきしむ音を聞いた。フローラは自分の番がくるのを待って六本肢の突起のすべてを廊下の蜜蠟に食いこませ、突風に身を乗り出した。木の葉が宙に舞い、枝がざわざわと音を立てた。クモの巣がなくなっているのを見てフローラはいい気味だとほくそえんだ。

その日の遅く、サルビア蜂が六匹一組になって現れた。祈りと聞きなれない祈禱呪文《マントラ》に没入する巫女たちは、これまでに見たどんなときよりも美しく、フローラたちは足を止め、ロビーを進む一団を見つめた。長く優美な翅は開かれ、歩いたあとには族のにおいが強くただよい、フローラの触角はそこに隠された信号を感知してぴくついた。巫女団は何も語らなかったが、通りすぎたあと姉妹たちは驚いて足もとを見た。巣房がぴたりと伝達をやめていた。

姉妹たちはすっかり動揺し、各ロビーの巨大な中央モザイクのまわりに集まった。信号の上で足を踏み鳴らし、ささやき合い、あたりのただならぬ変化を触角で探ろうとしたが、たずねられそうな巫女はおらず、謎めいた雰囲気にひたすらおびえた。

その晩は昼間よりもざわついていた。巫女が食堂に現れ、全員に食事を配ったからだ。こんなことはいままで例がない。姉妹たちは言葉もなく、族ごとに決められた席も忘れ、異様な光景がよく見える場所にとりあえず座った。サルビア巫女たちは繊細な金色の縞模様が見えるよう、翅マントの縁をめくっていた。外被《キューティクル》はブロンズ色に光るまで磨かれ、被毛はやわらかく立って香りを放ち、目の下にほのかに金色の印をつけた顔を姉妹に向けて給仕するたびに、まるで女王のような輝きを放った。

巫女に純粋な蜂蜜をたっぷり出され、フローラは夢を見ているのかと思った。テーブルの姉妹たちも目の前の蜂蜜に驚いて見あげた。こんなものは生まれて一度も食べたことがなく、何かの間違いではないかとおびえた。〈雄蜂の間〉でもこれほどのごちそうはめったにない。だが巫女たちはやさしく、姉妹たちに食べるよううながした。

千の花々の甘みが舌の上ではじけ、大きな幸福感があたりを満たし、姉妹たちは体に力が戻るのを感じた。蜂蜜がみなに勇気と喜びをあたえ、歌わせた——〝サルビア族は善良なり、巫女たちはわれらをいつくしみ、決して飢えさせない。すべての蜜蜂は姉妹たちを愛し、姉妹たちは巣を愛する。風が吹き、霜がおりようとも聖なる母はわれらを守り、サルビア族は母の愛する使者なり！〟

姉妹たちが最後の蜜を舐め、花粉ケーキの最後のかけらを食べ終えると、サルビア族は聞きなれない言葉を静かに唱えながらみなのあいだを歩きまわった。やがて〈集合意識〉が姉妹たちの心を満たした。

**〝〈蜂球《クラスター》〉の前に、われら最後の晩餐を分かち合う。**
**冬来たりて、われらは〈蜂球〉になる〟**

巫女たちが〈聖歌〉を歌いはじめ、全員に立つよう合図した。姉妹たちは声をひとつに合わせ、さっき食べた蜜と花粉の美味なる重みが音の響きに新たな振動をあたえるのを感じた。巫女団が全員を外へ誘導し、やがて廊下は蜜のにおいのする、歌う蜂の大行列で埋めつくされた。〈礼拝〉のために〈ダンスの間〉へ行くのだろうとフローラは思ったが、連れていかれた先は〈宝物庫〉だった。

なかに入ったとたん、誰もが息をのんだ。二枚のそびえるような壁の貯蜜庫はいまもからっぽだったが、蜜のない、ぽっかり空いた空間に恐怖を感じるまもなく、姉妹たちはこの世のものとは思えない女王のにおいに魅了された。〈羽ばたきの間〉の聖杯はすべて取りはらわれ、女王陛下その人が女官たちとともに広間の中央に立ち、力強い、清らかなにおいをただよわせていた。女王の笑みは美しく、姉妹たちの誰もが、聖なる母が自分を見て愛していると感じ、幸福感のなかで静かにぶーんとうなった。

「わが娘たちに祝福あれ」女王が言った。「ふたたび会わんことを」

「これより〈蜂球〉を作ります」サルビア巫女団がひとつの声で言い、姉妹たちに指図しながら球を作りはじめた。

まずは最上級の族からだ。蜂たちは王族を取りかこみ、それぞれの体を優雅な切りばめ細工のように引っかけて族から族へとつなぎ、下まで到達すると、たがいを引きあげ、ささえ合い、呼吸できるすきまをつねに正確かつ慎重に残しつつ、中心の女王を包む大きな塊のまわりを囲むようにのぼった。

すべての族が順ぐりにのぼってはしがみつき、のぼってはしがみつきしてすべての蜂が自分の場所を見つけるころ、〈蜂球〉は〈宝物庫〉の最上部を満たし、力の強いアザミ族が頂点を巣につなぎとめた。てっぺんでは蓋のない貯蜜房の香りと女王のにおいが混じり合い、極上の香りははるか下――〈蜂球〉の最下部の外側を形成する衛生蜂――にまで届き、最下層の蜂も〈女王の愛〉と安心感に包まれた。

外役蜂であるフローラには球の奥へ行く権利があったが、同族姉妹と一緒にいることを選び、仲間を落ち着かせ、正しくつながっているかを確かめてから自分も加わった。やがて球体の中心から〈集合意識〉が呼びかけた。

〝**受け入れ、したがい、仕えよ**〟

「〝受け入れ、したがい、仕えよ〟」

すべての蜂が応え、唱えるたびにそれぞれの神経は仲間の神経とひとつになり、誰もが触角を解放した。フローラも言葉こそ唱えたが、触角はきつく閉じていた。九千匹の蜂の呼吸が遅くなり、九千匹が女王とサルビア族と蜂蜜の混じった香りを吸うにつれて各族のにおいは薄まった。

姉妹たちの絶え間ない動きがなくなると、巣はみるみる冷たくなっていった。いちばん外側の衛生蜂も中央の集団が発するかすかなぬくもりは感じるが、呼吸のタイミングを合わせ、触角を休息位置に定めるあいだも翅と背中は冷たいままだ。フローラは全員が眠りに落ちてゆく様子を聞いていた。

フローラは少しも眠れず、もういちど〈女王の愛〉を吸った。聖なる母が眠るにつれて発散がゆるやかになってゆく。だが、フローラの代謝は同調するどころかかえって冴えわたり、遠くで果樹園の枝がこすれる音や風が空を吹き抜ける音をとらえた。冷たい夜のとばりのなか、木の巣箱の上で霜のおりる音がした。フローラは黒い〈蜂球〉の外側から球の奥底で構造がきしむ音を聞き、姉妹たちの静かな呼吸音を聞いた。そしてもういちど女王のゆっくりと脈打つにおいに意識を集中した。

星々の下で風がうなり、起きている姉妹がいないかと耳を澄ました。口が渇き、舌の付け根がこわばっていた。冷たい葉の、緑色の溝に溜まった光るしずくがほしい。仲間の鉤爪の硬く冷たい感触ではなく、花弁のやわらかい、ビロードのようななめらかさを感じたい。

眠ることも飛ぶこともできず、翅は背中で堅く閉じられている。触角を完全に解放したら眠れるかもしれないが、そうしたら卵の夢まで解放しかねない。そう考えたとたんフローラはびくっと肢を動かし、両脇で眠る衛生蜂が何やらつぶやき、うめいた。

外は死ぬほど寒いのだろうか。でも、ここにいるよりましだ——このまま眠りそこねたら、退屈と欲求不満で死ぬかもしれない。仲間の外役蜂に呼びかけたい——きっと同じようにもがいているにちがいない。外役蜂は短い期間しか休まない。すでに〈蜂球〉を永遠のように感じているはずだ。

フローラは気持ちを集中させ、神経回路を周囲に同調させようとした——だが、心のなかでは大気と旅と、これまで生きてきた日々の記憶のあれこれが次々に流れていた。フローラの舌はゼニアオイの小さなべたつく口のなかに入りたくて、脂肪分の多い、まったりしたケシの花粉を集めたくてうずうずした。被毛に触れる莢《さや》の重みや花粉カゴに梳き入れるときのぴりっとした香りまでがよみがえった。誰かの背中のほこりではなく、足もとの茎の冷たくぴんと張った香りを吸いたかった。

なにより露がほしかった。

少し眠っていたらしく、〈蜂球〉の層が少し回転した動きでフローラは目覚めた。こうやって回転することですべての蜂が順繰りにてっぺんに移動し、そこで餌にありつき、またまわって下りてゆく。こんなふうに〈蜂球〉は〈宝物庫〉の壁を移動しながら貯蜜房を開け、つねに女王が最初に餌をもらえるようなしくみになっていた。

次の族集団が餌をあたえられるたびに、蜂の層を通して蜂蜜のにおいが染みわたり、激しい空腹を覚えた。餌の出どころを探してあたりを見まわした。あれから数時間がたち、〈蜂球〉は形を変えていたが、衛生蜂はほとんど動いていない。フローラはびっしり密集する蜂の球を見あげた。衛生蜂に食事の順番がまわってくるまでには何日もかかりそうだ。

フローラは今いる場所からそっと抜け出し、両脇の働き蜂をつないで抜けたあとのすきまをふさぐと、球の表面に出て、幾千の姉妹たちを起こさないよう背中の上をそっと歩きはじめた。ようやく空のかすかな痕跡を嗅ぎ取り、外役蜂の破れた翅先と硬い胸部を見つけた。

「マダム・シャクナゲ」フローラはもぞもぞしている外役蜂にささやいた。「眠れますか？　あたしは眠れなくて」

「眠れるもんですか、こんなところに閉じこめられるのは耐えられないわ。最後の晩餐のことは言わないで、空腹でお腹がお腹を食べてるみたいよ！　この層が餌にありつけるまであとどれくらい？」マダム・シャクナゲの声は不安でかすれていた。「外役蜂は待たなくていいし、〈蜂球〉に加わる必要もない。どうしてわたしたちまでこんなところにいなきゃならないの」

周囲の蜂がいっせいにシッとたしなめた。

「これじゃまるで内役の囚人蜂よ」マダム・シャクナゲが毒づいた。「残りの命を、姉妹の手をにぎって過ごすつもりはない――わたしはこれまでずっと空を飛んできた、いまこそみんなのために食べ物を見つけてくるわ」

「シスター……」夜風のうなりが聞こえた。「いまは無理です！」

「いいえ、いまよ！　こんなところにいたら気が狂いそう」

マダム・シャクナゲは両脇の内役蜂の手を振り切って〈蜂球〉の表面によろよろと這いのぼり、フローラの横に立った。

「シスター、お願いだから待って――朝になれば少しは天候もましに――」

「こんなところ、次の太陽が出るまでいられるもんですか」マダム・シャクナゲは翅を開いたが、翅は背中でしなびていた。フローラのおびえた表情に、マダム・シャクナゲは翅の一枚をくるりと引き出して息をのんだ。「わたしの翅が！　いったい何が起こったの？　閉じるのに手を貸して、姉妹よ。きっと寒さのせいよ――すぐにまっすぐになる」そう言って引っぱったとたん、翅はちぎれた。「これはわたしの翅じゃない」フローラにささやいた。「わたしの翅は傷ひとつなく、強靭よ。きっとこの下にある。外で思いきり振ってみれば」

マダム・シャクナゲは何匹もの蜂を起こしながら〈蜂球〉を駆けおり、〈宝物庫〉の壁に向かって飛んだが、しなびた翅は持ちこたえられなかった。老いた外役蜂は壁に爪を立て、ひっかきながら部屋の床に落ち、痛みに声をあげた。

「外役蜂の姉妹よ！」マダム・シャクナゲが〈宝物庫〉の壁の下の、暗い〈羽ばたきの間〉の底からフローラに呼びかけた。「着地板へ連れていって。花がわたしを待ってる、わたしが行かなければ、あの花たちは開かない――どうか、助けて！」

　フローラは〈蜂球〉の端に走って〈宝物庫〉の壁に飛び移り、封をされた貯蜜庫を伝って下までおりた。床にはたくさんの姉妹の死体が横たわっていた。マダム・シャクナゲはそのなかに立ち、しなびた翅を広げようともがいていたが、やがて肢からくずおれ、フローラに手を伸ばしてささやいた。

「わたしの花たち。花たちが待ってる。あなたが行って、わたしの代わりに」

「わかりました、シスター」フローラはマダム・シャクナゲの横に座り、老蜂の触角をなでた。

「あなたの花を教えて、きっと見つけてみせます」

「ヤナギランが」床に倒れたマダム・シャクナゲが言った。「最上の花蜜を持っている。おぼえておいて」

　フローラはマダム・シャクナゲが動かなくなるのを待ってから、ほかの死体の横に並べた。

「やさしいんだな」聞き覚えのある声がした。

# 31

こわれた〈宝物庫〉の壁の下で背を丸め、小さくなって座っているのがシナノキ卿だとわかるまでにはしばらくかかった。よかった――生きてたんだ。

「もっと早く出てきて、さっさと終わりにしておけばよかった。いよいよ飢え死にすることになりそうだ、まさに臆病者にふさわしく」シナノキ卿がフローラを見あげた。「〝誰か殺してくれ〟と大声で叫びでもしないかぎり」

「姉妹たちの眠りを邪魔しないで。どこに隠れていたの？」

「ありふれたにおいのなかだ。きみの族にまぎれた。こんなふうに」シナノキ卿は触角を引きこんで太く短くし、背を丸めてうなだれた。翅までもが垂れさがって見える。そして右に左に、衛生蜂そっくりにせわしなく落ち着きなく、ちょこまか歩いてみせた。「雄のにおいを嗅ぎ取ったはずだが、ほら、きみの族は誰も口をきけないから。それとも……ばかげた考えだが……わざと気づかないふりをしたのかとも思った」

フローラとシナノキ卿は〈蜂球〉を見あげ、フローラがためらいがちに言った。

「あそこの、あたしたちの場所なら空きがある。少なくともそこなら温かいわ」

「ああ、たしかに傷から血がどくどく流れれば温かいだろう、少なくともしばらくのあいだは。狂っていると思うか」

「血に飢えたときは過ぎた。もう誰もあなたを傷つけはしない」フローラは〈宝物庫〉の壁をのぼりはじめた。

「待て」シナノキ卿がよろよろとついてきた。「こんなことがうまくゆくのか？　わたしのためになぜこんなことを？　きみは変わってる。いまに始まったことじゃないが」そう言ってフローラと同じ高さまで近づき、胸をふくらませてみせた。「いや、ありがとう。きみの考えに賛成だ」そこで声を落とし、「だが、わたしの気高き股間は注目の的《まと》にならないか？　姉妹のなかにはなでたい者が――」

「その心配はないわ」

「よかった」シナノキ卿がささやき返した。「なにしろ発情期のあいだはモテすぎてくたくただった。いや、まったく」

衛生蜂たちは切りばめ細工の眠りのなかで音も立てずにぶらさがっていた。フローラはシナノキ卿に待つよう合図し、二匹の姉妹の連結をそっとはずして手招きした。はずれた手と手のあいだにシナノキ卿を押しこむと、両脇の二匹はもごもごつぶやいて身じろぎした。シナノキ卿はフローラ族のにおいに顔をゆがめ、自分の手肢をからませた。

「それにしてもきみたちはにおいが強いな」

「ありがたく思いなさい」フローラは自分のにおいでシナノキ卿をおおうと、「静かに」と言って雄蜂を踏み越え、水平にぶらさがる姉妹たちの段を一段のぼった。

「でもきみはどこへ？」

「ちょっとしゃべりすぎよ」

〈宝物庫〉の床まで行って戻ったあとでは、姉妹たちのぬくもりがありがたかった。そろそろと元の場所に体をもぐりこませると、ゆっくりと呼吸する〈蜂球〉から女王のにおいが忍び寄ってきた。フローラは姉妹たちのにおいがシナノキ卿のにおいを隠すまで待った。やがて気だるい安らぎが全身を包み、ようやく眠りについた。


〈蜂球〉は実にゆっくりと、数千匹の蜂からなる吊り球全体が〈宝物庫〉の壁を回転するにつれて動いた。貯蜜房がひとつずつ引き開けられるたびに、順番の来た蜂たちは嚙み破られた縁にしがみつき、命をつなぐ甘い養分の数滴にありついた。飲みおえた蜂たちはそのまま〈蜂球〉のいちばん外側をゆっくりと下降し、そうやってすべての蜂に餌がゆき渡るよう塊はまわりつづけた。

女王だけは決して場所が変わらず、つねに蜜源の近くにいられるよう姉妹たちが守り、自分たちの体熱で温かさを保っていた。貯蜜房がからっぽになると、女王の神々しい香りがゆっくりとゆるぎなく流れだし、〈蜂球〉は一滴の蜂蜜も決して無駄にせぬよう整然と動いた。

姉妹たちは密集した塊が回転しても目覚めず、〈蜂球〉がのぼりくだりするたびに、眠ったまま、つなぎ合った手肢をにぎりなおしてみじろぎするだけだ。巨大な球がふたたび動き、蜂蜜のにおいがフローラの空腹感を激しく――羽化室から出たときのように――刺激した。全身がからっぽで、震え――食事の順番がどれだけ先かを見たとたん、絶望感で泣きたくなった。衛生蜂に順番がまわってくるまでには、まだ千個もの養うべき口がありそうだ――そこまで体力が持つとすれば。
長いあいだ同じ姿勢でいるせいで手肢が痛くなってきた。周囲のフローラ族は――フローラが仲間に加えた奇妙な姉妹も含め――みな眠っている。まわりを起こしたくはなかったが、この状態は耐えがたい。意識を集中させ、触角のまわりから聖なる香りの断片を引きこんで、いらだちをなだめようとしたが、香りはほんのわずかで、かえって食べ物への欲求と暗く密集した幽閉状態から逃げたい気持ちが強まった。ほかの外役蜂も目覚めているらしく、〈蜂球〉じゅうに脈打つ欲求不満が感じられた。フローラは五感にエネルギーを注ぎこんだ――いつのまにか空気が変化し、巣箱の木のにおいが変わっていた。前より乾燥し、風もやんでいる。フローラはつながった手肢をそっとはずした。

着地板からながめる光景は衝撃だった。果樹園が白い空に黒い枝を広げ、その向こうに剥き出しの茶色い畑が遠くの高い樹木線まで広がっている。数匹の外役蜂がこわばった手肢を伸ばし、たがいに視線を交わした。誰もが飢えていた。外役蜂たちはぶるっと身震いして触角をあげ、冷たい空気のにおいを嗅いだ。風もなく、雨もやみ、雲のなかの薄い靄が、まだ太陽がいることを示していた。外役蜂は次々にエンジンを始動させた。冬の空気のなかで聞くエンジン音は、不安になるほどいつもと違っていた。アザミ警備蜂がいないので、自分たちの帰巣標識を置いた。その様子をフローラがじっと見ていると、ギョリュウモドキ族の外役蜂が許可するようにうなずいた。

「おまえには権利がある」乾いて、かすれた声だ。よほど空腹なのだろう。「それに、おまえの族のにおいはとても強く――」

「誰も見失わない！」

「やりなさい、姉妹よ」

フローラは生まれて初めて着地板に族のにおいをつけ、フローラ族にも餌集めができることを宣言した。帰巣標識はたちまち新しい化学構造を吸収し、さらに強く立ちのぼった。

フローラの翅は長いあいだたたまれていたせいで力が入らず、冷たい空気にぶるっと震え、高度をあげるのもやっとだった。あらゆるにおいと気流が変化し、倉庫のにおいを前より強く感じた。いきなり触角にメッセージがひらめき、フローラは胸を躍らせた。ユリ五〇〇の情報が詰まった、独特の周波が脳内に流れこんできた。街じゅうの座標がついた、採集場所を教える情報が。

〝ガラスの檻、ガラスの檻〟――言葉はそれだけだ。意味はわからないが、しきりに座標が呼びかける。フローラは家並みと、薄汚れた緑色のつぎはぎ細工のような庭に向かって高度を下げた。

風が強まり、それとともに寒さも強まった。翅に血液を送りこむのに前より多くの燃料を要し、軽くなった素嚢が危険を知らせた。フローラの自尊心がふたたび頭をもたげた。どんなに過酷な状況だろうと、どんなに遠い野原だろうと、必ず花蜜を見つけてみせる。でも、このまま燃料補給ができなければ、太陽の沈む方角を追って帰るしかない――

〝ガラスの檻！〟――ユリ五〇〇の情報がまたもや頭に呼びかけた。〝ガラスの檻！〟

「わかった！　わかったから静かにして！」

空中で回転すると同時にエネルギーレベルが脳に警告を送った。いま冷たい地面に降りたら、最後のエネルギーを吸い取られて二度と飛び立てないかもしれない。

そのとき、かすかな甘みをとらえた――鮮明で、若く、清らかな甘み。花だ――若くて美しい花。フローラはねらいをさだめた。フジウツギかアヤメ、それどころかスイカズラよりもかぐわしい、とびきり甘い香りの糸が建物の脇の四角い光からほどけていた。フローラは巨大な窓に映る自分の姿にぶつかりかけて、あわてて向きを変えた。

ガラスの檻は温室で、なかに植物が並んでいた。派手な花弁を持つなまめかしい花……小さくて白い花……。さっきの甘いにおいはなかのひとつの花から出ていて、蜂ならば誰でもいい、花粉を運んでくれるなら誰でもいいとばかりにフローラを呼んでいた。でも、どうやってなかへ入ればいい？　フローラは風に引っぱられるようにガラスの表面をすべり、さらに強いにおいをとらえた。それはガラスのなかほどの小さなすきまから漏れ出ていた。

温室の空気は生暖かくてむっとし、植物は地面からではなく、壁ぞいの台と棚に並ぶ色とりどりの植木鉢から生えていた。地面にはひき肉の入った金属皿が置かれ、数匹のハエがたかり、窓の桟や床にはさらに多くの死んだ、もしくは死にかけのハエが横たわっている。フローラはそんなものには目もくれず、甘く清らかな香りを放って口を開け、まだ誰にも触れられず、蜜蜂の到来を待ちわびる美しい植物だけに目を向けた。

その前に、まずは大きな花を片っぱしから汚《けが》してまわる、酔っぱらったアオバエたちを避けなければならなかった。たくさんのアオバエがフリルのような花弁にあふれる、どろりとした花蜜のしずくに引き寄せられ、いまも口を開けようと待っているオレンジ色のユリの重い頭にとまっていた。待っている花はほかにもあったが、蜜を出せるかどうかはわからない。それは花弁が緑色でエンドウの莢《さや》のように分厚く、閉じた肉厚の赤い唇の縁に牙のような奇妙な白ひげが並んでいた。見たこともない奇妙な花は、フローラの羽音を感じてなまめかしくつぶやき、通り道に濃厚な香りを吐いたが、フローラは魅かれなかった。

みだらなざわめきのなかから、ひとつだけ本物のにおいが呼びかけた。三つの違う種類を接ぎ木した、小さなオレンジの木の最初の花だ。小さな花が放つ紫外線がくすんだ冬の空気のなかで光り、花の欲求が根からせりあがっていた。

「しっ、静かに」

フローラはつやのある黒っぽい葉に降り立ち、足もとから自分のにおいを押し出した。柑橘《かんきつ》系の甘い香りはたちまち感覚を目覚めさせ、旅の疲れを消し去った。ガラスの部屋に、ほかに蜂は一匹もいない。フローラは花粉カゴを開いて花粉と花蜜を掻き入れる準備をした。なんてすばらしい場所だろう。ここからたっぷりと巣に持ち帰れそうだ。とろりとした白い小花によじのぼり、ひとつの花の上に場所を決めた。清らかな花弁に足が触れたとたん、花もフローラも震えた。花弁をそっとつかみ、舌を奥に差し入れると、甘美な味が水に映った太陽のように心と体ではじけ、フローラは小花がからっぽになるまで飲んだ。

背後では緑色の花が順番を待っていた。フローラがオレンジの花の細かい金色の花粉をカゴに掻き取るあいだも、緑の花はいまかいまかと待っている。ふたたび目をやると、緑色の唇が開いて赤い内部がちらっと見え、白い縁飾りがいっそうざめいて見えた。濃厚でざらっとした花蜜はオレンジの花の神々しい香りとは比べものにならないが、量はたっぷりあり、その気を引くさまがフローラの心をくすぐった。

知らぬまにフローラは自分のにおいを強く発していた。欲望のあまり、緑の花は実際に体を近づけ、フローラに見つめられて内側の花弁をうるおわせた。フローラは宙に浮かんだまま彼らの欲望に魅入られた。

「そんなのはほっといて、こっちにおいで」高い、なだめるような声がして見あげると、黒い大グモのミネルヴァが靄のようなクモの巣に座っていた。「なんておいしそうな僕《しもべ》だろう。こっちへ来て、抱かせておくれ」

「あなたの仲間はよく知ってるわ。けっこうよ」

クモに反応して噴き出すアドレナリンにまかせてフローラが激しく羽ばたくと、緑色の花が興奮して濃い香りを出した。おそらく雑草の一種だろう。蜜蜂といえども、餌の少ない時期はトウダイグサの蜜だろうと、あれば喜んで集める。出どころがなんであれ、新鮮な花蜜で素嚢をいっぱいにして戻るのはいいことだ。

肉厚の花が口を大きく開け、フローラの決心をうながした。天気しだいでは次にいつ外に出られるかわからない。オレンジの花蜜は自分で飲み、こっちのたっぷりある蜜を持ち帰ったらどうだろう？　フローラはユリ五〇〇の助言を求めて触角を少し広げたが、なんの信号もなかった。

緑の花がいきなりにおいを放ち、フローラの脳に押し寄せ、意識を引き戻した。赤い口はさらに大きく開き、内側の唇のそれぞれにめしべのような、葯《やく》のような白くて長い花糸が三本立っているが、花粉はない。花弁の継ぎ目にねばねばと光る花蜜が出ているだけだ――ざらりとしているが、たっぷりと。

その甘ったるいにおいにフローラはたじろいだ。みだらな花たちは恥ずかしげもなく、触れてとせがみ、さらに花蜜をあふれさせている。これだけあれば充分〈蜂球〉全体に行きわたる――フローラの頭にそんな考えが浮かんだ。

どの花にするかを決めるより早く、あたりには同じにおいに興奮したハエが群がり、フローラは緑の花のまわりで狂ったようにうなる一団をかわした。アオバエたちは下品なお世辞をどなり、不潔な足で白い花糸を蹴って花をからかった。ハエの群れは急降下しては旋回し、あたりには花と腐肉とハエの体についた排泄物のむっとするにおいがもつれ合った。何匹かが透明ガラスにぶつかり、呆然とうなりながら地面に落ちた。フローラはハエの狂態にいらだちながらも、隅っこにいるクモのミネルヴァを警戒しつつ上昇した。クモがべたつくカーテンのあいだからのぞき、ささやいた。

「秘密を持ってる蜂さん。ここからでもにおうよ」

フローラはさっと跳びすさって警戒臭を放ったが、命中せず、大グモは声を立てて笑った。

「今日はちょっとした気晴らしができそうだ。まずは愚か者たちの見物といこう」

ハエの群れは金切り声をあげ、緑の花弁が赤い口を開けるまで近づくと、触れもせず、からから
ようにさっと通りすぎた。だが、奇妙な花のなかでいちばん大きな花は蜜蜂を忘れておらず、フローラが浮かぶあたりに香りを放った。

「花はいつだってあんたらをほしがる!」一匹のアオバエが花のにおいに酔ったかのように空《くう》を切り、フローラに叫んだ。「だけど、おれたちだって捨てたもんじゃない! 何より名前がその腕前を物語ってる。ハエ《フライ》――飛《フライ》ぶだ! 見ろ!」

アオバエはぎらつく青緑色の体で空中にみだらな詩を走り書きした。フローラは飛びまわるハエにめまいがし、においに吐き気がしたが、ハエの仲間たちは〝いいぞ〟と歓声をあげた。

若いハエは渇望する緑の花とフローラのあいだを突っ切り、汚物がこびりついた足で花の白い縁を蹴った。フローラには花弁がハエに触ろうと動いたように見えた。

「おれにせがんでみろ!」空中で輪を描きながらアオバエが花に叫んだ。

「おやおや、まあ、ここに座って、おまえの話を聞かせておくれ! おいでったら!」

ミネルヴァがアオバエのわめき声に興奮し、巣の端をぴくぴくとつかんだ。

「おれたちだって捨てたもんじゃない!」若バエはフローラのまわりを旋回し、自分が起こした風を追いかけた。「あんたたちはおれたちをさげすんで〈大群〉と呼ぶ――だけど、おれたちだって同じ花を餌にしてるんだ!」

「蜂さん、蜜蜂さん」ミネルヴァがフローラに呼びかけた。「その〝糞食い小僧〟をこっちに追いやって。ここで話をしてもらおうじゃないの……」

「花蜜！　いまほしいのは花蜜だけだ！」

アオバエは叫び、緑の花のそばの分厚い葉に降り立った。足に排泄物をこびりつかせ、血の混じった食事の乾いた名残を顔につけて花の横に立つハエはみじめで哀れに見えた。ハエがきつくつかんだ足の下で緑の植物が表皮をすぼめ、液汁を押しあげ、満たしはじめた。麝香のようなにおいにくらくらして、フローラは棚に降りた。

「あんたたちは蜂蜜を作るから上等だと思ってる」アオバエはフローラに言いながら、緑と赤の花に向かって葉をのぼりはじめた。花が出迎えるようにゆっくり花弁を向けた。「でも、花はおれたちのことも好きだ。おれだって上手に蜜を吸ったことがある――トウダイグサ――正式には〝ユーフォルビア〟って名前の花から。信じられるか。あんたがどう思おうと、本当だ」

自分をよく見せたがるアオバエにフローラは腹が立った。サルビア族がなぜフローラ族を嫌うのか、いまようやくわかった――フローラ族が自分たちを恥じているからだ。

「卑屈になるのはよしなさい。ハエならハエらしくしたらどう！　蜜蜂にもトウダイグサを好む者はいる――あたしは蜜蜂のなかでも最下層の族よ。汚物をきれいにして――」

「ふん！」クモのミネルヴァが言った。「何をえらそうに、汚《けが》れたよそ者の血筋のくせに」

フローラはクモに戦闘臭を放った。

「あたしは女王から生まれ、巣で孵《かえ》った蜂よ！」

「ばかだね、あたしが言ってるのは父親のことだ。遠い南のほうから来た、獰猛で黒い放浪蜂」クモは口を開けて牙をつつき、小さな目を和らげた。「保証するよ、やつらの蜂蜜は誰も盗まないって！　おまえの血はさぞかし香辛料がきいて……」

「相手にするな、真《ま》に受けたらつかまるだけだ」アオバエがフローラの気を引くように手を振り、見直したようにフローラを見た。「本当にあんたたちもトウダイグサの蜜を飲むのか、おれたちみたいに？」

「一匹いるわ」フローラは思わず笑みを浮かべた。「巣は嫌がるけど」

フローラは、翅を引っかくような雌グモの鋭い視線を感じながらもハエに注意を向けた。

「ありがとよ」アオバエがフローラに頭をさげた。よく見ると、汚物のこびりついた肢はすらりとして均整がとれ、胸は青黒い玉虫色で美しい。「おれに話しかけた蜜蜂はあんたが初めてだ」そう言って背を向け、緑の花の茎をのぼりはじめた。

「待って！」フローラが声をあげた。「その植物は――名前は知らないけど――」

「おれも知らない、でも、おれは喉が渇いて、こいつはおれをほしがってる」

「おい、待て！」翅のない大柄な雄のアオバエが窓の棚を走って近づいた。「なんど言ったらわかる――」

「言われるたびに、おれは生きて、また飲むんだ」若いハエが花の赤い内側の表皮に足を踏み入れ、細長い白い花糸のあいだに立った。「心配するな――おれはここのすきまで踊り、こいつらをくすぐり――見ろ！　喜んでやがる！」

アオバエは白い棘の一本を軽く叩いて花弁の継ぎ目に駆け寄り、光る背中に赤い色を反射させて蜜を飲んだ。その甘味にぶーんと喜びのうなりをあげ、濡れてべたつく顔で立ちあがった。

「うまい。二度、触れなければ、なんの危険もない」

「危ないのは後ろだよ！」クモが金切り声で叫んだ。「急いで！」

びくっとして飛びのいた拍子に、若いアオバエは別の白くて長い剣にぶつかった。二度目の接触で罠が作動し、白いフリルのある花弁がぱくっと閉じて、一瞬アオバエのひきつった顔が見えた。ふくらんだつぼみの内側に液体が満ちる音がして、ハエは狂ったように叫び、うなり、白い剣のすきまから激しく爪を立てた。

「まんまとだまされた！」クモが体を揺すって大笑いする横で、ハエの悲鳴はごぼごぼという音に変わり、やがて何も聞こえなくなった。「あの強欲花もいい気味だ。ほんとはあんたをねらってたのに。でも、あんたはあたしがいただく」ミネルヴァは鉤爪を伸ばして先端を調べはじめた。

フローラは壁にしがみつき、必死に目をそらした。緑の花のふっくらした唇からハエの体が溶けるにおいが漏れ出し、あたりを満たした。においのせいで窓のすきまがどこかわからない。光る大きなガラス面を見まわして手がかりを探したが、見えるのはガラスに映る温室だけだ。壁の上のほうで何か黒いものが動いた。

フローラはあわてて羽ばたき、壁から飛び立った。クモが自分の巣から這い出し、太くて伸びる糸で逆さまにぶらさがった。

「裏切り者の産卵蜂――女王と張り合おうなんてたいした度胸だ！　でも、そろそろそのときかもしれない……。女王はいま何歳？　冬越しは三度目、それとも四度目？　忘れたけど、女王交替となったら、さぞかし大騒ぎになるね――いやはや！」

「聖なる母は死なない――誰も代わりにはなれない」フローラがこわばった声で言うと、クモはちっちっと舌打ちした。

「まあ落ち着きなって、お嬢さん――恐怖は味を台無しにする。あたしは力になりたいだけだ、あんたがその手をさらなる血で汚さないですむように」クモはそろそろと壁を這いおり、フローラに近づいた。「あんたが巣に戻ったら狂気が起こる……姉妹が姉妹を襲い……」地を這うような陰険な声だ。「あんたは巣に禍《わざわい》をもたらす……想像を絶する恐怖とともに……」

「嘘よ！」

気がつくとフローラは、緑の花のすさまじいにおいを攪拌しながら温室のせまい空間を旋回していた。見ることも考えることもできず、まぶしいガラスになんどもなんどもぶつかった。そうやって目がまわるほど飛びまわっているまに、ミネルヴァがどすっと床に飛び降り、かさこそ走りまわってフローラが落ちるのを待ちかまえた。

フローラは壁から突き出す釘につかまり、しがみついた。

「よしよし！」ミネルヴァが叫んだ。「そこで待ってな！　絹の揺りかごに連れていってあげる」

「黙れ、この醜い濡れ袋。絹なんか持ってないくせに」翅のない大バエが窓の縁を這い、フローラに呼びかけた。「そこの蜜蜂！　あんたはおれの仲間にまともに話しかけてくれた。こっちに来い、出口を教えてやる」

「ばか言うんじゃないよ！　その子はあたしのもんだ！」

ミネルヴァが怒って床のタイルを駆けまわるのをフローラは身動きもできずに見つめた。

「おれを信じろ」老いたアオバエが叫んだ。「死にたくなければ！」

フローラは大グモから目を引きはがして羽ばたき、あちこちぶつかった衝撃でもうろうとしながらもなんとかアオバエのいる窓の桟に降り立った。床では、クモがフローラたちのいるほうへのぼる場所を探している。

「さあ、おれの横を通って行け」ハエはフローラをささえ、ガラスの上まで伸びる細い垂直の金属柱のほうに押しやった。「のぼる前に足を舐めろ、でないとすべり落ちる」

頭上のガラスのすきまから冷たい空気のにおいがし、下からはクモの脂じみたにおいが這いあがってくる。やがて、二本の毛深い大きな黒い肢が白い窓の桟をのぼり、つかんだ――そして、もう二本。興奮した大グモがしゅっと息を吐き、背後から近づいていた。

フローラは汚れた足をさっと舐めてすべりやすい金属柱をのぼり、開いた小さな窓の平らな基部に鉤爪を立ててよじのぼった。ようやく冷たい自由な空気を翅に感じ、フローラはハエに礼を言おうと下を見た。

老雄バエは果敢にも抵抗のうなりをあげ、そびえ立つ黒い大グモの前に足を踏ん張って立ちはだかり、叫んだ。

「行け！」

凍えるような寒さのなかを落下するうちに、ようやく胸のエンジンが息を吹き返した。空は暗くなりかけ、フローラは知っているにおいを探していくつもの庭の上空を越えた。本能と、感知できるわずかな目印——道路のディーゼル油のにおいや、倉庫から出る排水のきついにおい——を頼りに飛んでゆくと、かすかながらはっきりと帰巣標識のにおいがして喜びと安堵がこみあげた。フローラは黒い網目模様のような果樹園の枝を通り抜け、巣と外役蜂たちのにおいに向かって一気に飛んだ。

そして着地板に降り立ち、愛する家のなかに駆けこんだ——素嚢に四分の一ほどの花蜜と、自分の命と、秘密の重みを抱えて。

# 32

巣箱は不気味なほど静かで、生きているのが自分だけのような気がした。凍えるような帰巣飛行の痛みが骨身をさいなんだ。凍りついた翅がとけるにつれてずきずきし、こわばった外被はやわらかくなるにつれて焼けつくようだ。フローラは痛みにあえぎ、その声が静まり返った廊下にこだました。外役蜂の気配はなく、巣箱のどこにも動きがない。あのクモの言葉が本当で、自分の存在がこの巣に禍《わざわい》をもたらしたのだとしたら？　静けさがフローラの頭に重くのしかかった。

そのとき、最上階から翅のかすかな振動が聞こえた。〈蜂球〉は生きている。そして――フローラは不気味に静まり返った巣房を駆けのぼり――姉妹たちのぬくもりに乗って一筋の甘い蜂蜜の香りがした。まだ、みんな生きている！　一刻も早く家族の胸に体を押しつけたくてフローラは〈宝物庫〉に飛びこんだ。

衛生蜂はほとんど動いていなかった。まずは女王に花蜜を届けようとフローラは姉妹たちの震える背中にのぼり、みなが起きていることに気づき、てっぺんからただよう蜂蜜のにおいを吸いこんだ。

「実にゆっくりと動いている」近くの暗がりからシナノキ卿がささやいた。彼のにおいは働き蜂のにおいとからみ合い、シナノキ卿は両脇の働き蜂をささえていた。「われわれがありつくまでには何日もかかりそうだ――そこまで持ちこたえられるとすれば」

寒さで口もきけぬまま、フローラはすぐさま近くにいる働き蜂にオレンジの花蜜を一滴あたえた。ひどく空腹なはずなのに、小柄な蜂はほんの少し飲んだだけで、残りのほとんどを隣の口に移した。隣の蜂もひと口飲んだだけで、また次にまわした。驚いたことに、シナノキ卿さえがぶ飲みはせず、余分にほしがりもしなかった。

雄蜂は生きのびるすべを何ひとつ知らない――フローラはそのことを思い出し、〈到着の間〉に出てきたばかりの姉妹にするようにシナノキ卿に蜜をひと口あたえた。シナノキ卿はほっとして触角を震わせると、自分の体をフローラに押しつけ、フローラの冷えた体を温めようと翅を揺らした。向こう隣の小柄な働き蜂も同じように翅を震わせ、やがて多くの翅が震えはじめた。フローラは体がほどけてゆくのを感じ、自分の族とシナノキ卿のにおいが混じった、ほっとする香りを吸いこんだ。

「女王」フローラはようやく口がきけるようになり、ささやいた。「女王を見つけなきゃ」

〈蜂球〉は密集したままゆっくりと位置を変えていた。フローラが眠っている触角の上に乗ると、蜂たちは声をあげ、何匹かがフローラが運ぶ花蜜のにおいで目覚め、球の底からは出どころを知りたがる外役蜂の声が聞こえた。多くの仲間が勇敢に飛び立ったものの戻ったのはほんのわずかで、戻った者もなんの収穫もなかった。振りつけを効率よく伝える巣房がないなか、フローラはガラスの檻の場所を伝えようとしたが、それを仲間が見つけたときの運命を恐れた。

〈蜂球〉のなかにあっても、サルビア巫女たちは起こっていることすべてに目を光らせていた。巫女たちはさっそく女王の女官たちを送りこみ、貴重な花蜜を届けるフローラの通り道を確保させた。女官たちの口からは蜂蜜のにおいがし、フローラは残りものと食べかすしかあたえられなかった〈育児室〉での日々を思い出した。この困難な時期に花蜜を運んできたフローラに、餌をたっぷりあたえられたイチゴ族、エニシダ族、ジキタリス族の美しい女官たちはていねいに話しかけ、女王を包む温かい甘い絹のような翅の囲みのなかを誘導した。

まわりで〈蜂球〉が閉じ、フローラは女王の体をじかに感じた。寒さのせいか神々しい香りはほんのかすかだ。それとも半分眠っているせいだろうか。フローラが素嚢を刺激して貴重なオレンジの花蜜をほんの少し口に出すと、甘く鮮烈なにおいに女王は身じろぎした。女王の香りがふっと強まり、フローラの冷たく疲れきった体を温め、よみがえらせた。女王が長い口吻を差しこんで深々と蜜を飲むと、たちまちその体にエネルギーが流れて光り、聖なる香りがまばゆい波となって吐き出された。香りはさざ波となって〈蜂球〉全体に広がり、九千匹の夢見る蜜蜂が安堵のつぶやきを漏らした。

女王の触角がフローラの触角に触れた。

「わたしの子は冷たい。苦しんでいるのを……感じる」

クモの言葉を思い出し、フローラの胸に苦しさがこみあげた。

「しっ……」女王がフローラをなだめた。「母はここにいる。気分が悪いの？」

フローラが答えるまもなく、警察蜂が翅の囲みに割りこんだ。

「誰だ、気分が悪いのは？　いますぐ連行し――」

「聖なる母よ――」フローラは阻止する警察蜂にもかまわず女王の前にひざまずいた。「あなたは前にメッセージをくださったのに、あたしはそれを受け取らなかった。でも、いまこうして戻ってきました。あなたの頼みをなんでもやります」

「ああ……」女王が震える声で言った。「物語を思い出したいと思っていた……〈図書室〉の。五番目の……」

「なりません、陛下、どうか！」一匹のサルビア巫女が立ちはだかり、女王の前に触角を横たえた。

「聖なる母よ、〈蜂球〉のなかでそのようなことを口にしてはなりません。なんであれ、陛下が苦しむと子どもたちもそれを感じるのです」

「子が母に助言する気？」女王が巫女に視線を向けた。「娘が警察を送りこみ、母の行動を制限するの？」

女王のにおいが変化しはじめ、〈蜂球〉全体が緊張で脈打った。巫女は警察蜂を手振りで追いはらい、触角を震わせて低く頭をさげた。

「おゆるしください、陛下。サルビア族はみなの利益だけを考え、用心のあまり、ときにあやまちを犯します。しかし聖なる母が興奮すれば疲労し、ひいては〈蜂球〉が苦しむことに」

「そうね」女王はうなずき、光る長い触角を背中にたたんで深いトランスに沈みはじめた。

巫女の合図で絹のような翅の囲みが分かれ、フローラは外に出された。そして、女王を守り、保温するためにふたたび翅は閉じた。

「これを自分の族に持ってゆき、持ちこたえるよう伝えて」巫女は蜂蜜の大きなしずくをフローラにあたえ、「次に花蜜を持ってくるときは、わたしたちが女王に届けます。何ものも聖なる母を邪魔してはならない、たとえ本人が望んでも」そう言ってフローラを調べた。「ひどく疲れているようね、〈女王の愛〉を吸ったばかりなのに」

「餌を集めているあいだに恐ろしいことがありました。踊れたら解放できます」

「踊って、全姉妹に悪夢を広める気？　自分の心だけにとどめておきなさい」

「わかりました、シスター」フローラは自分の族に戻った。


翌日、巣箱は分厚い雪におおわれた。〈蜂球〉はからになった貯蜜房の跡をいくつも残しながら〈宝物庫〉の天井と壁を移動し、ようやく衛生蜂に餌の順番がまわってきた。サルビア族は種類の違う、薄くて舌ざわりの悪い蜜の封を開けた。飢えたフローラ族は文句ひとつ言わなかった。シナノキ卿はフローラ族のにおいに隠れるように衛生蜂たちのまんなかに深くひそんでいた。フローラは自分のぶんをシナノキ卿に分けあたえ、衛生蜂たちはふたたび壁に沿ってもとの高さに戻っていった。

巣箱を転がさんばかりに寒風が吹きつけ、外の果樹園の枝がぼきぼきと音を立てて折れた。空はうなり、もはや餌集めができる状態ではなかった。フローラは小人数の応急処置班に加わって〈蜂球〉を見まわり、突起がはずれそうになっている蜂をしっかりと引っかけてまわった。力のある蜂が弱い蜂をはげまし、助けたが、死者は日ごとに増え、サルビア族は極限状態にある者たちを救うべく非常食を開ける決断をした。それから残り少ないエネルギーを使って〈聖歌〉を呼び起こし、〈集合意識〉そのものをトランスにいざなった。

蜂たちは死んだように動かず、〈蜂球〉の中心からいまも立ちのぼる〈女王の愛〉のかすかな分子が全員をひとつにした。肉体から解放された姉妹たちは空想のなかで巣箱を旅し、その広さと細部、古さと新しさを探索した。そうすることで誰もが巣房のひとつひとつを愛し、着地板から、いましがみついている〈宝物庫〉の壁にいたる巣箱全体の構造を理解した。

〈集合意識〉は恍惚とした〈聖なる時間〉に巻き戻った。それは、すべての姉妹が至福のなかに浮かび、変態する体のなかでゆっくりと知恵を融合させ、やがて転生の力がみなぎり羽化室で目覚めるまでの時間。誰もが〈蜜蠟礼拝堂〉で腹部から透明のやわらかい円板をこしらえ、〈太古の昔〉から姉妹たちの横に立ち、自分たちの家の骨組みを作っているところを夢見た。

蜂たちは夢のなかで、それぞれの道が〈建設〉の鮮烈な肉体の喜びのなかを延びてゆくさまを見た。複雑で精巧な信号タイルのひとつひとつが、みなで分かち合うためにロビーの床に敷き詰められた知識と愛の証《あかし》だった。〈花粉と菓子工房〉の芳香が共通夢《きょうつうむ》にただよい、豊かな食事に〈蜂球〉全体が歓喜のつぶやきを漏らした。冷たい翅どうしの接触は、女王のための菓子と姉妹のためのパンを並んでこねるときのおしゃべりな、ぬくもりのある仲間意識になり、外役蜂たちのトランスが鮮明になると、その驚くべき知識に〈蜂球〉は眠りのなかでため息をついた。〈集合意識〉はみなの夢を、外役蜂が大胆かつ優雅に舞い飛ぶ夏の焼けつくような青い大気にまで押しあげた。〈集合意識〉は万華鏡のような美しさと驚異に満ちた花々に全員をいざない、まるで外役蜂がその技術を分けあたえるかのように夢を見させた――どうすれば手早く花粉カゴがいっぱいになるか、どんなふうに花をくすぐればとびきり甘い蜜を出してくれるか、ハナアブたちが集まって〈大群〉がいないと教えてくれる場所をどうやって見きわめればいいか。

アザミ警備蜂の夢は、着地板の複雑なルールやさまざまな信号の細部を解き明かした。やがて〈集合意識〉の強い匿名性のなかで、すべての蜂が〈掟〉に対する恐怖と忠誠を共有した。長いあいだ抑圧されていた〈訪問〉の恐怖、それに先立つ煙の警告のにおい。〈蜂球〉はぶーんとうなりながら不安を吐き出し、すべての族が緊張を解き、それぞれの知識が楽しげに奔放にこぼれ出し、愛する共同体《コロニー》での生活のあれこれを次々と共有した。〈集合意識〉はそのすべてを吸収し、広がった。

女王とサルビア族のはるか下にいるフローラもまた、抑えようもなく夢を見た。温かい金色の卵――蜂蜜のしずくのように透明で美しい卵――を腕に抱く夢だ。その中心から金色の小さな蜜蜂が揺らめき、フローラの心の目に向かって羽ばたきながらみるみる近づいてきた。その美しくも獰猛な小さな顔がはっきり見えるにつれて〈聖歌〉が響いた。小さな蜂はますます激しく翅を震わせ、そのうなりは耳ざわりな引っかき音になった。

そこでフローラははっと目覚めた。引っかき音は現実のもので、耳慣れない、重々しい振動とともに巣箱の木を通して聞こえてくる。シナノキ卿から身をほどくと、冷たい手肢が痛いほどこわばっていた。

「みんな、起きて！」フローラは眠る姉妹の背中を走りまわって警告し、戦闘臭を放出して〈蜂球〉全体を起こした。

「侵入者！　巣のなかに侵入者！」

# 33

捕食者に力いっぱい嚙みつかれて、巣がガタガタと揺れた。音の出どころは下のどこか、中階の〈育児室〉の近くだ。姉妹たちは動きを止めて足音のパターンを数えた――八本ではないからクモではない、六本でもないから昆虫でもない――四本脚！　温かい血と汚れた毛皮を持つ四足動物だ。アザミ警備団と各族の強い姉妹たちがすばやく、足をしのばせて振動の出どころに向かった。

侵入者も蜂たちの接近を確かめるかのように嚙みつくのをやめた。やがて尿のにおいが廊下の奥から押し寄せ、ふたたび何ものかが貴重な壁に嚙みつき、蜜蠟を破る音が聞こえた。姉妹たちは毒囊を満たし、針をするりと出しながらそろそろと近づいた。

侵入者は〈雄蜂の到着の間〉脇のロビーで、後ろ脚で立っていた。灰色の細長い頭で立ちはだかり、血ばしった目で暗い闇をにらみ、密生する太いひげを震わせてにおいを嗅ぎ、動くたびに毛のない足が床のモザイクをえぐった。あたりにはかびくさい毛皮のにおいが立ちこめ、それが口を開けてあえぐと、長くて黄色い切歯が見え、くさい息がにおった。

ネズミは困惑して立ちどまった。うろこ状の長いしっぽをぴくぴく動かし、床タイルに尿の跡を広げている。

先頭のアザミ警備蜂が激しくうなって戦闘臭を放ち、姉妹たちがあとに続いた。

〝女王を守れ！〟

ネズミがあわてて音のするほうを向いた。姉妹たちは侵入者を追い出そうと、低く断続的にうなりながらゆっくり近づいた。ネズミはあとずさりし、姉妹たちはうなりに警戒音を加えながらじりじりと前進した。先頭のアザミ族が鋭い嫌悪の叫びとともに尿の跡に踏みこむと、ネズミはあわてふためき、身をよじってキーッと叫んだ。振りまわすしっぽが数匹の蜂をなぎ倒したとたん、残る全員が怒りのうなりとともにいっせいに突進し、敵の脇腹に噛みついた。

ネズミはまたもやキーッと叫び、身をひるがえして逃げ出した。中央階段を猛然と駆けおり、最下階にある〈雄蜂の間〉のプロポリスの戸口に頭をぶつけて止まり、痛みにわめき、長い黄色い歯を剝き出した。あまりに近すぎて、息からはワラジムシのにおいがした。侵入者はふたたび背を向け、着地板に向かいはじめたが、さっきの衝撃で頭がぼうっとしたのか、外に通じる廊下を見誤り、方向を変えて巣の奥へと走り出した。フローラは一陣の風を感じた——ネズミが巣のどこか別の場所を食い破ったようだ。

姉妹たちは敵を追い出すべく一丸となり、怒りを剝き出しにしてうなりながら前へ前へと押し寄せた。だが、ネズミはもはや走れなかった。横ざまに倒れ、しだいに速く浅くなる息で横たわったまま蜂の群れを見つめるだけだ。姉妹たちは噛みつき、毒針をひらめかせたが、ネズミは老いて、弱く、その目は動いていなかった。

巣のあちこちからプロポリスを運ぶために何百匹もの姉妹が動員された。長く使わなかった顎がずきずきするまで何時間も噛んでは運び、噛んでは運び、ようやく氷のように硬いプロポリスが、形成できるまでにやわらかくなった。サルビア族の指示のもと、姉妹たちはネズミの毛一本、ひげ一本見えず、においもしないよう少しずつ死体に保存処理をほどこした。

姉妹の多くが〈蜂球〉に戻ったが、フローラは最後の作業班に残り、ネズミと床のあいだにわずかなすきまもないよう目を光らせた。ふと気づくとそばに巫女が立っていて、フローラはぎくりとした。プロポリスのつんとするにおいのせいで、いまのいままで気づかなかった。見分けのつかないサルビア族は何よりもフローラを不安にさせた。自分をなぐったのがどのサルビア蜂か、親切だったのがどのサルビア蜂か、見ただけでは決してわからない、だから全員が怖かった。フローラはとっさに触角を閉じようとして——感覚がないことに気づいた。

「何をするにも勤勉ね、フローラ七一七」豊かな声の響きから、〈育児室〉のシスター・サルビアだとわかった。巫女はフローラのそばに立ち、ほかの蜂の密封作業を調べながら言った。「そして、いまも強くて若い」

「光栄です、シスター」そう言ってフローラはもういちど触角を閉じようとしたが、プロポリスのにおいで反応が遅れ、巫女が一瞬早く、化学信号でこのようにフローラの触角をこじ開けた。

「考えを隠さないで」シスター・サルビアはさらに深く探りを入れた。黒クモのミネルヴァの記憶に触れたとたん、巫女は恐怖に身震いしたが、なおも意識をフローラのなかに強く押しこんだ。

「わたしたちは知らなければならない、七一七、何がおまえを苦しめているか。おまえが秘密を抱えていることはわかっている……」

お腹がきゅっとねじれ、卵の像がつかのま心のなかで光り、焦るあまりフローラは以前、女王の私室で腕をつかまれたときの女王を思い浮かべた。あのとき、聖なる母の顔に一瞬、痛みが走った。

〝あたしは誰にも言わないと約束したのに！〟

「聖なる母が私室で具合が悪そうでした」フローラはささやいた。「それがあたしの秘密です」

シスター・サルビアはフローラの触角から圧を抜き、やさしい声で言った。

「陛下が病気？」

フローラは樹脂の棺を見ながらうなずいた。愛する母は、このことを誰にも話さないでと懇願し、あたしは誰にも話さないと約束したのに――フローラは思った――これであたしは考えられるかぎりのやりかたで女王を裏切った。自分が嫌になりながらもフローラは平静を取り戻し、触角をきつく閉じた。

「ずいぶん前です。でも、さっき〈蜂球〉のなかで花蜜を差しあげたときはなんともありませんでした」そう言って巫女をじっと見返した。フローラはみずから死体置き場を掃除し、サルビア族の死体をその目で見た。〈宝物庫〉の裏にある秘密の部屋で三つの奇妙な墓に触れ、そのなかにもサルビア族が納められていたのを見た。「巣のなかに病気が？」

「まさか」シスター・サルビアはフローラに触れた部分をぬぐうかのように自分の触角をなでた。

「しかし、〈蜂球〉はわれわれの心を清めるひとつの方法として悪夢を認めています。そして外役蜂は誰よりも多くの光景に耐えなければならない、ゆえに恐ろしい幻想を見るのも無理はありません」巫女は自分のにおいをなめらかに放った。「聖なる母の様子がおかしいときは必ずわたしたちに知らせて。コロニーのために」

廊下に軽やかな足音が聞こえ、見分けのつかない巫女が五匹、現れた。シスター・サルビアが小さく合図し、五匹は無言で足を止めた。

「〈蜂球〉に戻りなさい」シスター・サルビアが言った。「メリッサの協議の時間です」

フローラが戻ると、生きた球体はなおもネズミの話でざわめいていた。驚いたことに衛生蜂までが小声で話している。フローラは自分の場所に戻り、仲間たちを見た。みなほほえんでいる。「〈夢〉のなかで」なかの一匹がささやいた。「言葉を取り戻したんです」

そこへサルビア族のにおいがただよい、巫女団が戻ってきた。全員がおしゃべりをやめて道を空け、巫女たちを〈蜂球〉の奥にいる女王のそばへ通した。やがて〈聖歌〉が起こり、〈集合意識〉が呼びかけた。

**〝危険は去った。ふたたびトランスを始める〟**

**〝受け入れ、したがい、仕えよ〟**

蜂たちはぶーんと応え、触角を休ませた。〈女王の愛〉のにおい糸は、寒さのなかで娘たちがしがみつく外側の層までただよってきた。だが、その美しい香りにもフローラの心は休まらなかった。

## 34

凍えるような霧が巣箱をおおい、重い湿気があらゆるすきまから入りこんだ。密集する冷たい命の塊のなかにもはや夢見るエネルギーはなく、〈蜂球〉がゆっくりと発するのは、姉妹一匹一匹の体温が生死を左右し、一匹たりとも球を離れられないというメッセージだけだ。小さな太陽が顔を出す貴重な数時間、フローラたち外役蜂は期待をこめて触角をあげたが、飛ぶにはまだ寒すぎた。

最初のきざしが訪れたとき、〈宝物庫〉の壁の四分の三がからっぽになっていた。姉妹たちは身じろぎもしなかった。春のことを考えるだけでも心的エネルギーを消費する——それでも、全員がひそかに変化に気づきはじめていた。

木の壁が乾燥するにつれてきしんだ。空気が軽くなり、新しいにおいがそよいだ。これは土のにおい？

姉妹たちはきつくつなぎ合わせた手肢を動かしはじめたが、思い違いだったときのひどい落胆を恐れ、触角はトランスにつなぎとめたままだ。フローラは両触角の封を開け、興奮して顔をあげた。

まちがいなく空気の圧力が変化していた。〈宝物庫〉の天井のはるか頭上に空が広がっている証拠だ。ガラスの檻から凍える体で命からがら戻ってきて以来、いちども外に出ておらず、緑のにおいも生き物のにおいも嗅いでいなかった。それがいまようやく、土の奥深くで最初の種が割れ、最初のにおいが流れはじめていた。

ある日、太陽の輝きが力を増し、果樹園で最初の鳥が鳴いた。〈蜂球〉の中心で女王が身じろぎした。その香りはますます強まって娘たちの夢のなかにただよい——やがて揺らめく奔流となって感覚を揺り起こし、蜂たちは大気のすばらしい変化と春の訪れの喜びに目覚めた。

フローラはほっとするような幸福感に身をほどき、こわばった手肢を伸ばした。シナノキ卿の無事を確かめようとあわてて見まわしたが、そのときはすでに分解する〈蜂球〉のすさまじい動きのなかに呑みこまれていた。

茶色と金色の蜜蜂の波が〈宝物庫〉の壁を流れ落ち、千のにおいの指示と主張があたりを満たした。何千もの足が休眠していたにおい信号を作動させ、足もとの巣房がびりびりした。

「みなさん、準備を！　準備を！」

何匹かが前のほうで叫び、全員がざわざわと興奮してあとずさったところへ女王自身が立ちこめる香りに乗ってするすると現れた。

「付き添いを、付き添いを！」女王が呼びかけ、花蜜よりも甘い、せりあがるような生殖のにおいをたなびかせた。女官たちはとつぜんの任務再開に美しい被毛を乱し、触角をあちこちに振り動かしながら、あわててあとを追った。

「付き添いを、付き添いを！」

女官たちが走りながら叫び、全員が安堵と歓喜の声をあげ、〈女王の祈り〉を歌い、喜ばしい知らせを広めた――聖なる母の産卵がふたたび始まり、ようやく冬が終わったと。


ふたたび巣箱のなかを自由に動きまわれるのはすばらしく、不思議な感覚だった。〈プロポリス〉担当の姉妹たちはさっそく、巨大ネズミが嚙みつき、暴れまわって破壊した跡の修繕に取りかかり、衛生蜂はネズミが持ちこんだ泥を掃除しはじめ、外役蜂はフローラの脇を駆け抜けて着地板に向かった。巫女の一団が中階のロビーに立ち、破損と修理の状況を調べているのを見てフローラは我慢できず、触角を閉じて一匹の巫女に近づいた。

「シスター、質問してもよろしいですか」

「言ってみなさい」

「果樹園のクモが言ったことは本当ですか」

巫女の触角が一瞬ピンと高く脈打ち、そして垂れさがった。

「なぜそんなことを？」

「彼らは冬が二度やってくると言いました。でも、もう春です」

「〈蜂球〉のあいだ保っていたにしては、ずいぶん妙な記憶ね。おまえはクモの話が真実であってほしいの？　それとも嘘？」

フローラは黙りこんだ。〝冬が二度やって来る、卵がもうひとつ〟

「嘘です、シスター、彼らはあたしたちの不幸を願っています」

「だったら、なぜ彼らの悪意を真に受ける？」

「クモの言葉と引き換えに多くの命が引き渡されたからです。彼らの言うことが嘘だとすると——」

巫女が触角をなで、ふたたびあげたとき、フローラは巫女が触角を閉じたのに気づいた——まるで巫女にも隠しごとがあるかのように。

「〈蜂球〉は生きのびた、でしょう？」巫女が族のにおいを発した。「飛べるあいだに飛びなさい、老外役蜂。わたしたちに食糧を持ってきて！」

「〝受け入れ、したがい、仕えよ〟」

フローラはお辞儀をし、着地板に走った。巫女は質問に答えなかった。まだ望みはある。


アザミ族がふたたび板の上で警備に立っているのを見たとたん、喜びに胸が高鳴った。フローラがほかの帰巣標識に並べて自分の族のにおいを置くと、アザミ警備蜂は外役蜂がするように敬礼した。フローラは身震いしてエンジンをかけ、長いあいだたたんでいた翅を広げた。太陽が銀色の膜に血液を送りこむにつれて痛みが走り、つなぎ目がぎしぎしときしんだ。老いつつあるのは疑いようもない。それはほかの外役蜂も同じで、もっとガタがきている者もいる。それでも彼女たちはきらめく大気のなかにつぎつぎと飛び立ち、エンジン音は楽しげで力強かった。

フローラも飛び立った。その動きは、長いあいだ閉じこめられていた反動で前より速く機敏だった。冷たい体でしがみついていた姉妹のことを考えただけで、フローラの翅は速度をあげ、花粉のすばらしい香りを追って羽ばたいた。

それは、畑の端の不ぞろいなヤナギ並木からただよっていた。葉は眠って巻いたままだが、鮮やかな黄色の花穂《かすい》がまさに開きかけていた。どれも雄花で、蜜はないけれど、長い断食のあとでは花粉のこってりした炭水化物が猛烈にほしかった。フローラは金色の花穂をのぼりおりして貴重な粉を全身に浴び、それを掻き取って、慣れた手つきで固くきっちりした塊にした。体力が回復するまで食べ、その味と自由の感覚がうれしくてぶーんとうなった。ほかの巣から来た仲間と枝で一緒になると、蜜蜂どうしのもっとも美しい言葉で挨拶を交わした――〝春!〟

収穫物を抱えた外役蜂が戻り、着板するたびに盛大な拍手が起こったが、フローラほど多く運んできた者はいなかった。〈ダンスの間〉に詰めかけた熱心な仲間たちの前でフローラが座標を踊ると、多くが終わるのを待たずに自分で花穂を見つけに飛び出していった。

その日はどの外役蜂もよく働き、夕方早くに太陽が沈むころまで採集を続け、夜の冷えこみにしぶしぶ戻ってきた。クロッカスのあざやかなオレンジ色の花粉を見つけた者や、きつくて鮮烈な味の早咲きラッパズイセンの花粉を持ってきた者もいて、食堂は浮かれた雰囲気だ。

食事が終わるころ、さらによい知らせが届いた。二匹の若いオニナベナ族の育児蜂が興奮に顔を輝かせて駆けこんできた。

「みなさん！　聖なる母の卵がふたたび強く産まれています」片方が叫んだ。「働き蜂が次々に！」

「そして百にひとつは雄です！　殿方が産まれています！　まさに春です、みんなに伝えて！」

夏の記憶と同じように、雄蜂の大量殺戮は〈蜂球〉とともに消え去り、姉妹たちの喜びと興奮は新鮮で純粋だった。彼女たちがおぼえているのは〈礼拝〉の高揚感だけで、それはふたたび蜜蠟の巣房に行きわたり、聖なる母のコロニーの健康と自分たちに対する変わらぬ愛情を約束した。春が訪れ、あらゆる恐怖が消えていた。

だが、フローラはすべてを憶えていた。その夜、ベッドに横たわり、姉妹たちの楽しげな噂話やおしゃべりを聞きながら自分の体を念入りに調べた。翅の縁には欠けと裂け目があり、関節は〈蜂球〉以来はじめての長距離飛行で痛んだが、ほかはとりたてて問題はない。歳を取ったとはいえ健康で体力もある――ただ、心は空虚で、お腹はからっぽだった。隠すことは何もないし、恐れることもない。クモたちは残酷で無意味な言葉であざけり、力をひけらかしただけで、三つめの卵などないのだ。

翌日、ギョリュウモドキ族の外役蜂が巣に駆けこみ、街はずれで花を咲かせるレンギョウの茂みの場所を激しく踊ると、それを見た仲間たちが猛スピードで探しに出かけた。それは思いのほかすばらしい、刈りこまれていない野生の茂みで、ちょっと触れただけで何千もの金色の小花が蜜を出した。あまりに多くの蜂が訪れたせいで、茂みそのものが〈聖歌〉を歌っているかのようだ。

果樹園の巣に属するすべての外役蜂が、絶えまなく立ちのぼる香りの筋と、ふいに背中に降りそそぐまばゆい花粉の放出にわれを忘れ、何時間もそこで過ごした。人一倍働き者の外役蜂もようやく仕事を切りあげ、満杯の花粉カゴと満杯の素嚢をたずさえて一緒に家をめざした。これは、空に

〈大群〉のにおいがまったくないときにだけ外役蜂が自分たちに許している、心休まる帰還法だ。そんなときでもなければ、こんなにたっぷり餌を積んだ蜜蜂のにおいと音を敵が見逃すはずがない。

姉妹たちは春の冷たい風を味方につけて巣箱をめざし、着地板に降り立ったときの称賛を期待しながらうなりをあげた。

だが、期待は裏切られた。フローラが果樹園に近づくと、自分たちより前にレンギョウの茂みを出発した外役蜂が重い荷物を抱えたまま、アザミ警備蜂の一団に制止されて滞空していた。仲間たちは着陸を求め、待たされると余計な燃料がかかると文句を言っている。

「おゆるしを、マダム。おゆるしください、外役蜂のみなさん」アザミ警備蜂が叫び返した。「サルビア族から、そこで待機するようにとの命令です、〈やんごとなき目的〉のために」

「どんなやんごとなき目的？　餌を持ち帰るより大事な目的がどこにあるの？」言い返したのは、生まれてまだ日の浅い、力があり余るツタ族の外役蜂だ。「わたしたちを拒否するなんて信じられない――アザミ族ともあろうものが、恥を知りなさい！」

「お願いです、マダム！」マダム・ツタにいちばん近いアザミ族が苦しげにうなった。「わたしたちにはどうしようもありません、巫女たちの指示です。〝受け入れ、したがい、仕えよ！〟」

姉妹たちの小さな黒い点が着地板に現れ、フローラは自分の族である衛生蜂のにおいを嗅いだ。廃棄飛行はすべてすんだはずで、衛生蜂が板上に現れるのはただごとではない。衛生蜂はそれぞれ小さな包みを抱え、泣いていた。やがて一匹ずつ、よろめくように板から離れ、飛んでいった――廃棄場所よりはるか遠いどこかへ。最後の一匹が消えると、ようやくアザミ警備蜂はあとずさり、戻ってくる外役蜂たちに場所を空けた。

「おゆるしくださいい、みなさん」


着地板におりたフローラは族姉妹たちの足と、彼女たちが抱えていた奇妙で不審な荷物が残したにおいに気づいた。さっきの仲間たちが戻ってくるのではないかと立って待ったが、なんの音もにおいもしない。

「衛生蜂は何を持っていったの？」フローラはレンギョウの蜜を受け取る小柄なクローバー族にたずねた。「フローラ族が運んでいたのは何？」

クローバー蜂は首を横に振り、あわてて巣箱に戻りはじめた。フローラはあとを追って腕をつかんだ。

「あたしの族に何があったのか教えて！」

クローバー蜂が泣き出した。

「口止めされてます。〝受け入れ、したがい――〟」

クローバー蜂が言い終わらないうちにフローラは触角を相手の触角のまわりに押しつけ、逃げられないよう押さえつけた。小柄な受取蜂は触角の閉じかたを知らなかった。クローバー蜂の恐怖がフローラの心に流れ、〈育児室〉のイメージが転がりこんだ。

「子どもが病気にかかってるって」クローバー蜂がフローラに寄りかかって泣いた。フローラはカゴから花粉を取り出し、受取蜂の手に押しつけた。

「しっ。落ち着いて、泣くのをやめて、さもないと警察があなたの不安を嗅ぎつけて――」

クローバー蜂はおびえてあたりを見まわした。

「警察がここに？」

「まだよ、だから急いで話して――〝病気〟ってどういうこと？」

「赤ん坊がベビーベッドのなかでどろどろになって、体が崩れながらもまだ餌をほしがるって。このことを話した者は〈慈悲〉に処されます、なのにわたしは言いつけにそむいて――」

フローラはクローバー蜂の手にさらに花粉を押しつけた。

「あなたは何も悪いことはしていない。誰に口止めされたの？」

クローバー蜂はおびえて見返し、「巫女たちです。みな怒っています」そう言って走り去った。


〈ダンスの間〉へ向かう途中でフローラは衛生蜂を探した。だが周囲には一匹もおらず、巣房は染みひとつない。ロビーには〈女王の愛〉のにおいがみずみずしく、たっぷりとただよい、あたりは静かで、一瞬あの小柄なクローバー族の頭がどうかしたのかもしれないと思った。

仲間の外役蜂が喜ばしい一日の冒険を踊るのを見ているうちに、さっきの妙なできごとは頭の隅に押しやられた。巣箱の外でアザミ警備蜂が外役蜂の帰還を阻止し、衛生蜂が小さな包みを持っていたのは気になるものの、フローラの脳には奇妙な落ち着きが居座っていた。それは、不快ではないが、餌集めのときの冴え冴えとした状態とはまったく異なる感覚だった。

フローラはあたりを見まわした。外役蜂たちもいつになく静かで、特有の辛辣な表情はどこにもない。サルビア族のにおいが、まるで部屋じゅうに標識が置かれているかのように強く、たえまなくにおった。だが、疲れのせいでそんなささいなことを考える余裕はなかった。

自分の踊る番が来て、フローラは床に刻まれたたくさんの振りつけにハンノキの花穂やラッパズイセン、クロッカス、トリカブトといった独自のステップを加えた。踊るうちに意識が研ぎ澄まされ、正確な情報を伝えることに集中した。暖気流をとらえるための正確な太陽の方位……スモッグで汚れた花を避けるまわり道……そして最後に、咲きほこるレンギョウまでの道筋を踊ると、姉妹たちがみずからを奮い立たせるように拍手した。

「ブラヴォー！」背後から雄の声がした。

姉妹たちはくるりと振り向き、興奮に息をのんだ。生まれてまもない雄蜂たちが見に来ていた。彼らのにおいはつんと刺激的で、これまでになんども雄を見てきた老外役蜂でさえ、初々しい若者たちの男くささに面くらった。〈ダンスの間〉の姉妹たちは大きくて力強い胸と、揺れる冠毛と、目もくらむような被甲を備えた雄蜂を見つめ——出迎えた。

ダンスはすっかり忘れられ、フローラはぽつんと取り残された。

「光栄です、殿方！　ああ、うるわしき殿方よ！」

のぼせあがった若い姉妹たちの悲鳴があがった。雄蜂たちは笑い声をあげ、体をなでさせ、磨かせ、なかの一匹がふんぞりかえってフローラを見おろした。

「あんたが配ってるやつをひと口くれ」

手を出したのは、鮮やかな縞模様に広い胸、ずんぐりした顔に冠毛を高々と立て、被毛に菓子のかけらをつけたポプラ族の雄だ。

「ぐずぐずするなよ」若い雄がまのびした口調で言った。「おれたちは、巣のために栄えある任務をになってるんだ。手に入る食物はすべていただく」

「もう遅いわ。いくらあなたでも今日は飛べないでしょう」

ポプラ族の雄蜂は驚いてフローラを見つめ、仲間たちを振り返った。

「おい、このばあさんはおれたちの愛の予定を管理してるぞ、兄弟たち！」そう言ってフローラの花粉カゴのひとつに手を突っこみ、花粉を探った。「しかも自分用にちょっぴり取り分けて！」

フローラは雄蜂の腕をつかみ、花粉カゴから引き抜いた。若いポプラ卿はフローラの手を振りほどき、「無礼な！〈慈悲〉送りにしろ！」とどなって同調者を探した。

「おい、その古株に手を出すな」

口をはさんだのは、被毛をプロポリスの蠟で一風変わったしゃれた形にひねりあげた小柄な雄蜂だ。フローラは顔をほころばせた。

「シナノキか。ずっと捜していた――」

シナノキ卿が首毛を立てた。「いかにもシナノキはわたしの族だが、きみの顔は初めてだ」

「よくもそんな口がきけるな」

シナノキ卿が若いポプラ卿に向きなおり、「ここに来てはならないと忠告しただろう――ここはいかれたご婦人がたでいっぱいだ」そう言ってフローラを指さした。「あのご婦人について言えば、もう老いさき短い――大目に見てやれ」

若いポプラ卿がフローラをにらんで言った。

「ひざまずいてゆるしを乞え、さもなければこの手でなぐり倒してやる」

シナノキ卿がポプラ卿をぐいと押して突き倒し、目の前に立って見おろした。

「ははっ！ 兄弟よ、王女をつかまえたければ、もっと平衡感覚を養ったほうがいい」シナノキ卿は倒れた雄蜂に手を出して引き起こし、「花蜜一杯で手を打とう、最高級品が手に入る場所を知っている」フローラの視線を避けて若い雄蜂を連れ去った。フローラは立ち去る二匹の雄蜂を見ていたが、やがて姉妹たち全員の視線を感じた。

「ほかに誰か〈育児室〉の病気のことを聞いてない？」フローラの口から思わず言葉がこぼれ、話すうちに怒りがこみあげてきた。「あたしの族姉妹がまた犠牲になったのはそのせい？ 病気が広まっているのに、そのことを話してはいけないの？ 死体を運び出す衛生係が一匹もいなくなるまで蔓延《まんえん》するのを黙って見ていなきゃならないの？」

フローラは外役蜂に助けを求めたが、誰も目を合わそうとしなかった。それどころか全員がそそくさと〈ダンスの間〉から去りはじめた。

「みんな！」フローラは叫んだ。「どうして出ていくの？ あたしの話を聞いて！」

フローラは広い部屋にぽつんと残され、見捨てられた痛みを体の傷のように強く感じた。一匹で空を飛ぶのはかまわない――でも、巣のなかで孤立し、拒否され、拒絶されるのは――

クモのミネルヴァの毒々しいあざけりが胸のなかを駆けめぐった。〝狂気。姉妹どうしの対立。禍《わざわい》〟――触角がいまにも破裂しそうに脈打ち、それをなだめようとフローラは頭を古い蜜蠟の床に押しつけ、巣房のにおいを嗅いだ。千の香りの糸を吸いこんだとき、ふと嗅いだことのないにおいがすっとかすめて逃げた。ほかの族の蜂なら気づかなかっただろう。だが、フローラは衛生族の外役蜂だ。考えるように速く分子構造を読み、それが何かを知った。

致命的な病が巣のなかにひそんでいる――一匹の姉妹の体のなかに。

# 35

〈ダンスの間〉の外では、何百匹もの姉妹がロビーの信号モザイクの上をせわしなく行きかっていた。フローラはそのなかでじっと動かず、もういちど病《やまい》の嫌なにおいを突きとめようとあらゆる感覚を研ぎ澄ました。だが、それはすでに巣箱のにおいのつづれ織りのなかに消えていた。フローラは餌集めで培った能力を駆使し、とらえにくい分子構造の痕跡を呼び戻した。

それは花のにおいに似て、最初に感じるのは花弁のような甘さだが、そのなりすましには明晰さが欠けていた。外役蜂は追わないだろう――なぜなら食べ物のにおいがしないから。そして衛生蜂は無視するだろう――なぜなら表面的な甘さが巣箱のゴミとは一線を画していたから。

戻ってくる外役蜂のエンジン音でフローラはわれに返り、やがて興奮した若い受取蜂が族のにおいをたなびかせ、着地板に向かって脇を走り抜けていった。受取蜂のにおいが消えるころには、異臭の最後の原子もすっかり消えていた――まるでそれ自体に知性があり、つかまるまいと逃げたかのように。

フローラはもやもやした気分で巣箱の中階に駆けあがった。この時間、働き蜂の共同寝室は誰もいないはずだ。あそこはわりと静かだから、決め手となる性質が消える前にもういちど、においの情報を呼び戻せるかもしれない。中央ロビーに入ったとたん、意外にもふたたびさっきのにおいが広がった。薄く、ねじれたような核の部分は同じだが、花をよそおう表面の下にあるものが前とは違い、巣それ自体のにおいを真似しはじめていた。この擬態が成功すれば、もう判別は不可能だ。

フローラはわが身の危険もかえりみず、気孔から思いきり異臭を吸いこんだ。そして直感的に、これこそが巣の香りになりすまし、今みるみる力を増しつつある、世にも汚《けが》らわしい汚染源だとわかった。いまに、このかすかな、ねじれた腐敗の核が巣全体に広がり、すべての姉妹が当然のように吸いこみ、それぞれの肉体がいまわしき目的の宿主になるだろう。

フローラは隠された核の構造に全神経を集中させた。それはまるで、はるか昔に死んだ生物の上空高く飛んでいるような、ほんのかすかな腐敗の筋だが、共同寝室に近づくにつれて強くなった。フローラは、部屋の隅で膿みただれる姉妹の悲惨な姿を想像しながら扉を押し開け、ずらりと並ぶベッドのあいだを走って探したが、部屋はからっぽで、清潔だ。

またもやにおいの痕跡が消えた――ただ、わずかな分子が寝室の殺風景な蜜蠟の壁に貼りついていた。フローラは触角をあげ、隠し羽目板か入口を示すタイルがあるのではないかとあたりを探った。だが壁は見たとおりのただの壁で、表面についているのはまぎれもない姉妹たちの族のにおいだけだ。

フローラはロビーに駆け戻り、〈花粉と菓子工房〉と〈蜜蠟礼拝堂〉と〈雄蜂の到着の間〉の入口に囲まれた場所に立った。〈到着の間〉の内部は完全に修復されて、削ったばかりのプロポリスが強くにおい、いつものように羽化室から現れる新しい雄蜂の世話で騒がしい。フローラは立ちこめるフェロモンのにおいに邪魔されないよう気孔を閉じた。正面は〈育児室第二区〉の大きな両開きの扉で、かすかに妙なにおいがするが、すえたような古いにおいで、フローラが追いかける生きた、こざかしいにおいではない。

次の清掃場所を探す最下層の衛生蜂のようにフローラは膝をつき、触角で側溝に触れた。姉妹たちの声と信号を告げる振動が消え、かすかにひとつのにおいが残った――病のにおいだ。意識してとらえようとすると、するりと逃げる。だが、そっと吸いこめば近づけそうだ。遠方まで餌集めに行ったあと巣に向かうときのように、フローラはすべての本能を体内磁石に切り替えて歩きはじめた。

行先もわからず、半トランスのような状態で歩きつづけた。ぶつかりそうになって道をよける姉妹たちの怒った声や、通り道の〈におい門〉を突き破るたびに触角が痛みでぴくぴくするのをぼんやりと意識しながら、フローラは美しいにおいをすり抜けて逃げる、嫌なにおいを追いつづけた。

何かが胸にぶつかり、フローラは足を止めた。見分けのつかない六匹のサルビア巫女が黒っぽい警察団をしたがえ、立ちはだかっていた。全員が儀式ばった礼服を着ている。

「なんの用？」巫女たちが声をそろえてたずねた。

「あたしは――〈衛生〉から来ました。病の出どころを探しています」

巫女たちはフローラを見つめ、触角をすばやく震わせながら心で話し合った。

「やはり本当ね」巫女の一匹が哀しみに満ちた声で言った。「もうこれ以上は待てない」

巫女の言葉にフローラははっとした。ようやく自分のいる場所がわかった。ここは、ねたみ深いレディ・ワレモコウに追い出されて以来いちども訪れていなかった場所。フローラは女王の部屋に通じる、美しく彫刻された扉の前に立っていた――そして扉の内側から、まがまがしい黒雲のように押し寄せるものこそ、ずっと追いつづけた異臭だった。

「まさか！」フローラは叫んだ。「まさか、聖なる母が！」

巫女がフローラを引き戻した。目の前で警察がつんとするにおいベールをあげ、女王の扉を叩きこわした。


全員が戸口で足を止めた。生殖警察もぶーんと警戒音を発しただけだ。巫女たちがいっせいに声をあげた。とてつもない恐怖が脳に流れこみ、フローラの触角がぴんと立った。

こぼれた蜂蜜と粉々の花粉ケーキが巣房に散乱し、そのまんなかにまぎれもなき女王陛下が体をおおうようにレース状の翅のマントを広げて座っていた。顔は前と変わらず美しいが、においは違った。立ちのぼる神々しい〈女王の愛〉の香りのあいだから、女王の心臓が鼓動するたびにいまわしいにおいが強まり、空中で虫のようにうごめいた。

女王のまわりにはべる女官たちは恐怖に取り乱し、血走った目で生殖警察に手を伸ばした。彼女たちの翅は食べられかけた死体のように背中でちぢれ、しなび、しゃべろうとしても舌はどろどろの粘液と化して、なんの音も出なかった。

「いきなり押し入る無礼者は誰？」女王が頭をあげ、部屋を見まわした。「出産中に立ち入るなんて」マントを整える女王の腕には死んだ赤ん坊が抱かれていた。

「まさか、母上！」駆け寄ろうとしたフローラを生殖警察がきつく押しとどめた。

女王が見えない目をフローラのほうへ向けた。

「わが娘をここに」

「おゆるしください、陛下、ですが、いまはあなたが娘たちのところへ来るべきときです」巫女たちがひざまずいた。

「でも、子どもの面倒を見なければ」

悪臭を通して、女王の体からは清らかな〈礼拝〉の香りが立ちのぼり、美しい声を運んだ。部屋にいるすべての蜂がそれに引き寄せられた。

「ゆるしてください、母上」フローラがすすり泣いた。

女王が見えない目を向けた。

「愛しい子よ。泣かないで」女王は女官たちが横たわる場所に向かって手招きし、なかの一匹が這い寄った。女官の族のにおいは病にのみこまれて消えていた。「生まれたばかりの息子を受け取って。この子を〈育児室〉へ」女王が死んだ息子を手渡すと、赤ん坊はどろどろにくずれ、女官が恐怖のうめきを漏らした。

「こちらへ、陛下」サルビア巫女たちが言った。「いますぐ行かなければなりません」

巫女たちがつんとする強烈なにおいで疫病防止線を張った。女王は立ちあがり、防止線のあいだを通って彫りこみのある大きな扉に歩きはじめた。這ってあとを追おうとする女官たちを生殖警察が阻止した。

「ゆるせよ」警察蜂は女官たちの首を胸部からひねり落とし、フローラのほうを向いて言った。「こちらへ」

〈集合意識〉が全員を召集し、すべての任務が中断された。通路は、プロポリスの結晶や新鮮な蜜蠟の薄片、嚙みかけの花粉生地を被毛につけたまま無言で〈ダンスの間〉に急ぐ蜂の群れで埋めつくされた。生殖警察に囲まれて進むフローラに、同族の衛生蜂が恐怖にゆがんだ視線を向けた。

〈ダンスの間〉に入った集団は床の中心に立ちはだかる覆面臭の壁に咳きこみ、その背後に女王がいるのを見て押し黙った。女王のマントは、周囲に渦巻く不思議なエネルギー波ごしにまぶしく輝き、聖なる香りの清らかな筋はいまも姉妹たちの頭上に立ちのぼっている。女王がほほえみかけ、姉妹たちは恐怖を感じながらも〈母の愛〉に抱かれるのを感じた。〈集合意識〉が語りかけた。

〝〈聖なる法の掟〉を見よ〟

一枚のみずみずしい葉が別の生殖警察によって運びこまれた。葉の表面は金色のレンギョウの花粉で厚くおおわれている。粒子の光沢からして、前日から準備されていたのはあきらかだ。外役蜂でこれに関わった者はおらず、視線で無言の問いを交わし合った。

フローラだけは知っていた。『金色の葉』だ。〈女王の図書室〉の五番目の物語。部屋の奥からサルビア巫女たちが進み出ると、フローラの腹のなかで揺らめいていた恐怖がきゅっと硬い結び目になった。

巫女たちが近づき、女王が翅をかかげると、蜂たちは安堵と畏怖のつぶやきを漏らした。最初、女王の翅はまばゆく光ったが、すぐに病がじわじわと広がり、ぎざぎざの黒っぽい染みが現れた。女王の翅が染みにおおわれて見えなくなりはじめると、サルビア巫女が女王を三日月形に取りかこみ、蜂たちが泣きはじめた。

女王が盲《めし》いた顔をあげた。

「わたしはどのような力によってここに呼び出された？」美しい声は変わらなかった。「なんの権限によるかを知りたい、つまり、これが合法なのかどうか」

〈集合意識〉が答えた。

**〝女王は病んでいる〟**

巫女たちがそろってひざまずき、〈ダンスの間〉にいる蜂と、巣箱のいたるところで身じろぎもせずに聞いていた蜂全員が膝をついた。女王だけがじっと立ったままだ。

「でも、わたしの〈愛〉はいまも輝き――」

「聖なる母よ、わが巣箱の君主よ、われわれをゆるしたまえ」一匹の巫女の歌うような声がすべての巣房に伝わった。「あなたの御代《みよ》が終わったと告げることこそ、われわれのもっとも重大で厳粛な任務です」

「終わった？」女王は声を立てて笑い、腹を押さえた。「この巣の未来はわたしにかかっている。なのに、なぜそのようなことが？　わたしのなかには何世代ぶんとも知れぬ卵があるというのに」

「そのどれもがあなたの病に侵され、われわれの巣全体にその種をまき散らしています。われわれはそれを突き止め、確認しました。証人を呼びます」

警察蜂がフローラを押し出し、女王がフローラのにおいを嗅いだ。

「おまえは物語を読む娘……。ここは〈図書室〉?」

「おゆるしください、母よ」フローラはすすり泣いた。「あたしはあなたを裏切り――」

「ああ……」女王が花粉でおおわれた葉のほうに触角を向けた。「思い出した……これは五番目の物語。そしてわたしは死ぬ、なぜなら物語の終わりを知っているから」女王の顔が輝き、堂々たる翅に背後から光が射しこんだ。「すべての子どもたちをわたしのもとへ――」

「いいえ。もう時間です」サルビア巫女たちが声をそろえた。

「でも、せめて娘たちに祝福を――わたしは不死の聖なる母で――」

「それはもう過去のこと」サルビア族が合図し、生殖警察が女王をつかんで膝をつかせた。「あなたの統治は終わった」

誰もが引き裂かれるような激しい痛みを感じながらも、警官が女王のマントを引きはがすのから目をそらせなかった。女王は抵抗しなかった――美しい膜が引き裂かれる、長く甲高い音が響いても。シスター警部が大きな鉤爪を振りあげ、進み出た。

「おまえではない」女王の声が動かない空気のなかを伝わった。「気高きアザミにして」

部屋じゅうの視線が巫女団に向けられた。巫女たちは身じろぎもしない。やがて一匹のシスター・サルビアが警部にさがるよう合図し、最前列にいた大柄のアザミ蜂を指さした。

「あなた」

アザミ蜂はぎくりとして首を振った。「で――できません。わたしにはとても！」

女王がうなずいた。

「勇気を出して、娘よ。わたしを愛しているなら」

アザミ蜂は一歩前に出、姉妹たちは彼女に課せられた任務の恐ろしさに身をこわばらせた。女王は病に侵された翅を広げ、頭をさげた。

「おまえをゆるします。どうかすばやく、愛する――」

アザミ蜂はひと振りで女王の頭を切り落とした。頭が巣房を転がって止まり、視力を失った美しい瞳が丸天井を見あげ、切断された胸から血が噴き出した。アザミ蜂は自分のやったことに呆然としてあとずさった。フローラは腹部がきゅっと締めつけられ、息もできなかった。

〈ダンスの間〉の静寂が蜂たちのまわりで張りつめ、誰もが息を詰まらせた。女王の血のにおいがあたりに立ちのぼったとたん、蜂たちはいっせいに悲鳴をあげ、苦しげに泣き叫び、みずからの翅を引き裂いた。

**〝われわれは何をしてしまったのか？〟**〈集合意識〉がむせび泣いた。**〝われわれは母を殺した！なんということを！〟**

姉妹たちは女王の遺体に駆け寄り、苦悶のあまり触角を巣房に打ちつけ、被毛をごっそり引き抜いた。振動のとどろく巣房に警戒臭が立ちこめ、あたりは〈女王の愛〉と血のにおいで脈打ち、ぴくぴくとけいれんする蜂の壁が巫女を一匹ずつ取りかこんだ。

フローラも苦悶の叫びをあげ、群れを押し分けて走った。死刑が行なわれるのを誰も止めずに見ていた。そのことに誰もが罪の意識を感じていた。死刑を執行したアザミ蜂だけが呆然と——そして痛みをこらえる巫女たちの背後に並ぶ生殖警察だけが——身じろぎもせずに立っていた。しだいに巣は鼓動をやめ、〈集合意識〉はぼんやりと沈み、力つきたように蜂たちの体内に戻った。フローラは触角をあげた。病のにおいは消えていた。ほかの蜂も立ちあがり、前とは違う空気のにおいに気づきはじめた。空気は清浄で、サルビア族のにおいに満ちていた。一匹の巫女が進み出た。

「われわれの巣は病から解き放たれた。女王の肉体が朽ちたいま、生殖の聖なる力はメリッサの巫女にゆだねられた。〈聖なる権利〉にのっとり、ここにいるみなの前で、純粋なるサルビア族から王女を立てることを宣言する——なぜならわれわれは女王の種族だから。三日のうちに新たな女王が戴冠し、夏と豊饒の新たな黄金時代を招くでしょう」

巣房が震え、〈集合意識〉が語りかけた。

**〝慣習と、族と、〈聖なる権利〉にのっとり、サルビア族のみが統治する!〟**

サルビア巫女が顔を輝かせ、広げた翅をまぶしく光らせて群れを見渡した。〈集合意識〉は同じ言葉を繰り返し、ほかの考えを持つすきはなかった。

**〝〈聖なる権利〉にのっとり、サルビア族のみが統治する!〟**

「慈悲ぶかき姉妹たちよ!」死刑執行人となったアザミ蜂の叫びに我に返った蜂たちが、女王の血のなかに膝をついたアザミ蜂を振り返った。「殺して」アザミ蜂は懇願し、血に濡れた手をかかげた。「この罪を抱えて生きてはいけない――死ぬしかない！」

「見よ」シスター・サルビアが呼びかけた。「われらが気高きシスター・アザミの苦しみを。われらの罪を取り去る姉妹に祝福あれ」シスター・サルビアの合図で、シスター警部がアザミ蜂の背後に近づき――ぼきっという音が〈ダンスの間〉に響くように――首をひねった。

「これでわれらの罪はゆるされた」シスター・サルビアが翅をあげ、六匹のサルビア巫女が花粉におおわれた葉を持って進み出、死んだ女王の脇に置いた。

「三日で女王を立てられるはずがない！」誰かが叫んだ。「いつから計画していた？」オニナベナ族の中心に立つ姉妹だ。

巫女の全員が触角を向けたが、オニナベナ族は憤然と触角をあげたままだ。まぶしい気流が両者のあいだで火花を散らした。

「〈育児室〉のオニナベナ姉妹たちよ」シスター・サルビアがゆっくりとうなずいた。「あなたたちの疑問はもっともです――巣箱の健康と安全は、われらが族のもっとも重大な関心事ですから。われわれはこの暗黒の日が来るのをずっと恐れていた」巫女はさらに翅を高くあげ、〈ダンスの間〉のいちばん奥まで聞こえるように呼びかけた。「オニナベナ族はわたしたちが準備をしていたと言った。いかにも。女王不在の巣は〈大群〉の格好の餌食となる。王女を女王の地位につかせることは最高機密であり、われわれがこの瞬間まで無言で負ってきた聖なる責務なのです」そう言って誇らしげに翅をかかげた。

「ここに集まったすべての姉妹に告ぐ――〈聖なる掟〉の番人たるわれわれメリッサは、その慧眼《けいがん》であなたたちを守る。この巣を女王のいない危難から救うべく、われわれはこのときのために王女を準備してきた」巫女たちはオニナベナの一団に深々と頭をさげた。「わたしたちの重大かつ神聖なる責務を認めたオニナベナ姉妹たちに感謝します。これ以上は何も望みません」

巣が震え、ふたたび〈集合意識〉が呼びかけた。

**〝三日以内に新しい女王が生まれる。受け入れ、したがい、仕えよ〟**

六匹の巫女がうやうやしく女王の頭を、続いて体を抱えあげて葉の棺台に乗せた。蜜蠟の巣房から沸き起こる〈聖歌〉がみなの体に流れこみ、姉妹たちは棺の運び手が女王の亡骸《なきがら》を運んでゆくのを見て、またしても泣いた。何匹かが〈ダンスの間〉から駆け出し、何匹かがよろめいたが、大半は恐怖に身をこわばらせ、女王が倒れていた場所をじっと見ていた。アザミ族は全員がその場に残り、屈辱に耐えかねて巣房に触角を打ちつけた。オニナベナ族はこの一部始終を見て、そろって立ち去った。

フローラはあえぎながら立ちつくした。触角はさっき目にした恐ろしいできごとにぴくつき、胸のなかではクモのミネルヴァの言葉がこだまのように響いていた。

〝想像を絶する恐怖……〟

あのとき自分がガラスの檻のなかで死んでいたら、病原が女王だと突きとめることはできず、まだ女王は生きていただろう。でも――病はすべての姉妹に広まっていたはずだ。腹部の痛みがさらにきりきりと強まった。ひざまずいて泣きながらも、フローラの意識の一部は〈女王の図書室〉に——語られるべきもうひとつの羽目板がある場所に——戻っていた。

# 36

次の朝が来るまで姉妹の大半がベッドから起きあがれなかった。起きあがった者は正気を失ってうなり、うわごとを言いながら同じ場所をぐるぐる走りまわり、あるいは触角が折れるまで巣房に打ちつけ、そのような蜂は生殖警察が全員、連れ出した。それ以外の、母を失った九千近い娘たちは何も手につかず、巣箱のなかを悄然とうろついた。〈女王の愛〉がなければどんな仕事も意味がなかった。

花粉生地は〈菓子工房〉のテーブルの上で乾燥し、花蜜の入った杯はあおがれないまま放置された。〈蜜蠟礼拝堂〉の姉妹たちは祈ることができず、〈育児室〉の乳母は、腐《ふ》蛆《そ》病《びょう》の粛清をまぬかれて泣きつづける幼虫をあやし、なだめることができなかった。

何より恐ろしいのは外役蜂の不調だった。好天にもかかわらず、なんど着地板に向かってもエンジンを始動できない。なぜなら、エンジンをかけるには喜びと勇気が必要だから。

「明日は必ず」

「明日には万全の状態で」

彼女たちは言い合った。悲しい気持ちで飛んだらミスを犯し、命を落としかねない――巣はもうこれ以上の損失には耐えられない。

昼にはすべての食堂が閉鎖され、各食堂にサルビア巫女が一匹ずつ、警察の護衛をつけて立った。「王女が来る前の清めの期間として二日間の断食を行ないます」聖なる巫女は笑みを浮かべて宣言し、サルビア族のにおいを強く立ちのぼらせた。「〝受け入れ、したがい、仕えよ〟」

「〝受け入れ、したがい、仕えよ〟」

蜂たちは応え、催眠作用のある新しいにおいを吸いこんだ。サルビア族のにおいは心を落ち着かせ、恐怖を鈍らせ、食堂を出ていく蜂たちは〝断食はよいことで、わたしたちを清めてくれる〟と言い合った。それは同時に蜂たちを弱め、外役蜂の多くが飛行エネルギーを貯えようと睡眠に慰めを求めた。

フローラが寝室の奥にある衛生蜂のベッドに横たわっていると、ぼそぼそとつぶやく声が聞こえ、オニナベナ族のにおいがした。オニナベナ族の一団が衛生蜂の強いにおいに隠れて集まっていた。

フローラは寝返りを打った。彼女たちが何をしていようとどうでもよかった。前に、オニナベナ族が密談しているところを見かけたら報告するとシスター・サルビアに約束したけれど、そんな気はさらさらなかった。いまは〈女王の図書室〉のことだけ、『金色の葉』の次に何が来るのか、そのことしか考えられない。

たしかに六番目の物語があった……あのとき自分は六番目の扉に近づき、それから……集中すればするほどフローラは疲労を覚え、やがて森を渡る風のささやきのようなオニナベナ族のつぶやきしか聞こえなくなった。

朝は身を切るような寒さで、着地板には霧氷が張っていた。腹をすかせた内役蜂は羽ばたきで暖を取ろうとロビーに急いだが、断食のせいで力が入らず、温度は上がらなかった。外役蜂は着地板に駆け寄り、身震いしながら低く垂れこめた白い空を見やった。昨日はあんなに暖かくて青かったのに、貴重な一日を無駄にしてしまった。

「でも、あたしたちは〈蜂球〉を生きのびた!」誰かが叫んだ。「冬は終わったはずよ!」

「空に言って」別の誰かが答えた。「新しいつぼみに言って——このままでは確実に死ぬつぼみたちに」

フローラは外を見やった。〝冬が二度やってくる〟——手を腹に当てた瞬間、命の鼓動が力強く返ってきて、フローラは喜びに息をのんだ。〝もう。ひとつの。卵〟

「失礼、シスター」ヒナギク族の外役蜂が翅留めをはずし、フローラをよけて着地板に立った。「死の話はもうたくさん!」そう言って無理に笑みを浮かべた。「明日は新しい女王がやってくる——だから今日は、歓迎のための花蜜を採ってくるわ」

「わたしも」多くの外役蜂が声をあげ、高らかにエンジンをかけてリンゴの木々の上空に飛んでいったが、寒さでたちまちエンジンはこわばり、高度を失った。着地板の姉妹たちは外役蜂の黒い小さな姿が凍える風のなかで頼りなく旋回するのを見つめた。雪片が巣箱に吹きこみ、アザミ警備蜂は着地板を閉じた。

フローラは喜びと恐れに力をみなぎらせて巣のなかに駆け戻った。悲嘆と無気力は消え去り、体を動かしたくてうずうずした。飛べないのなら族姉妹に混じって働こう。彼女たちのぬくもりとやさしさと、あの強いにおいに守られて。

「長くは続きません」サルビア巫女たちが奇妙な香りで満たされた香炉を揺らして巣内を歩きまわり、明るい声で言った。「新しい女王が来るころには太陽が現れ、歓迎の挨拶をするでしょう」

「明日」――それが、新しいにおいを吸う蜂たちがささやき合える唯一の言葉だった。族姉妹たちと中階ロビーの床をこすっていたフローラは新しいにおいに気分が悪くなった。蜂蜜のうわぐすりをかけ、メリッサの複雑なにおい構造に拘束された香りは、フローラ族を除くすべての族のにおいを思い起こさせ、それが伝える内容は単純かつ明白だった――〝**サルビア族に力あり**〟。なかには、われ知らずその言葉をつぶやく者もいて、すれちがうたびに巫女たちはほほえんだ。

においはフローラの気孔からも入りこんで血管に流れこみ、頭痛がして、腹部につらぬくような痛みが走った。フローラは吐き気を覚えてそっと抜け出し、着地板のそばで新鮮な冷たい風に当たろうと最下階に向かって駆けだした。

〈ダンスの間〉の外ロビーに着くまもなく、お腹の卵が脈打ちはじめた。ロビーにはサルビア巫女たちがいる。フローラはあわててロビーを離れた。あらゆる方向から足音と声がした。どこへ行けばいいの？　三つめの卵はまたたくまに成長し、なんの前触れもなく、恐ろしいほどの力でフローラの体を押し、もうじき生まれると告げていた。着地板に冷たい雨が降っているにおいがする。新鮮な空気を吸いたかったが、もう一刻の猶予もない。産道が開きはじめていた。

混み合う中階に戻ることも、〈ダンスの間〉に入ることもできず、フローラはしかたなくプロポリス殺菌剤がにおう暗い廊下を駆けおりた。そこには防腐処理されたネズミの死体が置いてあり、〈蜂球〉以来、立ち入り禁止になっていたが、卵は刻々と大きくなる。迷っている余裕はない。卵が体を押し広げ、フローラはプロポリスのにおいのなか、粗い蜜蠟の床に座りこんだ。それはあまりに速く、あまりにすさまじい痛みで、声をあげるまもなく——終わった。フローラはあえぎながらあたりを見た。

前のふたつの卵と同じように、三つめの卵も表面は真珠のようで、奥深くに小さな光の点が見えた。前と違うのは、横に倒れず、細いほうの先でバランスよく立っていることだ——まるで見えない力でささえられているかのように。しかもかなり大きい。フローラは廊下の入口から見られないよう体を移動させ、卵の表面をうっとりとやさしくなでた。そっと触れたとたん、光り輝く生命力がフローラの体を温めた。

〝狂気と禍《わざわい》〟

暗闇でクモのミネルヴァがかさこそ動いたような気がして、フローラは卵の頭上に鉤爪をかかげた。だが、あたりは静まり返り、頭上にはネズミを納めた巨大なプロポリスの棺がそびえ、動くものといえば棺の後ろから吹きこむ冷たい空気だけだ。フローラは触角をあげた。巣が風のなかできしみ、それとともに空気が動いた。

たしかに防御蜂はネズミと巣床のあいだを密封した。けれども〈蜂球〉のあとのぼんやりした状態だったせいか、ネズミがかじって壁に空けたすきまのことを忘れていたのだ。フローラは足音に耳を澄ました。もし生殖警察が近づいてきたら闘って、死んでも卵を守ってみせる。

なんの音もせず、フローラは振りあげた腕を下ろし、深く息を吸った。プロポリスの分厚いベールは、族姉妹のにおいよりも強く卵のにおいを隠してくれそうだ。

サルビア族の支配的なにおいを追いはらおうと、フローラは新鮮な空気を気孔から思いきり吸いこんだ。とたんに頭のなかがはっきりした。ここは寒い。寒さから守らなければ卵は死んでしまう。あと一日したら新しい女王がやってきて産卵を始める。その興奮のなかなら、〈育児室〉に新しい卵をひとつまぎれこませるチャンスがあるはずだ。そのときまで、なんとしてもこの子を守らなければ。

フローラは蜜蝋鏡（働き蜂の腹部にある蜜蝋を出す部分）を調べようと身をかがめ、腹部の乾いた縞模様を見つめた。最後に見たときからさらに硬く、老いていた。蜜蝋を出す、あのやわらかくてなめらかな腺の痕跡はどこにもない。女王が死んで以来、フローラの祈りはお腹と同じように乾いていた。どんなに意識を集中させてもシナプス一本、反応しない。何をしたらいいのか、プロポリスの強烈なにおいのせいでなかなか考えられなかった。

〝プロポリス〟

フローラはネズミの棺を見つめた。大きな塊から急いで造られた棺は、ごつごつした固い部分が岩のように突き出ていた。棺の原料は蜜蝋ではなく、千本もの木から長い年月をかけて造られた、純度の高い樹液だ。力と根気のある姉妹なら、思いのままに形づくれるかもしれない。

仕事を終えたのは夜中で、巣箱は静まり返っていた。嚙みすぎて顎が痛くなったが、フローラがこしらえた琥珀色のベビーベッドの壁は、なかで息づく命の光で輝いていた。ずっとプロポリスに触れていたせいで舌は麻痺し、両頰からフローが出てくる気配もない。〈育児室〉で過ごしたのははるか昔で、フローラは卵が孵るまでの日数を思い出そうと記憶の底を探った。〝〈太陽の鐘〉が三度鳴ったら――〟

三日だ――まちがいない。三日たてば、真珠のような殻が破れて美しい赤ん坊が現れ、フローラをほしがるはずだ。フローラは被毛からプロポリスのかけらを払い落とし、共同寝室に戻った。明日、新しい女王がやってくれれば、気がかりな断食も終わる。祝祭のあいだに赤ん坊に餌をやり、かわいがり、それから〈育児室〉にこっそり――こんどこそ正しい場所に――もぐりこませればいい。あやまちは二度と犯さない。

誰にも気づかれず静かに共同寝室のベッドに横たわり、眠る同族姉妹のほっとするにおいに囲まれて、ようやくフローラは心臓の鼓動が反響しているのに気づいた――もうひとつの小さな心臓がそのなかで鼓動しているかのように。静かな喜びに、フローラはわが身を抱きしめた。それは、巣箱の一階上の反対側にいても、自分が生きている卵とつながり、自分の血が脈打つたびに卵が力強く育っているしるしだった。

# 37

三日目の朝、蜂たちはベッドから飛び起き、新しい女王を迎える準備に取りかかった。外役蜂は着地板に走り、降りしきる冷たい雨にアザミ警備蜂が出口を閉じているのに天候をうかがい、気力を高めた。断食期間の終わりを告げるサルビア巫女は現れず、〈集合意識〉も語りかけないが、腹をすかせた蜂たちはなんらかの合図なり、もうじき振る舞われるであろうごちそうのにおいなりを心待ちに、食堂の外をうろうろ歩きまわった。

だが、なんの知らせもなかった。昼ごろには誰もが激しい空腹にさいなまれ、どんなに敬虔な姉妹も、祈りながら歩きまわる元気はなかった。姉妹たちは新たな王女を、食事の時間を、秩序と安全の回復を空に向けて叫ぶときを、いまかいまかと待ちわびた。

サルビア族がロビーと食堂にそろって姿を現したのは日も暮れるころだった。全員がいまは亡き女王と女官が好んだスタイルのマントを着ていた。サルビア族が盛装している――ついにそのときが来たのだ！　姉妹たちは喜びにぶんぶんうなって駆け寄ったが――巫女たちの厳めしい表情を見て黙りこんだ。

「荒天により」――サルビア族がそろった声で言った――「新しい女王の到着が遅れます。断食は終わりますが、〈空位期間〉は続きます」

蜂たちは口々に質問を浴びせたが、サルビア族はマントをかかげて制した。

「質問は受けつけない。〝受け入れ、したがい、仕えよ〟」

「〝受け入れ、したがい、仕えよ〟」

一瞬の間《ま》のあと蜂たちは応え、巫女団が警察に囲まれて立ち去るのを見つめた。

姿が見えなくなったとたん、姉妹たちは激しい空腹に襲われて食堂に駆けこみ、貯蔵庫から手当たりしだい食べ物を引っぱり出し、しぶしぶ誰かに手渡し、分け合った。誰も最初に口をきこうとはしなかった。フローラも食べられるだけ食べたが、これくらいではとうてい足りない。そっと両頬に触れてみた。王女の到着が遅れれば、フローラの卵は〈育児室〉がふたたび完全に稼働する前に孵化し、餌をほしがるだろう。赤ん坊にはフローが不可欠で、育児蜂がいなければ死んでしまう。

〝飢餓〟――食堂で誰かがその言葉を口にしたとたん、それまでずっと抑えられていた恐怖が噴き出し、誰もが食べ物についてたずね、その少なさに憶測をめぐらし、いつ天気がよくなって餌集めを再開できるのかと外役蜂に詰め寄った。断食のせいで、姉妹たちの〈礼拝〉欲は高まっていた。なのに女王は来なかった！　女王は来なかった、来るという約束だったのに！

〝静かに〟と制する声と、問いに答える声が入り混じってすさまじい喧噪になり、花粉パンのかけらをめぐって争いが起こった。フローラの頭のなかは子どもの心配でいっぱいで、いまにも叫びたい気分だった。

「みなさん！　これはいったいなんの真似！」一匹のアザミ警備蜂がとどろくような声で言い、立ちあがって自分の皿を言い争う蜂たちのまんなかに叩きつけた。「あげるわ！　スズメバチみたいになりたいの？」

ほかのアザミ蜂も争う蜂たちに皿を押しつけ、誰もがその気高い行為に黙りこんだ。

「待ちましょう」最初のアザミ蜂が言った。「女王はきっとやってくる」

「女王はやってくる」蜂たちは繰り返した。その言葉が力をあたえた。「女王はやってくる！」


翌朝もサルビア族の姿はなかったが、空は晴れ、空気はふたたび暖かくなった。姉妹たちは集まり、着地板に向かう外役蜂に〈よきスピードを〉と叫んで拍手した。なにより秩序と安全がほしかった。新女王に捧げ、新女王があたえる〈礼拝〉という形での秩序と安全が手に入らないのであれば、次に望みうる最善のものは〈宝物庫〉をふたたびいっぱいにし、食堂のテーブルを食べ物の重みできしませることだ。

雄蜂にそんな我慢はできない。新しい女王は現れず、姉妹たちがろくに食べていないのに、彼らはますますほしがった。ホルモンにまかせていらだちと不満をあらわにし、徒党を組んでサルビア巫女が集まる〈宝物庫〉に押しかけた。事態を見届けようと、姉妹たちは怖いもの見たさに走ってあとを追った。

巫女たちは耳を傾けるだけで、雄蜂たちは怒りをつのらせた。

「おれたちの不満を聞いて、なんの手も打たないのか」

シスター・サルビアが上品に首を傾けた。

「わたしたちはもっと差し迫った問題を抱えています」

雄蜂たちは驚いて顔を見合わせた。

「おい、おれたちがくつろぐよりも？」

「兄弟たちよ、そんなにここが不満なら――」

「もっとましな家を探すまでだ！」

雄蜂たちは泣いて引き止める姉妹たちを振り切り、憤然と足音高く着地板に向かい、飛び立った。

素嚢にわずかなガマズミの蜜を溜めて戻ってきたフローラは空中で彼らとすれちがい、不穏な空気を感じた。着地板の上では、姉妹たちが雄たちに〝戻ってきて〟と叫んでいたが、フローラはそれを押しのけ、待ち受ける受取蜂に餌を渡した。さっさと〈ダンスの間〉で方角を伝え、誰にも見られず卵のもとに行く方法を見つけることしか頭になかった。

中央広間に駆けこみ、足を止めた。外役蜂たちが待っていたが、喜ぶ雰囲気も期待の空気もない。その多くが律儀にフローラのステップを真似たものの、どこかうわの空だ。仲間を元気づけたいと思いながらも、フローラのエネルギーは子どもに会いにゆくことだけに向けられ、すまなく思いながら広間を出て、外のロビーで立ちどまった。

フローラがダンスを踊ってからずっとロビーは混み合っていたが、姉妹たちは仕事の途中で行きかっているのではなく、族ごとに小さな集団になって立ち話をしていた。多いのはオニナベナ族で、数人が寄り集まり、別の数人が塊になって姉妹たちのあいだを動きまわっては何やら熱心にささやいている。

立ち入り禁止の廊下の入口近くは、プロポリス殺菌剤のにおいが強すぎて誰もいなかったが、ロビーが混み合うにつれて姉妹たちが近くに集まってきた。フローラのなかであらゆる防衛本能が目覚め――すぐにでも廊下を走って無防備な卵を守りたかった。でも、いま出ていったら〝見つけて〟と言っているようなものだ。フローラは衝動を抑え、じっとその場にとどまった。体のなかで、もうひとつの小さな鼓動が強くなった。

とたんに両の頬がぴくんと動き、かすかな甘みが口を満たした。心臓がばくばくし、あわてて飲みこんだ。〝フロー〟――卵が孵りつつある証拠だ。いつ殻を破り、餌をほしがって泣き出しても不思議はない。

フローラは焦ってあたりを見まわした。赤ん坊のもとに行くには高貴なスミレ族とクワガタソウ族にどいてもらうしかなく、それは巣のしきたりに反する行為で、まちがいなく注目を集める。同族姉妹が近くにいさえすればまぎれこめる――だが、自分たちがいるとまわりが嫌がることを気にして、衛生蜂はみな引きあげていた。

フローラは口いっぱいにあふれるフローを飲みこんだ。もし卵のほうに向かう蜂がいたら、走って、力ずくで守ってみせる――でも、それまでは誰にも気づかれずに素通りされ、群れがちりぢりになってから動いたほうがいい。

「女王がやってくる」厳めしい顔の同族集団の中心で、一匹のアザミ蜂が歌うように言った。「女王がやってくる」アザミ蜂たちは繰り返したが、そこに確信の響きはなかった。

「でも、サルビア族からではない！」若いオニナベナ蜂が自分の族のまんなかで叫び、ロビーにいたすべての蜂が、この恐れを知らない、まだら被毛の姉妹を振り返った。「なぜならサルビア族は病気だから。それ以外に王女を連れてこない理由がどこにある？」オニナベナ蜂は狂気じみた目で続け、ロビーを見まわした。「聖なる母ですら病に倒れる。だったら、巫女たちがそうならないとどうして言える？」

その先を言うまもなく警察団が駆けこんでオニナベナ族の集団を引き離し、若いオニナベナ蜂を引きずり出した。一匹の警官が思いきりその側頭部をなぐり、別の一匹が肢を蹴って倒れさせた。

「この罰当たりめ！」警官が言った。

「〈慈悲〉は上等すぎる――」別の警官が突起のついた籠手《こて》を振りあげた。

まだら被毛のオニナベナ蜂は鉤爪で警官の体をかきわけ、激しい殴打をあびながら叫んだ。「姉妹たちよ！　これが真実を話す者の運命――」

若いオニナベナ蜂の被甲が割れる音がした。

「やめなさい、今すぐに！」アザミ警備蜂の一団が駆け寄り、生殖警察を引きはがした。「この暴挙はどういうこと、警部？」最高齢のアザミ蜂がシスター警部の頭と胸のあいだを鉤爪でつかんだ。「このロビーは集まりと語らいの場――いったいなんの権限でこんな真似を？」

アザミ蜂が手を放すと、シスター警部が憎々しげに見返した。

「〈反逆法〉だ！」警部が吐き捨てるように言い、警官たちがオニナベナ団に向かって鉤爪を振りあげた。オニナベナ蜂が床から立ちあがった。負傷しているのは誰の目にもあきらかだったが、若蜂はふたたび警官たちに向きなおり、大声で言った。

「女王がいないいま、どこに反逆がある？」

この真実に誰もが黙りこみ、シスター警部は憤然と息を吐いた。

「サルビア族に対する反逆だ！」

「サルビア族はほかと同じ、ひとつの族にすぎない」若いオニナベナ蜂が傷ついた胸部に手を当てて叫んだ。「でも、巫女たちはみな自分を女王だと思って――」

これを聞いた姉妹たちは息をのみ、シスター警部が鉤爪を振りあげた。もういちどオニナベナ蜂をなぐろうとしたとき、大柄なアザミ警備蜂があいだに立ちはだかった。

「この暗黒の日々はどういうこと？」

「いかにも暗黒だ、アザミ族がこんな口をきくとは！」シスター警部がとげとげしい、聞くに堪えない声で言った。「巣の全員が知っている――誰が女王を殺したか」

大柄のアザミ蜂がうなだれた。

「永遠の悲しみに誓って」やがてアザミ蜂はシスター警部を見つめ、太くて力強い触角をあげた。

「ここはすべての姉妹が集まり、自由に話すことを許された場所。お引き取り願います」

〝お引き取り願います〟――すごみのある言葉が〈集合意識〉のように広がったが、巣房は何も語ってはいなかった。語ったのは一匹の勇敢なアザミ蜂だけだ。姉妹たちがその背後に集まり、無言の力を見せつけた。

シスター警部は残忍な表情を浮かべ、警官たちを集めて立ち去った。蜂のあいだから拍手が起こったが、勇敢なアザミ警備蜂が黙らせ、オニナベナ族の一団を指さした。

「女王がやってくる！　そのときまで警察を刺激しないように」

「はい、シスター。感謝します」

多くのオニナベナ蜂がアザミ蜂に頭をさげたが、アザミ蜂はもう見ておらず、触角は着地板に通じる廊下に向けられていた。フローラも同時ににおいに気づいた。

スズメバチが近づいていた。

ロビーにいた蜂はみな毒針を伸ばし、アザミ蜂のあとについて着地板に駆け出した。フローラと外役蜂は争うように先頭に出て、果樹園を見まわすアザミ警備蜂の列に加わった。

ちょうど巣のにおい標識が消えるあたりを一匹のはぐれスズメバチが飛びまわっていた。光沢のある、ひょろりと細長い体。鮮やかな黄色い肢。板に蜜蜂がいるのを見て近づくと、両目の上に小さな白い斑点があるのが見えた。スズメバチはしばらく巣の上空に浮かび、やがて縞模様をひらめかせて飛び去った。

姉妹たちは歓声をあげ、張りつめた高い声で喜び合った。蜜蜂の力を見せつけ、スズメバチを追いはらった、よくも果樹園のなかをうろつけるものよ。とくと見せつけてやった、ほら、〈育児室〉のオニナベナ族までが出てきて立ち向かった！

外役蜂とアザミ警備蜂は騒ぎに加わらず、なおも空を見まわしていた。さっきのスズメバチはこれまでに見たことのない種類で、嫌な予感がした。

姉妹たちが〈ダンスの間〉へ次々とやってきた。アザミ蜂と警察がにらみ合ったというニュースは巣箱じゅうに広がり、誰もが狂気にかられた恐れ知らずのオニナベナ蜂と、全員でスズメバチを追い返した話をしたがった。

噂話と身づくろいと不安な話があたりを埋めつくすなか、フローラはこっそり広間を抜け出した。

# 38

そびえたつネズミの棺の前に立ったフローラは、ここが清浄な〈育児室第一区〉からいかにかけ離れた場所であるかを思い知らされたが、いままでこれほど美しい赤ん坊は見たことがなかった。卵はみごとに孵化していた。息子は清らかな真珠色で、大きくしっかりして、やわらかい光を放っていた。プロポリスのにおいごしにも、その息の甘さにフローラは息をのんだ。

身を落ち着け、餌をあたえようと子どもを抱いた。息子が身をあずけ、小さな口を開けたとたん両頬がうずき、秘密の場所からフローが湧き出し、〈礼拝〉のようにフローラを慰めた。子どもは満足するまで飲むと、母の腕のなかで丸くなって眠った。働き蜂が一匹いなくなっても死んだと見なされるだけで、誰も捜しはしない。フローラはくつろぎ、子どもを抱いて眠るという贅沢を味わった。

朝になると息子は腕いっぱいになるまで成長し、またもや餌をほしがった。〈ダンスの間〉の音からすると、巣はとっくに目覚めていて、フローラは空腹を覚えた。自分が食べなければ子どもの餌となるフローは出ない。赤ん坊をできるだけ楽な姿勢で寝かせ、やさしい、甘い言葉でなだめ、自分のにおいでおおった。目を閉じる赤ん坊を見ていると、胸に愛情がこみあげた。フローラは食べ物を探しにそっと廊下に出た。

ロビーに二、三歩足を踏み入れてすぐ異変に気づいた。いつもは聞きなれた言葉をなめらかに、力強く伝えるタイルの床信号がつっかえてはとぎれ、上を歩く蜂たちの頭には意味不明の雑音が流れこみ、そのたびに誰もが身をちぢめていた。フローラは、多くの外役蜂が集まって――この蜂にはめずらしく――身振り手振りをまじえて話している大きな中央のモザイクに駆け寄った。

〈ダンスの間〉じたいの問題だと外役蜂は言い合っていた。巣があらゆるステップを邪魔し、一連《フレ》の動き《ーズ》の順序をめちゃくちゃにするせいで、誰も踊れず、情報を伝えられない。伝達できずに、どうやって効率的な餌集めができよう？　部屋の奥からサルビア巫女の一団が近づき、外役蜂たちは口をつぐんだ。

フローラはさっと触角を閉じたが、それより早く巫女の一匹が視線を向けた。

「幸せな姉妹が少なくとも何匹かはいるようね。その幸せをみなに分けてくれない？」

フローラはフローのにおいをごまかそうと、気孔からできるだけ強く族のにおいを発した。

「恐れながら清掃班を率いてもいいでしょうか」フローラはわざと舌をこわばらせ、みっともなく、もごもごと動かした。「もういちど床をきれいにすれば……」

「そうね」別の巫女が言った。「それが原因にちがいない――まだ跡が残っているんでしょう。もういちど〈ダンスの間〉を徹底的にきれいにして」

フローラが衛生蜂らしくへりくだってぺこりと頭をさげると、巫女たちはすべるように立ち去った。外役蜂たちは巫女が去るのを待って〈ダンスの間〉に戻った。扉は大きく開いているが、なかには誰もいない。中央の古い蜜蠟の床にはまだ黒っぽい染みが残っていた。

「巫女の言うとおり」ツタ族の外役蜂が言った。「いつ行っても、あそこには血のにおいが――」

「やめて！　せっかく忘れようとしてるのに」マダム・フキタンポポが顔をそむけ、フローラを見た。「それで、おまえはみずから望んで内役蜂に戻るの？」

マダム・フキタンポポの言葉が胸に刺さったが、フローラはわが子に通じる廊下を見つめ、うなずいた。マダム・フキタンポポはあきれて首を振った。

「だったらこれだけは言わせて。あの場所がきれいになるまで二度とダンスは踊らない」

「最善を尽くします」

フローラは着地板に向かって歩いてゆく外役蜂たちを見つめた。飛び立つエンジン音が聞こえたとたん、体が強く引っぱられ、翅が気流の上で広がりたいとうずうずしたが、体内であの小さな鼓動が強まった。赤ん坊がお腹を空かせている。

あわてて駆けこんだ食堂は言い争う姉妹たちで混み合っていた。床信号の誤動作のせいで、同じ時間に複数の班が押しかけたのだ。食べ物は質の悪い花粉パンがわずかだったが、フローラは飛びついて一瞬で食べた。誰かに話しかけられて振り向くと、触角を振り乱した高齢のオニナベナ蜂が被毛に食べ物をつけて立っていた。

「おまえの族に礼儀作法はないいね」老蜂はあきれたように首を振り、「おまえは〈育児室〉にいた子じゃない？　まだ生きてたの……」そう言って持っていた花粉のかけらをフローラに押しつけた。

「あげるわ、大食いさん。どうせわたしは今日までの命」

「いただきます」フローラは空腹のあまり、プライドも忘れてかぶりつき、ようやく空腹感が治まった。これでまたフローが出る。「感謝します、シスター」

老オニナベナは食堂を見まわし、テーブルをつまんだ。

「〈第一区〉はもうダメね。このベビーベッドを見て、蜜蠟の汚いことといったら！　こんなところで、どうやって女王が出産できる？」オニナベナ蜂は周囲の蜂に向かって腕を振った。「しかも、みんなよそ者で――この子たちをどうやって仕込めというの？」

「シスター、ここは食堂で、みなこの巣から生まれた姉妹で――」

「よそ者よ」老蜂は息をゼイゼイ言わせ、声をあげた。「行きなさい！　わたしのかわいい育児蜂たちはどこ？」

フローラはシスター・オニナベナの乱れた触角を直し、顔を寄せた。

「ここにいます、シスター。ただ、〈聖なる時間〉に赤ん坊をどこに連れていけばいいかを忘れてしまって」

老オニナベナ蜂がフローラの腕をつかんだ。「そこは絶対に清潔でなければならない」

「はい、シスター、それで、赤ん坊はどこへ？」

オニナベナ蜂は頭を近づけたまま動きを止めた。フローラは続きを待ったが、老姉妹は二度と動かなかった。フローラはそのへんにある食べ物のかけらをすべて食べてから、オニナベナ蜂をくわえあげ、死体置き場へ運んだ。女王の血をきれいにしようと〈ダンスの間〉へ戻ると、驚いたことに、族姉妹たちが監督シスターもいないのに床に残る染みをこすっていた。

「誰に言われて来たの？　巣の信号？」

衛生蜂たちは誰にも聞こえないのをたしかめるようにあたりを見まわした。

「あなたです」なかの一匹が答えた。「違ったんですか？　あなたが巫女たちに〝床をきれいにしたい〟というのが聞こえて」

「でも、どうやって——あなたたちはあの場にいなかったのに」

「あなたが送った信号です、マダム。あなたの望みがにおいでわかりました」

そのとき初めてフローラは、衛生蜂の触角が細かく動いていることに気づいた。サルビア族と同じように、フローラ族は言葉よりも化学物質に敏感なのだ。衛生蜂がフローラに笑いかけたとき、ロビーが騒がしくなり、みなが気を取られた。

オニナベナ族の一団が、へし折られた同族蜂の死体を高くかかげ、中央モザイクで立ちどまった。

「死ぬまで廊下に放置されていた！」なかの一匹が叫んだ。オニナベナ族がこれほど挑発的な口調で話すところを聞くのは初めてだ。

「われわれに対する警告よ！」別のオニナベナ蜂が叫んだ。「意見を述べたばかりに警察に殺された！」

オニナベナ族は呆然とする蜂たちを見まわした。

「王女がどこにいるのかをたずねようものなら、姉妹たち、次にこうなるのはあなたたちよ！」

オニナベナ族が体を折られた仲間を床に置き、見た者すべてが身震いした。それは前日、巫女たちに意見した若いまだら毛の蜂で、頭部から下顎が舌もろとも引きちぎられていた。

「〈礼拝〉はいらない」別のオニナベナ蜂が声を張りあげた。「答えはいらない――ほしいのは真実よ！」

「真実？」シスター・サルビアがまぶしく、穏やかに蜂たちのまんなかに立ち、死んだオニナベナ蜂を見おろして首を振った。「あなたたちにそれを知る度胸はない」

「話して！」オニナベナ族は悲しみのあまり、遠慮も忘れて詰め寄った。「どんな真実で権力の座につくつもり？　王女一匹立てられないくせに」

「〈聖なる権利〉よ」シスター・サルビアは淡々と答え、ほかの巫女たちがロビーに現れると、催眠性のある強いにおいが立ちのぼりはじめた。フローラは気孔を閉じ、ほかの衛生蜂もそうするのを感じた。

「殺す権利？」働きざかりのオニナベナ蜂が声を荒らげた。「そういう意味？　サルビア族は腐敗し、堕落している！」

「親愛なるシスター・オニナベナ」シスター・サルビアが両手を差し出し、ロビーの向こうから近づいてきた。「弱い族にとって疑念は実に厄介なものね。メリッサはそれを充分に理解している」

「そしてオニナベナ族は、サルビア族がどんな犠牲を払ってでも権力にしがみつきたいことを理解している！」シスター・オニナベナは強い声で続けたが、巫女が近づくにつれ、恐怖で前かがみになった。

シスター・サルビアが両手を伸ばしたまま足を止めた。

「触れてごらんなさい、シスター・オニナベナ。わたしには聖なるものが流れている。その手で感じてごらんなさい、これ以上むごい疑念を声にしてわたしたちの巣を傷つける前に。心を開き、自分で判断して」

シスター・オニナベナはロビーを取りかこむ巫女たちを見まわした。

「まやかしよ。示し合わせて、わたしを傷つけようとしてる」

「あなたに襲いかかる痛みは、あなた自身の魂から来るものにすぎない」

「ならば怖くはない」そう言いながらもシスター・オニナベナはシスター・サルビアの手をにぎるのをためらった。「わたしたちの族は巣に忠実なる僕《しもべ》――尊敬されてしかるべきよ！」

「だったら隠しごとはやめて」シスター・サルビアが近づいてオニナベナ蜂の手をぎゅっとにぎり、オニナベナ蜂はびくっと身をこわばらせて立ちすくんだ。その場にいる全員が、手をつないだ二匹を見つめた。だが、シスター・オニナベナの触角の根もとが震えているのを見たのは、まぢかにいた蜂だけだ。やがてオニナベナ蜂の肢がなえ、体がだらりとなり、オニナベナ族の全員が息をのんだ。シスター・サルビアがオニナベナ蜂のぐったりした体を同族姉妹に向けた。その目は白い膜でおおわれ、両の触角の根もとが割れて液が染み出ていた。

「魂の堕落は持ち主を滅ぼす」シスター・サルビアはシスター・オニナベナの死体を、まだら毛の死んだ仲間の横に落として手をぬぐった。

〝狂気。姉妹どうしの対立。禍《わざわい》〟

心の声が聞こえたかのように、シスター・サルビアが群れのなかにいるフローラのほうに注意を向け、触角を強く探った。フローラは触角に焼けるような感覚を覚えたが、身じろぎもしなかった。やがて巫女は無言の集団に注意を戻した。

「たったいまシスター・オニナベナを殺した邪《よこしま》な秘密――それは、彼女の族がひそかに自分たちで王女を立てながらなお自分たちを忠実だと考えていることです」

「わたしたちにもあなたたちと同じ権利がある！」別のオニナベナ蜂が声を荒らげた。「サルビア族は病気だから健康な王女を作れない、でも、わたしたちオニナベナは〈育児室〉の族で、そのやりかたを知っている！　そもそも〈聖なる権利〉なんてものはない――食事が運命を決めるのだから！　それこそが真実で、あなたたちも知っている。すべての雌は働き蜂として生まれ、女王になるかどうかは餌で決まるってことを！」

この言葉に蜂の群れはどよめき、フローラの脳内で何かが呼び覚まされた。〈育児室〉の当番表。だから誰も見てはならず、数えかたを知ることも許されなかった――フローラは気づいた――だからサルビア族はあたしが去るときに記憶を破壊しようとしたのだ――まんいちあたしがおぼえていたときのために。足もとから深い振動が巣房全体を揺らしはじめた。

〝**黙れ！**〟〈集合意識〉が呼びかけた。ロビーに通じる廊下の入口に黒い警察団が見えた。

「黙るもんですか！」オニナベナ蜂が叫んだ。「働き蜂は三日、雄蜂は四日！」

シスター・サルビアの合図で、警察団が群れを押し分けてオニナベナ蜂に近づいた。オニナベナ蜂は群れのなかに隠れようとしたが、姉妹たちはおびえてちりぢりになった。

「そして五日すると女王になる――フローがその秘密よ！」オニナベナ蜂が叫ぶと同時に警察が取りかこんだ。「雌蜂は誰でも――」

叫ぶオニナベナ蜂に、警官が怒りを爆発させ、あたりに血のにおいが満ち、一匹の警官が赤く濡れた塊のついた鉤爪をかかげた。

「反逆者はもっと多くの卵を産んだ」警官が赤い塊を食べて言った。「そしてフローをたっぷり出している」

群れから悲鳴があがるまもなく、巫女たちが自分たちのにおいをまき散らした。たちまち姉妹たちの脳はサルビア族のにおいにとらわれ、脳内から恐怖の音が消えた。足もとの巣房がびくっと揺れた。

**〝わ、われらが母〟**――〈集合意識〉の声が聞こえた。

**〝われらが母――汝――死より来たる――われらが母――〟**

とぎれとぎれの〈女王の祈り〉に蜂たちはおびえ、うめきはじめた。巣房のうなりはますます甲高くなり、耐えがたい周波が姉妹たちの脳を駆けめぐり――ふいにやんだ。あたりの空気がすべて吸い取られたような気がした。

「静かに」サルビア巫女が片手をあげ、みなに笑いかけた。「恐れるなかれ、〈集合意識〉は対立に疲れ、休息を必要としている」それからアザミ警備主任のほうを向いた。「勇敢なる警備姉妹たちよ、これで、不和がどれほどの損害をもたらすかわかったでしょう。対立的判断に立つのはやめて、大きな善のためにあなたたちの力を警察に貸して」

「どうやって？」アザミ警備主任の表情からは何も読み取れない。

「巣箱の王台（女王蜂になる卵が産みつけられる巣房）を調べ、信頼できる警察や巫女に見張られていないものは排除して。そのなかで生きるものが何もないように」

「王台はいちども見たことがありません、シスター。どうやってそれとわかるのです？」

シスター・サルビアはぞっとするような笑みを浮かべた。

「これまで見たどんな巣房とも違います。何ひとつ生かしてはならない。それだけ知っていれば充分よ」

アザミ警備主任は吐きそうな顔でうなずいた。巫女たちが引きあげ、サルビア族のにおいの呪縛がゆっくりと蜂たちの肉体を解放した。困惑し、パニックにおちいった姉妹たちはぶつかり合いながら床からの指示を読み取ろうとしたが、巣房はなんの情報も発しなかった。なにごとにも動じず、勤勉なのは衛生蜂だけだ。あたりを見まわすと、すでにアザミ警備団がロビーに通じるすべての廊下の入口に立つ生殖警察団と相談を始めていた。ここから出たければ警備蜂と警察のあいだを通るしかない。フローラの口のなかに甘いフローがあふれ、被毛にこぼれ落ちた。飲みこんでもあとからあとからあふれ、もう隠せない。誰かに嗅ぎつけられたら最後、殺される——そうなったら赤ん坊も。

いいえ、死なせはしない。アザミ警備蜂はまだ誰も着地板には戻っておらず、板に通じる廊下の入口にも警官の姿はまだない。ちょうど外役蜂たちが着地板に戻ろうとロビーを通りすぎるところで、フローラは走ってそのなかにまぎれ、においを嗅ぎつけられる前にみなを追い越して着地板に急いだ。いま飛び立たなければ餌の時間にまにあわない。

太陽が板に照りつけ、空は澄んでいた。標識の合図を置くのももどかしくフローラは胸のエンジンをできるだけ激しく高らかにふかして遠方まで出かけることを告げ、ほとんど垂直に飛び立って巣箱と果樹園の上空に上昇し、裏にまわりこんで傾斜のある屋根に降り立った。

飛行する姉妹に気づかれないよう、におい腺をきつく閉じたまま、フローラは巣の横を歩いてくだりはじめた。そこを通ったあらゆる昆虫の痕跡のほかに、脳が焦げそうな鳥の糞や風で堆積した汚れの膜が残っている。やがて、巣箱の底にぎざぎざの黒いすきまが見えた。冬が終わっても、噛みちぎられた縁はネズミの悪臭がしたが、その奥からはるかに甘いにおいがただよっていた。フローラはすきまからなかにもぐりこんだ。

果樹園のはるか上空で、一匹のスズメバチが興味深そうに見ていた。

# 39

防腐処理されたネズミの死体は空間をほぼふさいでいたが、いびつなプロポリスの棺と木の巣箱の壁のあいだにはすきまがあった。フローラがもぐりこむと、赤ん坊は母親のにおいに興奮して甲高い声をあげ、のたうちながら近づいてきた。息子は最後に見たときからさらに大きくなり、ひどくお腹を空かせていた。抱きあげたとたん赤ん坊は口を開け、ほっとしたフローラの頬がぴくつき、光るフローがあふれ出た。

飲むだけ飲んだ赤ん坊は体全体から光を放った。息子に口づけして顔をきれいにし、プロポリスでできたベビーベッドの壁まで抱えあげると、古い樹液が赤ん坊の光で琥珀とブロンズ色に光った。

「さしずめウジを愛した母親と言ったところね」

シスター・サルビアが棺のてっぺんにしゃがんでいた。巫女はすべてを見ていた。

フローラは赤ん坊をひしと抱いて、片腕を振りあげた。

「まったく驚いたわ、おまえがまだフローを出せるなんて」シスター・サルビアはもっとよく見ようとネズミ棺の横を途中まで這いおりた。「さすがのわたしたちも、まさかここまで大胆で目端がきくとは想像できなかった、フローラ七一七」そう言って触角をあげ、族のにおいを出した。「教えて、これまでなんど産卵した？」

心臓が早鐘を打ち、毒針がすべり出たが、腕には子どもを抱いている——フローラは息子のために穏やかに答えた。「これが三度めです。知らないうちに生まれて」

「情けの余地がないことはわかってるはずよ」シスター・サルビアがほほえんだ。「とはいえ、たいした度胸ね——同じ罪でオニナベナが引きちぎられているというのに、ロビーでフローのにおいをぷんぷんさせるとは。図太い神経だわ、七一七。おまえを見逃した唯一の理由は、この目でおまえの汚《けが》らわしい子を見つけたかったからよ。アザミ族から、着地板の近くで嚙んだばかりのプロポリスのにおいがしたと報告があって不審に思っていたけれど——まさかベビーベッドとは！　まったくたいしたものね——こうして話しているまにも警察が向かっている——さぞ驚くでしょうね」

フローラはネズミが開けた穴のほうを見た。

「逃げたいなら逃げなさい。いずれにせよ死はまぬかれない」

「逃げはしません」フローラは最後にもういちど子どもを抱き寄せた。「でも、シスター、雄蜂たちがこの巣を見捨てたいま、どうかこの子を〈育児室〉に連れていってください。みなの前で罪を認めます、翅を引きちぎられてもかまいません、どんな死でも受け入れます——でも息子だけは生かしてやって」

「息子？」シスター・サルビアが巣房の床までおりてきた。「巫女をからかう気？　おまえのいまわしき子は雌よ」

「雌？」フローラは子どもの小さな顔をのぞきこんだ。「娘？」

「化け物よ」シスター・サルビアは触角をあげ、「その罪により、おまえの族全員に死刑を言い渡す。そのいまわしきものを廊下に連れ出して――あまりの悪臭に信号も出せやしない」そう言ってなんども触角をぴくつかせた。「スズメバチやアリでさえ、おまえよりまだ節操がある――初めて罪を犯したあと、なぜみずから死を願い出なかった？」

「女王の部屋にいたとき、聖なる母はあたしに愛をくれました。そして産卵したとき――あたしは自分の卵に愛を感じた。あたしは変わったんです」

「変わった、七一七？　羽化してからすぐ始末されるはずだった、醜い、化け物じみた変わり種が？　いったい何に変わったというの？」

「愛情深い母親に」

シスター・サルビアがいきなり笑い出した。

「いいえ、シスター、本当です――それは何よりもすばらしく、〈礼拝〉よりも強い！」

「そんなことが本当にありえると思う？」シスター・サルビアがしげしげとフローラを見た。「愛はもっとも崇高な秘跡で、われわれが生み出すどんな富よりも貴いもの――それをおまえが感じるというの？」

フローラは子どもをきつく抱きしめ、うなずいた。

「自分の――子どもを――見れば、いまも感じる？」

フローラが幼い娘の顔を見おろしたとたん、喜びであたりの空気が揺らいだ。気づいたときはすでにフローラの触角は大きく開き、シスター・サルビアが自分の力をフローラの意識の奥深くに入りこませていた。

「おまえは自分を女王だと思いこんだ」シスター・サルビアが吐き捨てるように言った。「クモはおまえに警告した――ええ、わたしはすべて知っている。彼らがおまえの秘密を黙っているとでも思った？　それを聞き出すのにいくつ命を犠牲にしたことか、でもわたしは――」

巫女は、もがくフローラの触角に自分の探針をさらに深く押しこみ、動きを封じた。赤ん坊が泣きはじめ、フローラは力の入らない腕から赤ん坊が引きはがされるのを感じた。

「愛？」シスター・サルビアが鉤爪で赤ん坊を抱き、フローラの目の前にかかげた。「それは花たちのためにあるものよ――外役蜂なら心ゆくまで花を渇望するかもしれない――でも、おまえに誕生の秘跡が感じられるはずがない！」

赤ん坊が巫女の手のなかで泣き叫び、もがき、巫女が赤ん坊の顔をはたいた。

どんな楔《くさび》も、拘束も、フローラの怒りを抑えることはできなかった。フローラは巫女の手から子どもを引きはがすと、相手が何か言うまもなく力まかせになぐり倒した。シスター・サルビアは長い腹をあちこちにひねりあげてフローラに襲いかかり、あたりに毒の煙をまき散らしたが、フローラにはスズメバチと闘った経験がある。巫女のぴくつく触角を引きちぎり、光沢のある縞模様のあいだに毒針を刺し、シスター・サルビアの心臓が鼓動するのを待って強く確実に毒を押し出した――巫女が動かなくなるまで。

フローラの赤ん坊は恐ろしいにおいから逃げようとベッドに体を押しつけて泣いていた。フローラは娘を抱きしめ、自分の族のにおいで包んで泣きやむまで揺すり、そのあいだもずっと警察の足音が聞こえないか耳を澄ましていた。触角は巫女に締めつけられたせいでずきずきし、あたりにはサルビア族の血がむっとたちこめ、プロポリスのにおいも突き破るほど強く漏れ出している。これを始末しなければ――死体はフローラの針の毒ですでに硬直して膨張し、ネズミ穴に通じるせまい空間を引きずっていくのは無理だ。

フローラは頑丈な顎で巫女の頭をくわえ、すばやくひと振りして胸部からへし折ると、毒液ですべる床から娘を抱えあげてベッドに戻した。幼い娘は母親の動きを黙って見ている。

これからやらねばならないことに怖気《おぞけ》を振るいつつ、フローラは自分の分厚く、力強い舌に感謝しながらシスター・サルビアの胸部と腹部のあいだをくわえ、巫女自身がこぼした毒のなかを引きずった。そうして被毛に毒が染みこんだ死体をネズミ穴から押し出し、丈の長い草のなかに放り投げた。

頭の処理はもっと大変だった。触角はなくなっていたが、シスター・サルビアの目の死んだレンズはまだ情報を保持しており、ネズミ穴のほうに運ぶときにそれが舌に流れこんだ。落とさないよう、頭の被甲をくわえなおした拍子に重くてじっとりした脳がこぼれ、口のなかに落ちた。触れたとたん、ひきつるような祈りの暗号と暴力のイメージが胸のなかで脈動し、フローラは巫女の頭をできるだけ遠くへ放り投げた。脳みその残りを吐き捨て、おそるおそるのぞいてみると、シスター・サルビアの頭は草の茎に引っかかっていた。

飛び降りて引き抜こうとしたが、なかなか抜けず、動かすたびにサルビア族の血のにおいが広がった。外役蜂の誰かが警戒信号を出すかもしれないし、どこかのスズメバチに巣が襲撃されたと思われるかもしれない。フローラは誰かに見られている気がして、おびえてあたりを見まわした。

「われらが巫女は具合が悪そうだ」

シナノキ卿が震えながら巣箱の屋根に座っていた。粋《いき》で身ぎれいな色男はいまや見る影もなく、旅の汚れにまみれてぼろぼろだ。シナノキ卿は胸部エンジンをぱたつかせてフローラの横に降り立った。

シナノキ卿の姿を見てほっとしたとたん、全身の神経が痛みの悲鳴をあげた。フローラは口もけず、草を指さすのが精一杯だ。

「シスター・サルビアはギシギシの葉の思慮深さのほうがお好みか」

フローラがかろうじてうなずくと、シナノキ卿は、上からのしかかるようにシスター・サルビアの頭部をつかんだ。奮闘するシナノキ卿のエンジンは危なっかしいほどとぎれとぎれだったが、ようやく茎から頭を引き抜き、下の葉のなかに落とした。

「なんといたましい事故に遭遇したものだ。あの族がこんなにも不注意とは」シナノキ卿がフローラの隣に座った。フローラは言葉も出ない。シナノキ卿が垂れさがった触角をあげた。「それに、われらがなつかしい家の上空にはなんと陰鬱な空気が垂れこめていることか——連中もあてがはずれたな」

見あげると、たくさんの雄蜂が巣の屋根にしがみついていた。いばった態度はどこにもない。首毛を引っぱるシナノキ卿はひどく老いていた。

「ほかの巣はどこも受け入れてくれないの？」

サルビア族の拘束がまだ舌を焼き、しゃべると痛みが走った。

「ああ、たくさん見つかった。死んだ巣箱、見捨てられた巣箱。なかからは泣き叫ぶ声と嫌なにおいがして、ここさえトウダイグサと同じくらいかぐわしく思えた――少なくともわたしには」シナノキ卿はフローラを見た。「妙な話だが、自分の家族が恋しくなった」

「あたしたちもあなたたちが恋しかった――あなたたちみんな」フローラは果樹園の向こう――ぎらつく機械が近くの畑を動きまわり、カラスが上空を旋回するあたりを見つめ、翅をぶるっと震わせた。「あたしには――まだやるべき仕事が残ってる」

「手を貸そうか」シナノキ卿がフローラの目を見つめ、フローラはうなずいた。

「大声をあげて、強いにおいを出してくれる？」しばらくのあいだ……」

「仰せのままに、マダム」シナノキ卿はエンジンをふかし、くたびれた雄蜂たちの近くに舞いあがった。「わたしの言ったとおり、兄弟たちよ、姉妹たちはわれわれが恋しかったそうだ！　もういちどわれら殿方は降臨し、食事と暖をもらい、求められようではないか！」

歓声のなか、シナノキ卿は雄蜂を率いて着地板に向かった。やがて彼らを出迎えに駆け出した姉妹たちの、うわずった甲高い声が聞こえた。フローラはしばらく耳を澄まし、こっそり娘のいる場所へ戻った。

# 40

シスター・サルビアを始末しているあいだに、フローラの赤ん坊はさらに成長し、いまやプロポリスのベッドの脇を押すほどになっていた。楽な姿勢に寝かせ変えながら、フローラは新たな重みと美しい真珠色の皮膚の変化に気づいた。前はなかった虹色が加わり、もろくてこわれそうな感じではなくなっている。思わず抱きあげ、眠る美しい顔と、見ているあいだにも表情が大人っぽく、女性らしくなってゆくさまを驚嘆の目で見つめた。

廊下の入口から駆け抜ける足の振動と大きな声がして、フローラは身をこわばらせた。やがて着地板から入ってくる雄蜂たちの大声と高笑いが響き、姉妹たちの喝采と歓迎の悲鳴が聞こえた。ロビーに群がる姉妹たちの笑い声にはヒステリックな響きがあった。フローラは娘を抱いたまま、じっと耳を澄ました。

姉妹たちは戻ってきた雄蜂を歓待するのに夢中になっていた。なんとかとどまってもらおうと、巣がとても元気で、もうじき新しい女王がやってくることを告げ——雄蜂たちもまた大事にされたいばかりに虚勢を張って笑い、ふざけ、黄金宮殿での冒険を語り、〝それも家の楽しみとは比べものにならない〟とお世辞を言った。

全員が足音高く中階へあがり、笑い、しゃべりながら食堂に向かう音がした。戻ってきた雄蜂を歓迎するべく食堂の扉が開け放たれたのだろう。足音は遠くに消えたが、なおもフローラは罠を警戒して聞き耳を立てた。

腕に抱いた子どもはますます重くなり、フローラは見おろして息をのんだ。娘はさらに成長し、またしても美しい顔が変化していた。安定した周波がゆったりと波のように幼虫の全身を移動しているのを見て、フローラは気づいた。これは眠っているのではない、トランス状態だ。娘は〈聖なる時間〉に入ろうとしていた。

フローラは途方に暮れた。まさかこんなに早くやってくるとは――たしかあと数日は餌をあたえる時間があったはず。でも思い出せない。自分が何日間フローをあたえたかも、いま何をすべきかもわからない。〈聖なる時間〉は祈りと儀式をともなう神聖なもので――赤ん坊に封をしなければならない、それもいますぐに――だが、娘はもうプロポリスのベッドには収まりきれず、かといって死んだネズミの横に閉じこめるなど、汚らわしくてとてもできない。

静けさがのしかかり、フローラは途方にくれて触角を引っぱった。このまま封をされずに放置されれば死ぬし、見つかっても死ぬ。フローラは最初の卵を生殖警察の手で、ふたつめを〈訪問〉で失い、この子を救うために巫女を一匹殺した。

フローラの娘はむにゃむにゃとつぶやき、トランスが深まるにつれて身じろぎした。それはえもいわれぬかぐわしさで、フローラは顔を寄せてにおいを吸いこみ、赤ん坊の頭の、ちょうど触角になるあたりにふたつの小さな光の点が現れるのをうっとりと見つめた。変化は目の前で起こりつつある。あらゆる本能が、この子を守り、封をして〈聖なる時間〉を迎えさせなければならないと告げていた。

〈聖なる時間〉は巣のどこで起こっていた？　フローラは事前に突きとめておかなかった自分をなじった。たしかに見たはずなのに、そのときは気づいていなかった。気持ちを落ち着け、巣のなかでこれまで行ったあらゆる場所を思い出したが、〈聖なる時間〉がどこで起こっていたかはわからない。わかっているのは、そのときが来たら、赤ん坊が〈第二区〉から……どこか知らない場所に移され、そしてすべての蜜蜂が羽化して〈到着の間〉に現れるということだけだ。

〝清潔でなければならない〟――老オニナベナは食堂でそう言った。

フローラは娘をきつく抱いて考えに考えた。衛生蜂は生涯の大半を〈到着の間〉で、からっぽになった巣房を掃除することに費やす。なんのために？　〝再利用するために〟

フローラはえんえんと続く巣房の列を思い出した。近くの巣房では新しい蜜蜂が次々とせわしなく羽化し、まんなかあたりは掃除の最中で、遠くの巣房は封がされて静かだった。二、三日働くと、どの衛生蜂も担当を交替させられた。いまようやく、死ぬまぎわのオニナベナ蜂が食堂で言った意味がわかった。〈聖なる時間〉のための特別な場所などどこにもない。幼虫は〈第二区〉でそのままトランスに入り、育児蜂によって〈到着の間〉に移され、きれいな巣房に入れられて封をされるのだ――いままさに、生殖警察が不埒な卵を探して引き破いているであろう場所で。

頭上から足を踏み鳴らす音が聞こえ、中階ロビーから歌の振動がかすかに伝わってきた。雄蜂たちは祝賀の任務に真剣に取り組んでいた。たしかにフローラはシナノキ卿の命を助けた。恩を着せるつもりはまったくなかったが、いま彼はフローラだけでなく、愛する子どもの命まで助けてくれている。フローラは心の底からありがたく、感謝の気持ちで涙が浮かんだ。身をかがめ、眠る娘の顔にくちづけると、うれしいことに〈女王の祈り〉の言葉が自然に心に浮かんできた。

もしこの世界に聖なるものが残っているとしたら、それはこの子に対する愛と、女王に対する愛だ――フローラを愛し、〝自分を恥じることはない〟と言ってくれた美しい母。雄蜂と姉妹たちが上の階で騒いでいるあいだ、フローラは〈女王の祈り〉を心のなかで――魂に乗り移るまで――唱えた。

〝永遠《とわ》の命は死より来たる……〟

フローラは顔をあげた。姉妹が誰にも邪魔されずに横になれる場所がひとつだけ、この壁の向こうにある。共同寝室でも〈到着の間〉でもない。フローラの同族姉妹しか足を踏み入れない、死体置き場。雄蜂が階上で騒いでいるあいだは、まだ時間がある。

フローラは族のにおいを最大限に強め、プロポリスのにおいベールの奥のロビーが静かになるのを待ってから、動かない白い娘を抱いて急いで外へ出た。数匹の蜂が驚きの目を向けたが、フローラは激しく頭を振り、転ぶふりをしながら手を振って追いはらった。

「病気、病気」フローラがもごもご言うと、みなちぢみあがって走り去った。

死体置き場には衛生蜂が二、三匹いるだけで、がらんとしていた。衛生蜂はフローラを見てうなずいたが、話しかけはしない。フローラは大切な荷物を薄暗い隅に寝かせ、同族姉妹が立ち去るのを待った。娘は見ているまにも成長し、変化してゆく。もう一刻の猶予もない。衛生族特有の力と長年つちかった技で、フローラはふたつの保管場所のあいだの仕切りを嚙み破ってひとつの大きな部屋を作り、こわれた蜜蠟で子どもをおおう蓋を作った。作業をしながら、心のなかで〈女王の祈り〉を繰り返すうちに、体は労働で温まり、口はフローで甘くなった。フローラはトランス状態に入った娘に顔を近づけ、光のなかで輝く顔のまわりに最後のしずくを垂らした。どんな言葉もフローラが感じた愛を表すことはできなかった。

そしてフローラは娘に封をした。

# 41

雄たちが戻ってきたその日こそ巣内の意気もあがったが、根底にあるサルビア族とオニナベナ族のあいだの緊張は抑えようもなかった。サルビア族もオニナベナ族も、自分たちの陣営につくようあらゆる族に訴え、群れは二分極化した。サルビア巫女の一匹が行方不明になったが、〝わたしたちの先輩姉妹も何匹かいなくなった〟とオニナベナ族が叫び、どのロビーでも諍《いさか》いが起こった。相手にされないのは衛生蜂だけで、オニナベナ族もサルビア族も、掃除さえきちんとされていればまったく無関心だった。餌集めには絶好の天気なのに、フローラは族姉妹とともに過ごした。衛生蜂として死体置き場に行けるからというだけでなく、ひどく疲れ、生まれて初めて飛びたい気持ちになれなかった。族どうしが争い、巣の状態が悪くなってゆくのを見るのは悲しかった。いまやロビーの美しい中央モザイクがエネルギーで光り、息づくことはなく、共鳴する〈集合意識〉のない巣房は美しさを失った。誰もが待ちくたびれ、怒りっぽく、やけになった。なにしろ、このところずっと〝どちら側につくか〟と迫られている。だが、姉妹たちがほしいのは〈礼拝〉であり、彼女たちの心はおびえながらこうささやいていた――

〝わたしはどんな女王でもあがめる〟

日が暮れるころには誰もがわれを忘れていた。共同寝室では口論が噴出し、多くの蜂がオニナベナ派の、あるいはサルビア派の姉妹の横では眠れない――眠りたくない――と言い出し、あたりには不和の嫌なにおいが立ちこめた。誰かがベッドに横たわって〈礼拝〉がほしいと泣けば、せっかくそのありがたさを忘れようとしているのに思い出させないでと別の誰かがなじった。「みんな、落ち着いて！」フローラのそばで誰かが叫び、「もう終わりよ」別の誰かが吐き捨てるように言った。「この巣は汚《けが》されて――」

騒ぎが起こり、アザミ警備団と生殖警察がずかずかと踏みこんで〝誰が始めたのか〟と問い詰めた。蜂たちは黙ってちぢこまった。警備蜂と警察蜂は、もったいぶった、剣呑なお辞儀を交わし、先に相手に立ち去るよううながした。アザミ族が先に出て、あとに続く生殖警察が暗い寝室を振り返り、オニナベナ派の姉妹に向けて威嚇するようなにおいを発した。

口をきく者はいなかった。しだいに寝室は静まり、聞こえるのはこらえきれずに漏れる泣き声だけだ。

朝になっても多くの蜂が起きようとしなかった。

「女王がいなければ」誰かが壁を向いて言った。「何もやる気にならない」

「子どもが産まれないなら」別の誰かが言った。「働いても意味がない」

フローラが隣の姉妹を揺すった。「でも、あたしたちには仲間が――」

「いままではそうだった」シャクナゲ族の外役蜂がぶるっと身を震わせた。「争いで正気を失うまでは。こんなにも悲惨な仲間割れを見ていると、新しい女王が来る前に哀しみで死ぬかもしれない」

フローラはマダム・シャクナゲを抱きしめた。

「どうか、シスター、そんなこと言わないで。外役蜂が飛ぶのをやめたら、内役蜂は――」

マダム・シャクナゲがフローラを押し返した。

「自分は放棄したくせに！　あんたは外役蜂の精鋭だった――なのにいまは怖気づいて、怖くて飛べず、ちり取りにしがみついてる。あんたの心もこわれたんだ」

「こわれてなんかいない！」フローラは立ちあがった。「あたしの心は愛に満ちている、誓って」

「だったら飛びなさいよ！」翅がくしゃくしゃに乾いたヤグルマソウ族の外役蜂が叫んだ。

「みんながそう言うのなら」フローラは翅留めをはずした。「あたしと一緒に飛ぶのなら」

マダム・シャクナゲが上体を起こし、立ちあがった。

「わたしにとって大事なのは姉妹たちだ。政治じゃない」

マダム・ヤグルマソウも立ちあがった。

「わたしが愛するのは花々。そしてわたしたちの巣」

「わたしたちの巣」

外役蜂がベッドから起きあがるたびに、翅留めの開く音が寝室じゅうに響きわたった。

着地板には、太陽が熱く激しく照りつけ、甘いにおいが波のように大気にただよっていた。外役蜂たちは驚いて視線を交わした。女王のいない状況に絶望しているあいだに、あやうく春の蜜流の始まりを逃すところだった。彼女たちはいま着地板の温まった木のでっぱりに立ち、生命力がやわらかい土の下から緑の葉を引き出し、枝のつぼみをふくらませるのを感じた。地面の下では球茎が芽吹き、はるか上空では金色の花粉が渦を巻いて風に運ばれている。

外役蜂は悲しみから目覚め、声を立てて笑った。世界がふたたび命を吹き返していた。エンジンが始動する晴れやかな音を聞きつけ、多くの姉妹が着地板に駆け出てきた。巣のなかの陰鬱な権力抗争にすっかり力を奪われ、最初はぼんやりしていたが、勇敢な外役蜂が目もくらむような青空にふたたび飛び立つのを見て歓声をあげはじめた。

肉体は疲れていても、フローラにはこれまでに培った能力の恩恵があった。たとえ関節はこわばり、エンジンは悲鳴をあげても、フローラはこれまでの知識と経験のすべてを使って軽やかに気流に乗り、最上のにおいを突きとめた。最初のスイセンの花を見つけたときの喜びといったら――あとから思えば、花粉はちょっと味気ないが――その極上の香りゆえに、どんな蜜蜂も見つけたいと願う花だ。スイセンの香りは体の痛みも衰えも忘れさせるほどの喜びで魂を満たし、フローラは持てるかぎりの技と力で花粉を集めた。クロッカス、ラッパズイセン、そして薄緑のヘーベの花。その目の覚めるような桃色の花粉粒は小さなベリーのように中身が詰まり、しっとりしている。花粉カゴと素嚢が満杯になると、蛍光を発する千の花弁とパターンが記憶によみがえった。〈聖歌〉に包まれてリンゴの花のなか深くにもぐっていたとき、フローラは体に軽い衝撃を感じた。

長いあいだ自分の鼓動に隠れて意識しなくなっていた、ゆっくりと安定した周波がふいに止まった。フローラは巣に呼ばれたかのように振り向いた。

娘が目覚めていた。

# 42

巣に戻ると、着地板にアザミ蜂はおらず、ロビーも無人で、階段の最上段から濃厚な警戒臭がただよっていた。フローラは翅を広げたまま、誰に見られようとかまわず、まっすぐ死体置き場に駆けこんだ。

娘の強いにおいを感じると同時に、それが変化したのにも気づいた。大きくてふぞろいな蜜蠟の破片が床に散らばっていたが、血の跡はなく、生殖警察のにおいもアザミ警備蜂のにおいもしない。上のほうから巣房ごしにいくつもの声が押し寄せ、それとともに何千匹もの姉妹が中階のロビーを走る振動が伝わった。続いて、殺気に満ちた、つんざくような音が〈集合意識〉のように巣箱全体に響きわたり、数秒後、それに応えて別の甲高い声が違う周波で巣房を駆け抜けた。ふたつの音波はぶつかり合って不協和音になり、巣箱じゅうの蜂が恐怖の悲鳴をあげた。

娘に何かあったのかと、フローラは心配で息もできずに中央階段を駆けあがった。のぼるにつれて戦闘臭が強くなり、やがてサルビア族に対峙するオニナベナ族の戦闘腺のにおいしかしなくなった。

中階ロビーに通じる廊下ではおびえた姉妹がたがいにしがみつき、あたりには毒のにおいが立ちこめていた。フローラは震える姉妹たちを押しのけ、ロビーの中央を取りまく蜂の壁に近づくと、密集する翅と体のあいだをかき分け、前へ前へと急いだ。頭のなかには、死んでも娘を守ることしか――

だが、いきなりアザミ警備蜂に腕をつかまれ、それ以上は進めなかった。

目の前のロビー中央で、二匹の大柄な王女がしゃがんで向き合っていた。どちらも、ほかの姉妹より二倍は大きく、背後にはそれぞれの族蜂――サルビアとオニナベナ――がびっしり立っている。ロビーにいる姉妹たちは押し黙り、聞こえるのはオニナベナ族の王女が吐く、低い息の音だけだ。

被毛が黄色く、顔は平たいまだら模様で、縞模様が明るい茶色のオニナベナ王女が腹部をゆっくり左右に動かし、力を集めるように低くしゃがむと、濡れて光る毒針の先端が見えた。王女は喉の奥でうなり、同族蜂たちの喉からも低いうなりが漏れた。

かたやサルビア族の王女は、かがんだ状態からゆっくり立ちあがり、そびえるように長身を伸ばした。あたりに響くように背中で翅をこすり合わせ、先のとがった長い顔を左右にゆっくり揺らし、壁のように立ち並ぶオニナベナ族の陣営に憎しみの視線を送り、シューと威嚇音を出しはじめると、オニナベナ王女が飛びかかるべく身をかがめた。

その瞬間、稲妻のような動きでサルビア王女が天井に飛びあがり、鋭く強い鉤爪がめりこんだ場所から蜜蠟のかけらがこぼれ落ちた。驚いたオニナベナ王女が見あげたとたん、体勢がくずれ、サルビア王女が天井を駆け抜けながら毒を下にまき散らした。

オニナベナ王女は一瞬早く跳びのき、さっきまで立っていた場所の蜜蠟がじゅっと音を立てるのを見て、巨大な鉤爪を振りあげた。

「逃げる気か！」オニナベナ王女がしゃがれ声で叫び、毒針を剝き出しにした。フローラがこれまでに見たどんな針よりも長くて太く、返し棘が二本ではなく、四本並んでいる。「臆病者は女王になれない」オニナベナ王女が頭上のライバルに叫んだ。

「そして愚か者も——」

サルビア王女が天井から叫び、オニナベナ王女の背に飛び降りて翅に嚙みついた。オニナベナは身をひねってかわしたが、サルビアの鉤爪が食いこみ、引き裂く音があたりに響いた。サルビアが天井に舞い戻るより早く、オニナベナが背中でぴしゃりと翅を閉じて反撃に出た。被甲のぶつかる音がして、毒のにおいが混じり合い、二匹の王女は巣房の床でシューシューと息を吐きながら組み合った。どちらも腹部を強く曲げて相手の体に毒針を刺し、目にもとまらぬ激しさで打ち合い——やがて鋭い悲鳴が響いて——闘いはゆっくりになった。

蜂たちは、床に倒れて動かない二匹の王女を見つめた。やがて手肢の折れる音が響き、サルビア王女が、死にもの狂いでしがみつく相手の体を引きはがした。サルビア王女の針からは毒がしたたり、その前で、腹を刺しつらぬかれたオニナベナ王女がぴくぴくしながら横たわっていた。

ここに来てもサルビア陣営は動かず、音も立てなかった。致命傷を負ったオニナベナ王女がよろよろと身を起こしかけ、同族姉妹が息をのんだ。サルビア王女は低く身をかがめ、挑戦者の背から翅を引きちぎり、高くかかげて床に投げ捨てた。

「簒奪者《さんだつしゃ》の運命を見るがいい」

サルビア王女が敵を振り返った。オニナベナ王女は、呆然と立ちつくす味方の陣営に這いはじめたが、サルビア王女がその目の前に立ちはだかり、ぴくつく体を踏みつけて動きを封じ、みなに光る針が見えるよう高々と腹を曲げた。そして、オニナベナ王女の頭と胸のあいだに針をすべりこませ、もういちど刺した。

そこでようやくサルビア族が声をあげた。その遠吠えのような奇妙なうなりは蜂たちの脳をつらぬき、毒針を恐怖で震わせた。

「女王を見よ！」

サルビア巫女たちが勝者を取りかこんだ。

「女王は死んだ。女王万歳！」

フローラは立ちすくみ、周囲の姉妹たちのあいだに緊張が高まるのを感じた――いまにも飛びかかるか、叫ぶか、たがいにつかみかかるとでもいうような。

「女王は死んだ！」サルビア族がひとつの声で繰り返した。「女王万歳！」

同族蜂の言葉に、サルビア王女が翅をかかげて広げた。その顔は美しくも残忍で、その視線に多くの蜂が恐怖に震えながらひざまずいた。

「ほかにもいる……」一匹のオニナベナ蜂が泣きながら死んだ王女のそばにしゃがみこんだ。「王女はまだほかにもいる、産まれたらすぐに育てあげ――」

サルビア王女がしゅっと息を吐き、ふたたび毒針を抜いた。

「ならば、その娘たちも殺すまでよ——王台のなかでぐずぐずとちぢこまっていた、王家の血を引く姉妹たちを殺したように。〈聖なる権利〉は最初に産まれたものに——それ以外の者には死を。われこそおまえたちの女王、これからおまえたちがあがめるのは——」

そのとき、つんざくようなひと声が空気を切り裂き、サルビア王女とほかの蜂全員が音のするほうに顔を向けた。サルビア王女が怒りに満ちた甲高い声で叫び返し、触角を振りまわした。応じる声はない。蜂たちは恐怖に凍りついて耳を澄ました。音は働き蜂の共同寝室と女王の私室に通じる長い廊下から聞こえたが、いまはしんと静まり返っている。

「出てきなさい！」サルビア王女がどなった。「卑劣なオニナベナ族の簒奪者、出てきて、ここにいる同族姉妹と同じように死ぬがいい！」繰り返し叫ぶ声がロビーじゅうに反響し、蜂たちはおびえて身を寄せ合った。「臆病者！　出てくるがいい！」

「ここよ」

すべての蜂がびくっとして分泌物を放った。薄暗い共同寝室の廊下から、大柄な褐色の王女が現れたからだ。茶褐色の被毛、震える長い触角、細い腰、そして母親フローラ七一七から受け継いだ力強い突起と手肢。

「わたしは最後の王女」低い声が響いた。「すでにほかの者たちの血で剣を濡らした。一匹を除いて」

サルビア王女がゆっくりと頭を左右にひねり、またもやシューと息を吐きはじめた。

「汚《けが》らわしいおまえは何者？」

「あたしの娘」フローラが前に進み出た。心臓の鼓動が全身にとどろいていた。「あたしが育て、王乳《フロー》をあたえた、だから王女という点ではあなたと同じ」

サルビア王女がじっと見返し、シューシューと笑った。

「ひざまずいて首をさらせば、慈悲深き死をあたえてやってもいい」

フローラの娘は答えない。サルビア王女がどなった。「女王に答えよ！」

「交尾するまでは女王ではない！」

フローラが大声で言った。その背後にフローラ族が寄り集まり、浅黒い顔を赤銅色に光らせて族のにおいを立ちのぼらせた。

「なんの分際でそのような――」

サルビア王女がフローラのほうを向くと同時に褐色の王女が駆け寄った。サルビア王女は身をひるがえし、渾身の力ですばやく切りつけたが、フローラの娘は大きな突起で受け流した。力ではかなわないと見たサルビア王女は上から攻撃しようと、ふたたびロビーの壁を駆けのぼり――フローラの娘が大きな突起で壁から蜜蠟を掻きとりながら、毒針をきらめかせて追いかけた。甲高い怒声とともに、サルビア王女が下で見つめる群れのまんなかに飛び降りると、蜂たちはおびえた悲鳴をあげ、ぶつかり、逃げまどい――サルビア王女はその狂乱のなかをすり抜けて、誰もいない〈第二区〉に駆けこんだ。

褐色の王女が同族姉妹を踏み越えなければ進めないよう、生殖警察が王女の目の前で衛生蜂たちをなぐり倒した。だが、褐色の王女はとっさに壁に飛びつき、横向きに走って仲間の頭上を飛び越えた。王女の大きな翅が巡査たちの顔をかすめ、恐怖の悲鳴があがった。

暗くて広い〈第二区〉にサルビア王女の姿はなく、音もしないが、あたりはサルビア族の毒でかすんでいた。一瞬の沈黙のあと、サルビア王女が恐ろしい金切声とともに天井から飛びかかり、長さいっぱいに伸ばした針で褐色の王女を突き刺した。二匹の大柄な王女は組み合ったままベビーベッドに激突し、蜜蠟が割れ、破片があたりに散らばった。

すさまじい闘いにおののきながらも、結末を見届けようと蜂たちはあとを追い、たがいの体によじのぼって、死闘をくりひろげる二匹の王女に場所を空けた。ずらりと並ぶベッドのあいだで切りつけ、嚙みつき、なかば飛び、なかばよろけながら、どちらも相手を放そうとはしない。褐色の王女がサルビア王女の頭を大きな蜜蠟の盾でなぐろうと手を伸ばしたとたん、サルビア王女が自分の体重をあずけ、体の重い褐色の王女はバランスを失った。サルビア王女は目にもとまらぬ速さで身をひねり、フローラの娘に飛び乗って触角をつかむと、脳を破壊すべく、つんざくような闘いの声を直接吹きこんだ。その甲高く鋭い音はサルビア族を除くすべての蜂を麻痺させ、何千もの姉妹が痛みにわめいた。褐色の王女は苦しげに頭を引き動かしたが、サルビア王女を振りほどけない。

「服従し、仲間を助けよ！」サルビア王女がさらに声を張りあげ、蜂たちが大声で慈悲を乞うた。

「おまえはみなを苦しめ――」

すさまじいうなりが空気を切り裂き、その衝撃が痛みにわめく声を遮断し、あたりに激しい力の波を起こした。それは、褐色の王女が翅で相手をはたき、投げ飛ばしたエンジン音だった。不意を突かれたサルビア王女が起きあがるまもなくフローラの娘がのしかかり、相手より勝る体重で押さえこんだ。そして後ろ肢で立ちあがり、とどめの一撃をあたえるべく毒針を構えた。だが、褐色の王女は刺さずに、触角をぴんとあげた。

突然の沈黙のなか、すべての蜂が異質なにおいを嗅ぎ取った。全員の被毛が恐怖でぴんと逆立ち、触角がぴくついた。スズメバチが巣のなかにいる。

胸にぽっかり大きな傷を負ったサルビア王女はすばやく身を振りほどき、巫女たちが安全な場所に王女を引きずって叫んだ。

「王女は生きている！　本物の女王を見よ、簒奪者を殺せ！」

「スズメバチが先だ！」アザミ蜂がどなり、姉妹たちが行動を呼びかけた。空中にただよう高濃度の蟻酸におびき寄せられ、スズメバチが大挙して入りこんでいた。

「本物の女王が先よ！」別の巫女が叫んだ。「正当な女王を宣言して初めてわれわれは勝利を――」

「ばかな！　〈宝物庫〉を守れ！」

「スズメバチと闘え！」

あたりにパニックが広がり、すべてが混乱におちいった。サルビア族は王女を自分たちの中心に引き寄せ、〈第一区〉へ駆けこんだ。姉妹たちはどうしていいかわからず、おろおろとあたりをうろつき、オニナベナ族は〈育児室〉の残骸を前になすすべもなく呆然と立ちつくしている。フローラは娘に駆け寄り、まだ濡れている羽毛を引っぱった。

「来て——食べ物を——食べたら力が出る——娘よ、お願いだから——」

スズメバチのにおいがますます強まった。それは巣箱の最下階からただよい、数はますます増えていた。フローラが一匹のアザミ警備蜂をつかみ、叫んだ。

「手を貸して。王女が指揮を執るには食べ物が必要よ——〈宝物庫〉を引き開けてくれたら、あの子をそこへ——」

スズメバチのシューシューという声が階段を這いのぼってくる。中階に達するのは時間の問題だ。アザミ蜂はうなずき、仲間の警備蜂に合図した。警備団はりっぱな鉤爪を構え、侵入者よりも早く静かに〈宝物庫〉へ走った。

「あなたの巣のためよ、一緒に来て」フローラは娘の翅を引っぱり、並んで走り出した。おびえた姉妹たちが泣きわめきながらついてきた。最下階を荒らすスズメバチのにおいがし、〈ダンスの間〉に下品なあざけりが響いた。恐怖で口がからからになりながら、フローラは娘の手を引いて〈宝物庫〉に入った。やるべきことはわかっていてもしゃべれなかった。

〝**すべて引き開け——飲むがいい**〟〈集合意識〉の声がみなの耳に届き、蜂たちは壁をのぼって封をされたばかりの貯蜜房に爪を立て、えぐり開けた。蜂蜜のにおいにフローラの娘が走り寄って飲むと、たちまち体から発するにおいが強まった。娘は頭をあげ、巣房に腹を強く押しつけて揺らしはじめ、その音が〈宝物庫〉じゅうに伝わって蜜蠟のなかを駆けめぐった。下の中階では、スズメバチが頭上に獲物がいるのを感知してキーッと叫び、駆け足でのぼってきた。

「蜜を流して！　巣房じゅうにこぼして——みんなは廊下へ——逃げ道がある！」フローラは叫び

ながら廊下に駆けこみ、死体置き場に通じる隠し階段を探した。背後ではアザミ族がわめきながら貯蜜房を引き裂き、とろりとした貴重な富が壁をしたたり、床に流れはじめた。

「聖なる母よ、ゆるしたまえ――」

貯蜜房を引き開けるたびにアザミ蜂は叫び、保存処理された百万の花の香りがあたりを満たした。

「もっと！　全部使って――」フローラが叫び、娘を背後に引き寄せると同時に、どろりとした金色の波が蜜蠟からあふれ、押し寄せるスズメバチの群れになだれこんだ。スズメバチの第一陣は心ゆくまで蜂蜜にからめとられながら、しゅっと息を吐き、叫び、あとから徒党を組んでやってくる貪欲な一団に踏みつけられた。翅がくっつき、肢が折れ、どんなに泣き叫んでも、スズメバチ軍団はかまわず、おぼれる仲間を踏み越え、蜜蜂の〈宝物庫〉を突破した喜びに金切り声をあげた。

フローラの娘は母親について暗くて急な階段を駆けおりた。あとから姉妹たちの群れがついてくる。数歩進むたびに、娘は巣房をこわそうとするかのように強く腹を押しつけ、ぶーんとうなった。気でもちがったのかとフローラは恐れたが、やがてそれが集結の呼びかけだとわかった。死体置き場を抜けてたどりついた巣箱の最下階は、スズメバチ奇襲団との闘いに挑む数千匹もの姉妹で埋めつくされていた。

高らかな鬨《とき》の声とともにフローラの娘は騒乱のただなかに飛びこみ、前へ前へと斬りつけ、スズメバチの頭を引きちぎり、手当たりしだいに殺した。やがてスズメバチは恐怖に泣き叫び、後退しはじめた。娘の背後では蜜蜂の群れが怒りと勝利の声をあげ、娘のにおいに勇気を奮い立たせ、スズメバチ軍団を追い出そうと前へ突き進んだ。やがて巣箱のなかに生きたスズメバチは一匹もいなくなり、わずかに生きのびた者たちも着地板から逃げ出した。

フローラの娘は果樹園の広大さに呆然とし、目もくらみそうなまぶしい空気によろめいた。触角を制御できず、動揺と恐怖が流れ出ていた。着地板から降りて巣のなかへ戻ろうとしたが、あたりは姉妹たちがびっしり詰めかけて動けない。〝わたしについてくる者はみな来い〟と呼びかけた結果だった。

「サルビア族が勝利をみちびいた！」翅が裂け、片方の触角が折れた巫女が板に走り出た。「サルビア王女は生きている――戻って、王女に戴冠を。そしておまえたちの族は」――巫女はフローラと娘に向かって唾を吐き――「死がおまえたちの運命よ。生き残るのは本物の女王一匹だけ！」

フローラは答えず、果樹園を見渡した。遠くの青い大気のなかで巨大な黒い幕が上下にうねっていた。スズメバチ団の甲高いうなりが大きくなり、黒い幕は近づくにつれて密集し、力を集めつつあった。

「たくさんの群れが結集している」横に立つ娘の恐怖を感じながら、フローラは強い口調で巫女に言った。「これ以上は闘えない、自分たちの身を守らなければ――」

「臆病者のように逃げるつもり？」巫女の目は血走っていた。「サルビア族は勝つ――〈聖なる権利〉によって！」

フローラは巫女をつかんで揺さぶった。

「まだわからないの？　あたしたちの巣は失われた、残るものは滅びる！　もう手遅れよ！」

「女王の血を引く無敵のメリッサに指図する気か！」巫女は身を振りほどき、巣箱に駆け戻った。

「サルビア族には力がある！　来たれ、敬虔なる者たちよ、ともに立ちあがろう！」

「死を呼ぶだけよ！」フローラは巫女の背中に叫んだが、着地板に密集する姉妹と娘を振り返ったとたん、気力がなえた。黒い雲が空いっぱいに広がり、スズメバチのうなりが蜂たちの心を埋めつくした。

巣から逃げようとする蜂の圧力が押し寄せ、さらに多くの姉妹が着地板へ押し出された。板の端にいる者は突き落とされ、巣の上空をおびえて旋回した。フローラは声がかすれて言葉にならず、娘を嚙んだり押したりして端から飛び立たせようとしたが、力の強い娘はびくともせず、空の高さと迫りくるスズメバチの群れにすっかり凍りついていた。

数匹の雄蜂がぶつかるように巣から出てきた。ぼろぼろの血まみれで、スズメバチの毒で足をやけどした者もいた。フローラは娘の触角をつかみ、自分の触角と結びつけた。かつてユリ五〇〇がしてくれたように、フローラは全神経を集中させ、持てる知識のすべてを娘の脳に送りこんだ。

〝仲間を率いて！〟フローラは力のかぎり念じた。娘の触角が痛みにぴくっとするのを感じても放さなかった。〝いまこそみんなを救って！〟

「どうやって？」娘が叫び返した。「わたしにはどうすればいいのか――」そう言いながらも娘はエンジンをふかし、その音は空にとどろき、接近するスズメバチの群れの音を切り裂いて駆けめぐった。赤銅色の大きな翅が力強くうなり、においがマントのように背後にたなびいた。果樹園の蜂たちはそれぞれのエンジンをとどろかせ、フローラの娘のあとから飛び立った。足に血と蜜をつけ、翅に闘いの跡をつけた巨大な蜂の群れが空に向かって上昇しはじめた。

フローラは娘の横で舞いあがり、娘をみちびくように上へ上へ、スズメバチが飛ばない、空気が冷たくなる高さまで上昇した。うなりをあげる巨大な軍勢が真下を通りすぎ、蜂たちはスズメバチが餌にする砂糖の——彼らを攻撃に駆り立てたものの——においを嗅いだ。

〝あんたは巣に禍《わざわい》をもたらす〟

黒い雲が女王のいない巣に向かって——残ったサルビア族の祈りだけに守られた、蜜のにおいのする巣に向かって——降下するのを、フローラはおびえながら見つめた。

# 43

果樹園の巣箱から渦を巻いて飛び立った蜂の大雲は風に乗り、くるくる回転する空き耕作地を眼下に見ながら上昇した。フローラが見ているまに大雲はだんだん薄くなり、空じゅうに広がった。どんな外役蜂も、したがうべきダンスがなければ明確な目的地を見出せず、いちばんいいにおいのする花蜜を求めるという本来の習性に戻ってしまう。背後では内役蜂からなる緩《ゆる》い雲がフローラの娘のそばにいようとひしめき合っていたが、勝手に離れて先頭の外役蜂についてゆく者や、ついてゆけずに遅れ出す者もいて、いまにもちりぢりになりそうだ。このまま目的もなく飛びつづけたら、全員が疲労して鳥の餌食になるか、ばらばらになって全員が死ぬかだ。フローラは風と、密集する羽ばたきのなかに突っこんで娘のにおいを探した。

娘はまばゆいほどの若さに満ちていた。黒い縞はきらめき、茶褐色の被毛は光を放ち、横広の顔はどこか奇妙で、恐れを感じさせた。高度を落とすよう信号を送ろうとしたが、王女はつかまえた気流に乗ってますますのぼっていった。娘が何を追っているのかわかった——街のほうからただようヒヤシンスのにおいだ。

「だめ、そっちに行っちゃ！」フローラはせりあがるような警戒感を覚えた。「そこには避難所がない――」

花の香りが強まり、ほかの蜂も嗅ぎ取った。とたんに群れは空腹にとりつかれた。なにしろ素嚢はからっぽで軽く、めまいがしそうだ。フローラは娘と一緒に飛ぶしかなかった。群れは降下し、人間がひっきりなしに行きかうショッピングプラザのまんなかに花を見つけた。制服姿の園芸係が大きなコンクリート容器に入った土からヒヤシンスを引き抜き、トラックの荷台に投げ入れている。

空からいきなり降りてきた蜂の群れに悲鳴があがった。人々が逃げまどうなか、群れはあたりに広がり、死にかけの花を探したが、かぐわしいにおいはぬか喜びに終わった。どれも飾り用に栽培されたもので、花粉を採るための花ではなかった。蜂たちは怒り、落胆し、トラックの上空で途方に暮れてうなった。

「止まって」フローラは娘に頼んだ。「あなたが落ち着けばみんなも落ち着く。そうすれば考えも浮かぶ。お願いよ、かわいい子」

褐色の王女が羽ばたきの速度を落とし、母のそばに降りてきた。フローラはほかにどうしようもなく、危険そうなにおいのしない、温まった金属の上に降り立った。娘はひらひらと母の横に舞い降り、アドレナリンで震えながらしがみついた。

こうして外界と恐怖にさらされていても、わが子と――群れの運命を背負った、この大きな王女と――身を押しつけ合えるのはこの上ない幸せだった。八千匹の姉妹が〈越冬蜂球〉のときのように寄り集まり、あたりは膨大な翅で揺らめいていた。このなかには多くの雄蜂もいる。雌蜂がいなければ彼らは死ぬしかない。群れは王女を囲んでびっしりと密集し、彫像の手から大きな黒い宝の袋のようにぶらさがっていた。

ふたたびフローラは自分の触角を娘の触角に押しつけた。

「ここにいたらみな死んでしまう」

娘が無邪気な大きな目で見返し、フローラは気づいた——この子は闘いと羽化の衝撃からまだ覚めていない。この子に群れを率いることはできない。まだ若すぎる。

「マダム、手を貸しましょうか」衛生蜂たちが瞳を輝かせ、触角を高くあげて母と娘の横に割りこんだ。「やりかたを教えてください」

「わからない」フローラは泣きそうになるのを必死にこらえた。

〝狂気。姉妹どうしの対立。禍《わざわい》〟

「マダム外役蜂、あなたならわかるはずです」衛生蜂の一匹が顔を近づけた。「あなたはスズメバチと闘い、女王に仕えた。わたしたちの族の卵を産み、巣箱の外で一夜を生きのびたのだから！」

たしかにそうだ。フローラの触角に記憶が流れこんだ。森のなかの木。〈女王の図書室〉。〝最後の羽目板は『揺りかごから飛び出す彗星』〟——あれは空の星ではなく、巣箱から出てゆく分蜂群のことだったのだ——巣が揺りかごで、この群れが唯一の本当の子——なんとしても安全な場所まで連れていかなければならない。

「急いで」フローラは衛生蜂に言った。「強いのは誰？　誰が踊れる？」

二匹が進み出た。黒く、まっすぐな視線で。

「全員が踊れます、マダム。〈蜂球〉のなかで覚えました」

「じゃあついてきて」フローラは群れの後方に移動し、〈ダンスの間〉の床の上にいるときのように踊りはじめた。「群れを助けたければ、この正確な位置情報を覚えて」フローラは太陽の位置を確かめ、洞《うろ》のある木にいたるまでの道順をステップで伝えはじめた。連なる丘、ブナ、洞のあるブナのにおい。やがてフローラ族の二匹の踊り手が正確に、一分《いちぶ》の狂いもなく同じリズムを繰り返した。下にいる蜂たちが身じろぎし、何ごとか声をあげたが、フローラの教え子は踊りつづけ、触れ合うすべての蜂に足でリズムと情報を伝えた。リズムが群れのあちこちで繰り返されるのを感じて、ようやくフローラは娘のもとに戻った。

褐色の王女の顔はふたたび変化していた。おとなびて、さらに美しく、ものがわかったような表情だ。

「わたしは女王ではない」王女は母に言った。「交尾するまでは」

「安全な場所を見つけるのが先よ」フローラは答えた。「行くべき場所はわかってる」

この知らせに何百匹、何千匹の蜂がざわめき、ぶらさがる群れ全体に振動が強く、広く伝わった。フローラは分蜂群を密集させておくよう外役蜂に頼もうと思ったが、娘からは目を離せない。ふと、近くでシナノキ卿のにおいがした。

「なんなりと、マダム」

横に立ったシナノキ卿は年老い、哀れな姿だったが、フローラにはいとおしく見えた。

フローラは彼を愛していた。

「あなたを呼んだおぼえはないわ」

「ええ」褐色の王女が老雄蜂を見て言った。「わたしが呼んだの」

シナノキ卿が王女を見返した。そのとたん、シナノキ卿の顔と全身はフローラの目の前で変化し、みるみる若くハンサムになって力強くにおいを発しはじめた。

「別の相手にしたら……」フローラが娘にささやいた。「ほかにも候補は——」

「彼がいちばんよ」娘は答えた。「だからあなたは彼を愛している」

フローラの娘がエンジンを始動した。とどろくようなうなりとともに、分蜂群を率いる褐色の彗星は——巣の本物の子は——空へ飛び立った。


蜂の群れは灰色と赤色の街区と、つぎはぎ細工のような小さな庭の上空を上昇した。フローラ族はいまや巣箱にいたときのような鈍くて暗い族ではなく、ブロンズ色に光りながらすばやく伝言を広めた。彼女たちの多くが偵察蜂として飛んだ経験があり、群れを緊密に保つ方法を知っていた。フローラは娘の横についていった。風がものすごい速さで周囲をびゅうびゅう流れ、〝あたしの古い友人を選ばないで〟と頼むチャンスはもうなかった。

フローラは最後にもういちどだけ、かたわらを飛ぶシナノキ卿を見た。シナノキ卿は、その一生においてたったひとつの任務を果たすべく集中し、フローラの美しい娘だけを見つめ、ほかは何ひとつ見ていなかった。シナノキ卿が自分のにおいを強く高く放出すると、ほかの雄蜂も刺激されて自分のフェロモンを欲望の幟《のぼり》のように放った。興奮が群れ全体に広がり、さらに大きくぶーんとうなりながら畑の上空を通過した。フローラはまばゆいばかりの娘を見た。もはや娘の顔には奇妙な表情はなく、新しい美そのものが浮かんでいた。

畑の上空を越え、丘陵地帯が見えてきた。フローラは疲れを感じたが、目的地はもうすぐだ。娘があたりを見まわし、シナノキ卿を正面から見た。そして甘い麝香の香りをたなびかせて、一気に群れの先頭へ出た。シナノキ卿が胸部エンジンの甲高い振動音を急加速させ、自分のにおいを王女に吹きつけながら猛然と追いかけた。王女はみなに見えるように群れの上空に舞いあがり、すべての雄蜂に嗅がせるように円を描き、においを振りまいた。

王女の外被は太陽をあびて青黒くぎらつき、茶褐色の被毛はまぶしい赤に光り、翅は空中から胴色と金色の火花を散らした。フローラは持てる力をかき集めてついてゆき、体の下にぴったりと折りたたまれた、若くて強靭な娘の肢と優美な胸に見とれた。シナノキ卿は見えない――そう思った瞬間、王女が驚きの声をあげた。頭上からシナノキ卿が急降下し、新たな力で娘をつかんでいた。

親密に抱きしめられた王女は、シナノキ卿の体とぴったりひとつになったところを見せるように群れの上空に舞いあがった。

背中に雄蜂を乗せたまま王女はぐんぐん速度をあげ、分蜂群がその下を追いかけた。やがてシナノキ卿が恍惚の叫びをあげ、王女から身を振り切った。

「なされた」フローラが叫んだ。「なされた――」シナノキ卿の体が小さな点になってくるくる回転しながら畑に落ちてゆく。フローラはそれから目を引きはがし、高く舞いながらあたりに交尾のにおいをまき散らす娘を見た。蜂たちはそのにおいを吸い、フローラ族の女官たちが飛翔して王女を群れの安全な場所まで護衛してくると、歓声をあげた。王女の体からはシナノキ卿の生殖器が証拠としてぶらさがっていた。

交尾した!
王女が交尾した!
女王の誕生だ!

歓喜の声が群れを集め、姉妹たちは力強い、新しい女王の目のさめるような性的香りを吸おうと押し寄せた。ほかの雄蜂も王女をつかまえようと飛び出したが、王女は同意なくしては二度とつかまらず、群れの先頭で速度をあげた。

フローラは交尾した娘についていこうと力を振りしぼった。だが、分蜂群は若くて強く、最後尾から飛んでゆくのがやっとだ。

何もない畑が遠ざかり、森が近づいてきた。フローラはもはや体の感覚がなくなり、力のかぎり目的地を思い出した。

〝洞のある木。森〟

ぼろぼろの銀色翅の外役蜂がどこからともなく現れ、フローラの横を飛びはじめた。「みごとなダンスだった。おまえはよく巣に仕えた」ユリ五〇〇がフローラにほほえんだ。

〝汝《なんじ》の最期に称賛を〟

〝汝の最期に称賛を〟──フローラは頭のなかでつぶやき返した。なんと甘美な響きだろう。

フローラの羽ばたきは遅くなり、分蜂群は彼女を置きざりにして飛びつづけた。やがて群れは森林地帯のはずれの森に入り、フローラは温かい土のにおいと木々の深くかぐわしいにおいを嗅いだ。交尾を果たした女王の麝香のにおいと、森から沸き起こる〈聖歌〉があれば、群れを追うのは簡単だ。下の地面で青い小さなクワガタソウが蜜蜂の通過を感じ、小さな口を開けた。あたりには花の香りがただよっていた。

フローラの視覚が鋭くなった。体の動きは遅く、弱々しくても、群れが木々のあいだを探しまわるのをじっと見ていた。衛生蜂がたがいに呼び交わし、座標を繰り返しながらだんだんと近づくのを聞いていた。やがて、叫び声と大きな歓声があがった。ついに洞のあるブナを見つけたのだ。

〝ああ、あたしの娘、勇ましい、愛しい娘……〟

まばゆいばかりの褐色の新しい女王が枝の上に舞い降りた。偵察蜂が木のなかを調べるあいだ、何千もの蜜蜂が王女のまわりに浮かび、待つあいだに〈聖歌〉をハミングした。数匹がかたわらに降り立ち、王女の体から精液を舐めはじめると、フローラ族の強烈なにおいとシナノキ族の甘いにおいが混じり合って、森の葉むらのあいだから立ちのぼった。

偵察隊が戻り、洞の縁に帰巣標識を置いた。蜂たちは森と空に向かって歓喜の声をあげた──「女王万歳！　女王万歳！」歓声はなんどもなんども起こった。フローラも加わりたかったが、いまはもう胸にあふれる愛を感じながら、戴冠したばかりの女王を見つめるだけで精いっぱいだ。フローラ族の新しい女官たちが女王に口づけ、舐め、新しい家のなかに案内するのをフローラは見た。新しい〈礼拝〉が森じゅうに流れた。若くて奔放な褐色の女王の、強くて豊饒なにおいだ。姉妹たちの喜びの声が木の葉を揺らし、花々から蜜を引き出した。蜂の群れがまばゆい大気から流れるように降下し、ブナの木の割れ目に吸いこまれた。

フローラはもはや動けなかったが、クワガタソウ、ブルーベル、シクラメンのにおいを嗅ぎ、トリカブトのひんやりした、なめらかな葉に抱かれているのを感じた。森の地面の豊かな香りに包まれ、最後の蜜蜂が木のなかに飛んでゆくのを見た。

そして眠りについた。

# エピローグ

男が妻と、二人の十代の子どもを連れて果樹園にやってきたのは、リンゴの花が満開のころだった。四人は古い巣箱の近くで足を止め、男が手に持った長い黒いリボンをするすると垂らした。

「これがおじいちゃんの遺言にあった条件だ。昔むかし人々は、蜜蜂には家族の大事な知らせを伝えなければならないと信じていた。誕生、死、結婚」男は一枚の紙切れを開いた。「おじいちゃんはすべて紙に書き記していた」

男は巣箱に近づき、木箱のまわりに黒いリボンを巻いて、三度やさしく叩いた。

「これを告げるのはつらいが」男は言った。「養蜂家だった父が死んだ。もうおまえたちの世話をしてやれない、どうか新しい世話人としっかりやってくれ」

その声の響きに、妻が夫の体に腕をまわした。男は妻を抱きしめ、紙を折りたたんでポケットに戻すと、ふたたび巣箱に話しかけた。

「わたしからも言いたいことがある。実に心苦しいが、この果樹園を売ることにした——おまえたちには本当に申しわけない」男は目もとをぬぐった。

「パパ」娘がしゃがんで巣箱に耳を押し当てた。「聞いて……」

「気をつけろ!」そう言いながら男もしゃがみ、巣箱の木に耳を押しつけた。二人は目を見交わした。男は巣箱の横をまわって、着地板の穴をのぞきこんだ。妻があとずさった。

「二人とも気をつけて――」

「何も聞こえない」男が言った。「一匹も見えない」

息子がほほえんだ。

「パパ!　みんな行っちゃったんだよ、おじいちゃんと一緒に!」

四人は何もない、まぶしい空を見あげた。

# 謝辞

そもそものきっかけを作ってくださったロンドンのサイモン・トレウィンとニューヨークのドリアン・カーチマル。二人のエージェントに深く感謝します。

作品をよりよいものにしてくださったリー・ブードロー――あなたとの作業は学びであり、喜びでした。また、クレア・レイヒルの慧眼とアイリス・タフォルムの支援にも感謝します。

〈エコー〉、〈フォース・エステイト〉、〈ハーパーコリンズ・カナダ〉のすべてのチーム、WME海外版権エージェントのアンマリー・ブルメンハーゲン。ふたつのすばらしいカバーを手がけてくださった〈エコー〉のスティーヴ・アタードとアリソン・ザルツマン、〈フォース・エステイト〉のジョー・ウォーカーに感謝を。

リチャード・スキナーと二〇一二年の〈フェイバー〉グループ、誰よりも寛大で博識なキャル・モリアーティのご交誼に心からの感謝を。

知識を分けあたえ、調査の道しるべとなってくださったマーガレット・クヴィヨン博士。また、生物学者フランシス・ラトニークス博士、トーマス・シーリー博士、そしてバート・ヘルドブラーとエドワード・オスボーン・ウィルソン各位のご功績にもたいへんお世話になりました。間違いがあればすべてわたしの責任です。

さまざまな形で支えてくださった皆さま――イザベル・グレイ、ハイディ・ベリー、ケイト・ダシー、サーシャ・スローラー、デブズ・シューター、デボラ・ゴンザレス、マギー・ドハーティ、リンダ・キング、エミー・ミントン、ミーガン・ドークスタとダニス・ドークスタ、ジャネット・ライアン、エメラルド＝ジェイン・ターナー、サラ・コヴィッツ、そして〈雄蜂の木片〉と〈雄蜂の歌〉なる言葉の生みの親ショーン・ボロデールに感謝を。

進むべき道を照らしてくれたジュリア・ブリッグズ教授と養蜂家アンジー・ビルトクリフに。

わたしの家族に愛と感謝の言葉を――最初の読者ゴードン・ポール、（もっと暴力を入れたほうがいいと助言してくれた）最初の聞き手ライダー・ピーコック、（巣箱のスケッチを描いてくれた）ジャクソン・ピーコック、そして誰よりもわが娘インディア・ローズに。あなたはわたしがこの本を書くためのあらゆる助けとなってくれました。

最後に、夫エイドリアン・ピーコックに愛と感謝を――すべてにありがとう。

# 訳者あとがき

〝受け入れ、したがい、仕えよ〟
〝欲望は罪、うぬぼれは罪、怠惰は罪、不和は罪、強欲は罪〟
〝永遠《とわ》の命は死より来たる〟
〝完璧なのは女王だけ〟

あやしげな宗教の教義のような、どこかの独裁国家のスローガンのような格言が印象的な『蜂の物語』（原題 *The Bees*、二〇一四年刊）は、その名のとおり蜜蜂を描いた作品である。

舞台は古い果樹園にある巣箱で、主人公は雌蜂のフローラ七一七。植物は族名で、七一七は番号だ。雌蜂の多くがサルビア族、オニナベナ族、アザミ族といった花の名前を冠するなかで、フローラ《フローラ》は花の名を持たない、働き蜂のなかでも最下層の階級に属する〝衛生蜂〟としてこの世に生まれた。衛生蜂とは、巣内の清掃や死体の処理を受け持つ蜂のことで、言葉がしゃべれない。働き蜂ゆえ、当然ながら子も産めないはずだったのだが……。

調和と秩序がなによりも重んじられる巣において、大柄で、浅黒く、不格好で、しかも言葉を話すフローラは〝生殖警察〟なる監視蜂から〝規格外〟として殺されかけるが、一匹の先輩蜂から秘密の実験に誘われ、思いもよらぬ蜂の一生を生きることになる。

勇敢で、賢く、力のある主人公フローラの目を通して、読者はあっというまに巣箱のなかに引きこまれる。女王蜂の産卵、子育て、スズメバチとの死闘、採蜜飛行、8の字ダンスの不思議、越冬、雄蜂の役割、王乳《ロイヤルゼリー》の秘密、巣内の恐ろしい感染病……。読んだあとはちょっとした蜜蜂博士になれそうなほど実際の蜜蜂の生態がもとになっており、そのひとつひとつがプロットのキーポイントとしてみごとに生かされている。もちろん、フィクションが加えられた部分もあるが、可能なかぎりリアルな蜂の世界に、陰謀、権力争い、妬み、反逆、友愛といった人間くさいドラマを描き出したところが本作の魅力である。とりわけ、巣内にじわじわと蔓延する感染病に蜂たちがおびえるくだりは、いままさに感染症の脅威にさらされている人類にとって身に迫るものがある。あの小さな蜂たちの一生がこれほどスリルに満ち、血なまぐさく、感動を呼び起こすとは！　作品を読んだあとでは、蜂一匹、花粉ひとつを見る目が変わり、蜂蜜のありがたみも増しているのではないだろうか。

〈集合意識〉によって洗脳される社会、逸脱を許さぬ冷酷な当局、厳しく管理された生殖といった描写から、本作はジョージ・オーウェルの『一九八四年』やマーガレット・アトウッドの『侍女の物語』の蜂版と評する声もある。たしかに、蜂たちの意識を支配する〈教理〉や厳格なヒエラルキー、問答無用の粛清といった蜜蜂コロニーが持つ特徴にはディストピア社会を思わせるものがあり、作者もそこから想像力をふくらませたにちがいない。ただ、この物語は力強い未来に続いている――蜜蜂が種の保存のために、五百万年前とも言われる太古の昔から綿々と営んできた社会がこれからも続いてゆくように。

『蜂の物語』に贈られた賛辞をいくつか紹介しよう。

みずみずしいキーツ風の形容詞に満ちた、奇妙にも魅了される〝シンデレラ／アーサー王〟物語

――マーガレット・アトウッドのツイッターより

『蜂の物語』は、蜂の巣の生活を魅力的で情熱的で華麗なる細部描写でつむぎあげた、驚くべき想像力の偉業である。ページをめくるたびにフローラの苦境と、どっぷりと浸れる魅惑の世界に深く引きこまれる自分がいた。

――『アキレウスの歌』の作者マデリン・ミラー

ラリーン・ポールの『蜂の物語』ほど衝撃的なまでに想像力に満ちた本に出逢うことはめったにない。そのような作品が成功し、よく書かれ、人の心をつかんで離さないことはさらにま

れである。ポールの小説――見た目の冴えない一匹の衛生蜂と、彼女の巣房での立場を描いた奇妙で詩的な物語――はユニークで会心の出来である。まったくもって記憶に残るすばらしい小説だ……。悪いことは言わないからぜひ読んでほしい。

――《カーカス・レビュー》誌

作者のラリーン・ポールはイギリスの作家で、本書がデビュー作である。インド移民の両親のもとロンドンに生まれ、オックスフォード大学で英語、ロサンゼルスで脚本、ロンドンで演劇を学んだ。二〇一七年には北極圏を舞台にしたエコ・スリラー*The Ice*を発表。こちらは環境破壊や武器貿易といった問題を背景に、氷の海に消えた友人の死の謎をからめた人間たちの物語だが、最近の本人のサイトによれば、二〇二二年に刊行予定の***POD***（海洋生物などの〝一群〟の意）では舞台を海のなかに移し、ふたつの種類の違うイルカが主人公になるようだ。蜜蜂の世界でとてつもない想像力をはばたかせた作者が、こんどは水中でどんな奇想天外な物語をつむぎだすのか、楽しみに待ちたい。

庭のブルーベリーの木に飛んできた一匹の蜜蜂を愛でつつ。

二〇二一年五月

訳者略歴　英米文学翻訳家　熊本大学文学部卒業　訳書『王たちの道』ブランドン・サンダースン，『アレクシア女史、倫敦で吸血鬼と戦う』ゲイル・キャリガー，『ウィッチャーV　湖の貴婦人』アンドレイ・サプコフスキ（以上早川書房刊）他多数

# 蜂《はち》の物語《ものがたり》

2021年6月20日　初版印刷
2021年6月25日　初版発行

著者　ラリーン・ポール

訳者　川野靖子《かわのやすこ》

発行者　早川　浩

発行所　株式会社早川書房
東京都千代田区神田多町2－2
電話　03－3252－3111
振替　00160－3－47799
https://www.hayakawa-online.co.jp

印刷所　中央精版印刷株式会社
製本所　中央精版印刷株式会社

Printed and bound in Japan

ISBN978-4-15-210028-3 C0097